그림꽃, 눈물밥

그림꽃, 눈물밥

지은이 김동유 **엮은이** 김선희 **1판 1쇄 인쇄** 2012년 10월 31일 **1판 1쇄 발행** 2012년 11월 7일
발행처 도서출판 비채 **발행인** 박은주 **주소** 서울특별시 종로구 북촌로 63-3
등록 2005년 12월 15일(제300-2005-212호) **주문 및 문의 전화** 031)955-3220 **팩스** 031)955-3111
편집부 전화 02)3668-3290 **팩스** 02)745-4827 **전자우편** viche@viche.co.kr

ISBN 978-89-94343-77-8 03810 책값은 뒤표지에 있습니다.

그림꽃, 눈물밥

그림으로 아프고 그림으로 피어난
화가 김동유의 지독한 그리기

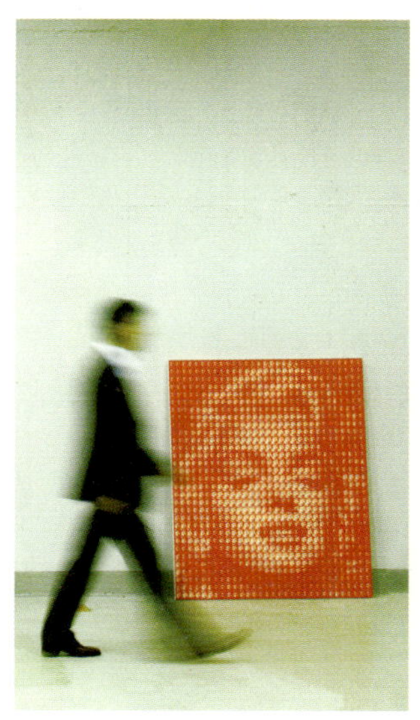

김동유 지음 | 김선희 엮음

비채

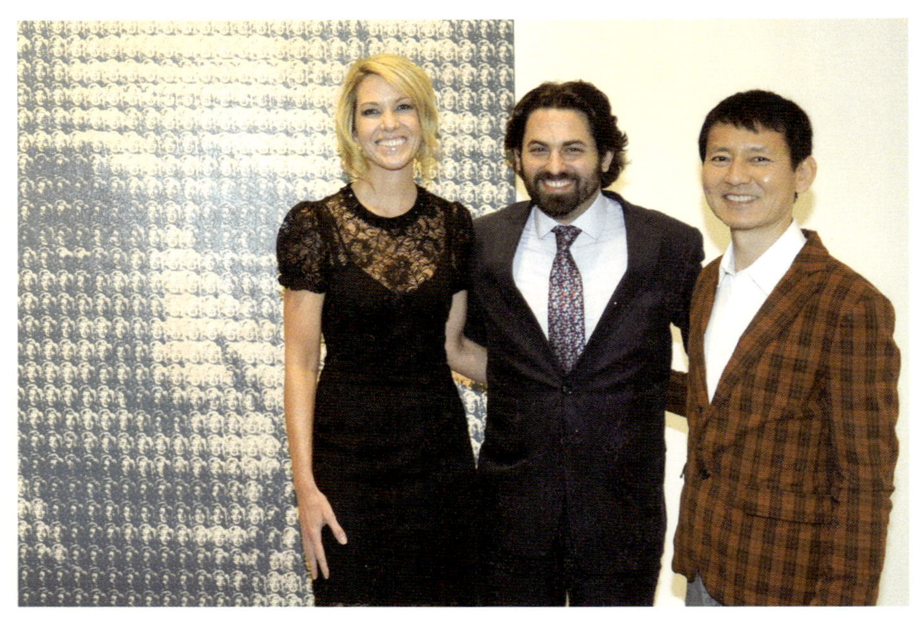

미국 뉴욕의 헤이스테드 크래우틀러 갤러리Hasted Kraeutler Gallery에서 전시를 갖던 중,
갤러리의 공동대표인 사라 헤이스테드와 요셉 크래우틀러와 함께.

PROLOGUE
묵묵히 자신의 길을 가는 세상의 모든 유령들에게

뉴욕 전시를 마치고 영국에서 열린 엘리자베스 2세 60주년 기념전에 초청되었을 때의 일이다. 전시에 함께 갔던 이들이 내게 〈오페라의 유령The Phantom of the Opera〉을 보러가자고 권유했다. 평소 오페라나 뮤지컬에 이렇다 할 관심이 없던 터라 나는 열 시간이 넘는 긴 비행과 시차 부적응을 핑계로 청을 정중히 거절했다. 그럼에도 그들은 나를 거듭 설득했는데, '그 유명한 공연은 봐줘야 예의'라며, '보고난 후 절대 후회하지 않을 것이다'라고 수차례 이야기하는 것이었다. 결국 나는 마지못해 일행을 따라나섰다.

〈오페라의 유령〉을 초연한 이후 25년 동안 그 오페라의 전용 극장으로 사용되었던 '허 머제스티스 시어터Her Majesty's Theatre'는 런던 헤이마켓의 57번가에 위치해 있었다. 2012년 런던 올림픽을 앞두고 한껏 들떠 있는 여느 거리들과 다르게 무척 고풍스러운 거리였다. 초연한 후 25년이 흐른 지금, 이 극장은 뿌리 깊은 나무처럼 연륜을 자랑하고 있었다.

별 기대도 없이 시작된 공연이었지만 시간이 지날수록 배우들의 열연이 나의 가슴을 뜨겁게 달구었다. 극이 클라이맥스에 다다르자 '진짜 안 봤으면 후회했겠다!' 싶었다. 같이 온 일행들은 만족스러운 표정으로 나를 바라봤다.

오페라의 유령, 그는 어느 극장 지하에 숨어 산다. 흉측한 외모를 가면으로 가리고 세상으로부터 도망쳐 나온 남자가 기괴한 유령의 정체다. 하지만 그가 그토록 도망치고 싶었던 현실 속에 그를 구원해줄 프리마돈나 크리스틴이 있었다. 그녀의 목소리를 들으며, 그녀의 사랑만 성취할 수 있다면 영혼을 다 내주어도 족하다. 그래서 유령은 그녀를 통한 구원을 갈구한다. 하지만 현실 속의 크리스틴은 유령의 존재와 그의 외모에서 오는 두려움으로 그 마음을 외면하고, 유령은 그녀의 사랑을 얻지 못한다.

〈오페라의 유령〉이 내 눈과 마음을 단번에 사로잡았던 이유는 이런 유령의 애절하고 안타까운 사랑 때문만은 아니었다. 자신만의 세상에 숨어 사는 유령이 한때의 나와 매우 흡사했기 때문이었다. 나 또한 오페라의 유령처럼 내 자신을 숨기려 했던 고통스러운 시절이 있었다.

나는 어린 시절부터 그림을 그리는 일이 특기요, 취미요, 유일한 위안이었다. 하지만 내가 그토록 좋아하고, 하고자 했던 것은 현실의 밥도 빵도 반찬도 되지 못했다. 그런 나의 작업을 보며 주변 사람들은 제 밥그 릇도 못 챙겨먹는 무의미하고 무가치한 노동을 왜 하냐고 물었다. 세상에 눈을 뜨고 현실적으로 살아가라고도 말했 다. 그러나 그들의 충고를 들으면 들을수록 그림에 대한 나 의 애착은 더 커졌고, 세상의 부적응자가 되어도 좋았다. 유 령처럼 세상 밖으로 쫓겨나 자신만의 공간에 갇혀 살아도 캔버스를 채울 수만 있다면 그것으로 족했다. 아무리 사는 게 고달파도 내가 끝까지 포기할 수 없는 것은 역시 캔버스 를 채우는 일이었다. 나는 그림을 그릴 때만 실존했다. 마치 이루어질 수 없는 사랑임을 알면서도 그 사랑을 포기할 수 없었던 유령처럼 그림에 대한 나의 애착과 미련 또한 그러 했다.

그래서 〈오페라의 유령〉을 보며 그의 비현실적인 사랑과 누구도 알아주지 않는 그림을 그리는 무명화가의 가슴앓이 가 동일하게 느껴졌던 것이다. 허망하게 스러질 사랑인 줄 알면서도 사랑할 수밖에 없는 유령, 그리고 세상의 눈에는 아무 가치 없는 그림이지만 제 살과 뼈를 녹여 표현하고픈 무명화가. 무명화가는 오페라의 유령처럼 분명 존재하지만 사람들 눈에는 보이지 않는다. 그리고 상처를 통해 유령의 애절한 사랑이 더욱 깊어지듯이, 무명화가의 그림 또한 인고 안에서 성숙되는 거라고 생각한다.

나는 올해 초부터 뉴욕 '헤이스테드 크래우틀러 갤러리^{Hasted Kraeutler Gallery}'의 전시회를 시작으로 엘리자베스 2세 즉위 60주년 기념전이 열린 런던 내셔널갤러리까지 매우 바쁜 한 해를 보내게 됐다. 그리고 2년 만에 17번째 국내 개인전을 하게 되었다. 세월이 흐르면서 지방에서 이름도 없이 유령처럼 숨어 살았던 나의 지명도도 조금씩 높아졌다. 어떤 이들은 나를 스타 작가라 부르며, 고가의 그림값을 논하기도 한다. 하지만 나는 무명화가일 때와 마찬가지로, 여전히 현실에 합류하지 못하는 유령이다. 여전히 작업실에서 은둔하고, 아무리 사랑하고 또 사랑하여도 캔버스에는 아쉬움과 부족함이 남는다. 과거 작업했던 무가치한 그림들이 세상의 기준으로 다시 판단되어 어떤 가치를 갖든지 상관없이 작가로서는 여전히 미진함을 느낀다.

이 책을 쓰면서 수없이 고민했다. 내가 무슨 얘기를 할 수 있을까, 내가 누군가에게 어떤 메시지를 줄 수 있을까? 이런 의문은 책이 나오게 된 이 시점에도 끊이지 않는다. 그러나 이렇게 책이 만들어진 이유는 하나다. 나와 같이 현실적이지 못하고, 자기 하는 일에 보상도 없이 그저 제가 하는 일이 좋아서 숨어 사는 은둔형 유령들이 나 말고 어딘가에 분명 있을 거라는 생각에서다. 그들의 열망과 노력은 지하세계에 갇혀 빛을 발하지 못하지만, 언젠가 세상 속에 강한 에너지를 발산하게 되리라 믿는다.

유령, 그들은 세상의 눈으로 보이지 않는다. 하지만 분명 존재한다. 사랑에 빠진 유령이 세상 밖으로 나오듯, 당신들이 당신들의 하고자 하는 일을 진정으로 사랑하고 그 일에 완벽하게 자신을 던졌을 때, 존재는 드러날 것이다.

세상의 눈에는 보이지는 않지만 언제나 늘, 거기에 당신이 존재하고 있었다는 것을.

_2012, 개인전을 준비하며
김동유

차례

1 나는 천박한 것이 좋다

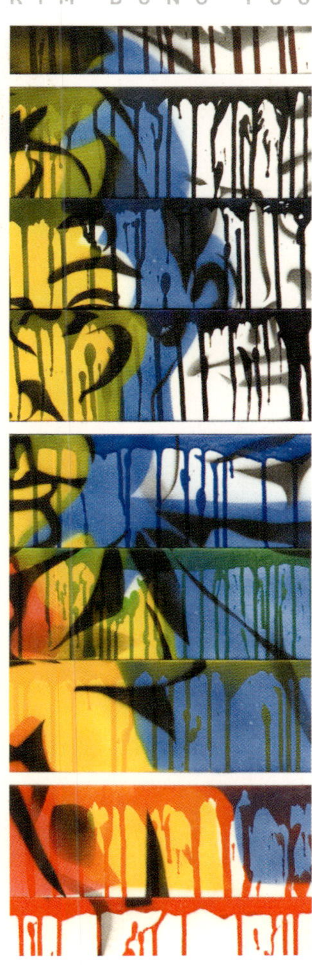

아리랑 성냥, 세월 묵은 관광 안내도,
환쟁이의 빛바래게 오랜 가난……
이 누추하고 천박한 것들에 나는 마음을 빼앗기곤 한다.
누구도 눈여겨보지 않았을 초라한 것들이
비로소 아름답게 빛나는 '어느 순간'을 상상하며.

아리랑 성냥의
여인

가냘프지만 짙게 올라간 검은 눈매, 날이 오뚝하게 선 콧날, 빨갛고 뾰족한 입술을 가진 여인이 붉은 저고리에 초록 치마를 곱게 차려 입고 서 있다. 장구를 맨 채로 나를 빤히도 올려다보는 그녀. 언제나 장구채를 높이 치켜든다.

"한 자락 뽑아 올리리다" 하고 말을 건네는 듯한 여인의 눈웃음은 유난히 정겹다. "저는 새로운 물건입니다"라고 말하듯, 자신이 '신제품'임을 거듭 강조하는 그 눈빛 또한 노골적이다. 나는 그녀에게 말을 건다. "이보게, 그 장구채를 내려놓고, 이리와 앉아보게나. 그대의 사연이나 좀 들려주시게."

그녀의 이름은 무엇일까. 어째서 나를 이리도 매혹하는가. 여리디여린 그 마음속에 어떤 기구한 사연을 품고 있는 것일까. 내 속에 하고픈 말이 쌓여 있는 것을 눈치라도 챈 걸까. 그녀는 '따는 곳'을 내 손에 순순히 넘겨준다. 순간 그녀 안에 있을 수백, 수천 개의 열망 같은 혹은 욕정 같은 불을 죄다 당겨버리고 싶어진다. 값싼 향수와도 같은 그녀의 이름은 '아리랑 성냥'이다. 언제, 누가 그려놓은 것인지 그녀도 나도 알 수 없지만 내게는 변함없이 익숙하고 다정한 느낌을 주는 이미지다.

어느 시장 구석에 처박혀 묵은 세월을 보낸 아리랑 성냥은 찌든 때를 끼고 사는 석유곤로 옆에서 어느 순간 내 맘에 뜨겁고 딴딴하게 들어와 박혔다. 한 개비의 성냥을 마주할 때마다 사랑을 확인하듯 여인을 보고 또 보며 눈을 맞추었다. 그녀의 열망 가득한 속살보다 '포장'을 사랑했기에 다른 이들처럼 미련 없이 그녀를 따버리고 유용한 알맹이만을 취할 수 없었다. 그래서 그녀의 유혹에 제대로 홀린 놈처럼 마냥 눈 맞추기를 해왔다.

눈빛만 오가던 사랑은 어른이 되어 배운 담배를 빌미로 더욱 깊어졌고, 그럴 때마다 발이 간질거리는 묘한 흥분에 휩싸였다. 어쩜 이리도 조악하고 촌스러운가? 미적 감각을 거추장스러운 옷처럼 쉽게 내던진 그림이 또 있을까? 요즘 젊은이들 사이에 인기 코드로 자리 잡았다는 '싼티'의 지존이자 빈티지의 하급격은 역시 아리랑 성냥이 아닐까 싶다.

누구의 관심도 없이, 때 지난 〈선데이 서울〉처럼 사연은 구구절절하겠지만 언젠가 폐휴지가 되고 마는 이미지일지라도 내게는 잊히지 않는 첫사랑의 추억이다. 이런 미련하고도 품위 없는 사랑에 나는 빠져들었다. 세상 누구보다 매혹적이라고 생각하며.

나의 이런 품위 없는 취향을 타이르듯 친구들은 물었다.

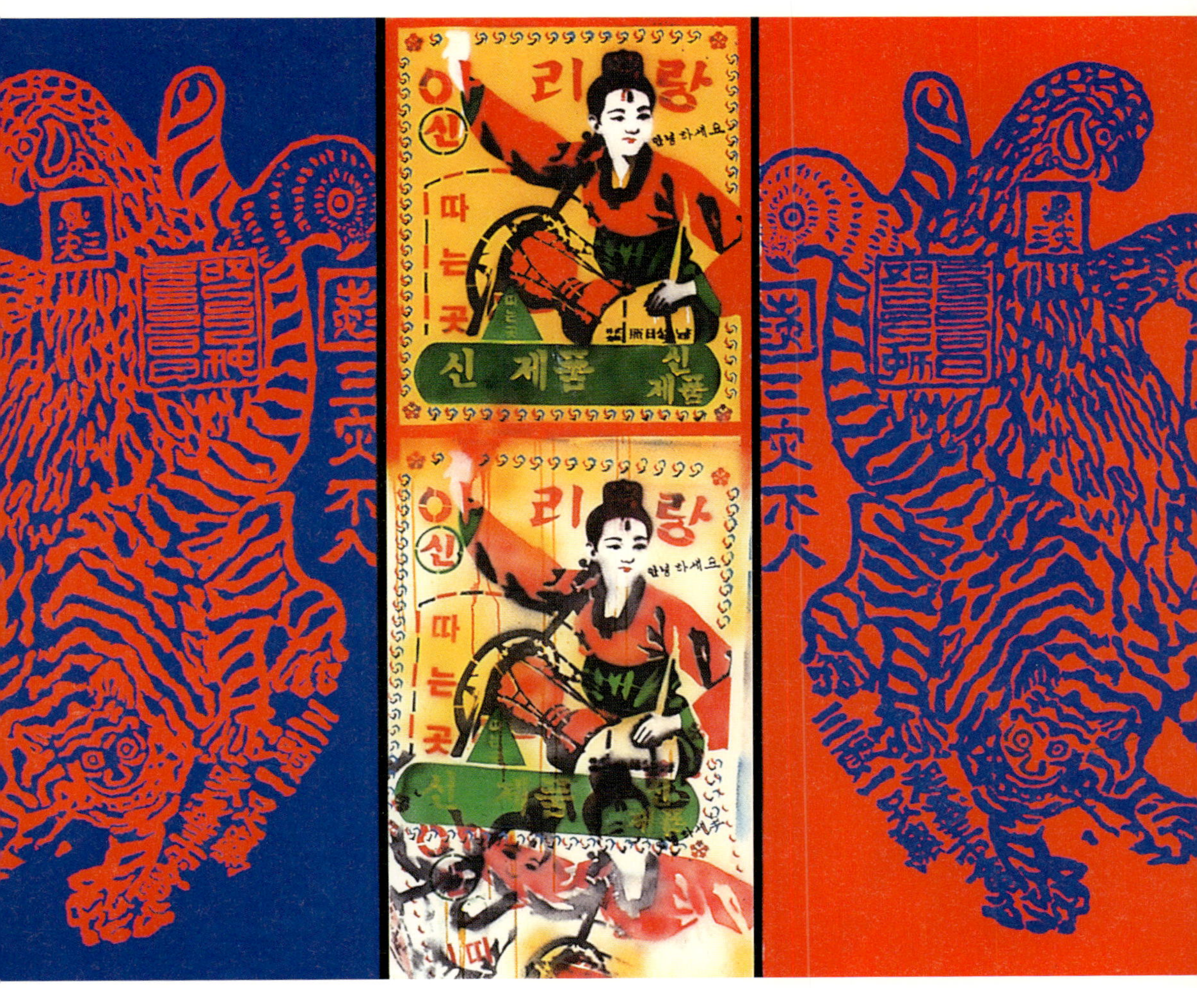

The Method of Collections 1993 Acrylic on Canvas 120×162.3cm

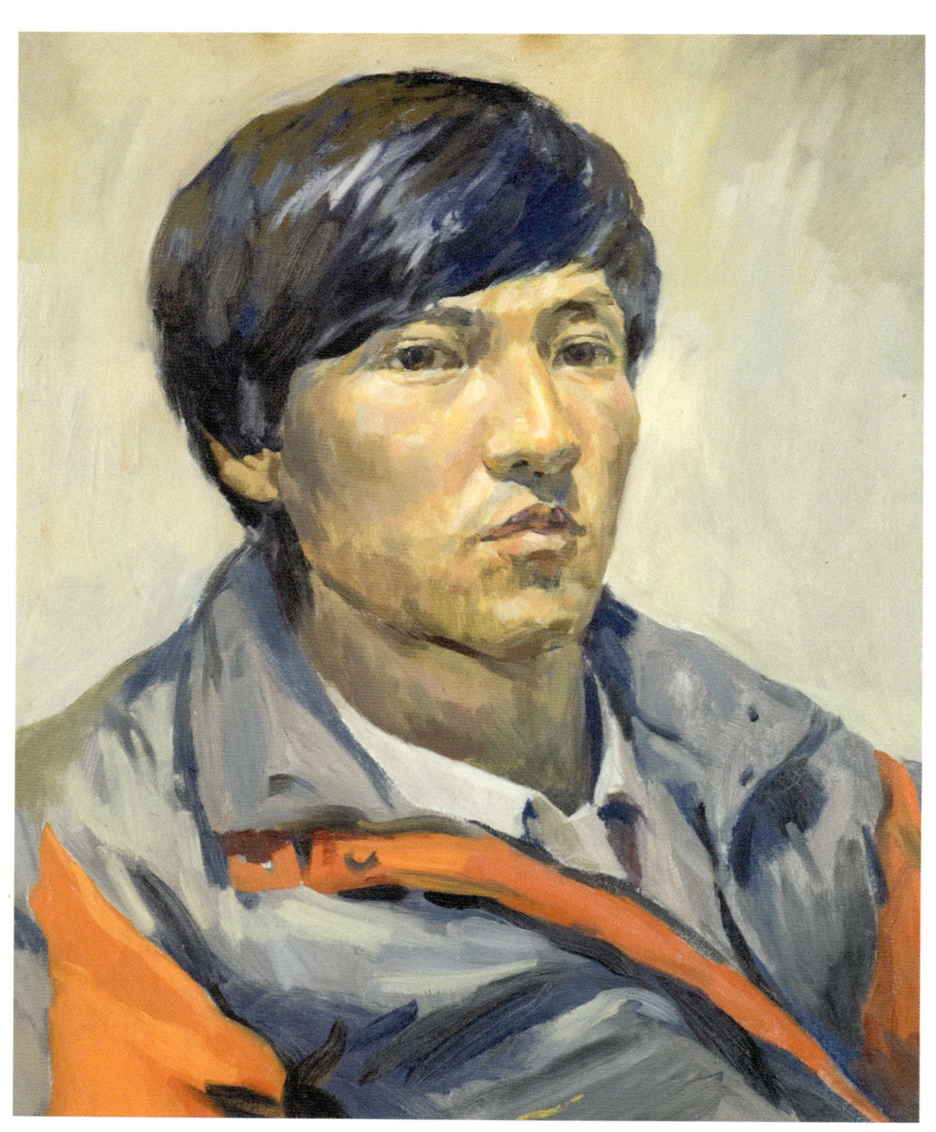

"예술한다는 놈에겐 너무 저급한 취향이 아닐까?" 그러나 어쩌겠는가. 나는 이런 천박한 것이 좋은 것을. 아무도 관심을 갖지 않아 사장되고 마는, 누구도 의미를 두지 않았을 싼티 줄줄 흐르는 그런 이미지가 좋다. 어느 오래된 다방 한구석에 뒹구는 '아리랑 성냥'과 같은, 어느 할 일 없는 놈팡이의 짝퉁 나이키 같은 것들.

Self-Portrait 1986 Oil on Canvas 72.7×60.6cm

저속한 취향의 소년, 화가가 되다

어린 시절 내 장래 희망은 언제나 화가였다. 그림 그리는 일이야말로 내가 유일하게 할 수 있는, 운명처럼 주어진 일이라 굳게 믿었다. 환쟁이, 그 일 말고는 하고 싶은 일도 할 수 있는 일도 없었다.

나는 가치 있는 것, 우아하고 아름다운 것을 꿈꾸지 않았다. 형이상학적이고 고급스러운 이미지, 혹은 장중한 자연의 풍경은 내 눈에 차지 않았다. 촌스럽고 낡고 버려진, 누군가에게는 쓰레기가 될 소모성의 이미지가 좋았다. 그래서 나의 캔버스에는 일명 '찌라시'라 불리는 광고 전단지며 유행 지난 레코드판이 늘 가득했다. 그중에 아리랑 성냥은 내 그림의 최고 소재였고 유일한 나만의 이미지였다.

나는 고등학교 시절 미술부 선배들의 등 뒤로 힐끗거리며 그림을 배우다가 운 좋게 장학금을 받고 미대에 진학했다. 화가가 되고 싶다는 꿈 하나로 안간힘을 써서 대학원까지 졸업했다. 그러나 뒤늦게 간 군대를 전역하고도 한참 동안 그린 그림은 역시 '아리랑 성냥'이었다. 성냥갑을 붙들고 그 여인을 그리고

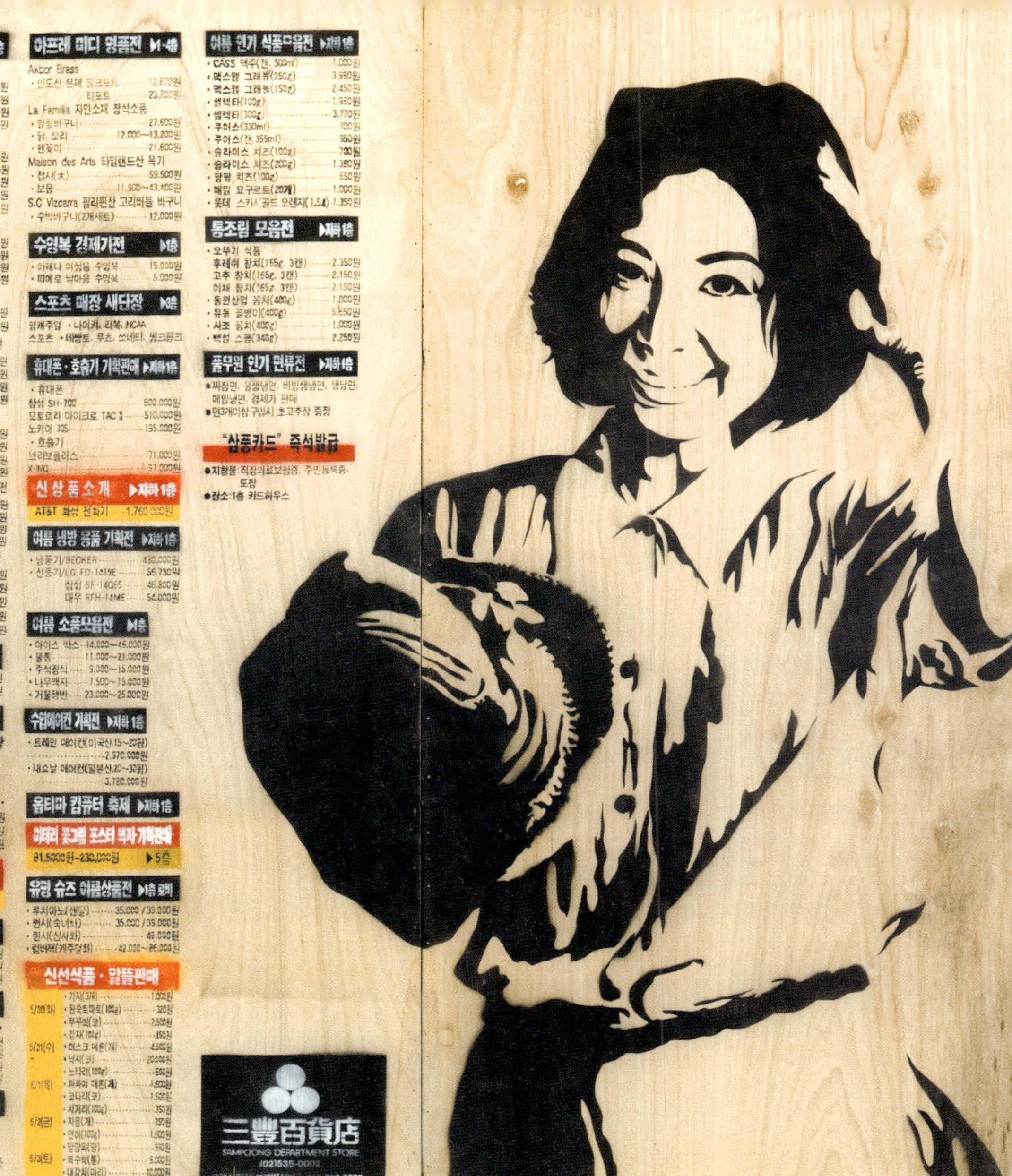

Sampoong Department Store 1996 Acrylic on Plywood 198×194.5cm

또 그렸다. 그러나 어느 누구도 감동해주지 않았다. 오히려 그림이 되지 못할 창작성을 상실한 습작에 시간을 낭비한다는 핀잔과 충고만이 들려왔다. 타고 난 부유함도 없이 제 밥벌이도 시원찮은 놈이 애써서 기껏 그린다는 게 고작 '아리랑 성냥'이니 누군들 선심 가득한 충고를 던지지 않겠는가? 안 봐도 앞 길이 훤하다는 표정으로 저렇게 살다 죽겠지 하는 심정으로 혀를 차는 사람들 앞에서 나는 꿋꿋하게 '아리랑 성냥'을 그리고 또 그렸다.

'아리랑 성냥' 같은 이미지를 찾기 위해 나는 틈만 나면 창고와 고물상을 뒤 졌고, 드디어 버려진 문학전집 속에서 숨 죽인 채 잠자고 있던 색 바랜 관광안 내도를 찾아내고 말았다. 보물섬의 지도를 찾듯, 마치 소외된 나의 분신을 찾 아가는 것 같다고나 할까. 유행이 지나고, 유치 뽕짝의 조잡한 이미지가 마치 나인 듯이.

화가란 직업을 가진 그들은 누구인가. 새로운 유행을 선두해가는 창작의 아 이콘이다. 그러나 나는 남들이 하지 않은 신세계를 찾아 떠나도 모자랄 판에 과거 속으로 내달려갔다. 내 이미지는 가벼운 농담이나 싱거운 장난 같았다. 그런데도 나는 그것들을 소중히 껴안은 채 손가락이 움직이지 않을 때까지 집 요하게 재현했다.

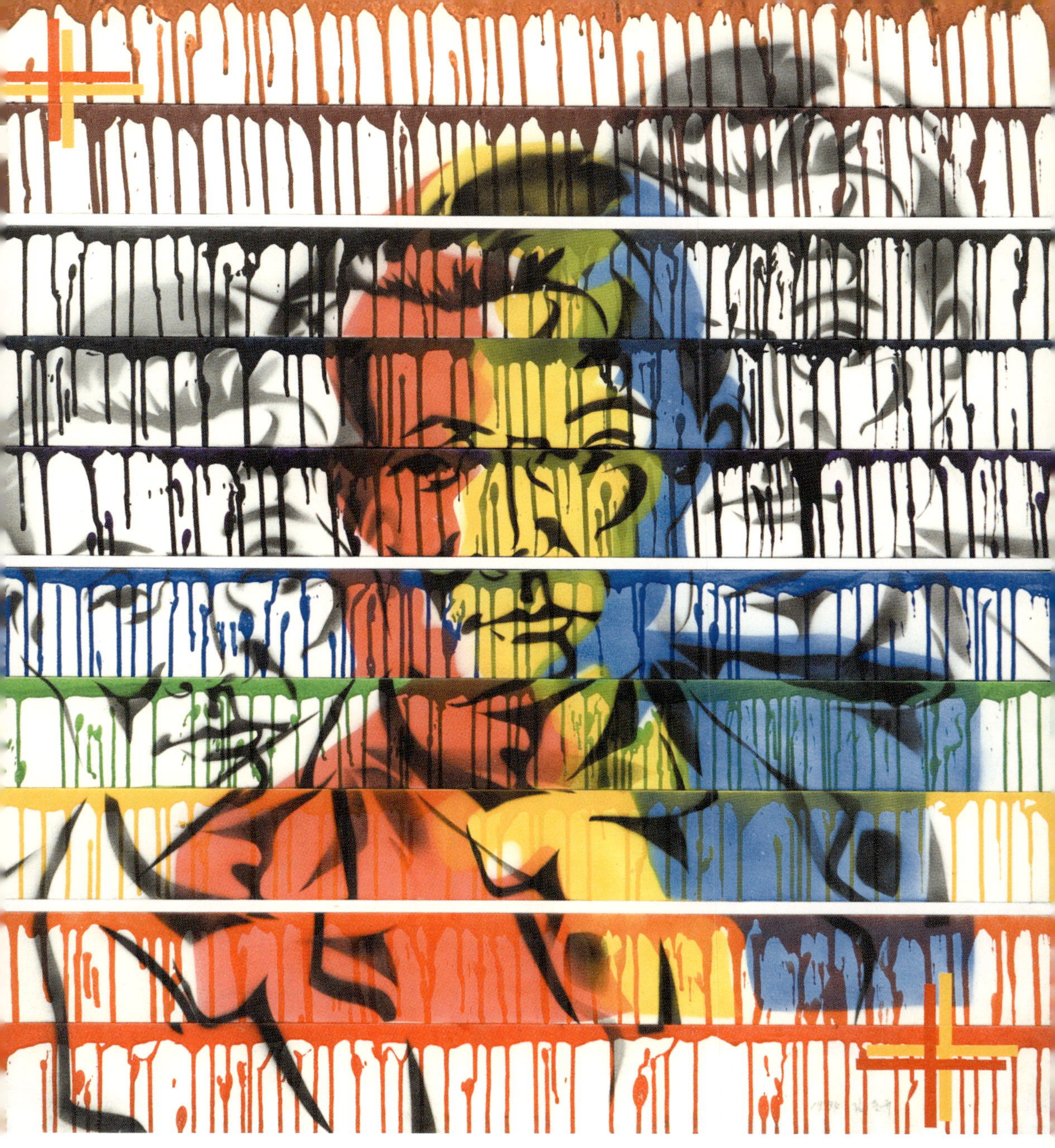

N's Portrait 1994 Acrylic on Canvas 104.5×100cm

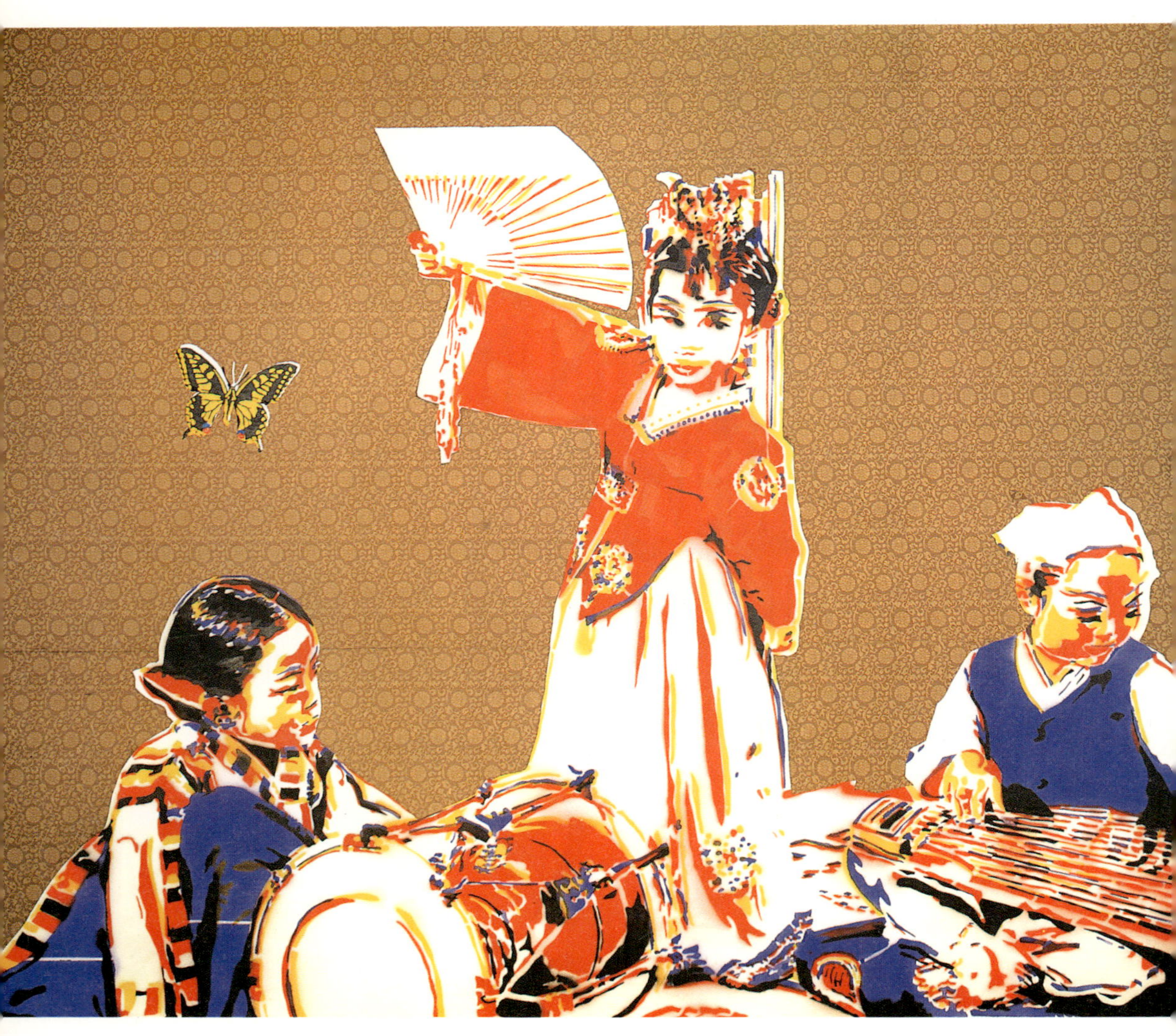

Fan Dance 1995 Acrylic on Canvas 130.3×162.2cm

화가의 길을 걸으면서도 작품이 빈약하고 건조하다는 얘기를 숱하게 들어왔다. 나에게는 끝없이 펼쳐지는 이미지가 다른 이들에겐 하나의 조롱거리가 되었던 것이다. 그건 어쩌면 혼자 좋아서 널뛰는 제 멋에 사는 꼴통 짓이었는지도 모른다. '아리랑 성냥'만큼이나 하찮고 우스운, 마치 고층빌딩 숲 속에 낀 작고 초라한 행색의 문방구 같은 것이었을까.

그림을 팔아본 적이 있습니까?

나는 대학 시절 내내 빈약하고 초라한 그림들 덕에 내게 기대를 거는 스승을 만난 적이 없었다. 오히려 내 그림을 보는 시선은 '이건 또 뭔가?' 하는 황당함이었다. 그 무렵 그림판과는 거리가 먼 친구가 내게 물었다.

"자네, 그림을 팔아 본 적이 있나?"

나는 질문의 의미를 뼈아프게 잘 알고 있었다. 과연 네 그림은 가치가 있고 예술적 의미를 지니는가 하는 답답함과 막연함의 발로임을. 그래서 이렇게 대답했다.

"아까워서 못 팔겠네."

나에게 그림이란 그런 것이었다. 남들의 평가보다는 내가 미쳐서 그리는 것, 그리지 않고는 배길 수 없어서 그리는 것. 그 잘난 고집 덕분인지 내게 허락된

Man and Woman 1996 Acrylic on Canvas 116.8×91cm

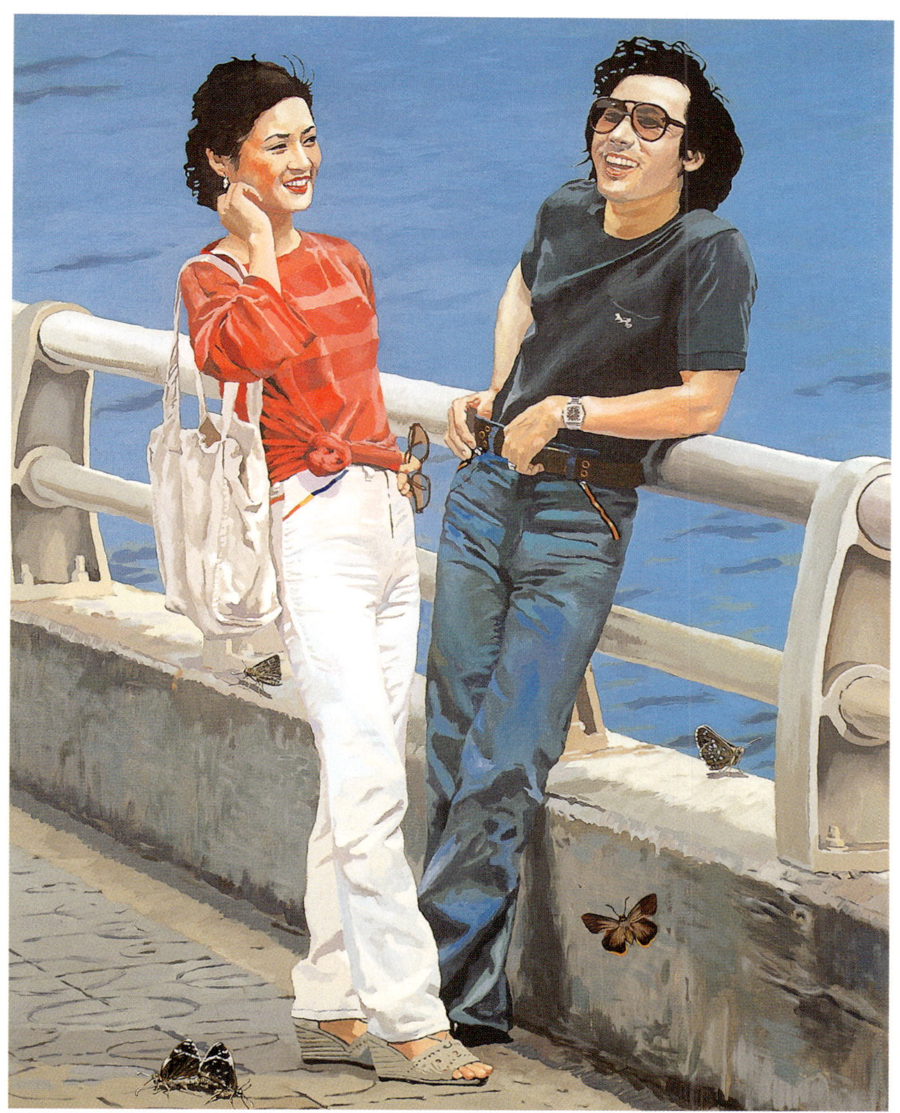

일들은 카페나 호프집 벽에 매달려 벽화를 그리거나 공원에 앉아 누군지도 모르는 사람의 초상화를 그리는 일뿐이었다. 그리고 어둑해지면 입시 미술학원의 강사로 일하며 생계를 해결하곤 했다. 허덕이고 지치고 팍팍한 시간을 살면서도 7년이 넘게 '아리랑 성냥'만을 그렸다. 그리면 그릴수록 '아리랑 성냥'의 그녀는 성모 마리아처럼 아름다워지고 있었다.

그런 시절을 지나던 어느 날 버스 안에서 정신이 온전치 못한 한 여인을 보았다. 그녀는 흔들리는 버스 안에서 더는 깎을 것이 없는 손톱을 기를 쓰고 잘라냈다. 나는 그녀에게서 나의 모습을 보았고, 내가 하는 일이 무엇인지 깨달을 수 있었다. 누가 보든지 말든지 그녀는 그 일이 하고 싶고, 그래서 그저 그렇게 할 뿐이었다. 내가 살아가는 의미, 내가 그림을 그리는 의미 또한 같지 않을까. 그렇게 하지 않으면 못 살 것 같은 그래서 하고야 마는 그런 성질의 것들.

이제는 좀 안다. 내가 그토록 숨을 불어넣고 싶었던 그 천박한 이미지들이 사실은 내게 세상의 무언가를 만들고자 했던 열망이었음을. 미친놈처럼 그리고 또 그렸던 보잘것없는 것들이 나를 살아가게 하였고, 다시 일어서게 만들었고, 끝내 나를 환쟁이로 살게 하였음을 말이다.

2 지독한 그리기

KIM DONG YOO

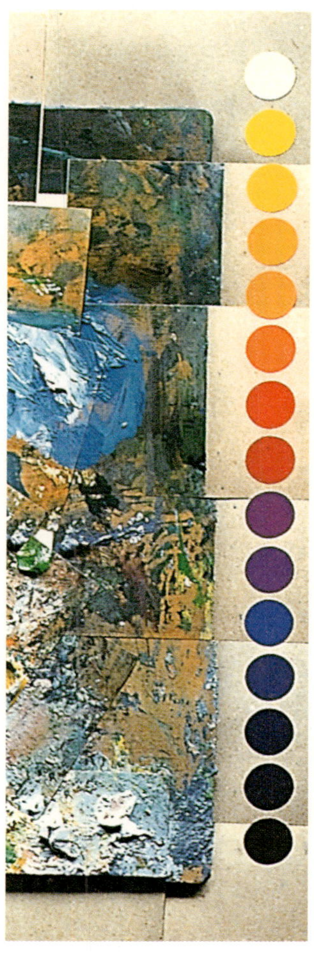

그림을 그리는 순간만큼은
현실을 잊고 미쳐 있었다.
그런 미친 순간을 쉼 없이 지속하는 것,
그것이 예술이다.

불운이 어퍼컷을
날리다

이 순간 나의 그림은 과연 그림일 수 있는가? 누군가 나의 그림을 열망하고, 사랑하는 자가 있는가? 아니, 그보다 가장 직면하고 싶지 않은 두려운 질문. 나는 나의 그림을 사랑하는가.

가장 원초적이고 당연한 질문 앞에서조차 갈팡질팡하던 2004년이었다. 나는 인생의 마지막이 될지 모르는 전쟁을 준비하고 있었다. 그 마지막 순간만은 오지 않기를 바랐지만, 그런 상황에 몰렸다는 것이 옳은 표현일 것이다. 한 치 앞도 보이지 않는 막장 속에 매몰되어 한 줄기 빛을 기다리는 불투명함 속에 철저하게 갇혀 있었다. '이 짓거리를 하면 또 뭐하나?' 하는 회의감까지 몰려와 나를 무겁게 짓눌렀다. "너의 그림에는 '파이팅'이 없다!"라는 숱한 지적처럼 그림은커녕 삶에서조차 그 흔한 파이팅을 찾을 수 없던 시기였다. 마흔, 세월의 두께만큼이나 켜켜이 쌓인 삶의 무게만을 짊어진 채 세상 밖으로 밀려난 실패자처럼, 혹은 도망자처럼 어딘가로 숨어들고 싶은 상황이 벌어진 것이다.

안 풀리는 놈은 뒤로 넘어져도 코가 깨진다고 했던가. 이런 총체적인 난국을

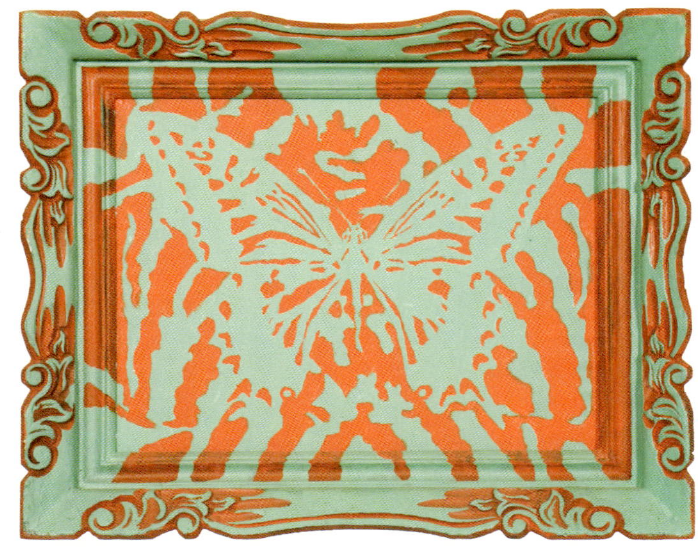

Butterfly
1994
Acrylic on Canvas,
Frame 44×53.5cm

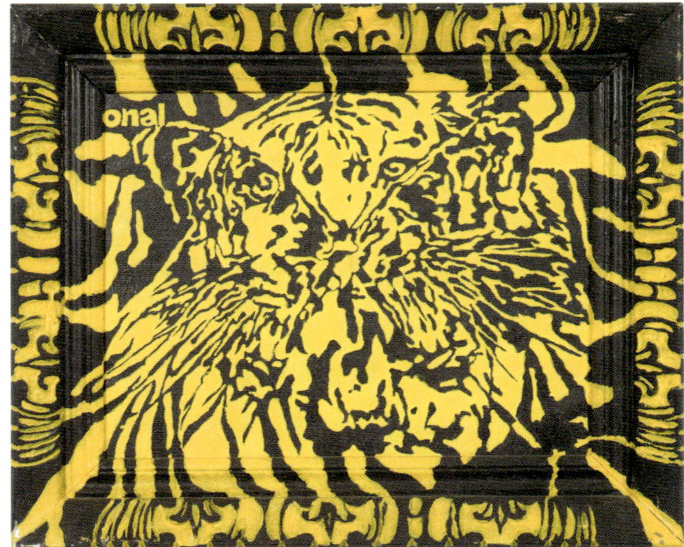

Swallowtail
1998
Acrylic on Canvas,
Frame 44×53.5cm

지탱하고 있던 힘든 시절에 불운은 내게 다시 한번 어퍼컷을 날렸다.

그해, 대전의 롯데화랑에서 개인전을 하자는 제의가 들어왔다. 대전 지역의 원로 화가부터 신세대 화가까지 각기 선호하는 그림작가를 뽑는 설문에서 내가 놀랍게도 1위를 차지한 것이다. 그 덕에 〈유망한 젊은 작가 지원전〉이란 이름으로 개인전을 열 기회가 온 것이다. 사는 일에 대한 고민으로 암담했던 내게 '다시 힘을 좀 내보렴' 하는 듯한 기회였다. 그래서 나는 만사를 제쳐두고 밤낮없이 개인전 준비에 매달렸다. 하루 열두 시간, 열다섯 시간을 캔버스 앞에서 버티며 안간힘을 쏟다가 그만 쓰러지고 말았다. 몸살이 여간해서 낫지 않는구나 생각하던 터에 급성 신우염이라는 청천벽력 같은 진단을 받게 됐다. '이것조차도 용납이 안 된다는 말인가?' 분하고 화가 났다. 능력이 안 되면 체력이라도 받쳐주던가. 몸뚱이 하나 말짱한 걸로 버텨온 세월인데⋯⋯.

고생한 몸을 책망하며 병원으로 갔다. 의사는 당장 입원해서 치료를 받지 않으면 합병증이 올 수 있다고 협박했지만 그런 말에 굴하지 않고 작업실로 돌아왔다. 이 전시야말로 내 삶의 마지막 선물이라 여기며 아픈 배를 움켜쥐고 캔버스 앞에 다시 섰다. 구부정한 자세로 캔버스를 채우고 있는 나를 한참 보던 아내가 말을 꺼냈다.

"여보, 그림이 그려져?"

"뭐?"

"오갈 데가 없는데, 그림이 그려지냐고. 이젠 정말 다 끝났는데."

끝났는데, 하는 말이 오랫동안 귓전을 맴돌았다. 나는 아무 일 없는 사람처럼 대답했다.

"뭐가 끝나? 이제 전시 준비 시작인데?"

"진짜 뭐가 끝인지 몰라서 그래?"

그제야 나는 아내를 돌아봤다. 아내의 눈은 노여움과 슬픔을 가득 담고 있었다.

"더는 못 버텨. 이러다 아이들까지 굶기겠어."

아내는 포탄이 떨어지는 전쟁터에 선 사람처럼 다급한 목소리로 말했다.

"그렇게까지 심각한 거야?"

"이미 오래전부터 그렇게 심각했어. 여보, 우리 이제 다 관두고……."

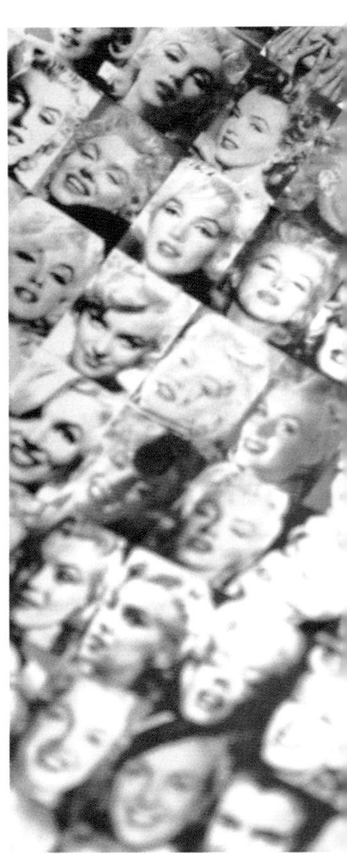

나는 말을 더 이을 까닭을 찾지 못했다. 오죽하면, 오죽하면 아내가 이러는지 알고 있었기 때문이다. 왜 이 지경인 걸까? 20년이 넘게 캔버스에 붓질만 해온 내게 화가라는 직업은 운명과도 같은 것이었다. 그렇기에 나는 내 운명을 반갑게 받아들였다. 그 길에 순응했고, 감사했다. 그나마 내가 좋아하는, 내가 즐길 수 있는 유일한 일이 그림을 그리는 것이기에. 하지만 화가로 살아온 내가 지금껏 이루어놓은 것이 무엇인가. 아내의 말처럼 이제 모두 끝난 건가?

가난은 환쟁이의
부록이다

    화는 홀로 오지 않았고, 줄지어 닥쳐온다는 말을 실감할 때였다. 집안 꼴은 늘 그림에 대한 나의 애정과 반비례했다. 언론에서 '부자 아빠 신드롬'이다 뭐다 하며 어떻게 하면 돈을 더 벌 수 있을까 난리일 때 나는 아내에게 모든 것을 맡긴 채 그림만 고집했다. 아내와 딸, 세 살배기 아들을 두고 있는 돈벌이가 없는 가난한 가장. 그것이 나의 현실이었다.

    현실적인 문제에 부닥칠 때마다 의연한 척했지만 솔직히 온몸이 화끈거리게 부끄러웠다. 하지만 이기적이고 무책임한 아버지, 자기 좋아 그림만 그리는 남편은 모른 척 눈을 감아버렸다. 조금만 더 참아달라고 고집스럽게 마음을 다잡았다. 그 말에 생전 가야 타박이 없고 무던했던 아내는 '못 참겠어!'라고 최후통첩을 알려왔다. 게다가 아내까지 몸이 아파오기 시작했다. 그동안 나를 대신해

Self-Portrait 2004 Oil on Canvas 40.5×37.5cm

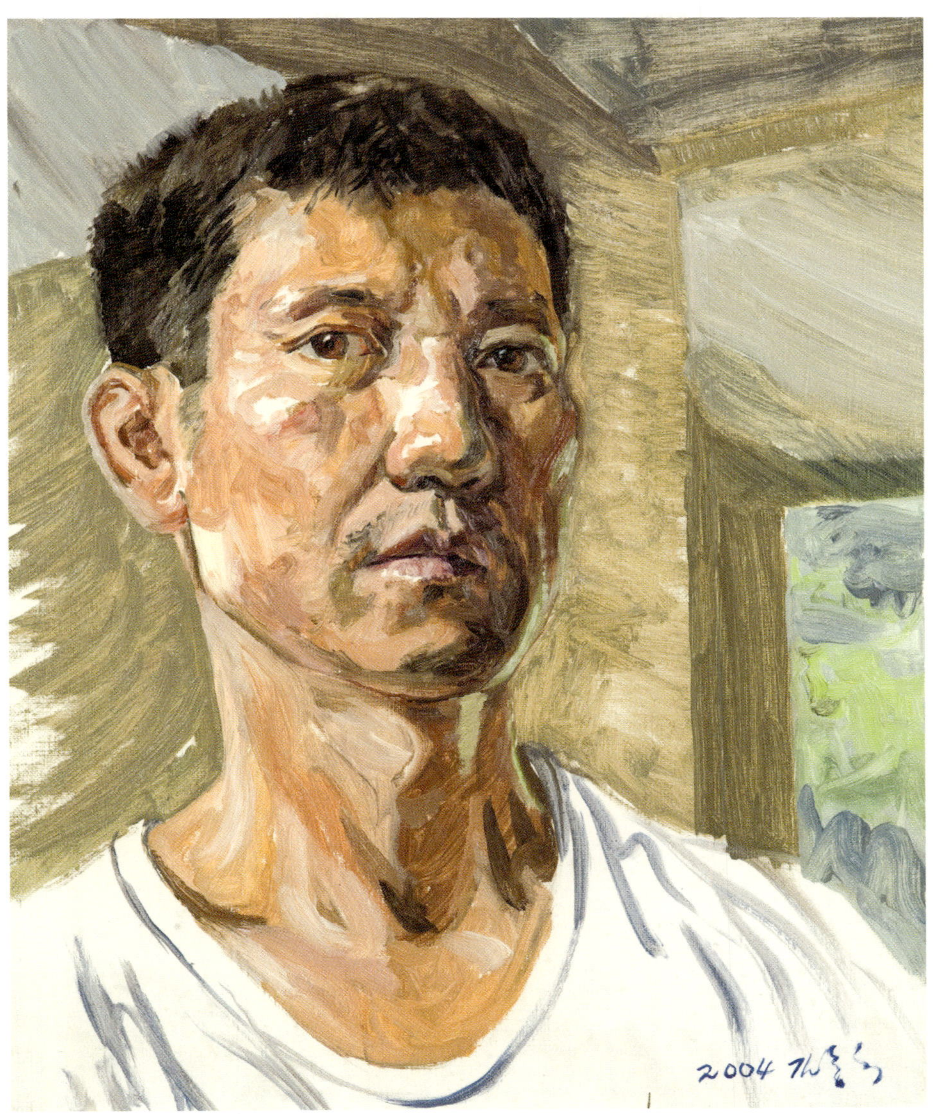
2004 개룡수

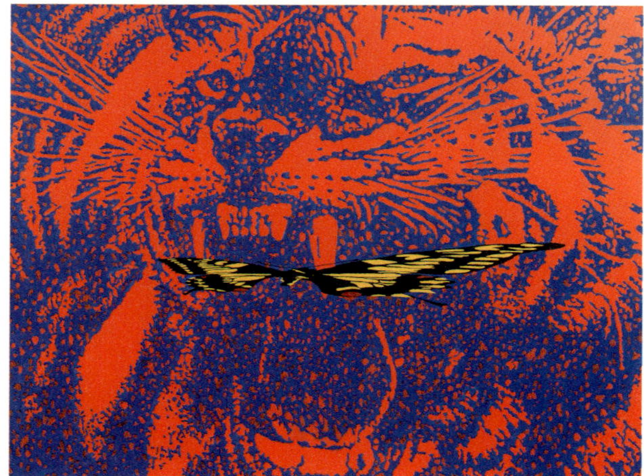

Camouflaged Image
1996
Oil on Canvas
363.5×454.6cm

Camouflaged Image
1994
Acrylic on Canvas
112×145.5cm

미술학원을 하며 생계를 이어온 아내였다. 평소 앓던 지병이 갑작스럽게 나빠지면서 아내는 모든 경제활동을 접어야 했다. 좀 쉬면 나을까 했지만 회복의 기미가 보이지 않았다. 신파극의 어떤 장면도 이렇게까지 구질구질하지는 않을 텐데. 붓을 들었던 손은 힘을 잃어갔다. 현실과 직면할수록 나는 설 자리를 잃었다.

'예술 좋지. 근데, 예술 제대로 하려면 비빌 언덕이 있어야 해'라고 말한 선배의 조언에 절대 공감한 순간이었다. 그렇다고 한들, 지금 당장 그림을 그만둔들 현실에 이변이 일어나겠는가. 결국 모진 가장을 둔 우리 가족은 정해진 수순처럼 이삿짐 트럭에 살림을 싣고 논산의 외진 시골로 세를 들어갔다.

"살만 하시것슈? 괜찮을랑가 모르것네유."

멀쩡하게 생긴 사람이 이런 곳에서 살아보겠다니 주인은 영 수상하다는 표정이었다.

"괜찮습니다. 넓고 아주 좋네요."

나는 전원생활을 즐기러 온 사람인 양 허세를 부렸다.

"아들도 어리고, 다 큰 딸도 있는데 축사에서 살 것슈? 아직 소 냄새도 많이 나는데유."

"사람이 들어와 살면 사람 냄새가 배겠죠."

"하여간 살 수 있을랑가 모르것슈. 살 수 있다니 한번 살아봐유."

주인은 축사로 사용하다 내버려둔 공간에 집을 만들어 살겠다는 나를 의뭉스러운 시선으로 바라보다 발길을 돌렸다. 주인의 걱정대로였다. 곳곳에 배인 짐승 냄새가 코를 찌르고 방도 화장실도 부엌의 구분도 없는 텅 빈 축사가 앞으로 우리가 살 집이었다. 먼지까지 탈탈 털어 만들어낸 전 재산 500만 원. 이 돈으로 구할 수 있는 곳은 이런 곳뿐이었다. 아내는 어쩌다 여기까지 왔나 싶은 표정이었다. 나는 이번에도 아무렇지 않은 척했다.

"여보, 그래도 작업 공간은 넓어서 좋네."

"왜 안 그러겠어요?"

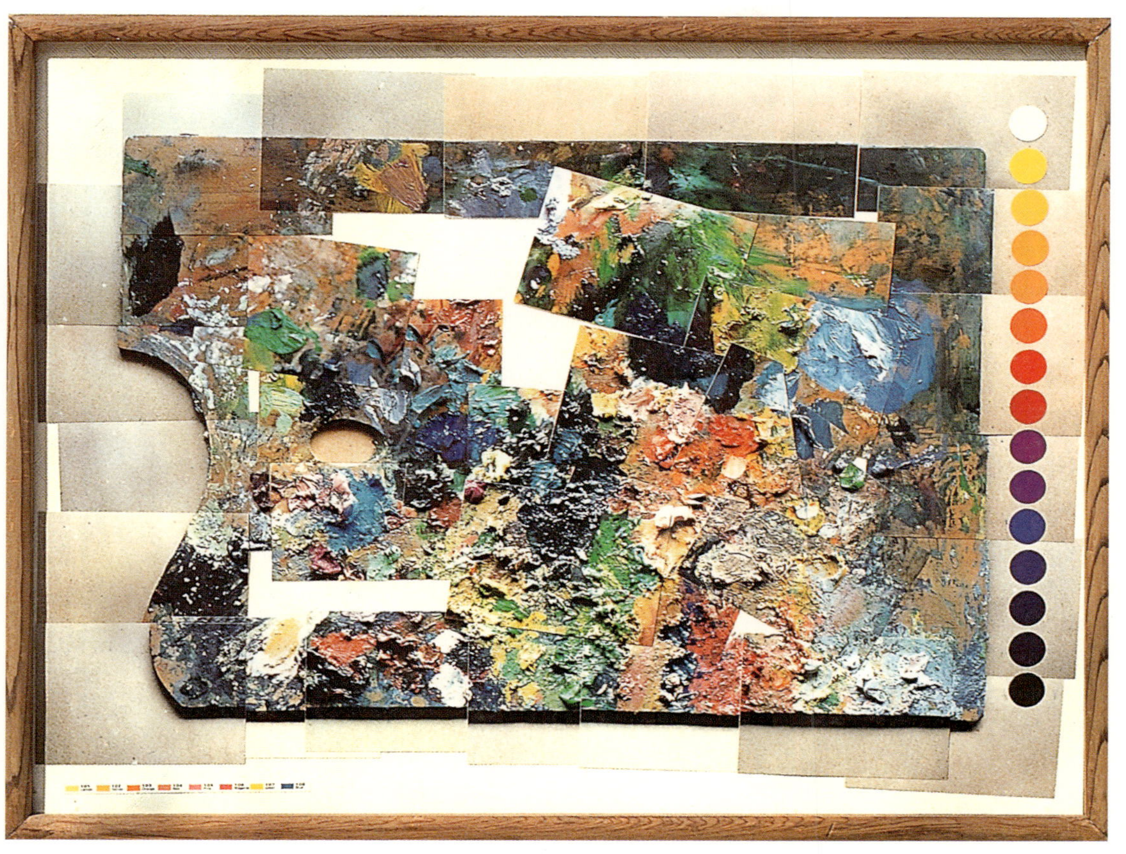

Palette 1993 Photo 50×60cm

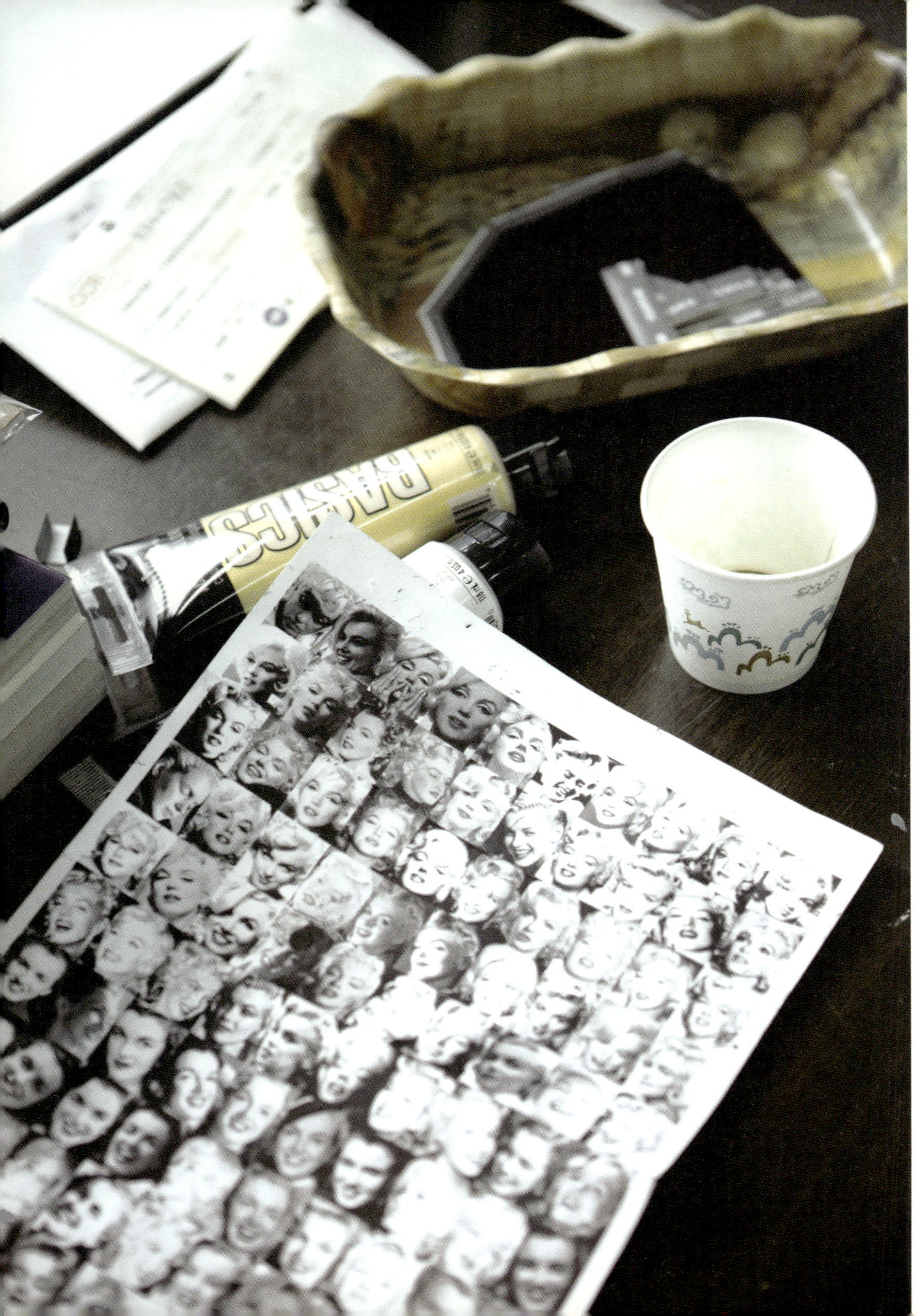
BASICS

아내는 어디로 가야 방인지 모를 축사에 쭈그리고 앉았다. 나는 겸연쩍은 마음에 딸아이에게 말을 돌리며 물었다.

"공기 좋지?"

"학교는 멀어요."

딸의 우울한 목소리가 들려왔다.

먼지까지 털어 만들어낸 전 재산 500만 원.

이 돈으로 구할 수 있는 집이란

곳곳에 짐승 냄새가 배인 텅 빈 축사뿐이었다.

나는 '루저'가
아니다

　40대 가장의 눈에는 핏발이 섰다. 그는 젊지도 않았고, 그나마 남아있던 패기와 호기는 시들해졌다. 헛된 환상도 모두 걷어낸 지 오래였다. 울퉁불퉁 그려진 표정은 험악한 외골수다.

　그때의 나는 웃음을 잃었고, 현실의 고통은 비참했다. 그러나 두 눈만큼은 또렷했다. 그때 가진 생각은 단 하나였다. 만일 이것이 과정이라면 겪어내자. 앞날에 대한 예측과 가늠을 배제하고 제멋에 살다 죽더라도 나만의 이미지를 만들어내자. 나 자신을 바라보는 시선 앞에서 누구보다 냉혹해지자.

　나는 그림 그리는 재주 외에는 아무것도 가진 게 없으니 나태해지고 타협하면 내가 나를 용서하지 않겠다고 마음먹었다. 이런 마음으로 작업을 하다 보니 끝없는 자책과 원망도 서서히 사라져갔다. 어느 날 캔버스 앞에서 쓰러져 죽더라도 무능한 아버지는 그림을 그리다 죽었음을, 이루지 못하였을지라도 적어도 이루려고는 했다는 것을 아이들에게 알려주고 싶었다. 다른 이들처럼 유산으로 남길 것도, 명예를 남길 것도 없이 텅 빈 주머니만 달랑 가진 아버지의 유

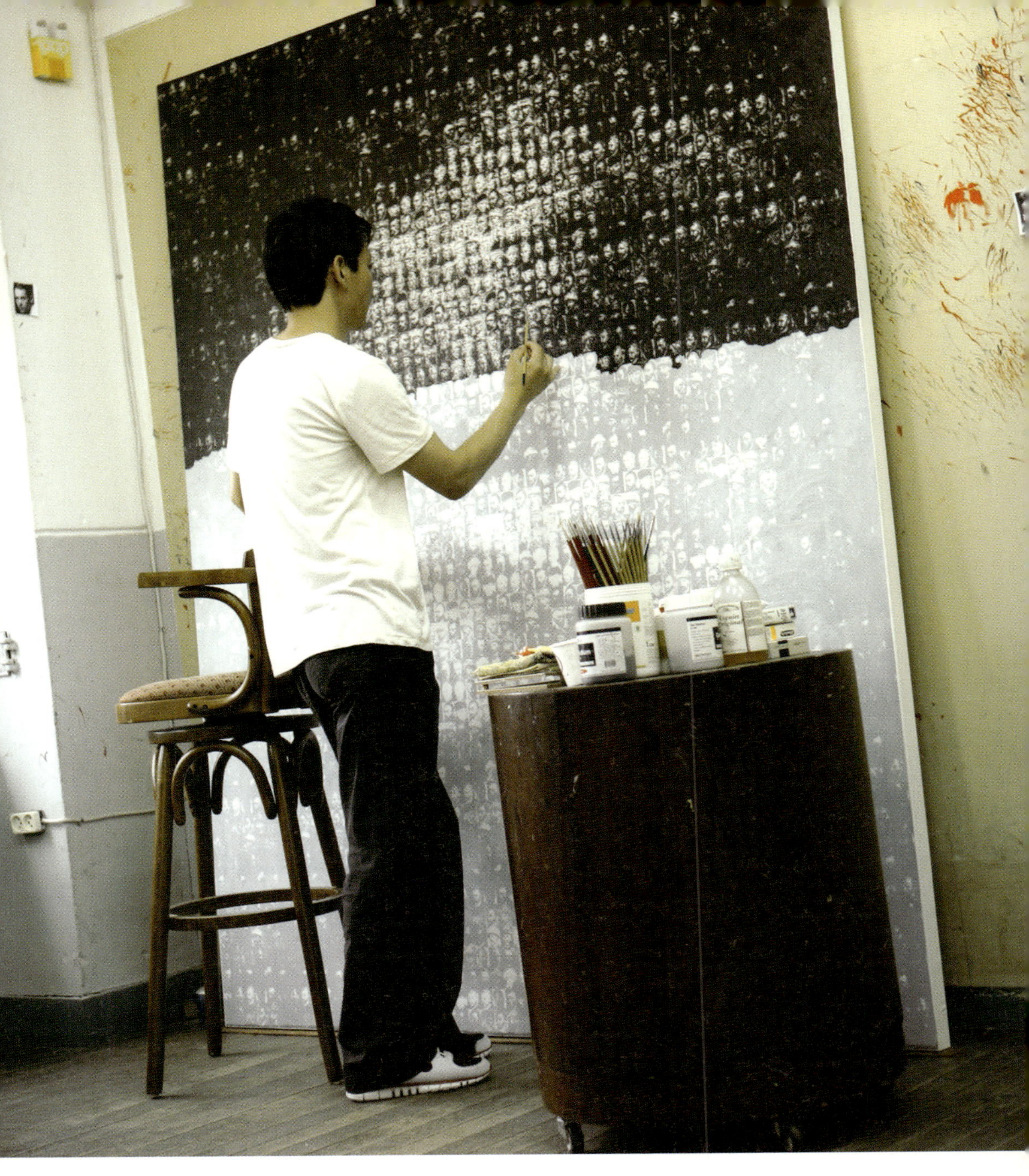

단 한순간도 나태함을 용납할 수 없었다. 그림 그리는 재주 외엔 가진 게 아무것도 없었으니까.

일한 유산이었다. 그래, 나는 그림이 좋아서 이렇게 산다. 그렇기에 나는 루저가 아니다. 실패하지 않았다. 내가 사랑할 수 있는 일, 내가 하고자 하는 일이 있다는 것만으로도 행복한 일이다.

'결과가 없으면 실패'라는 공식이 우리 사회에 만연해진 것은 언제부터일까. 하지만 과정 없는 성공이 있던가? 성공은 늘 우연한 기회처럼 보였다. 그러나 우연 또한 기나긴 삶의 찰나일 뿐, 그 뒤에 남는 것은 '또 다른 과정'이다. 그러나 이런 울퉁불퉁하고 거친 과정을 통해 우리가 배울 수 있는, 성공보다 더 중요한 것은 바로 욕망의 진정성이다. 자신의 열정과 열의야말로 성공보다 중요한 것이 아닐까. 나는 그것만으로도 충분하다고 생각했다.

내가 가고자 하는 길을 그럼에도 갈 것인가, 아니면 그만둘 것인가. 그러한 절박한 순간이 다가오면 그것이 내 길인지 아닌지를 알게 된다. 그 순간 정녕 포기할 수 없다면 그때부터는 과정을 즐기기 위해 미쳐야 한다. 미쳐서 그것이 과정인지 성공인지조차 가늠할 수 없을 때 그 열정의 순간만이 나 자신에게 줄 수 있는 가장 큰 기쁨이자 성공 아닐까.

³ 광기는 순간을, 끈기는 영원을 차지한다

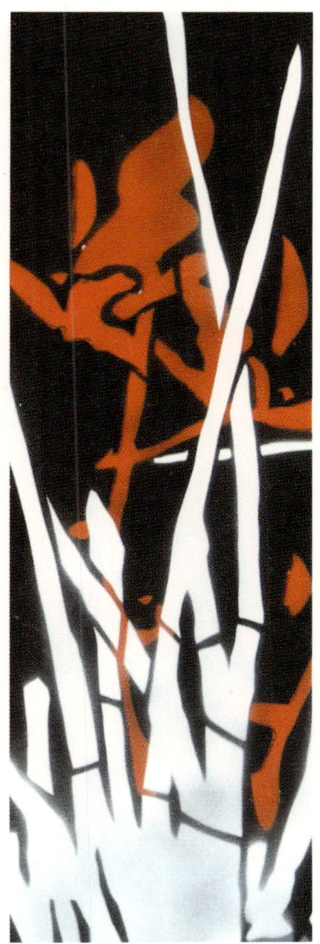

녹슨 패턴이나 반복하며
고집스럽게 한 길만 들고 파던 때,
그래도 나는 행복하였다.
쉬지 않고 이어갈
나만의 '패턴'이 있었기에.

쌀이 나와
돈이 나와?

축사로 이사온 후, 나는 이를 앙다물었다. 지금껏 해왔던 것보다 나 자신에게 더 잔인하고 모질어지자. 여기까지 왔다면, 어쩔 수 없다면 한번 해보자. 캔버스 앞에서 죽을지언정 이보다 더 독하고 나쁠 수 있겠는가. 불운이 한판 뜨자고 온 판국에 피할 수도 없지 않은가? 운명과 부딪쳐서 깨어질 거라면 산산이 부서져주고, 그래도 살아남는다면 그 또한 희망이 있다는 증거가 아니겠는가? 나는 더욱 더 쓸쓸해질 고단함을 택했다.

먼저 가뭄에 가끔 '단비'를 내려주던, 일용할 밥벌이인 백화점 문화센터 강의부터 그만두기로 했다. 그 외에 소소한 돈벌이가 되던 모든 활동도 접었다. 의무감과 책임감으로 이어온, 모교인 목원대학교의 실기수업 강의만을 남긴 채 작업에만 몰두했다. 잠자고 밥 먹는 시간을 빼놓고는 전시 준비에만 매달렸다. 가족들의 크고 작은 소란에도 뒤 한 번 돌아보지 않고 캔버스만 응시하고 그려댔다. 어떤 순간에는 내 키를 훌쩍 뛰어넘는 커다란 화폭이 나를 덮칠 것만 같은 불안도 느꼈지만, 그 시간 속에서 나는 숨 쉴 수 있었고 꿈꿀 수 있었

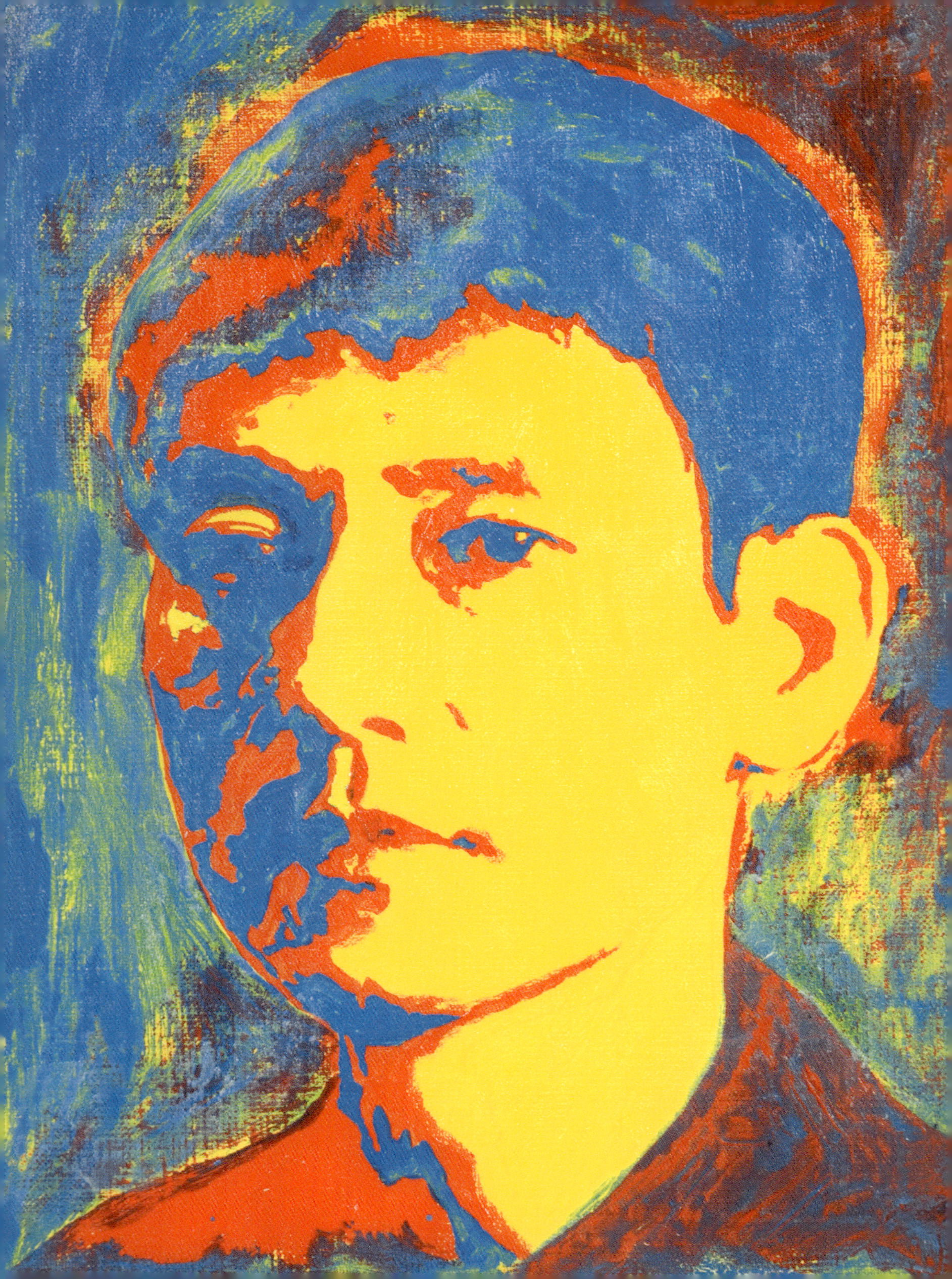

다. 그런 나를 보는 아내는 복장이 찢어지는 마음이었을 것이다. 몸이 아파오니 아내는 애원하듯 조르듯 내 등만 바라봤다. "그렇게 그린다고 돈이 나와 쌀이 나와?", "당신, 우리 생각은 조금도 안 하는 거지?" 아내의 말들이 가슴에 와서 박혔지만 그 말도 꿀꺽 삼키고 그림을 그렸다.

"독하고 무서운 사람. 사람이 죽어가도 당신은 눈 하나 깜짝 안 할 거야. 사람이 어떻게 그래? 어떻게?" 아내가 아파 죽겠다고 피를 쏟을 때도 나는 나쁜 남편이자 가장일 뿐이었다. 그리고 또 그렸다. 그러나 작업이 계속될수록 부족함이 느껴졌고, 모자란 재능을 넘어서기 위해 나는 하나의 얼굴 안에 또 다른 얼굴을 수없이 그려 넣었다. 그 얼굴 속에 슬픔도 기쁨도 번뇌도 갈등도 행복도 추락도 담아내며 시간을 죽이곤 했다. 내 얼굴의 희로애락이 그 얼굴 속에 새겨지며 화폭은 고집스럽게 채워졌다.

Self-Portrait 2002 Oil on Canvas 33.4×24.2cm

수천수만 마리의
공포

　아내의 눈물 젖은 호소에도 무너지지 않았던 나의 무정한 의지를 무너뜨린 것은 어처구니없게도 수천수만 마리의 모기, 파리 떼였다. 어디서 그 많은 것들이 동시에 출몰하는지 알 수 없지만 곤충들의 습격은 외계의 우주선이 지구를 폭격하듯 대단한 것이었다. 축사로 쓰던 곳이니 오죽했겠는가? 언젠가 보았던 히치콕 감독의 영화 '새'를 떠올리게 하는 공포였다. 놈들이 출현할 때면 내 결연한 의지도 무릎이 푹 꺾이며 하염없이 초라하게 망가지고 말았다.

　나는 '사투'를 벌였다. 한 손에는 붓을 들고 다른 손에는 살충제를 들고 있다가 놈들이 공격해올 때면 쏘아 날려버렸다. 모기향은 작업실 곳곳에서 쉼 없이 타올랐지만 놈들은 신출귀몰하며 나의 작업을 방해했다. 게다가 놈들도 내성이 생긴 것인지 이내 마구잡이로 뿌려대는 살충제에 겁을 내지 않게 되었다. 손오공처럼 여러 마리로 분할되는지 죽었다 다시 살아나고, '내가 죽을 줄 알았지롱' 하며 놀리듯 쌩쌩하게 달려들어 나를 농락했다. 결국 나는 작업 시간을 줄이느니 차라리 놈들과 동고동락하기로 마음먹었다. '네 뜻대로 하렴. 그래,

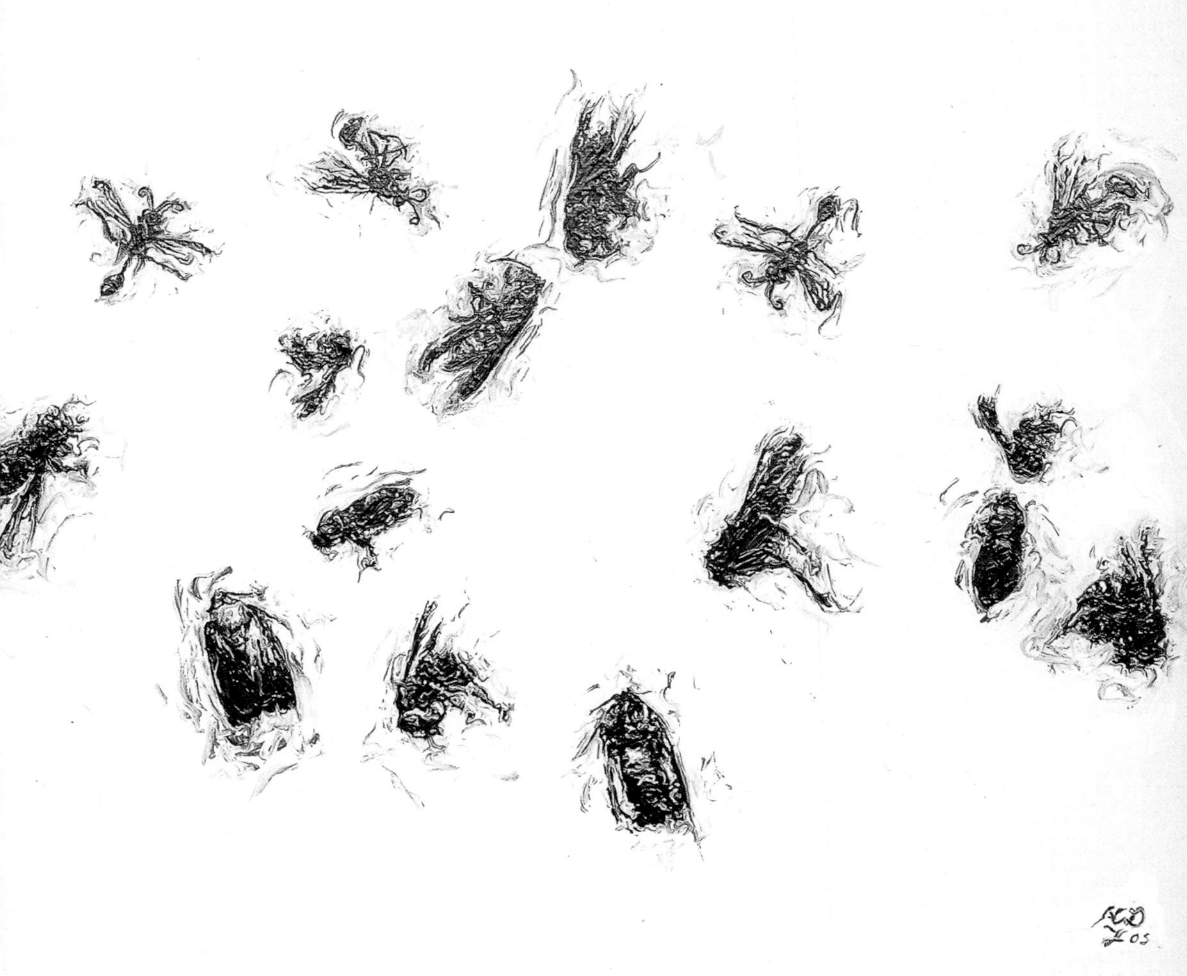

Insect 2005 Oil on Canvas 31.8×40.9cm

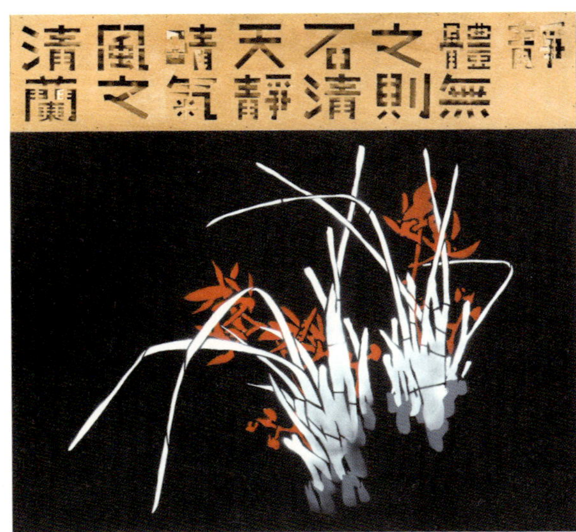

The Method of Collections
1996
Wood cut, Acrylic on Canvas
127 × 135cm

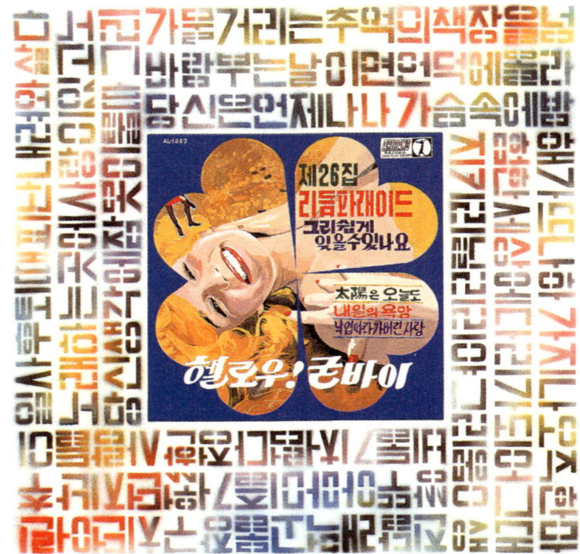

The Method of Collections
1994
Acrylic on Canvas
60 × 60cm

다 먹고살자고 하는 것 아니겠니! 같이 살자' 하며 팔다리를 맘껏 뜯으라고 내어주기도 하였다. 이렇게 곤충들의 정복 시대가 지나자 공포처럼 추위가 달려들었다. 마지막 전투로 임했던 예술혼을 불사르기도 전에 자연은 내게 거대한 공격을 퍼부었고 몸은 점점 움츠러들었다. 마지막 기회를 놓치고 싶지 않아 딱딱하게 굳은 손가락을 억지로 펴서 힘들게 붓을 놀릴 때 아내의 몸은 극심하게 쇠약해졌고, 돈벌이를 끊은 세월 속에 그렇게 해가 지고 해가 떴다. 그렇게 결국 개인전에 출품할 작품을 모두 마칠 수 있게 되었다. 그즈음 롯데화랑의 큐레이터로 일하던 이가 전시할 작품을 촬영하기 위해 축사를 방문했다. 그의 표정은 딱 이랬다. '사람이 이렇게도 살 수 있구나.'

"선생님, 제가 큐레이터 하면서 화가분들 집을 수없이 다녀봤지만요……."

"선생님처럼 어려운 환경에서 작업하는 사람도 있네요, 하고 묻고 싶죠?"

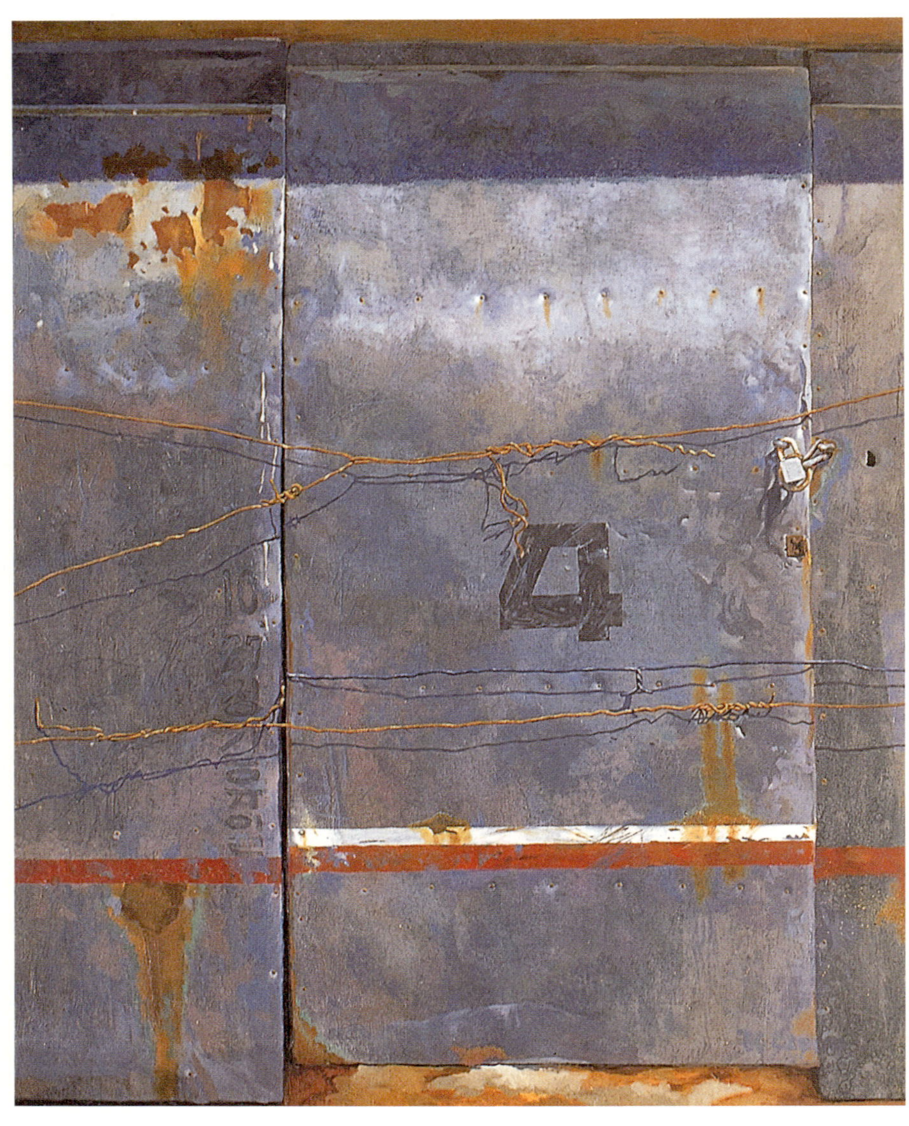

　그는 미안한 표정으로 "아, 예" 하고 대답했다. 그의 얼굴은 불우이웃을 위해 실사를 나온 어느 재단의 직원처럼 나를 어떻게든 도와주고 싶다는 안쓰러운 표정이었다. 어쩌면 가난은 민폐인지도 모르겠다. 나로 인해 남들이 불편한 마음을 느끼고, 나눠줘야 한다는 책무를 지워주니 말이다.

　나는 사진 촬영을 위해 뿌듯한 마음으로 작업했던 그림들을 보여주었다. 순간 그의 눈이 반짝였다. '절망하실 필요는 없습니다' 하는 무언의 눈빛. '괜한 걱정했습니다' 하는 안도의 눈빛. 그는 내가 작업한 작품들을 하나하나 보더니 이렇게 말했다. "그래도 선생님은 참 부자이시네요. 이렇게 재산이 많으니." 그는 연민의 눈빛을 얼른 감추었다.

　가난은 불편하다. 사람의 가치를 우습게 추락시킨다. 가난함은 초라함이고 쪽팔림이며 사람의 운신의 폭도 좁디좁

Untitled 1987 Oil on Canvas 162.2×130.3cm

게 만드는 공포이다. 그래서 모두들 가난을 탈피하고 싶어한다. 가난에 빠지지 않기 위해 열심히 일을 하며 사는 것이다. 그러나 나에게 진정한 가난이란 더러운 축사에서 산다는 사실도, 먹고 싶은 것을 먹을 수 없는 형편도 아니었다. 가슴 벅참이 없는 공허함이 나에게는 가난이었다. 물질적으로 많은 것을 쥐고 권세를 누린들, 가슴에 와 닿는 짜릿한 순간이 없다면 나는 결코 만족스럽지 않을 것이다. 비록 누추한 인생일지라도 밤새워 그린 캔버스 앞에서 피식 웃을 수 있는 순간이 좋아 죽겠는 나는 행복한 사람이었다.

4 내게 사랑이라는 것은

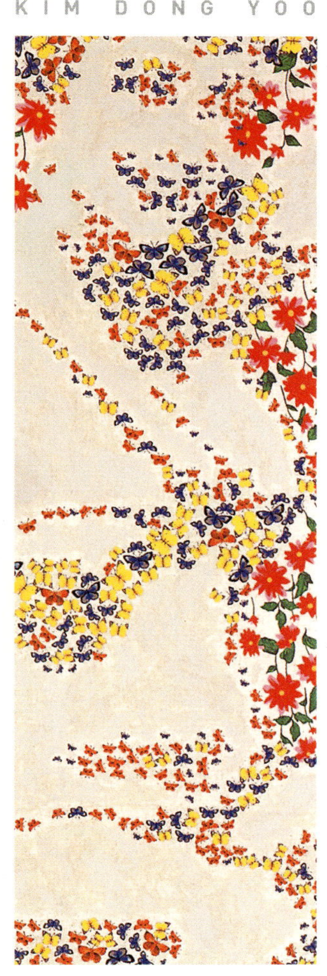

수없이 많은 갈망 속에
우리는 끝내 넘을 수 없는 벽을 만난다.
그 벽을 안고도
끝내 하고 마는 것이
사랑일 것이다.

뫼르소를 사랑한 여자,
뫼르소가 되기를 거부한 남자

　나는 대학에 다니며 작은 미술학원을 운영했다. 그즈음 고등학교를 졸업하고 사회생활에 뛰어든 한 여자가 내 수강생으로 있었다. 나와 동년배인 그녀는 취미로 그림 수업을 들었다. 아직 학생인 나보다 먼저 사회생활을 한 까닭인지 돈벌이의 고단함도, 쓴맛과 단맛도 이미 익숙하게 잘 알고 있는 듯했다. 그러니 그녀의 말과 행동은 늘 나보다 어른스러웠고 누나처럼 느껴졌다. 형편상 미술대학을 포기했지만 어린 시절부터 꾸었던 그림에 대한 열망과 화가에 대한 미련으로 일하고 남는 시간을 쪼개어 수업을 들으러 왔다. 퇴근 후 하루도 빼먹지 않고 꾸준히 내 작업실에 와서 그림을 그렸고 부족하다 싶으면 하나라도 더 얻고자 했다. 그녀의 열의가 나의 것과 다름없었기에 성심성의껏 그녀를 가르쳤다. 그런데 어느 순간 그녀가 바라보는 것이 화폭을 비껴 있음을 알았다. 나를 보고 있었던 것이다.

　그러던 어느 날 그녀가 어렵게 사랑을 고백했다. 그동안 참고 참아왔던 감정을 꼬깃꼬깃 꺼내어 자신의 솔직한 마음을 전해왔다. 하지만 내게는 그녀의 순수한 마음을 있는 그대로 받아들일 수 있는 여유가 한 조각도 남아 있지 않았다. 밥벌이를 하며 그림을 그리는 가난한 미대생에게 사랑은 사치이고 치기라고 믿었으니까. 그래서 간절한 눈빛을 애써 모른 척하기로 했다. 그러나 사실 그녀의 수줍은 고백이 내 마음을 흔들지 못했던 것은 "당신은 마치 카뮈의 《이방인》에 나오는 뫼르소 같아요"라는 그 한마디 때문이었다.

뫼르소. 알베르 카뮈의 소설 《이방인》에 등장하는 주인공의 이름이다. 그는 어머니의 장례식에 다녀와서 애인과 격렬하게 사랑을 나누고 해변으로 나간다. 그리고 강렬한 태양 때문에 순식간에 방아쇠를 당기고, 아랍인을 살해하게 된다. 그 죄로 그는 사회 부적응자가 되고 결국 사형당한다. 뫼르소는 감옥에서도 사회의 규정을 거부하고, 법을 무시하고 끝내 이방인으로 삶을 마감하게 된다는 것이 소설의 내용이었다. 그녀는 내 모습이 뫼르소와 오버랩된다고 생각했던 모양이다.

사랑의 고백치고는 좀 섬뜩한 말이 아닌가. 그녀가 바라보는 나는 사회 부적응자이고, 예기치 않은 불운을 맞이할 것 같은 남자였던가. 그런 느낌의 남자가 그녀에게는 예술적인 영혼과 매력을 지닌 사람이란 말인가. 마치 이방인처럼. 결코 되고 싶지도 않고, 되어서도 안 되는 그런 인물과

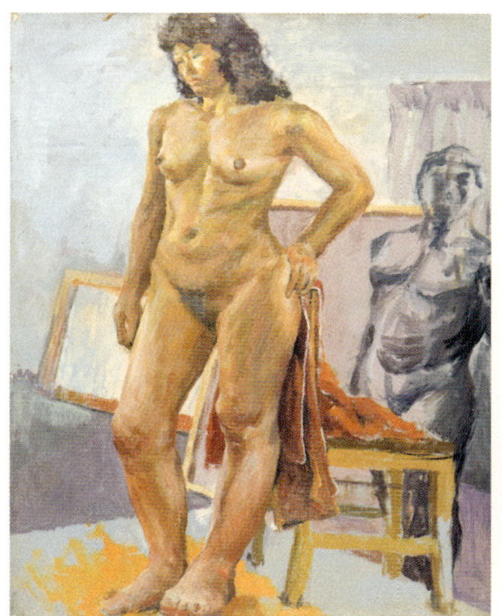

An étude the Nude
1987
Oil on Canvas
116.7×91cm

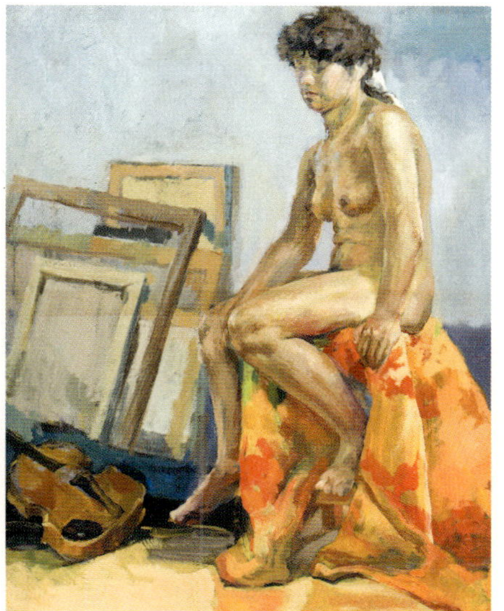

An étude the Nude
1987
Oil on Canvas
116.5×91cm

나를 동일시한 그녀가 원망스럽기까지 했다.

　당시 나는 한때의 감정으로 스스로를 무너뜨리지 않으려 애쓰며 살고 있었다. 아니, 간신히 하루하루를 버텼다. 나의 현실은 그야말로 뫼르소보다 나을 것이 없었지만 나의 꿈은 그녀가 생각하는 뫼르소와는 많이 달랐다. 어쨌든 우리는 그 후 어색한 사이가 되고 말았고, 그녀는 화실로 돌아오지 않았다. 나는 그녀가 꿈꾼 뫼르소가 되기를 거부했기에.

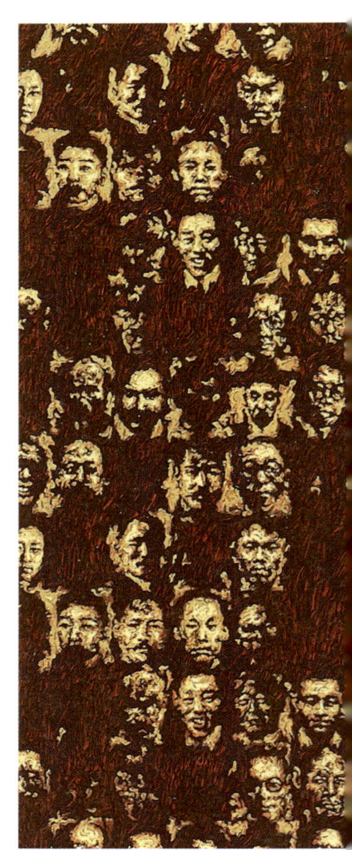

여인의 초상,
위험한 청탁은 아닐까?

　군대를 전역하고 한동안 백화점 문화센터 강의를 할 때의 일이다. 당시 대부분의 수강생은 백화점의 단골 주부들이었다. 수강생은 크게 두 부류가 있었는데, 그림을 전공하지는 않았지만 그림을 그리고 싶은 오래된 열망이 있기에 늦게나마 도전해보려는 사람이 한 부류였다. 이제라도 화가가 될 수 있다는 분명한 목표의식을 가졌기에 강의가 끝났는데도 계속 나를 붙잡고 궁금한 것을 물어오는 사람도 제법 있었다. 또 한 부류는 조금은 편한 마음으로 열망보다는 취미 삼아 다니는 사람이었다. 목적이 제각각이니 누군가는 수업에 집중하고, 누군가는 친목을 도모하고, 더러는 강의만 신청하고 귀찮아 안 나오는 사람도 있었다. 그런 수강생들 가운데 유독 눈에 띄는 수강생이 있었다. 그림에 대한 뚜렷한 열의나 화가가 되겠다는 꿈은 전혀 없는 것 같았지만, 워낙 눈에 띄는 외모라 어딜 가도 주목받을 것 같은 분이었다. 다른 수강생들보다 어린 30대 초반이었고, 다른 주부 수강생처럼 소박하고 일상적인 옷차림을 즐기지도 않았다. 마치 미술 수업이 아닌 파티에 참석하는 것 같은 차림이라 무채색의 옷

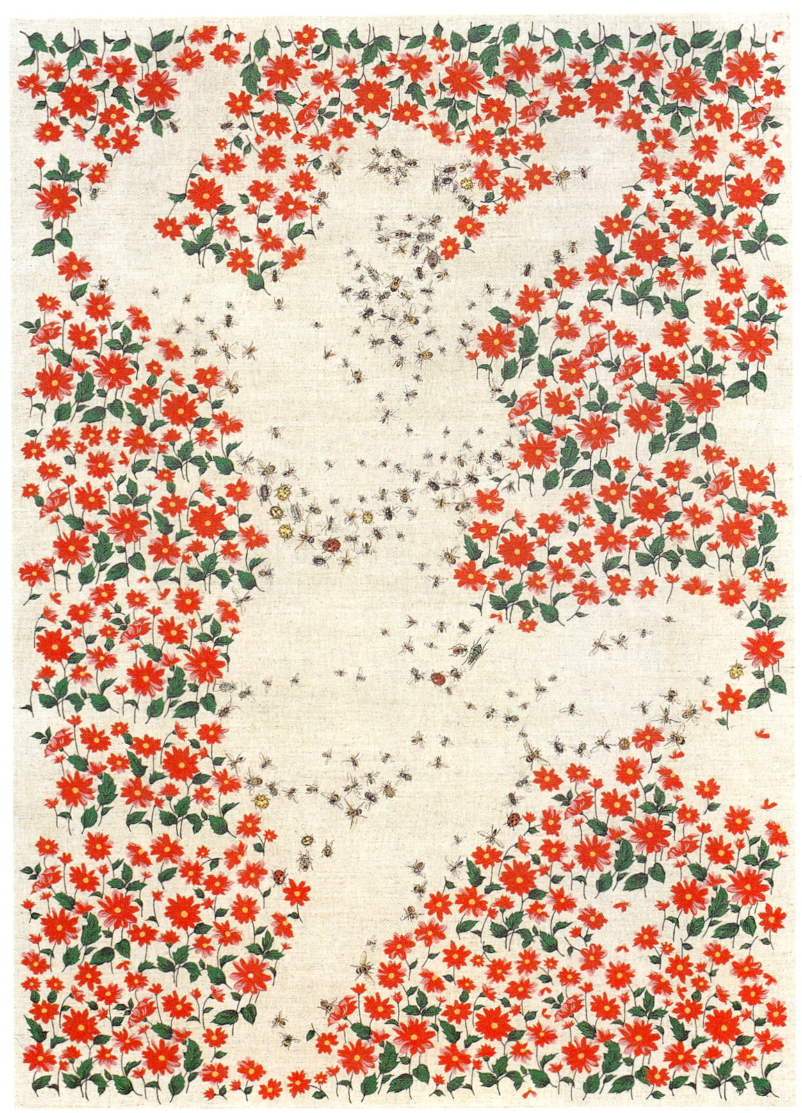

을 입은 다른 사람들에 비해 유독 눈에 띄었는지도 모른다. 남들이 사는 일에 워낙 관심이 없고 그림 외의 다른 잡다한 데에 워낙 무관심했던 나는 그저 그런가 보다 하고 말았다. 그녀에 대해 내가 아는 것은 수강생들의 수다 속에서 우연히 들은 짤막한 이야기뿐이었다. 유명 보석상을 하는 부잣집의 사모님이고, 남편과 나이 차가 많이 난다는 것 정도.

어느 날 강의를 마치고 돌아가는데, 그녀가 나를 기다리고 있다가 쪽지 하나를 손에 쥐어주고는 부끄러운듯 급히 가버렸다. 나는 무슨 일인가 하여 쪽지를 펼쳐보았다. '○○커피숍에서 좀 뵙고 싶습니다'라는 짧은 글과 자신의 전화번호를 적어놓은 것이 전부였다. 그래서 나는 좀 이상한 기분으로 쪽지를 들여다보며 그녀에게 전화를 걸었다. "무슨 일 때문에 저를 만나고 싶으신 겁니까?" 하고 물었다. 그랬더니 그 수강생은 전화로는 대답하기 어려우니 대뜸 만나자고 했다. 무슨 이유로 강의실 밖에서 만나자는 것일까. 가끔 주부 수강생들과 커피를 마시기는 하지만 대개 무리를 지어 만나 그림 이야기로 이야기꽃

Flower and Woman 2003 Acrylic on Canvas 162×112cm

을 피운다. 그러나 이 여인의 쪽지에는 뭔가 다른 뜻이 있는 건 아닐까. 나는 궁금하기도 하고 걱정도 되는 마음으로 커피숍을 향했다. 그녀는 먼저 와 나를 기다리고 있었다. "놀라셨죠?" 그녀는 내 얼굴을 살피며, 조금 미안하다는 표정으로 물었다. 물론 젊고 예쁜 수강생의 쪽지가 혹여 사랑 고백이라면 무척 당황되고, 곤란할 터였다.

"어려운 부탁인 줄 알지만……." 그녀가 말끝을 흐렸다. 어려운 부탁? 내가 감당할 수 없는 부탁만 아니기를 바라며 그녀를 마주보았다. 그녀는 얼굴을 붉히며 어렵사리 말을 꺼냈다. "저를 그려주셨으면 좋겠습니다."

"초상화를 말인가요?"

"네."

그녀의 눈빛은 너무나 간절하고 애절해 보였다. 화가가 다른 이의 초상화를 그려주는 것이 뭐가 대수이겠는가 싶지만 왜 갑자기 나에게 그려달라는 것인지 궁금했다. 나는 인물화를 전문으로 그리는 화가도 아닌데 말이다.

"초상화를 그리는 건 어려운 일이 아니지만."

"선생님, 그려주시는 걸로 알겠습니다."

"아, 네, 뭐……."

"사례는 충분히 할게요."

그녀는 내가 수락한 것으로 여기며 마음을 놓는 표정이었다. 그녀의 간곡함 탓에 차마 거절할 수도 없었다.

"그린다면 어디서, 언제 그려드릴까요?"

"시간이나 공간은 선생님이 좋으실 대로. 아무 때나 괜찮습니다."

그렇게 얼결에 약속을 하고 집에 돌아오면서도 영 얼떨떨한 기분이었다. 자기를 그려달라고? 왜 나에게? 상업적인 초상화 작가들도 있을 텐데? 그것도 단 둘이서? 나는 유부남이고, 딸도 있다. 물론, 화가로서 대상을 그리는 일은 늘 해오던 것이니 별로 문제될 것은 없지만 어딘지 모르게 켕기는 기분이 드는 건 사실이었다. 괜한 말로 오해를 부를까 봐 아내에게도 우선은 의뢰에 대해 함구하기로 결정했다. 이왕 약속한 것이니 해주자 싶었다.

그리 쉽게
잊을 수 있나요

약속한 날이 되어 그녀와 함께 나의 작업실로 향했다. 그녀는 단지 초상화만 그려주면 되는 것이니 걱정은 안 하셔도 된다고 여러 번 덧붙였다. 나는 민망해하는 그녀에게 알았다고, 그렇게 알고 있다고 말하고 작업을 시작하였다.

"어떻게 앉을까요?"

"편하게 그냥 앉으시면 됩니다."

어색해하는 그녀를 보며 나조차 조금 불편해졌다.

"이런 포즈 괜찮으세요?"

그녀는 불편해하는 내 마음을 눈치챘는지, 구도를 잡기 편하도록 여러 자세를 잡아주었다. 나는 크로키로 초상화를 그려나갔다. 한두 해 해온 일이 아니니 그리 긴 시간이 걸리지 않았고, 작업이 마무리된 후 그녀에게 그림을 보여주었다. 그녀는 내 그림에 매우 흡족해하며 고맙다는 말을 연발했다. 나는 왜 이런 그림을 갑자기 원했는지를 묻고 싶었지만, 다른 사람의 개인사를 알면 뭐 하나 싶어 그만두었다. 그리고 일을 마쳤으니 집에 가려고 일어섰다.

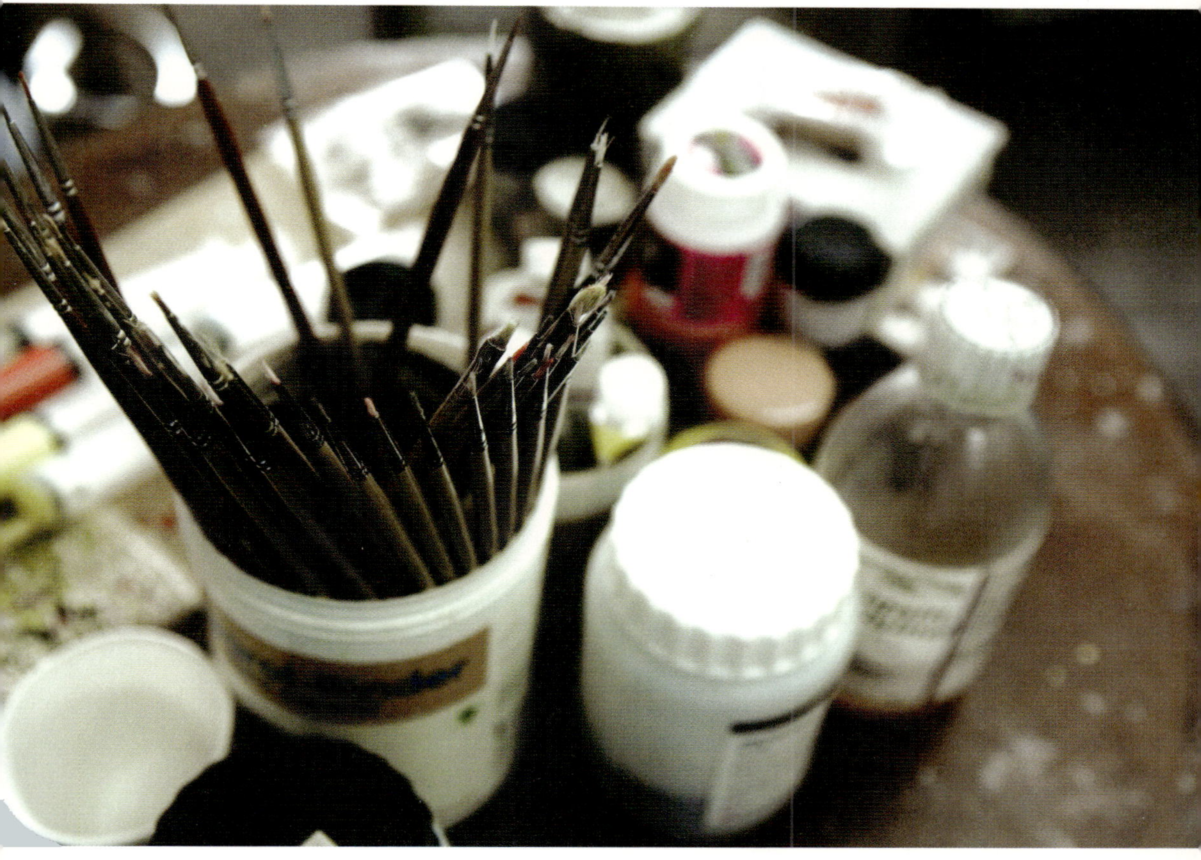

그림밖에 모르던 내게 '사랑'이란

무엇이었을까.

문득, 가슴이 먹먹해졌다.

"선생님, 제가 왜 이런 그림을 부탁했는지 안 물어보세요?"

그녀가 몸을 일으키는 내게 물었다.

"예뻤을 때의 모습을 그림으로 오래 남겨두고 싶어서겠죠."

그러나 그녀는 뜻밖의 이야기를 꺼냈다.

"사랑하는 사람이 있었어요, 결혼 전에."

그녀는 결혼 전 무척 사랑하는 남자가 있었다고 한다. 그 남자와 결혼하려고 했지만 어떤 이유로 헤어지고 지금의 부자 남편과 결혼했다는 것이다. 그런데 어느 날 그 옛 애인에게 연락이 왔다고 했다. 남자는 그녀와 헤어지고 그녀를 그리워하며 살다가 여느 최루성 멜로 영화에서 그렇듯 죽을병에 걸렸다는 것이다. 그런 사정을 알게 된 그녀는 용기를 내서 그가 있는 병원을 찾아갔고, 옛 애인의 간절한 마지막 소원을 들어주기로 약속했다는 것이다. 그녀의 초상화와 함께 자신을 묻어달라는 것. 그래서 그가 원하는 옷을 입고, 이렇게 나에게 부탁했다는 것이다.

"살다 보니 사랑이 그립더라고요……" 하고 말하며 그녀는 조금만 더 작업실에 있다 가도 되겠냐고 물었다. 나는 그러라고 허락해주고 뭔가에 홀린 듯 이상한 기분으로 작업실을 나섰다. 작업실 문을 닫으며 뒤돌아보니 그녀는 자신의

초상화를 바라보고 있었다. 내가 나간 뒤 그녀는 가슴 아픈
사랑을 생각하며 한참 울다가 갔을지도 모르겠다. 일을 마치
고 돌아오며 생각했다. 사랑이란 게 무엇일까. 나는 밥벌이
를 위해 여기저기 강의를 다니고 먹고사는 일만으로도 벅찬
데, 그녀가 하는 사랑이란 건 무엇일까? 사랑 따윈 그저 여유
와 낭만을 가진 자들의 것이리라고 생각해왔지만, 죽음을 앞
둔 옛 애인과의 다하지 못한 사랑과 아픔을 어찌 밥벌이의
괴로움에 견줄 수 있겠는가. 어쨌든 나는 그녀를 그리고 오
는 길에 왠지 쓸쓸해졌고, 여전히 아내에게는 함구하는 편이
낫겠다고 생각하며 집으로 돌아갔다. 거리의 수많은 연인들
을 보며 문득 나도 언제 저런 사랑을 했던가 싶었다.

내게 사랑은 혼자 할 때는 오히려 쉬운 것이었다. 그러나
둘이 만나 감정을 교류할 때는 서투르고 어렵기만 했다. 서
로 바라보는 곳이 다르고 생각이 다른 두 사람이 하나의 감
정으로 얽히고설킨 것이니 말이다. 그래서 사랑에는 교본도
규칙도 룰도 없는가 보다. 생각해보면 나를 뫼르소로 느끼

던 그녀와는 이상형이 달라도 한참 달라서인지 사랑의 언저리에도 가지 못했다. 그러나 내가 초상화를 그려준 그녀에게 사랑이란 한순간의 통함으로 오랜 세월 지속되는 것이었다. 통하다, 그것이 사랑의 핵심이 아니겠는가? 서로 모르는 사람이 만나 한순간의 일치를 맛보는 것. 사랑은 교통사고와 같다는 말을 많이 한다. 어느 날 갑자기, 자기도 생각지 못한 때에 오는 것이 사랑이다. 그 복잡하고 알 수 없는 감정들 속에 우리는 인연을 만나기도 하고, 스쳐가는 사람이 되기도 한다. 우리는 어렵고 고단하지만 안고 갈 수밖에 없는 사랑을 갈망한다. 또한 행복했던 추억 하나만으로도 평생을 살아갈 힘을 얻는다. 그녀를 그리고 돌아오는 길, 그림밖에 모르던 내게 사랑이란 무엇이었는지를 생각해보았다. 사랑이 그립더라는 그녀의 눈빛이 한동안 잊히지 않았다. 마치 뭔가에 홀리었던 것처럼.

돌아온
〈꽃과 여인〉

평소 알고 지내던 갤러리에서 전화 한 통이 걸려왔다.

"선생님, 〈꽃과 여인〉이란 작품을 기억하시죠?"

〈꽃과 여인〉이라? 그 낯선 이름을 기억에서 더듬어보았다.

화가에게는 그림의 표제보다 작품의 이미지가 더 강렬히 각인되어 있기에 내가 직접 명명했던 작품임에도 그 이름이 생소하게만 느껴졌다. 잠시 시간을 가지고 〈꽃과 여인〉을 떠올렸다. 2000년도에 논산 작업실에서 작업했던 그림이었다.

"그 작품이 시장에 나왔다는데, 알고 계셨어요? 그림을 사겠다는 사람도 있어서 흥정 중이라던데요."

그 그림이 시장에 나왔다고? 왜?

그 작품이라면 대학 동창이 논산의 작업실로 나를 여러 번 찾아와 조르고 졸라 구매해간 작품이었다. 그림을 팔 마음도 없는 나를 지극정성으로 설득해서 결국 가져간 것이었다. 그런데, 무슨 연유로 그 그림을 팔려고 내놨을까? 궁금

하루 종일 캔버스 앞에 앉아

수없이 많은 점을 찍어 캔버스를 채웠다.

돌을 이고 수없이 산을 오르는 시시포스처럼.

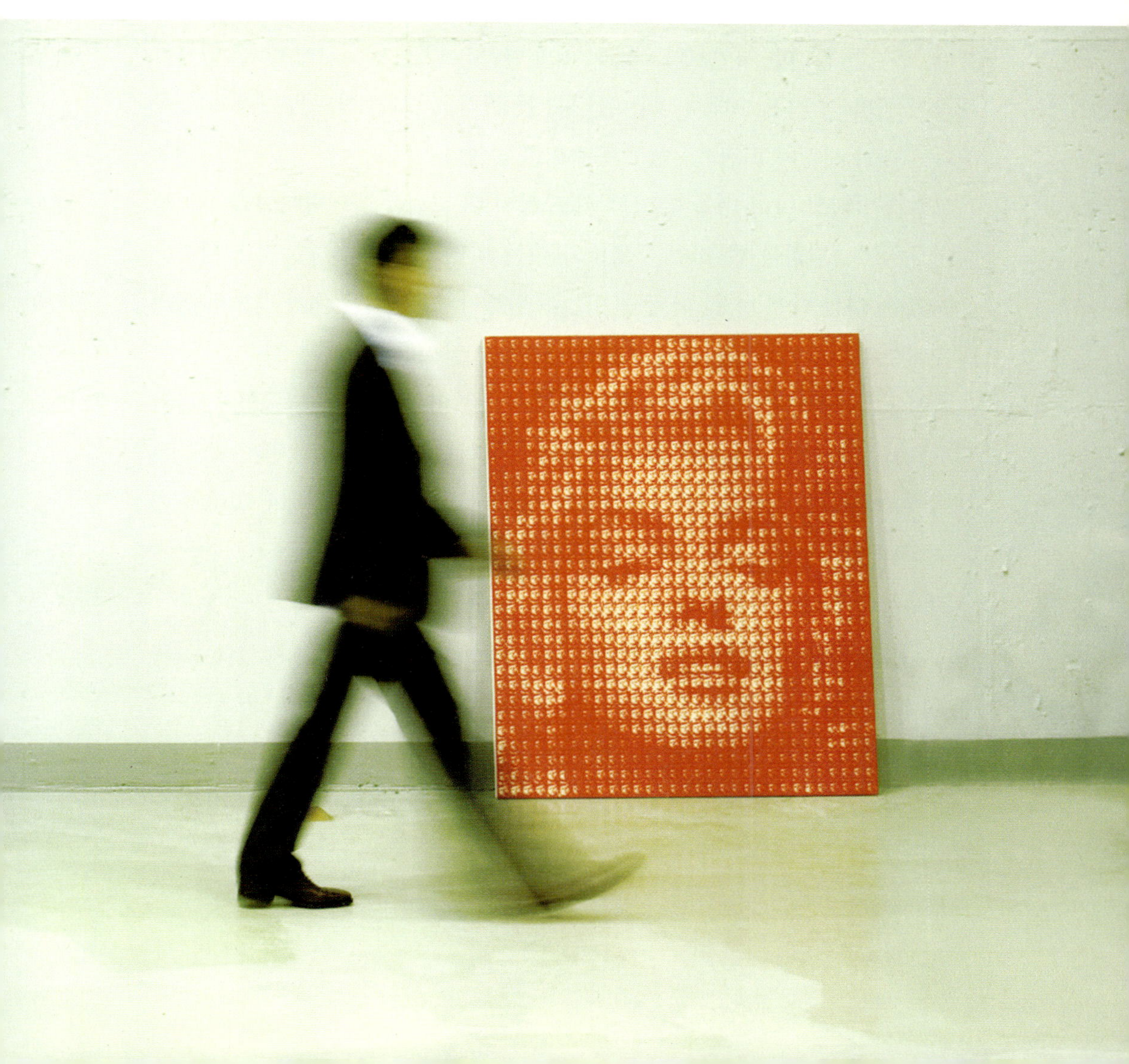

했다. 하지만 팔려던 사연보다 〈꽃과 여인〉만큼은 다른 누구에게 팔 수 없다는 생각이 먼저 들었다. 그래서 나는 '안 돼! 못 판다고 그래! 어느 누구에게도 못 판다고 내가 사겠다고 전해!' 하고 목소리를 높였다.

그렇게 말하고 나니 더욱 더, 한시라도 빨리 내 그림을 돌려받아야겠다는 생각이 들었다. 전화를 한 지인은 평소와 다른 나의 반응에 놀랐는지 당황하는 눈치였다. 나는 다시 한 번 더 못을 박듯이 말했다. 그 그림은 내가 반드시 돌려받을 것이고, 얼마가 됐든 간에 무조건 사겠다고 말이다.

지인은 "선생님께서 직접 그림을 산다고요?" 하며 의아한 듯 되물었고, 나는 되도록이면 빨리 그림을 돌려받게 해달라고 부탁했다. 자신이 그린 그림을 돈을 주고 되산다는 상황이 좀 이상했지만 〈꽃과 여인〉은 그만큼 내게 의미가 있는 작품이었다.

1990년대에 나는 다양한 기법을 시도하며 나만의 그림 스타일을 구축해나갔다. 그동안 해왔던 작업들을 바탕으로 내 그림에 변화를 주던 시기였다. 그렇게 여러 작업을 하다 찾게 된 스타일은 무심無心하고 무정無情한 느낌의 점과 도형을 반복하여 어느 형상을 캔버스에 그려내는 작업이었다.

수많은 점들이 모여 안중근 열사가 되기도 하고, 다양한 사이즈의 수많은 원이 여인의 모습으로 탄생하기도 했다. 마치 바닷가에 모래로 만들어진 조각품처럼 캔버스를 모래알 같은 점과 도형으로 형상화하던 시기였다.

하루 종일 캔버스 앞에 앉아 수없이 많은 점을 찍고 그려내며 캔버스를 채워가고 있었다. 이런 작업은 꾸준한 집중력과 노동력을 요하는 것이었다. 마치 시시포스*의 형벌처럼 무한한 반복을 거듭하는 나날이 이어졌고, 그 행위는 남들 눈에 무의미하고 고된 형벌처럼 비치었을 것이다.

이런 반복의 고단함을 캔버스에 옮겨놓고 지친 눈으로 창밖을 보면 바깥세상은 생경하기만 했다. 나의 네모진 캔버스, 그 캔버스 안에 박제된 듯 새겨진 점과 점으로 이루어진 형상. 숨을 쉬지도 움직이지도 못하는 화폭 속의 그림과 달리 창밖의 나비는 바람을 가르며 날았고, 꽃들은 땅속에 흔들리지 않는 뿌리를 단단히 박아 춤을 추듯 한들거렸다.

---

* 그리스신화에 나오는 코린토스의 왕으로, 신들을 기만한 죄로 사후에 커다란 바위를 산꼭대기로 밀어올리는 벌을 받았다.

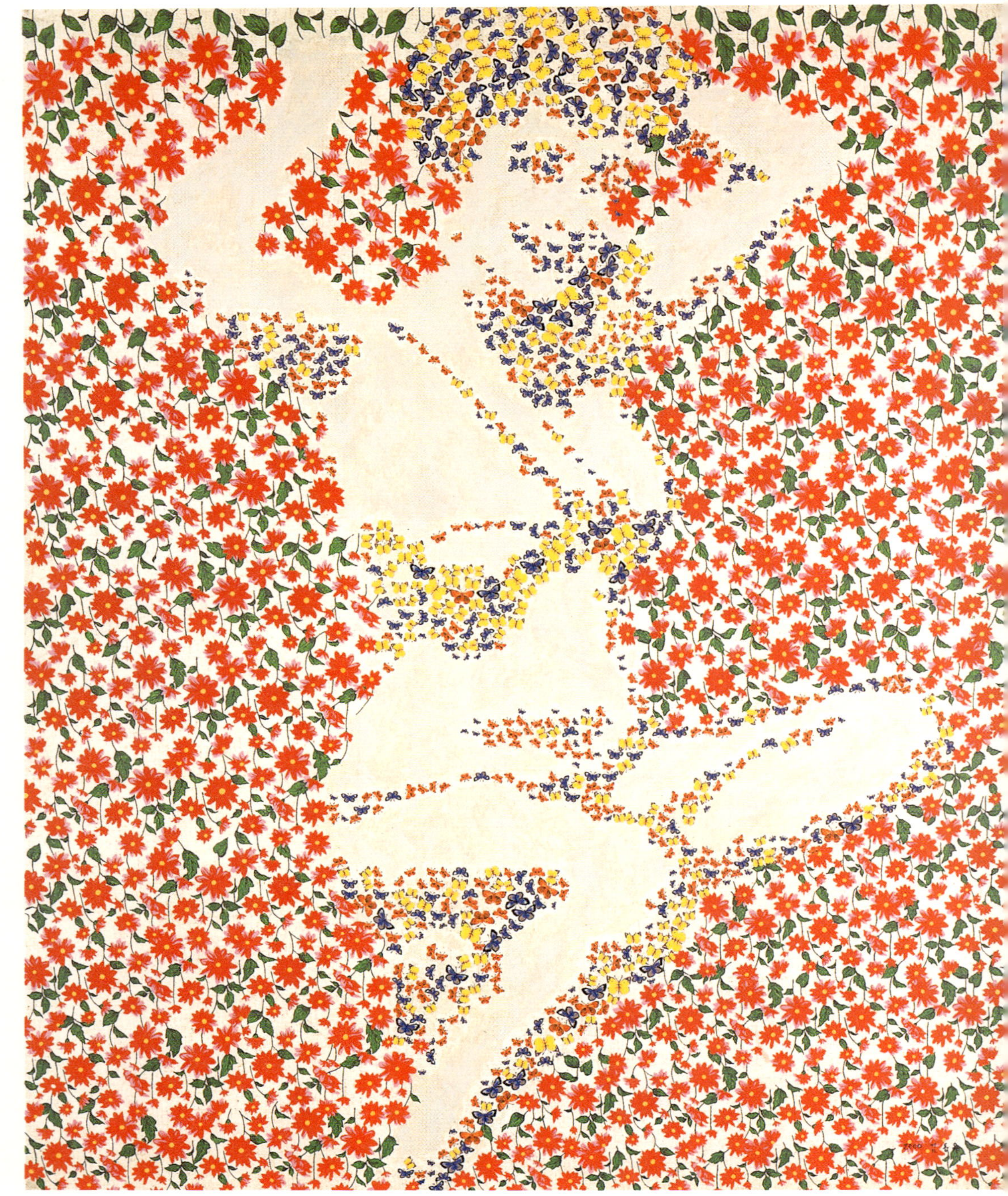

Flower and Woman 2000 Acrylic on Canvas 162.2×130.3cm

창밖에서 부는 바람의 가벼운 날갯짓을, 행복한듯 보이는 꽃과 나비를 멍하니 응시하던 순간 무정하고 무심한 점과 도형을 벗어나 자연의 생동을 화폭에 담고 싶다는 생각이 들었다. 진짜로 살아 숨 쉬는, 호흡하며 제멋대로 살아가는 자연을 그려보고 싶었던 것이다.

그래서 그리기 시작한 작품이 〈꽃과 여인〉이었다. 붉은 꽃으로 풍만하고 나른한 여체를 그려가며, 그동안 해왔던 감정과 이미지의 상상을 배제한 단순한 반복이 아닌 '꽃'과 '여인'이라는 이미지를 결합해 캔버스에 그리기 시작했다. 붉은 꽃이 가진 이미지와 풍만한 여체가 가진 이미지를 섞어서 그려 보니 이미지의 충돌효과가 새로운 느낌을 탄생시켰고, 스스로 만족할 만한 작품이 나오게 된 것이다. 그래서인지 〈꽃과 여인〉은 내 작업과정 중에 중요한 터닝포인트가 되었다. 그 작품을 시작으로 이미지의 결합을 무생물에서 자연의 소재로 대체하게 된 것이다.

그랬기에 〈꽃과 여인〉은 내가 소장하는 것이 마땅한 일이었다. 그런 뜻깊은 작품이 단지 돈 때문에 타인의 손에서 떠돌 거라 생각하니 어찌 돌려받고 싶지 않겠는가? 결국 나는 번잡한 과정을 거쳐 거금의 돈을 주고 내가 그린 〈꽃과 여인〉을 되찾게 되었다.

내가 가장
사랑하는 작품은

　사람들은 가끔 내게 이런 질문을 한다. "지금까지 해왔던 작품 중에 어떤 그림이 가장 애착이 가십니까?"라고.

　이런 질문 앞에는 딱히 대답해줄 말이 없다. 대학시절 부족하기만 했던 습작기 작품도 나를 유명하게 만든 작품도 그림을 그릴 당시의 생각과 노고가 오롯이 담겨 있기에 유독 마음이 가는 작품이 따로 있을 리 없다. 모든 작품은 또 다른 나와 같은 것이니.

　물론, 모든 작품이 완벽해서 나무랄 데가 없다는 뜻은 아니다. 언제나 그리고 나면 부족함은 남는다. 그래서 한 작품을 완성한 후 한동안 지그시 바라보면 '이런 부분은 부족했다'라고 느끼고 다음 작품에는 그 부족함을 보완하고, 그 보완된 부분이 또다시 진화하면서 작품 세계가 구축되는 것이다. 모든 작품은 그런 과정을 수차례 반복하면서 작품은 완성되는 것이라 생각한다. 그러니 무엇을 캔버스에 채우던 작은 변화들은 알게 모르게 일어나고, 매번 같은 작업 같지만 같지 않은 작업이 될 때가 많다.

대학 강단에서 후배들을 가르치며 내가 가장 많이 하게
되는 말은 '과거에 집착하지 말고, 미래에 너무 기대지도 말
고, 현재에 충실하라'는 것이다. 과거의 좋은 한때도 영원할
수 없으며, 미래의 불확실함 앞에서 자만할 필요도 없다. 단
지, 오늘 내게 주어진 이 시간, 이 찰나에 나의 최선을 다할
때 그것이야말로 완성된 삶이 아니겠는가?

〈꽃과 여인〉을 그릴 당시에도 그러했다. 과거도 미래도
모두 잊었고, 그 그림만을 바라보고 그 완성만을 위해 내 모
든 것들을 소진하며 시간을 보냈었다. 이 또한 내가 그림을
그리는 일을 선택하고 그 길을 가는 과정이었다. 결과적으
로 아무것도 이루어 놓은 것은 없지만, 그 일을 포기하지 않
고 계속 이어가는 것. 변화도 없고 늘 같은 일의 반복 같지
만 그 일을 견뎌내며 나도 모르게 진보하는 것. 누군가 알아
주지 않아도 스스로의 진화를 스스로 느낄 수 있다면 그것
으로 족한 것. 이런 과정들 속에 예술가는 성장하고, 제 길
을 찾아 제 뜻대로 살아가게 되는 것이다. 다른 이에게는 나

의 작업이 점에서 꽃으로 변화를 하든 말든 의미 없는 것이 겠지만, 나에게는 놀라운 진보였고 그랬기에 〈꽃과 여인〉은 내게 돌아올 수밖에 없는 운명이었을 것이다.

　시시포스가 돌을 이고 수없이 산에 올랐을 때, 다른 이들이 보기에는 똑같은 반복이었겠지만 그 스스로는 오늘은 이런 방법으로 내일은 또 다른 방법으로 산을 오르지 않았을까? 자신이 짊어진 돌의 무게를 꿋꿋이 이겨내면서…….

알이 부화하는 방법

KIM DONG YOO

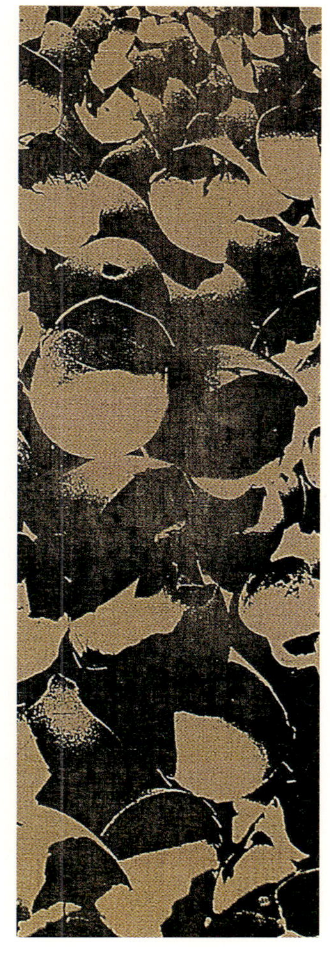

계란이 병아리가 되는 방법은 간단하다.
열정을 뿜어 계란의 껍데기를 깨고 나와
생명을 위해 부단히 살고자 하는 것이다.
만일 내가 진정한 행운아라면
그건 참고 견디는 재능 덕분일 것이다.

간절히 원하면
기회는 반드시 온다

작업을 하면서 꾸준히 해왔던 일 중 하나는 나의 모교인 목원대학교 회화과 학생들의 실기수업 강의였다. 제자이자 후배인 학생들과 함께 그림을 논하고, 이미지를 형상화해서 화폭에 담는 과정을 가르치다 보면 나도 모르게 대학 시절의 나와 마주하게 된다.

공주고등학교를 다니던 나는 고교 시절 내내 교내 미술부 활동을 했다. 그때도 지금과 마찬가지로 미대에 진학하기 위해서는 미술학원의 도움을 받아야 했다. 그러나 나는 형편이 좋지 못해 미술학원의 문턱을 넘어볼 기회가 없었다. 그러다 보니 자연스럽게 교내 미술부 활동에 몰입하게 되었다.

당시 미술부는 학교 서클 중에서도 기강이 세고, 선후배의 서열이 깍듯한 것으로 단연 일등이었다. 정신 수련과 극기의 차원에서 호되게 매를 맞기도 했다. 교내 서클의 통과의례이자 서열을 가르친다는 명목으로 벌을 받기도 했고, 야구 배트로 궁둥이를 얻어맞는 일들은 나와 비슷한 연배의 사람들이라면 한 번쯤은 경험해본 것이리라. 물론 이런 과정은 신입생 시절에 짧게 끝났고,

곧 끼가 넘치는 선배들과 어울리며 그들의 재능과 노력을
배워 나의 것으로 흡수했다. 그러면서 내 그림은 혼자 하던
작업보다 점점 더 성숙해지고 제 색깔을 찾아갔다.

서울에서 미대를 졸업하고 활동하다가 낙향을 하신 임동
식 선생님의 작업실도 떠오른다. 선생님께서는 자신의 공간
을 공주고등학교 후배들에게 선뜻 열어주셨다. 우리는 매일
새벽 5시에 일어나 풀을 헤치고 논길을 걸어 그야말로 새벽
별을 보며 선생님의 작업실로 향했다. 선생님이 손수 선곡
해주신 헨델의 '메시아'를 들으며 오로지 작업에만 열중할
수 있었다.

몇 달밖에 되지 않는 짧은 기간이었지만, 그 시간은 화가
의 삶을 선택하는 데 많은 영향을 주었고, 화가로 살아가게
한 뼈와 살이 만들어진 시간이었다. 그래서일까, 오랜 시간
이 지난 후 임동식 선생님은 나를 이렇게 회상하셨다. "너는
그때 마치 신들린 아이 같았다."

Self-Portrait 1984 Oil on Canvas 41×31.5cm

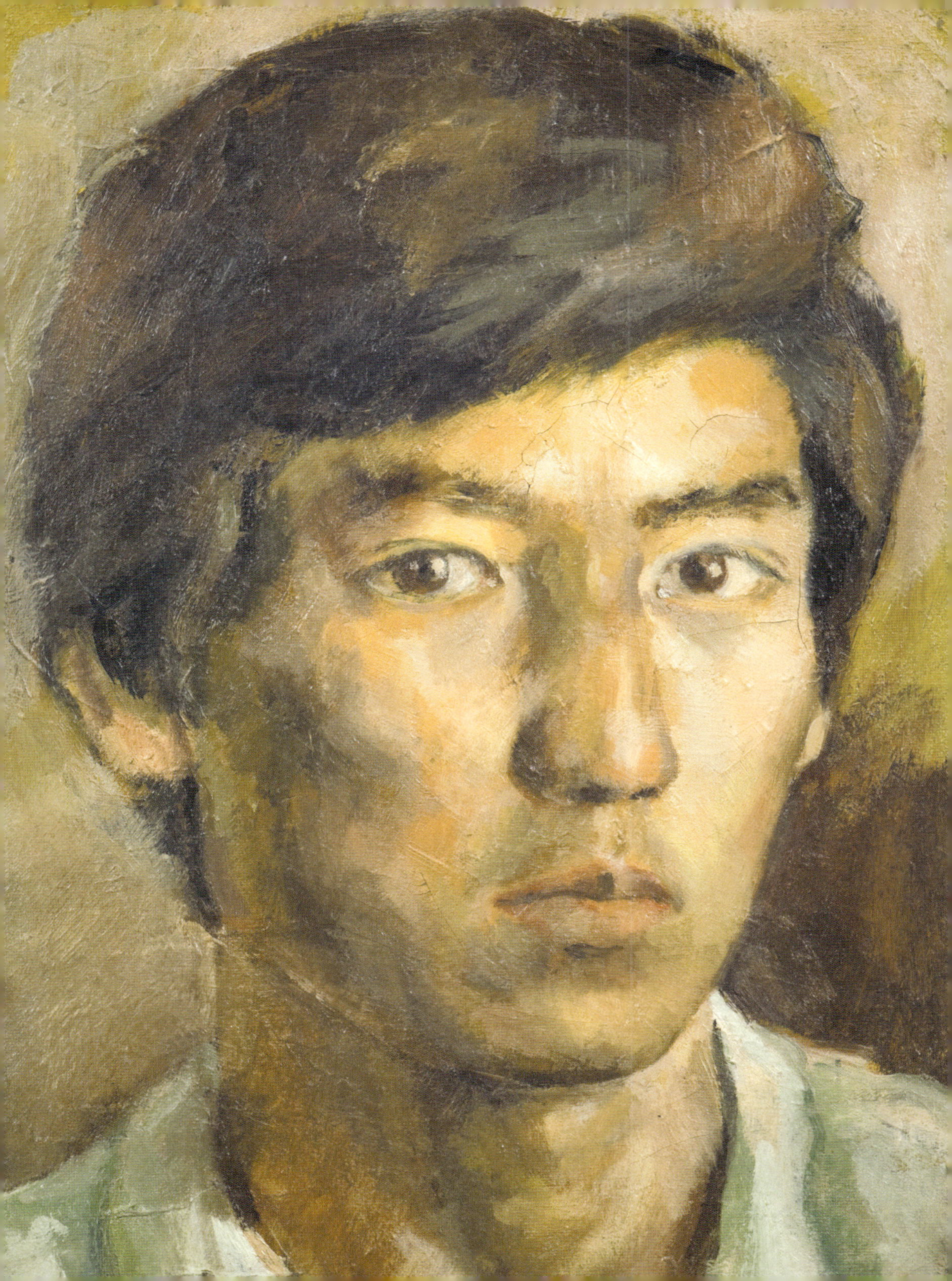

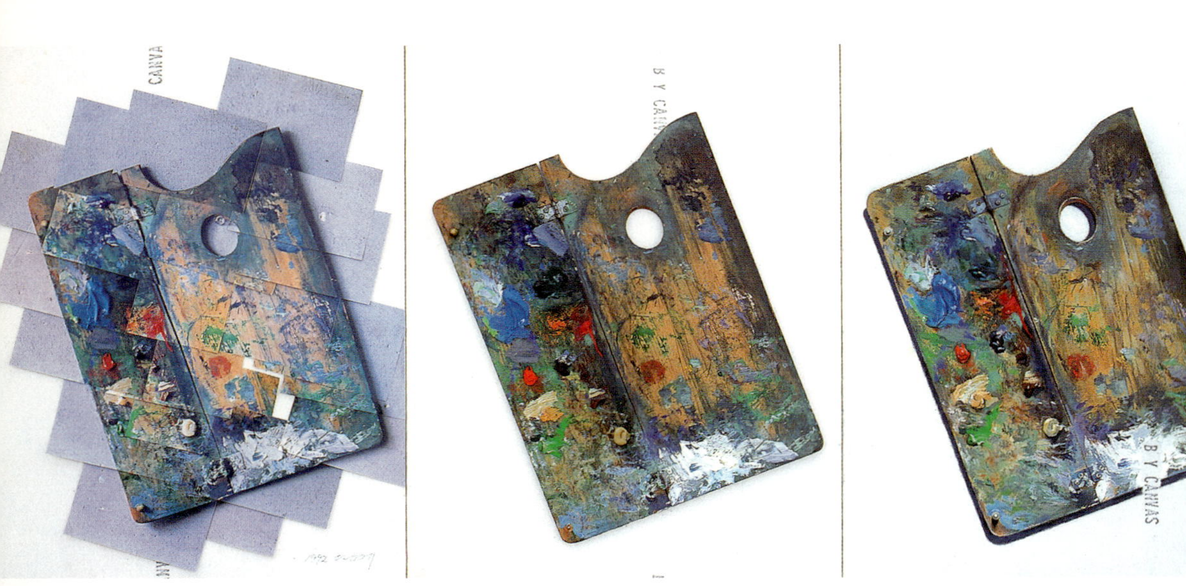

Three Palettes 1993 Photo, Object, Oil on Canvas 51×120.5cm

작업 공간도 없었고, 누구에게 그림을 배울 형편이 아니었던 내게 이런 배려는 눈물겹게 고마운 시간으로 남았다. 나는 힘들 때마다 그때를 그리워하고, 그렇게 열심이던 시간을 마음속으로 리플레이한다.

함께 동고동락하며 작업한 친구들 몇몇이 감사함을 표현할 때마다 임동식 선생님은 "그림은 너희가 그렸지. 나는 음악 틀어주고, 마당이나 쓸었을 뿐이네"라고 말씀하시지만 말이다. 임동식 선생님과 미술부의 도움으로 나는 4년 등록금 전액 면제 장학생으로 뽑혀 목원대학교 미술대학에 입학하게 되었다. 간절히 원하여 받은 선물 같은 기회였다.

위풍당당한 입학,
그 뒤에 남은 '맨땅에 헤딩'

어려운 형편에 대학 4년은 경제적으로 엄청난 부담이었다. 그림을 그리며 써야 하는 미술용품조차도 구입하기가 여의치 않았으니 말이다.

이런 상황에 등록금을 걱정하지 않아도 된다는 것은 하늘이 주신 기회였다. 하지만 끝까지 고집을 부리며 미대에 진학한 장남이 못마땅한 아버지는 경제적 지원을 하지 않겠다고 선언한 상태였고, 그런 갈등으로 나는 아버지와 의절까지 했다. 미대 진학은 가뜩이나 불협화음 일색이던 우리 부자의 갈등에 활화산 역할을 톡톡히 했다. 그 일은 아버지와 나, 두 사람 모두에게 깊은 상처를 남겼고, 결국 나는 대학 입학과 동시에 집을 떠나 혼자 살아야 했다. 하고 말겠다는 오기로 충만했던 시절이었다. 그러나 미대를 다닌다는 것은 학비 외에도 많은 돈이 들어가는 일이었다. 생활비와 그림 재료비까지 스스로 벌어 충당해야 했기에 벅찬 일상을 보냈지만, 어리바리 신입생의 몸으로 못된 짓 빼고 다 해보며 견뎌보기로 했다.

나는 학교 수업이 끝나면 총알처럼 튀어나가 돈이 되는 일을 했다. 입시학원

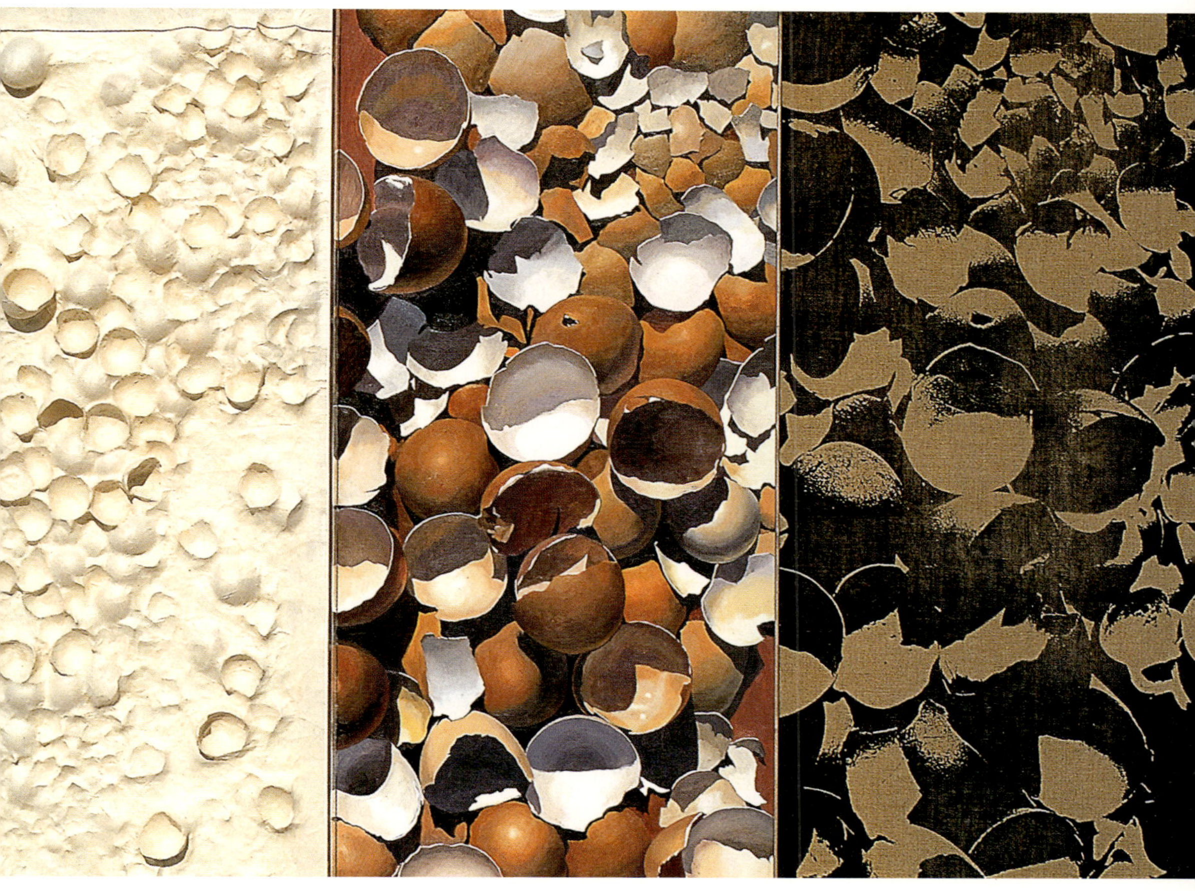

The Method of Collections 1994 Mixed Media 90×118.5cm

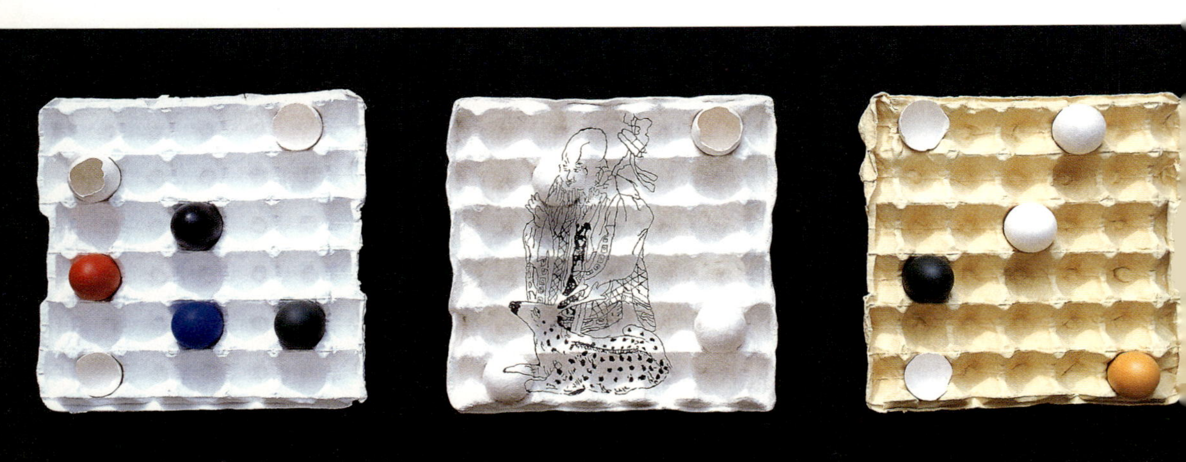

The Method of Collections 1993 Mixed Media 51.8 x 109.8cm

에서 강사 일도 했고, 육체노동이라 불리는 일까지 어쨌거나 할 수만 있다면 쉼 없이 했다. 다른 동기들은 조금은 여유로운 마음으로 친구도 사귀고, 연애도 하고, 술도 마시러 다녔지만 나에게 그런 시간은 허락되지 않았다. 그러다 보니 나는 학과 내에서도 있는지 없는지 모르는 그런 학생이 되었다. 조용한 성격 탓도 있지만 어울려 지내는 시간이 물리적으로 모자라니 있어도 그만, 없어도 그만이었다.

게다가 고등학교 때는 그림을 제법 그린다고 주변 사람들에게 인정받았지만 대학교에 들어오자 상황이 달라졌다. 어디서 이런 천재들이 나왔는지! 막 걸음마를 시작하는 내 옆에는 날고뛰는 재능을 가진 친구들이 제법 많았다. 그들 사이에서 잡지의 일부분이나 광고, 우표 같은 흔한 이이지를 그려대는 내게 주목하는 교수님은 없었다. 그렇게 나의 대학 생활은 조용하게 묻혀 시간이 흐르는 대로 견디는 시간이었다. 그럴 때마다 나의 재능이란 과연 존재하는 것인지, 혹여 잘못된 길을 선택한 건 아닌지 스스로 되묻곤 했다.

계란판 위의
나를 보다

　재능이라는 것이 그랬다. 마치 계란판 위에 올려진 계란처럼 다들 엇비슷한 모양과 크기로 한 판에 옹기종기 모여 있지만, 그중에서 색깔이 다르거나 사이즈가 큰 것들에 먼저 눈이 가고, 손길이 가는 것. 그렇게 눈길 손길을 잡아끄는 것이 재능 아니겠는가.

　그러나 나의 재능은 그렇게 남다른 계란이 되지 못했다. 여느 계란과 별반 다르지 않은, 이렇다 할 두각도 드러내지 않은 계란일 뿐이었다. 누군가가 집어줄 때까지 기다리는 계란. 아무도 관심을 두지 않는 계란. 알게 모르게 금이 간 채 요리될 날만 기다리는 계란.

　이런 생각을 할 때쯤 우리 과의 한 친구는 나와는 차원이 너무나 다른 독특하고 재주 많은 계란이었다. 친구는 수업에 별 관심이 없었고, 밤늦게까지 동기들과 어울려 술을 마시다 인사불성이 되어 집으로 돌아가곤 했다. 그리고 다음 날은 숙취로 인해 지각했다. 그렇게 그의 파란만장한 술자리는 어김없이 계속되었고, 급기야는 수업도 자주 빠지게 되었다. 교수님이 내라는 보고서도 매번

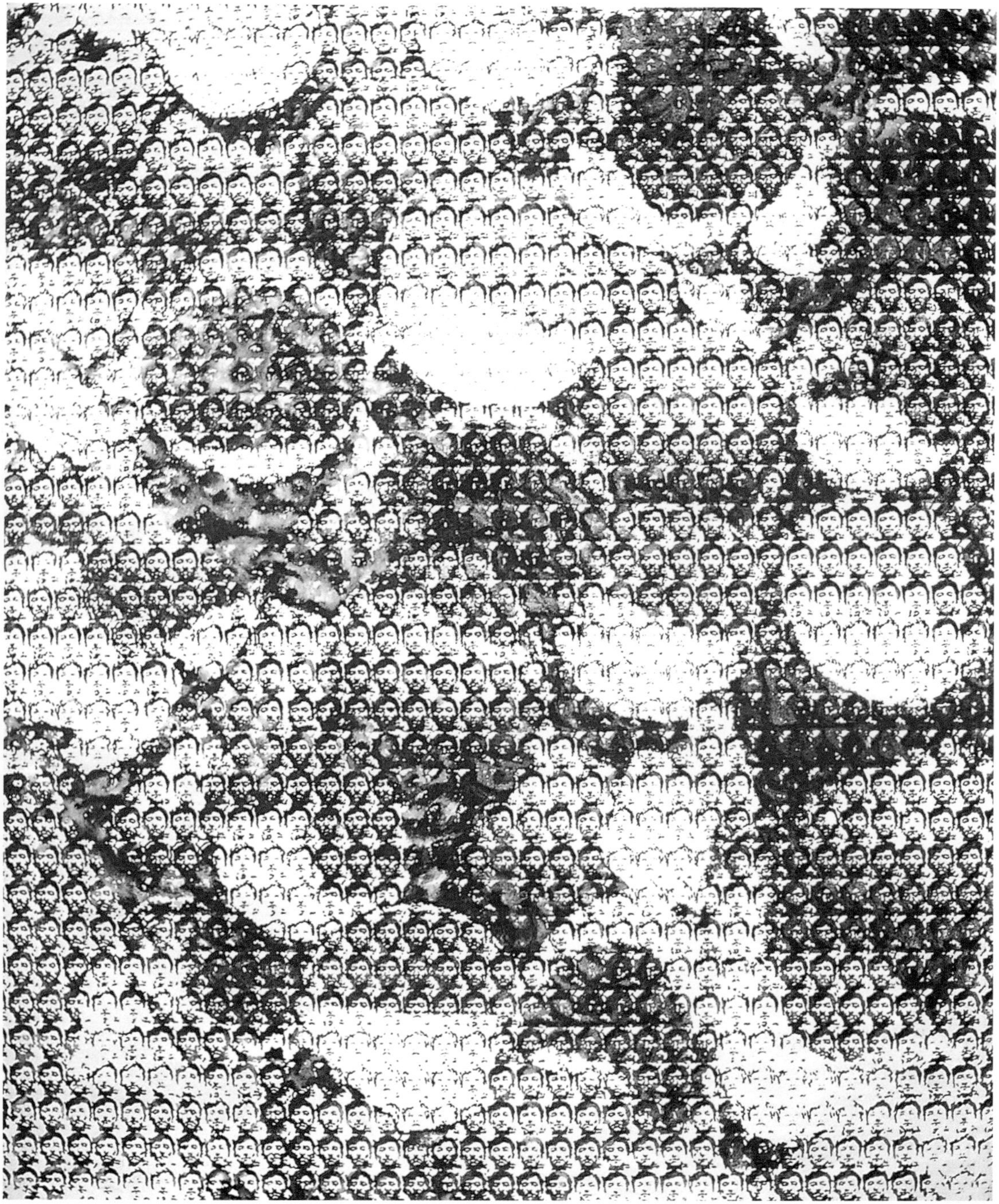

Self-Portrait 1999 Acrylic on Canvas 162.2 x 130.3cm

늦거나 혹은 무시했고, 성적에도 아예 관심이 없는 친구였
다. 하지만 그 친구가 그려낸 그림에서는 그의 불성실한 태
도와 상반된 특유의 재능이 빛났고, 모두들 감탄을 연발했
다. 교수님들도 그의 재능에 칭찬을 아끼지 않았다. 마치 계
란판에서 보란 듯이 부화하는 계란처럼. 같은 판 위의 계란
이었지만 그는 가장 먼저 알을 깨고 병아리가 되었다. 그 친
구의 그림을 보며 나는 은근히 자극을 받았고, 나의 그림에
대한 회의를 갖기도 했다.

　재능이란 이런 것인가. 어떠한 노력 없이도 예술가의 끼
를 가지고 그 끼를 주체 못하고 나부끼듯 살다 일필휘지로
사람의 마음을 잡는 것. 성실하거나 꾸준하지는 못하지만,
그의 잠재적인 예술혼이 어느 순간 불꽃 터지듯 순간의 감
정으로 몰아치는 것인가? 그런 것이 잠재력이고 재능이고
천재적인 것일까? 그렇다면 나는 도대체 언제쯤 진짜 화가
가 될 수 있을까?

　재능이라는 것이 빛과 같아서 아무리 가리려고 해도 어느

순간 틈을 비집고 나오는 것이라면 내게는 왜 그것이 없는 것일까? 살아가는 일에 최선을 다하고 삶을 성실하게 산다는 것은 재능과 아무 상관이 없는 것일까. 그림을 그리려고 일분일초를 다투며 일하고 돌아와 캔버스 앞에 앉는 것은 무의미한 것일까.

스무 살을 갓 넘긴 내게 그런 고민은 번잡하고 힘겹기만 했다.

자신의 창의성을 의심하지 않는
예술가는 없다

　하지만 시간이 지나면서 그때의 고민과는 조금 다른 생각을 갖게 되었다. 계란판에서 병아리가 부화되어 나왔다 한들 버티지 못한다면 무슨 소용이랴. 그보다 중요한 것은 튼튼하게 자라 쓸모있는 닭이 되는 것인데. 물론 알을 깨고 나왔다는 것만으로 기적이라면 기적이겠지만, 예술가라면 그보다 더 전진해야 한다.

　내가 그랬던 것처럼 자신의 진로에 대해 고민하는 제자들을 볼 때마다 이런 생각이 든다. 다들 화가를 꿈꾸고 대학에 들어오겠지만 저마다 부화하는 속도가 다르기에 분명 좌절하는 순간이 찾아올 것이다. 이처럼 이상과 현실이 다를 때 부딪치는 절망 앞에서 환경을 탓하지만 말고 알을 깬다는 심정으로 한 번 더 힘을 내보면 어떨까? 부화하기 위해서 계란속 태아가 꼬물꼬물 몸부림을 치듯, 자기의 에너지가 넘쳐 열정이 견디지 못하고 터질 때 비로소 자신을 감싸고 있던 껍데기를 스스로 벗어던질 수 있다. 그리고 질기게 그 생명력을 유지해야만 부화의 의미가 있다.

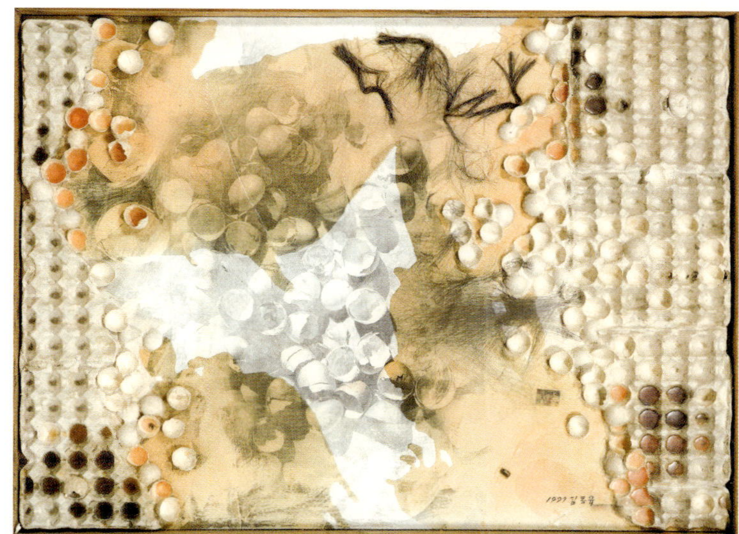

**The Method
of Collections**
1997
Mixed Media
97 × 130 3cm

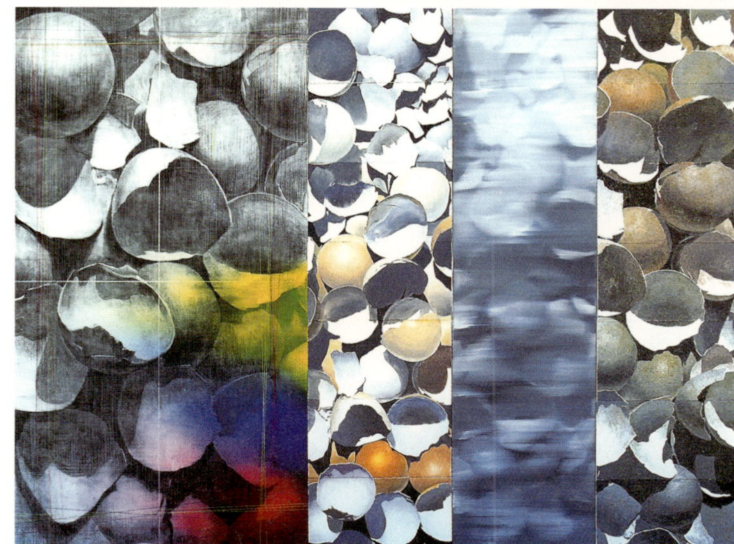

**The Method
of Collections**
1994
Mixed Media
127 × 162cm

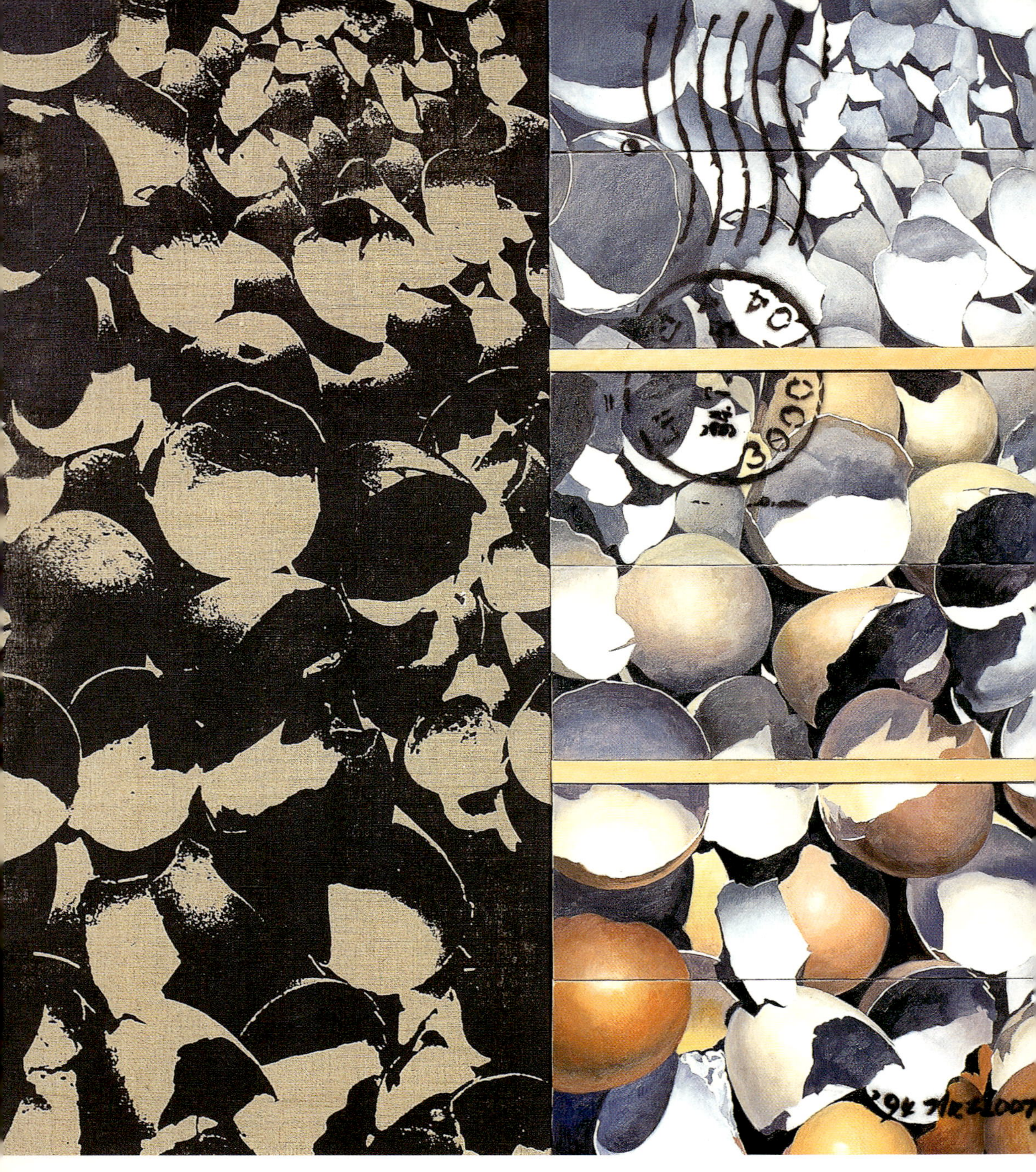

The Method of Collections 1994 Silk Sceen, Oil on Canvas 88.5×78cm

천부적인 재능만 믿다 보면 자기가 가진 것 이상을 얻을 수 없다는 것, 예술가에게 있어 넘치는 끼가 전부는 아니라는 것을 말이다. 결국 껍질을 깨고 나오는 과정은 자신과의 싸움을 멈추지 않는 자에게 주는 신의 선물 같은 것이지만, 그 후의 질긴 생명력은 오롯이 병아리의 몫이다.

한때의 재능을 뽐내며 그림에 소홀했던 친구는 지금도 그림을 그리고 있는지 아닌지 알 수 없다. 하지만 그저 그런 계란으로 누구의 기대도 받지 못했던 나는 끝내 뒤늦게 부화했다. 그리고 지금도 병아리에서 닭으로 자라나기 위해 안간힘을 쓰고 있다. 아니, 평생을 그렇게 살고 싶다.

사람들은 말한다. 재능은 노력일 수 없는 타고난 것이라고. 하지만 나는 그렇지 않음을 믿는다. 재능이라는 것은 성실하게 제 할 일을 해내는 능력일 뿐이다. 나에 대해 잘 모르는 많은 이들이 너무도 쉽게 이런 말을 건네곤 한다. 당신은 행운아라고. 한국 미술계를 주름 잡는 대학 출신도 아니고 국전에서도 수상한 경험이나 배경이 없는 작가로서, 하루아침에 유명한 작가의 반열에 올랐으니 이만한 운이 어디 있느냐고 말이다.

나는 과연 행운아일까? 절대 그렇지 않다. 지난 18년 동안 나는 주변의 질책과 충고를 수없이 들으면서도 그저 꿋꿋이 그림을 그리고 또 그렸다. 그림 외의 모든 것을 내려놓고 바람이 불면 부는 대로, 날리면 날아가는 대로 나를 내버려두었다. 욕심도 포기했고 육신의 안일도 포기했다. 마냥 자리를 지키며 그림을 그리는 것이야말로 나의 진짜 재능이었다.

어찌 보면 조금 다른 의미에서는 진정한 행운아인지도 모른다. 견디고 견디는 재능을 가졌으며, 참고 또 참는 끈질긴 생명력을 타고났으니까.

KIM DONG YOO

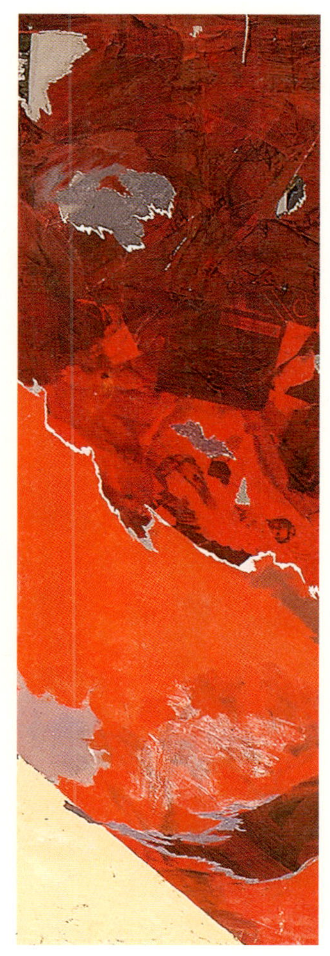

나는 빽빽하게 담뱃갑을 채우고 있는
스무 개비의 알량한 마약이 좋았다.
그날, 그 일이 없었더라면
'금연은 왜 강요하는 거야? 이렇게 좋은걸!' 하며
지금도 담배 한 개비를 물고 있었을지 모른다.

마카로니웨스턴을
사랑하다

　나는 담배를 무지 좋아했다. 언젠가의 메모처럼 아무 노력도 없이 자판기의 오류로 운 좋게 생긴 담배 한 갑의 횡재를 잊지 못한다. 주머니에 담뱃갑이 든든하게 들어 있는 게 좋았다. 마치 서부영화의 카우보이들이 총알을 든든하게 지니듯 말이다. 총알이 없으면 총격전의 의미가 없듯, 작업할 때마다 담배를 쌓아두고 쉬지 않고 피워댔다. 나의 담배 사랑은 영화에도 고스란히 적용되었다. 존 웨인보다는 마카로니웨스턴의 클린트 이스트우드가 몇 배 더 매력적으로 느껴지는 것은 그가 질겅질겅 씹어대는 담배에 대한 동경 같은 것이었다. 담배를 저렇게 멋지게 즐길 수 있다니! 그의 담배 연기조차 고독하고 멋스럽게 느껴지곤 했다.

　광활한 서부에 홀연히 나타난 사나이는 세상을 등지고 외롭게 살아가는 총잡이다. 소란스럽고 난잡한 어느 선술집에 불현듯 나타나서 무력한 선과 강한 악당들을 혼자서 감당하며 기꺼이 해결사가 되기를 고집하는 총잡이. 장대하고 웅장할 것도 없고 남다른 개척 의지나 따르는 추종자도 없지만 묵묵히 세상

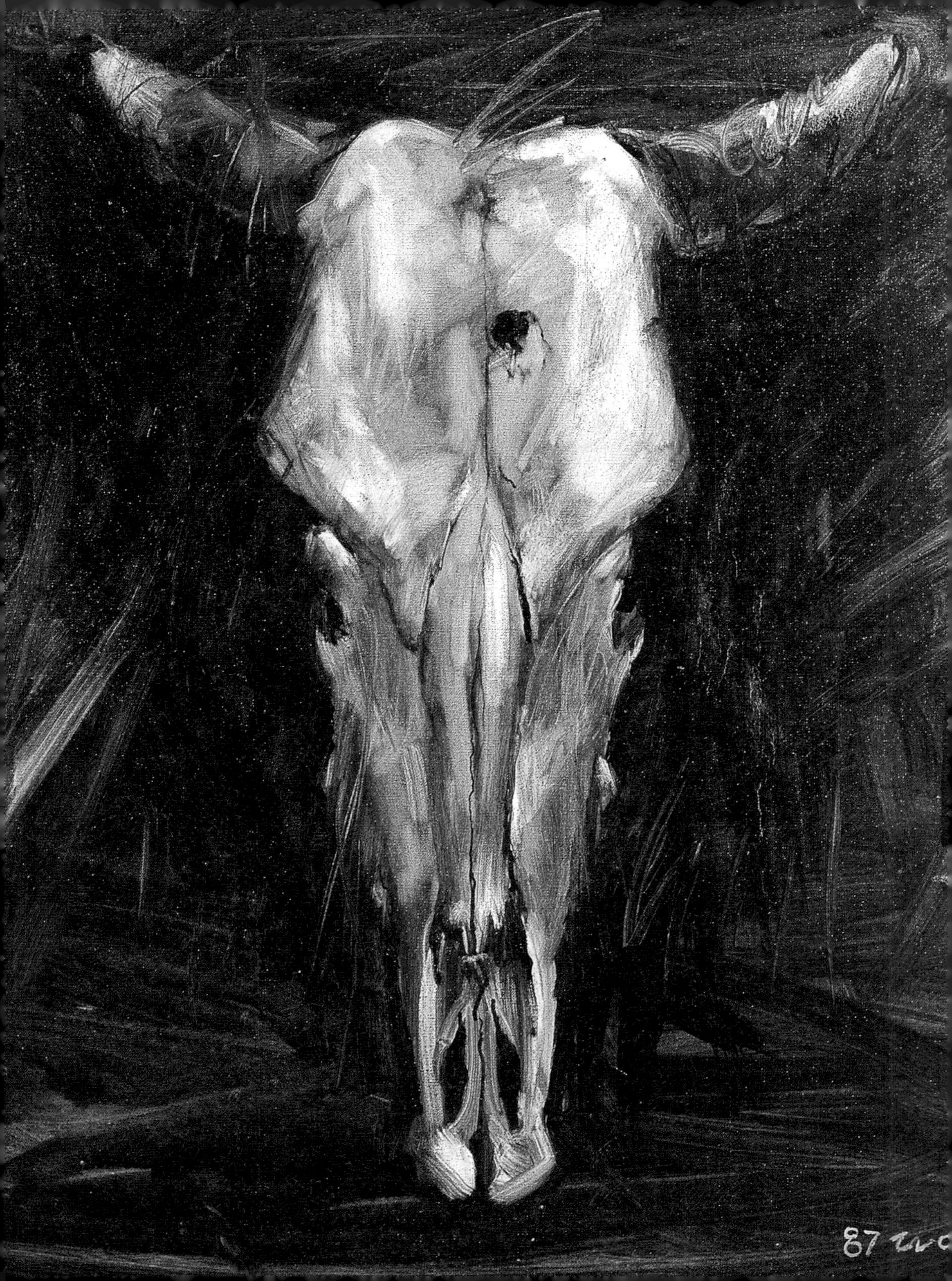

87

을 응시하며 자기에게 필요한 것을 위해서는 욕망도 날것의 그대로 드러내는 사람. 목적한 바를 취하면 로맨스도 가볍게 버리고 바람처럼 사라져간다. 피도 눈물도 없이 정의도 불의도 아닌 자기만의 인생의 길을 가는 그가 태우는 담배는 매력적이다 못해 고혹적이다. 그런 맛이 담배의 참맛이리라. 나도 광야에서 말 한 마리와 권총을 들고 서서 담배를 태우고 싶다. 라이터에 불을 켜고 사라지는 담배 연기를 보며 벽에 기대서서 한 대 피워 물고 싶다.

Untitled 1987 Oil on Canvas 72.7×60.6cm

담배만이 나를 알아주던 날들

한때 좋아했던 영화의 영향인지 나는 줄곧 담배를 사랑했다. 영화처럼 황량한 사막이 아니라도 푸른 하늘 위로, 혹은 비 내리는 처마 위로 머리를 풀고 날아가는 연기의 푸른빛이 좋았다.

하루 일과를 마치고 작업실에서 피우는 담배도 꿀맛이었다. 이런 맛에 심취한 나는 매일같이 여러 갑의 담배를 입에 물고 살았다. 하루의 시작도 담배였고, 하루의 일과도 담배였고, 마감도 담배였다. 담배하면 떠오르는 사람이 나일 정도로 줄담배를 피운 덕에 온몸에서는 담배 냄새가 진득하게 뱄다. 담배 없는 세상이란 상상하기도 싫었다. 작업실에 나가 문을 열고 들어서서 한 개비, 물감과 붓을 정리하고 한 개비, 커피 한잔을 타서 마시면서 한 개비, 캔버스 앞에 서서 막간을 이용해 한 개비. 이렇게 피워대는 담배들이 재떨이에 수북이 쌓일 때면 하루도 끝이 났다. 담배만이 창작의 아픔을 알아주었고, 내 곁을 떠나지 않는 지고지순한 연인이었다.

그런 내가 20년 가까이 피워오던 담배를 끊었다. 처음부터 금연을 해야겠다

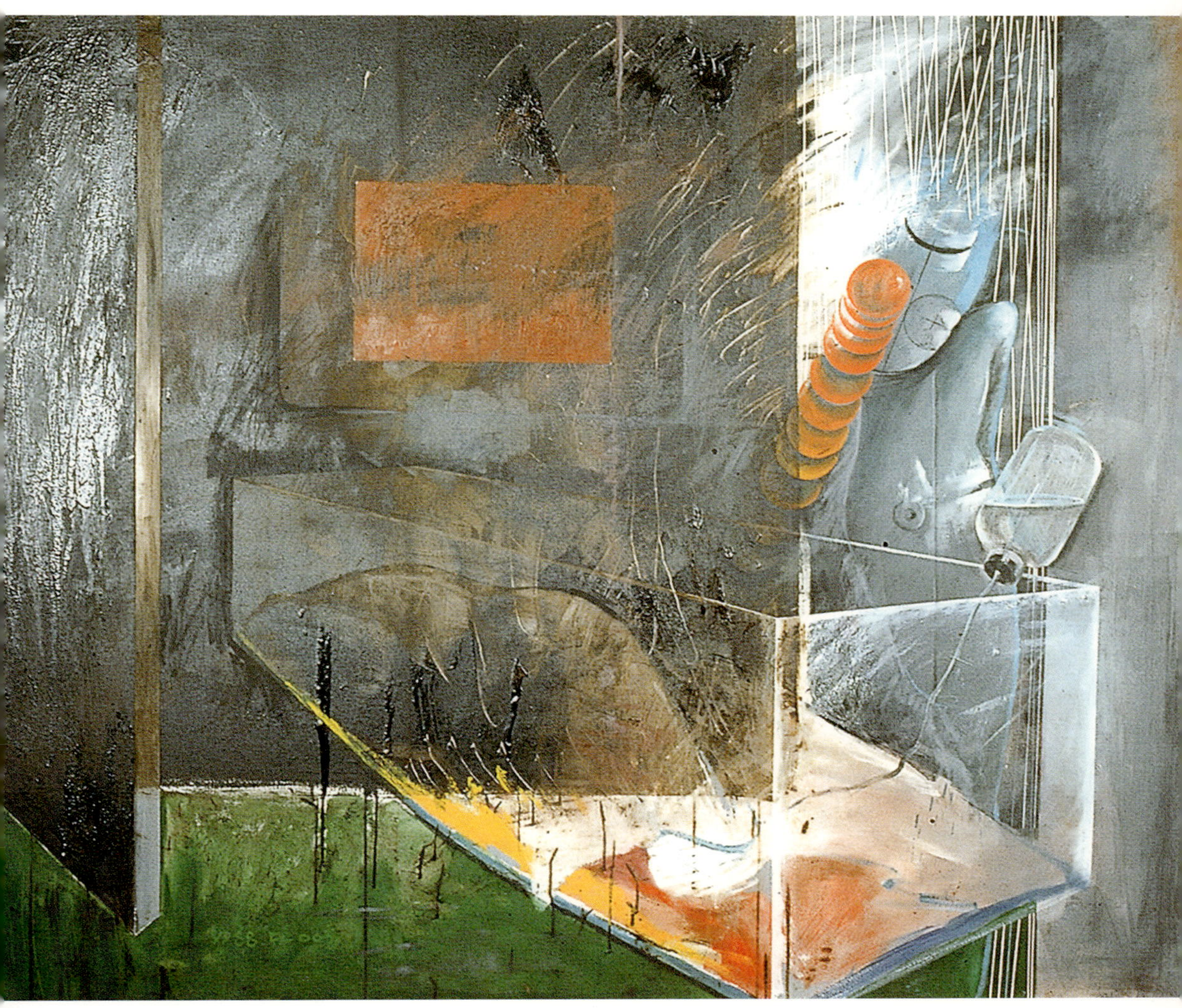

Untitled 1988 Oil on Canvas 130.3×162.2cm

고 마음먹지도 않았고 금연보조제에 의존할 생각도 없었으며 마음의 준비 따위도 절대 해본 적이 없었다. 그냥 어느날 갑자기 폭풍우처럼 담배에 대한 나의 애정이 뚝 사라져버렸다. 담배를 숭배하고, 담배에 매달려 담배 없이 아무것도 할 수 없는 내가 혐오스럽게 느껴져 담배를 버리기로 한그날은 여느 날과 다름없는 하루였지만 지금도 생생히 기억난다.

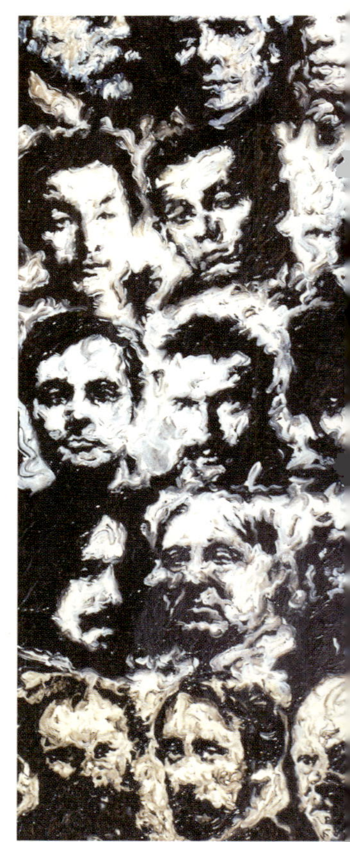

모질게 버린
평생의 친구

　여느 날과 다름없는 하루였다. 모든 것을 접고 축사에서 작업하며 지내던 시절이었는데, 한여름의 강렬한 햇빛으로 온 세상이 지글지글 타올랐다. 축사 작업실은 욕이 나올 정도로 더웠으며, 바글거리는 벌레들은 짜증스러웠다. 치솟는 불쾌지수를 어쩌지 못할 즈음 몇 개비 남지 않은 담배가 내 심기를 건드렸다. 몇 개비의 일용할 담배가 떨어지면 자제력을 잃고 폭발하고 말 것 같았다. 그래서 재빨리 나가 담배를 사서 쟁여두어야 할 것 같아 낡아빠진 코란도 어르신을 '모시고' 동네의 가게로 내려갈 때였다. 마지막 개비는 이미 차 안에서 태워 없앴고, 담뱃갑은 텅 비어 있었다. 그리고 저 멀리 가게가 보였다. 담배를 판다는 친절한 문구를 보고 차를 세웠다. 서둘러 차 문을 여는 순간 한여름의 열기가 훅 하고 들어왔고, 그동안 참고 눌렀던 무언가가 온몸의 땀구멍에서 일순간 뿜어져 나오는 것을 느꼈다.

　나는 차도가 없는 아내의 병을 생각했다. 이 더위 속에서 어떻게든 완성해보겠다고 붙잡은 그림을 생각했다. 아버지를 져버리고 뭐라도 해보이겠다며 눈

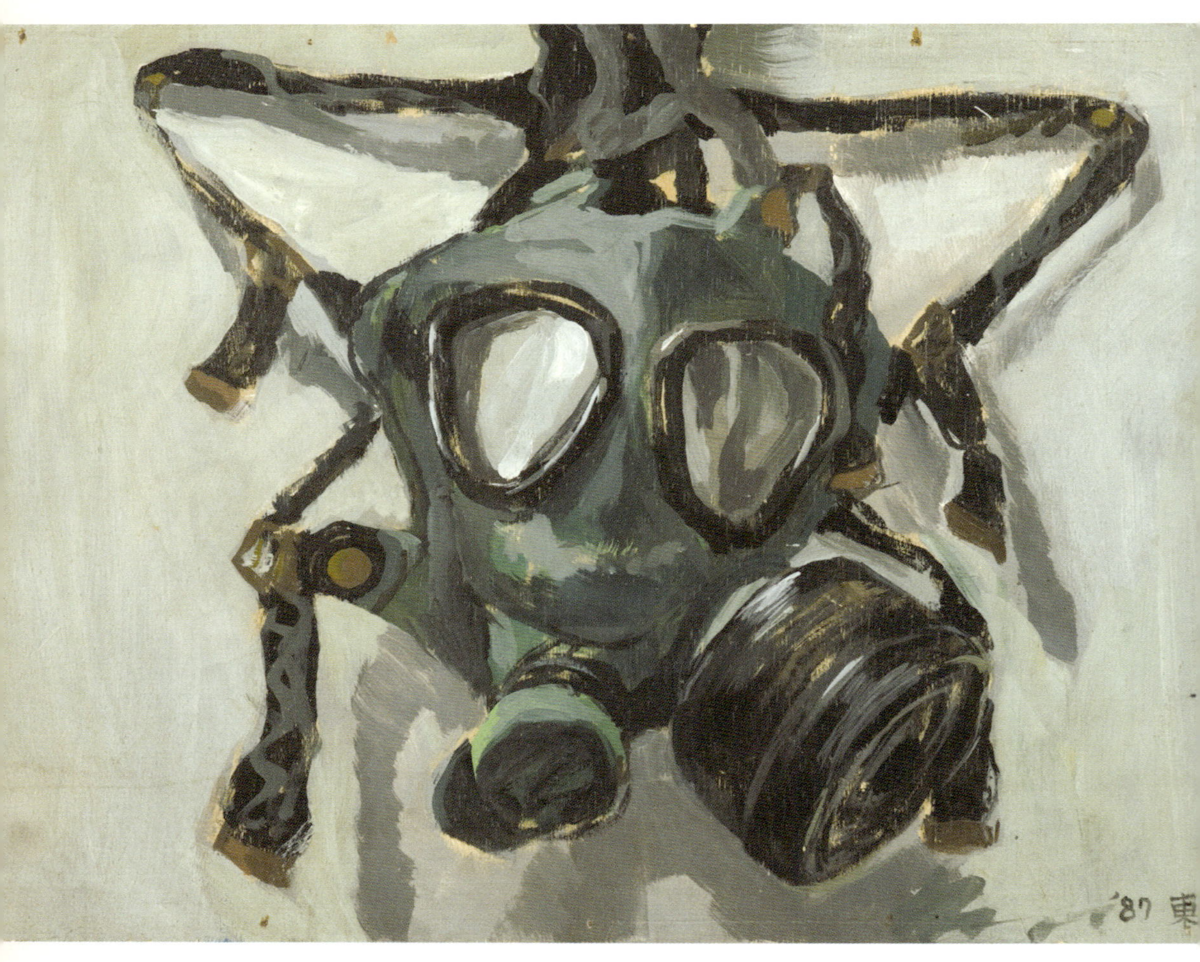

Gas Mask 1987 Oil on Canvas 36×51cm

에 살기만 가득한, 오기를 부리는 불효자를 생각했다. 그깟 담배 하나 때문에 귀한 시간을 축내고, 작업을 멈추고 담배를 사러 나오는 내 꼴이 참으로 한심했다. 꼴 보기 싫어졌다. 나는 얼마나 더 오랫동안 담배의 종노릇을 하며, 담배에 끌려다니며 살게 될까. 나는 이런저런 생각을 하다 차 안으로 돌아가 모질게 문을 닫아버렸다. 차에서 내려 몇 발자국만 가면 살 수 있는 담배를 포기했다. 팔리지 못한 담배는 떠나버린 낡은 코란도 뒤에서 먼지나 먹으며 컥컥대고 있었을 것이다. '어떻게 나를 버릴 수 있어? 내가 너한테 그것 밖에 안 됐니?' 하고 아파하며 말이다.

담배 없이는 숨도 쉴 수 없었던 사람이 바로 나였지만, 한순간의 마음으로 담배를 끊은 자신이 아무리 생각해도 이상했다. 남들은 금연 프로그램이다 보조제다 침이다 동원해도 쉽지 않다던데 나는 거짓말처럼 담배를 잊었다. 피우고 싶다는 생각조차 안 났던 것 같다. 더 우스운 건 죽자 살자 매달리며 담배를 태웠던 애연가 주제에 너구리굴처럼 담배를 태우는 흡연구역에 가면 온갖 까탈을 부리며 간신히 견디고 있을 때가 많았다는 것이다. 그러다가 서둘러 집에 돌아와 담배 냄새가 찌든 옷을 벗고, 몸을 씻었다. 사람이 어찌 이리도 간사한가. 담배에 대한 나의 배신은 얄밉게도 철저하고 냉정했다.

담배를 끊고 얼마나 지났을까? 큰딸과 열두 살이나 터울이 나는 늦둥이 아들을 보게 되었다. 아내가 그토록 담배를 끊으라고 잔소리했을 때도 들은 척도 안 하던 내가 담배를 끊고 기다리던 둘째를 갖게 되자 우리 부부는 매우 기뻤다. 그 덕에 늦둥이 아들은 담배 냄새와의 공존에서 헤어날 수 있었다. 어쨌든 그 여름날 그 작열하던 태양이 없었다면 나 김동유는 지금도 담배를 찾아다니지 않았을까 싶다. 비가 오나 눈이 오나 담배가 있는 곳을 찾고, 밤낮없이 태울 담배를 확보했겠지. '금연은 왜 강요하는 거야? 이렇게 좋은 걸!' 하며 지금쯤 담배 한 개비를 입에 물고 있었을 것이다.

KIM DONG YOO

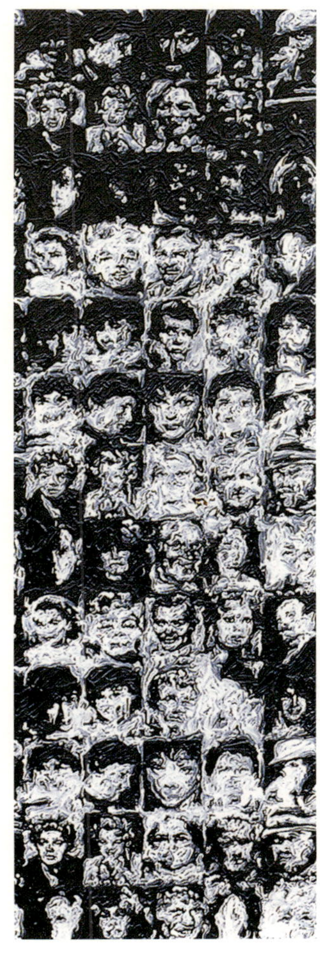

환쟁이는, 돈으로 하는 게 아니다.
'가난하더라도' 하는 것이다.
어떠한 상황 속에서도
그릴 수밖에 없어야 화가다.

택시 운전사로
전업해봐?

축사로 들어가기 직전, 대전에서 살 때였다. 더 버틸 수 없다고 생각되자 이도저도 아니라면 당분간 가장으로서의 역할에만 충실하자는 생각에 생활비를 고정적으로 벌 수 있는 일을 찾아다녔다. 이러다간 가족을 굶겨 죽이겠다는 절박함에서 어렵게 마음을 먹은 것이다. 그림을 그리며 병행할 수 있는 일들 중에 어떤 게 좋을까 고민했지만 그런 일은 흔치 않았다. 그러던 차에 우연히 마주친 택시 운전사 모집 광고에 눈길이 갔다. 할 수 있을 거야. 그 일은 내가 할 수 있을 거야. 집에 돌아와서 오랫동안 마인드 컨트롤을 한 후에 택시 운전사가 되어보기로 마음먹었다. 택시 운전사가 되자니 운전면허 말고도 별도의 필기시험과 신규 택시 운전사 연수도 다 마쳐야 하는 등 의외로 많은 과정들이 있었다. 어쨌든 마음을 먹었으니 못할 일도 없다 싶어 생각보다 수월하게 그 과정들을 넘기고 자랑스럽게 택시 운전사 자격증을 취득했다.

드디어 내가 화가에서 택시 기사로 전업하게 되는구나. 씁쓸했고 비루한 감정에 빠져 우울해지기도 했지만 택시 운전사 자격증이 있으니 얼마나 다행이

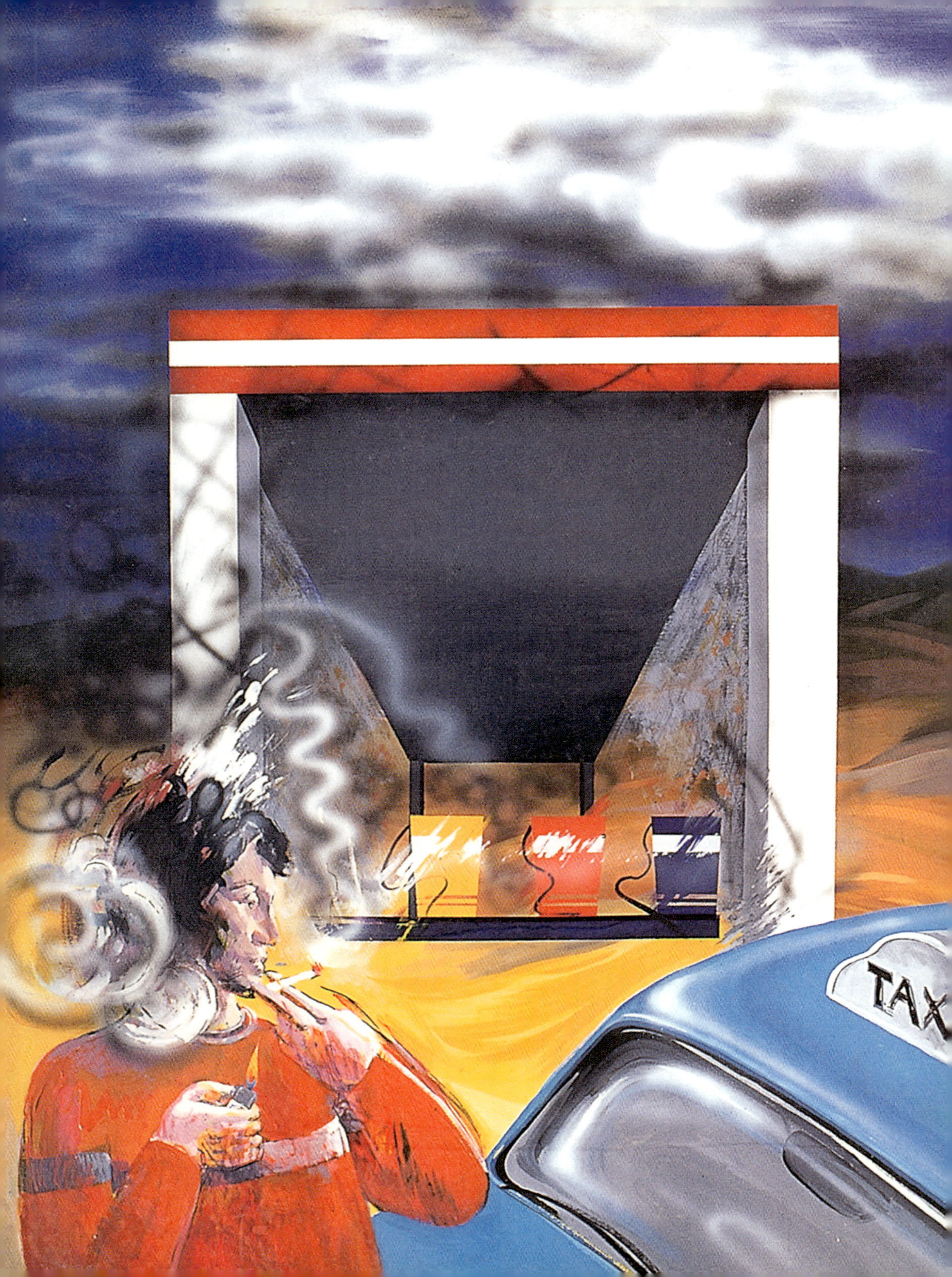

TAX

냐 싶어 서둘러 택시 회사를 찾아갔다.

가는 도중 생각했다. '택시 기사로 일하면 한 달 뒤에는 생활비 걱정을 안 해도 되겠지? 큰딸 학비 걱정은 안 하게 되겠지? 내가 다행히 운전하는 걸 좋아하잖아? 그래, 대전의 어느 기사 못지않게 잘할 수 있어. 희망이 보인다!' 하며 운수 회사로 향했다. 마치 내일이라도 두툼한 월급봉투를 손에 쥘 것처럼 발걸음이 가벼웠다. 더군다나 택시 회사 앞에는 기사를 수시로 모집한다는 플래카드도 자랑스럽게 나부끼고 있어 나 같은 사람을 분명 환영하고 기다리고 있을 거라는 기대가 들었다.

Untitled 1987 Acrylic on Canvas 145.5×112.1cm

그럼, 하던 일이나
하세요!

나는 우선 접수를 받는 사무실로 가서 택시 운전사 자격증을 내밀었다. 그리고 취업이라는 처분을 기다리고 서 있었다. 그러자 접수를 받던 아주머니는 이렇다 할 반응이 없이 나를 빤히 보았다. 그러면서 "어떻게 오셨어요?" 하는 것이다. 나는 속으로 '어떻게 오기는요, 택시 운전이나 해볼까 해서 왔죠'라고 말하려다 접수창구에 붙어 있는 택시기사 광고를 쳐다보았다. 아주머니는 "무슨 일로 오셨냐고요?" 하며 재차 물었고, 그 반응에 마지못해, "택시 운전을 하려고 왔습니다" 하고 대답했다. 아주머니는 내 모양새를 아래위로 쭉 훑어보며 피식 웃더니 "전에 뭐 하셨어요?" 하며 관심 밖의 일이라는 듯 눈을 돌려 다른 서류들을 봤다. 갑자기 그 아주머니의 기에 눌린 나는 "학원에서 아이들 그림을 가르쳤습니다"라고 대답을 했다. 몇 초가 흘렀을까. 아주머니는 여전히 나와 눈도 마주치지 않고 "그럼, 하던 일이나 계속하세요" 하고는 제 할 일만 하는 것이었다. 나는 그 아주머니의 반응에 좀 화가 나서 그대로 버티고 서 있었다. 조건을 완벽하게 다 갖췄는데 하던 일이나 하라니. 하던 일을 계속할 수 있

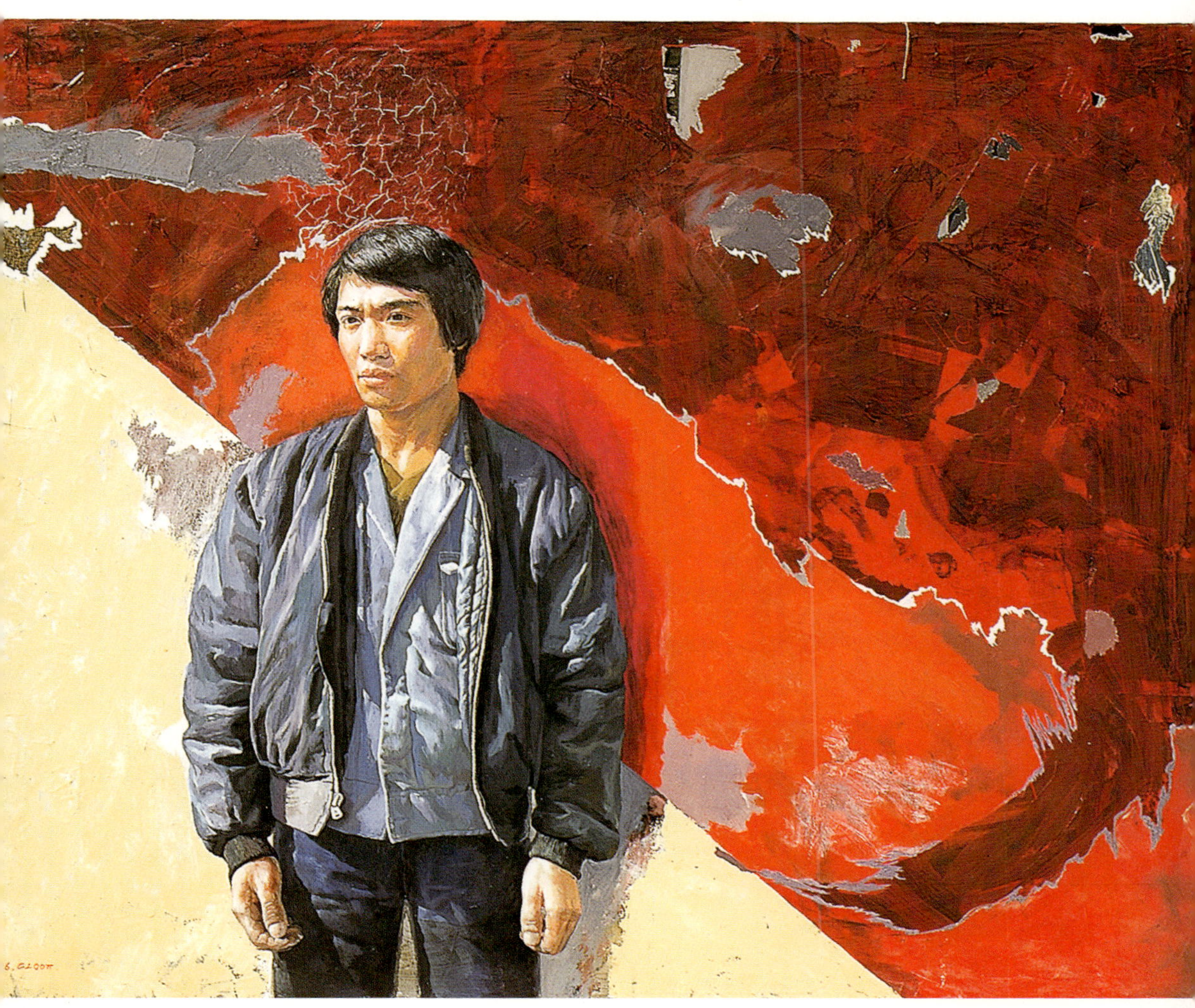

Friend 1986 Oil on Canvas 112.1×145.5cm

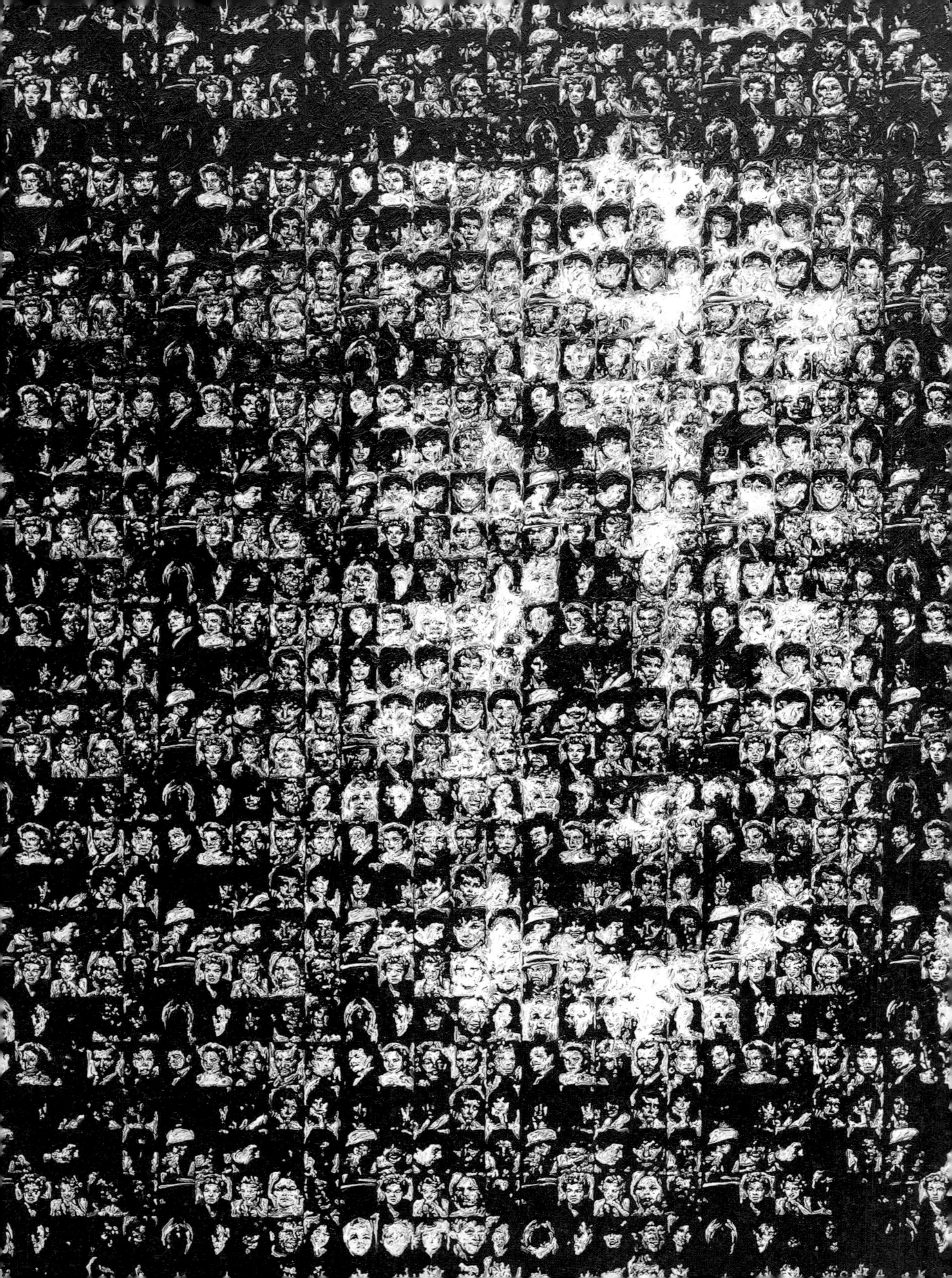

다면 내가 여기에 뭣하러 왔겠는가? 나는 아주머니를 쏘아
보았지만 그녀는 내게 신경조차 쓰지 않는 것 같았다. 기껏
마음을 다잡고 택시 운전이라도 해서 가족들 밥이라도 굶지
않게 하려고 온 나는 화가 날 뿐이었다. 그러나 목마른 사람
은 나이고, 물을 건네줄 사람은 저 아주머니가 아닌가.

용기를 내서, "저기, 택시 기사 모집 광고를……"이라고
운도 떼기 전에 아주머니는 나를 보고 씩 웃었다. '당신은
예외'라는 듯 그만 가보라는 표정이었다. 오랜 경험과 느낌
으로 '저 사람 어딜 보나 택시 운전은 못하게 생겼구나!' 하
는 감이 팍 왔나보다. 이런 사람은 고용해봤자 얼마 못 버티
고 나갈 것이니 하던 일이나 꾸준히 하지 싶으셨던 걸까. 결
국 나는 그런 냉담한 반응에 별 대꾸도 하지 못한 채 택시
운전사 자격증을 챙겨들고 집으로 왔다.

Face 2004 Oil on Canvas 116.8×91cm

그날 나는 밤새도록 택시 운전사 면허증을 뚫어지게 바라보았다. 이런 상황에서 택시 운전도 못한다면 나보고 굶어 죽으라는 얘긴가? 그렇다면 이제 내가 할 수 있는 건 무엇인가? 그림을 그리고 아이들 가르치는 일 외에는 딱히 배운 도둑질도 없는데 말이다. 나는 이대로 무능한 가장으로 살아야 한단 말인가. 어찌 이리도 되는 일이 없는 건가. 나의 유일한 길은 역시 그림인가. 그림을 그려서 가족들 호강을 시킬 수 있을까……. 막연한 절망에 내일이 어두운 밤처럼 암담하기만 했다. 날이 새도록 택시 운전도 못할 나란 인간이 서글퍼 한참을 그렇게 앉아 있었다.

오만방자를 막는 부적,
택시 운전사 자격증

지금도 우리 집에는 택시 운전사 자격증이 눈에 잘 띄는 곳에 걸려 있다. 나태해지고 자만해질 때 일자리를 구하러 택시 회사에 찾아갔던 나를 결코 잊고 싶지 않아서이다. 나는 그때의 절박함을 잊고 오만방자해질까봐 일부러 그 자격증을 지그시 바라보곤 한다. 이런 어려운 시절의 기억이 현재의 삶을 되돌아보게 만드는 걸까. 그때를 떠올리며 지금의 행복에 만족할 수 있도록.

물감도 그렇다. 지금은 물감을 살 돈이 모자라 그림을 그릴 수 없는 상황이 아닌데도 물감을 아껴 쓰는 버릇은 여전하다. 어려운 시절 한 방울의 물감도 아끼기 위해 마지막의 마지막까지 짜내서 쓰곤 했다. 다 쓴 물감 껍데기를 잘라 속에 있는 물감을 긁어내 쓰기도 했다. 그때의 물감 한 방울은 피처럼 아깝고 귀하고 소중했으니까. 그리고 싶다고 맘대로 그릴 수도 없었고, 망친 그림을 만들 수도 없었다. 돌이켜 생각해보면 내 생명 같은 작업이었다.

그래서일까. 요즘도 돈이 생기면 '물감 사재기'를 하고 만다. 물감을 마음껏 쓰지 못했던 한이 맘속에 꽤나 쌓여 있었나 보다. 어렵게 그림을 그리던 시절

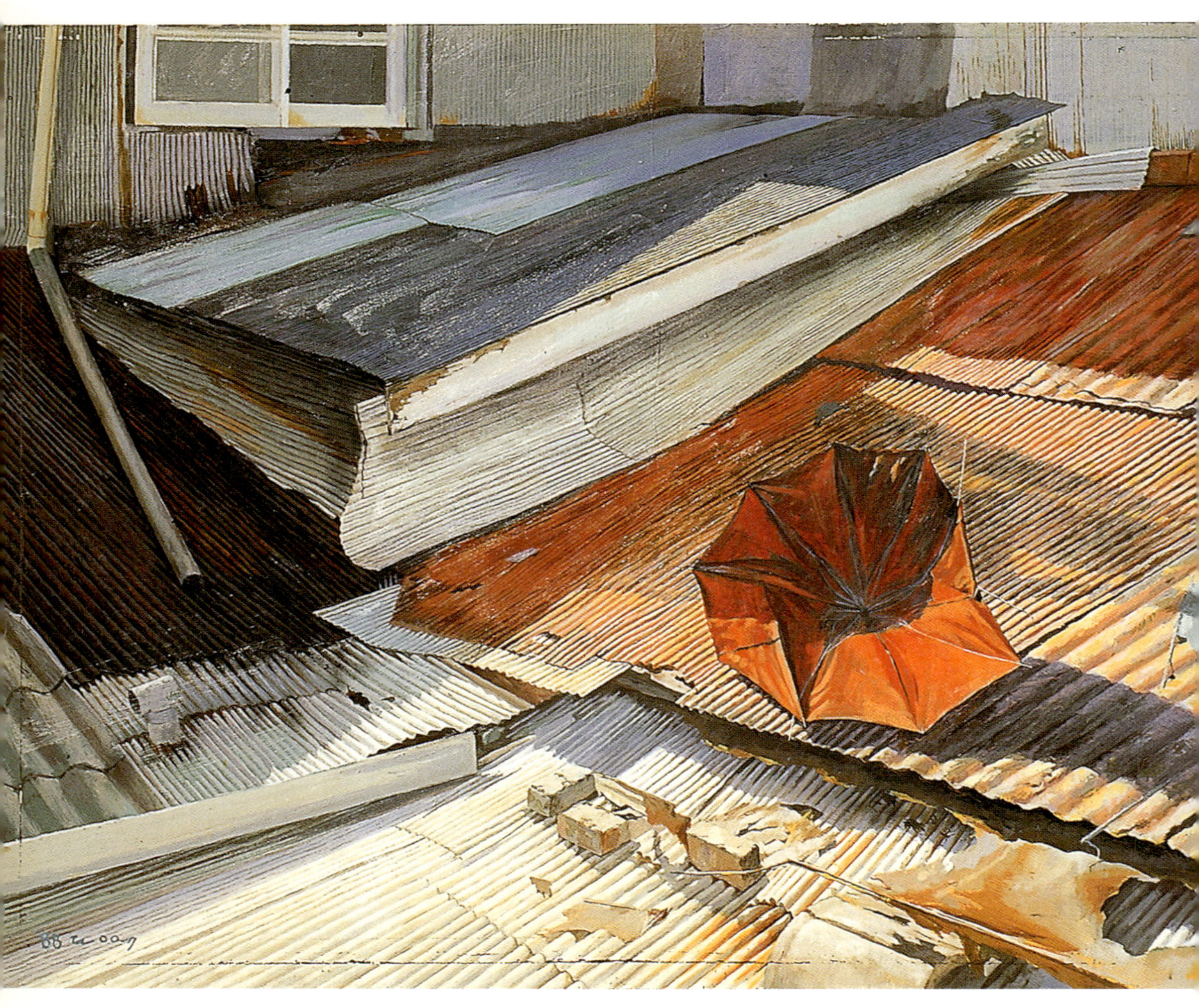

Refuge 1988 Oil on Canvas 112.1×145.5cm

50만 원의 생활비로 네 식구가 살 때 물감값은 우리 집 생활비에서 큰 몫을 차지했다. 그렇게 힘들게 산 물감을 가지고 얼마나 조마조마하고 아슬아슬하게 작업을 했던가. 이런 버릇이 지금도 남아 새 물감이 있음에도 다 쓴 물감을 짜고 또 짜고 껍데기를 갈라 쓰기도 한다. 그림을 그려도 팔리지 않던 시절, 나에게 물감은 무엇이었을까. 없는 형편에 물감이 떨어져 그릴 수 없었던 나를 생각하면 지금도 눈물이 돈다.

그렇다. 가난하던 시절의 나는 늘 불편했고 사람답게 살지 못했다. 때로는 자존심이나 체면도 없었다. 하지만 그 가난함을 몰랐다면 오늘의 자존심과 체면도 바로 서지를 않았을 것이다. 참 재밌는 게 인생이다. 전쟁처럼 치른 그 한때가 없었다면 지금의 내가 있었을까? 그 시절 가난한 기억이 있어 돈 10원의 고마움도 알게 되었고, 택시 운전사 면허증이 있어 그림에도 충실할 수 있으니.

그림에는 돈이 든다. 그러나 환쟁이는 돈으로 하는 게 아니다. '가난하더라도' 하는 것이다. 어떠한 상황 속에서도 그릴 수밖에 없어야 화가이다. 쉽게 포기하고 버려두는 것은 꿈이 아니다. 죽는 순간까지 붙잡고 있는 것이 꿈이다. 만약, 택시 운전사가 최종 목표였다면 그 순간에 어떻게든 취업했을 것이다. 하지만 그 길이 내 것이 아니었기에 포기도 빨랐다. 현재의 삶이 가난하고 피폐하더라도 제 꿈조차 버리지는 말아야 한다. 배고픔을 원망하지 말고 현재의 나를 미워하거나 자책하지 말자. 지금의 고통이 언젠가는 꽃피우기를 바라야 한다. 가난하지 않으면 가난의 미학을 모를 것이니. 그날의 환쟁이는 가난했지만 값진 꿈이 있었고 반전과 역전이 있는 삶을 살게 되었다. 꿈을 가지는 것, 끝내 놓지 않는 것. 그것이 예술가가 할 일이 아니겠는가. 그렇기에 내 삶은 오늘도 진행형이다.

KIM DONG YOO

목욕탕, 엿장수, 동네 양장점과
이발소는 사라졌지만
포마드 냄새와 아버지 턱에 얹어진 거품은
잘 갈린 가윗날처럼 번뜩이며 잊히지 않는다.
나의 작업이 오래되고 촌스럽고 사장된 것들에
생명을 불어넣어 낯설게 할 수 있다면
그것 또한 새로움이 될 수 있지 않을까.

빙글빙글 돌던
나선형 등

어린 시절 내 눈에 들어온 우리 동네는 죄다 무채색이었다. 화려하고 눈부신 빛깔은 찾아볼 수 없었다. 자연은 푸르지만 사는 공간은 검거나 칙칙한 색깔이 주를 이루었다. 그런데 지루하고 심심하고 늘 침울했던 소년의 눈에 놀라움으로 들어와 박힌, 선명한 색깔의 물건이 하나 있었다. 그것은 붉은색과 파란색, 흰색이 나선형으로 고루 섞여 빛을 발했고, 사람들이 거들떠보지 않는 순간에도 쉴 새 없이 돌아가곤 했다. 내 시선을 붙들어둔 그 물건 너머에선 하얀 가운을 입은 밤톨같이 생긴 중년의 남자가 삭삭 소리가 나는 잘 갈린 가위를 들고 머리를 착착 깎아주고는 했다. 요즘은 거의 사라진 풍경이지만 아련한 추억들은 잘 깎인 남자의 뒤통수를 보는 것처럼 아직도 선명하다.

명절이면 때를 벗듯 아버지와 막내 남동생과 함께 이발소 의자에 앉아 머리를 깎았다. 줄을 지어 기다리는 많은 사람들 속에서 나선형의 등이 돌아가는 모습을 신기하게 바라봤다. 그리고 장날에 온 서커스 구경이라도 되듯이 이발사 아저씨의 진기명기 손놀림에 넋을 잃고 말았다. 그러면 이발사 아저씨는 쉴 새 없이 가위질을 해가며, 동네의 이런저런 소문을 들려주기도 했다. 어린 우리들은 어른들의 수다가 뭔지도 모른 채 잡지에 실린 어느 여배우의 스캔들과 사진들을 보았다. 검은색 테이프로 눈을 가린 얼굴이 누구의 것일까 궁금해하며 상상하던 지금도 그립기만 한 시절의 풍경.

원래 이발사는 유럽에서 생긴 신종 직업이었다고 한다. 18세기까지는 이발사가 외과의사도 겸하였다고 하니 요즘 말하는 '투잡'인 셈이다. 그래서 사람들은 병에 걸리면 이발소에 가서 치료를 받고, 응급처지도 받았다고 한다. 당시에는 몸에 이상이 생기면 피를 빼야 낫는다는 이상한 건강법이 유행이었다고 한다. 외과의사이기도 한 이발사는 건강을 위해 사람 몸에서 피를 빼는 치료 행위를 거의 도맡아 했다고 하니, 내가 알고 있던 가위손 이발사와는 너무나 다른 그림이다. 이발사가 입구에 걸어놓은 등은 전문적으로 피를 빼는 기술을 습득했음을 널리 알리기 위한 것이었다고 한다. 헨리 8세 치하의 영국에서 당시 '이발외과의사'로 불리던 이발사들이 둥근 기둥에 파랑, 빨강, 하양의 색깔을 칠해 입구에 내걸기 시작한 것이 오늘날 이발소의 표시가 된 것이다. 파란색은 정맥, 빨간색은 동맥, 하얀색은 붕대를 의미했다고 하니 이발소의 등 하나에도 역사적·상징적 의미가 깃든 것이다. 우리나라에 이발사가 등장한 것

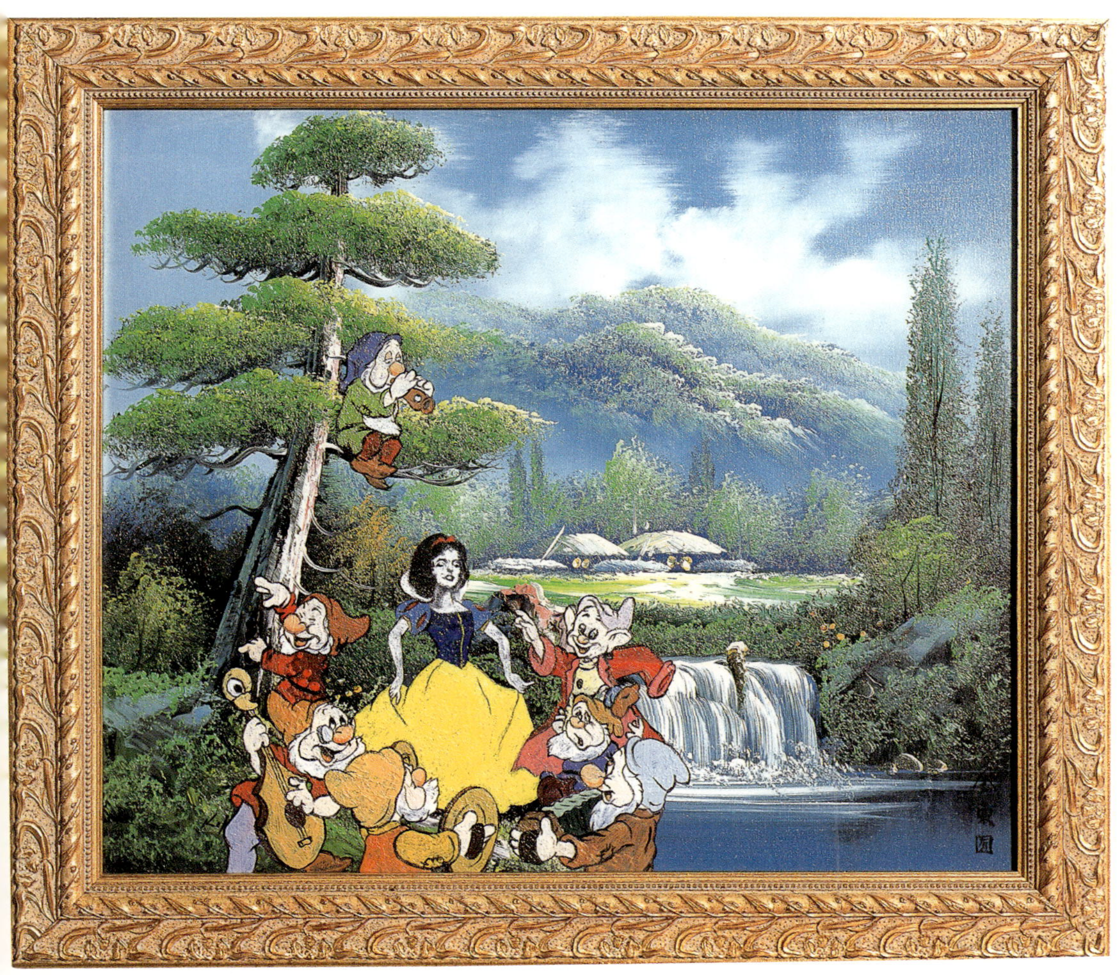

Snow White and the Seven Dwarfs 1999 Oil on Canvas 45.5×53cm

은 신문화를 받아들이라는 단발령이 내려진 시점인 1895년 이후부터였다. 지금은 이발소 대신 여기저기 최신 시설을 갖춘 미용실이 넘쳐나지만, 어린 시절 우린 이발소 외에는 머리를 깎을 곳이 없었다. 특히 입대 전 훈련소 앞의 작은 이발소에 앉아 머리를 밀며 만감이 교차하던 때를 기억하는 이들도 많을 것이다. 남자들에게 이발소는 향수이고 추억인 셈이다. 지금은 남자만의 공간인 이발소도 사라지고, 바쁜 이발사의 손놀림도 찾아보기 힘들지만 말이다.

소년, 이발소 그림을
만나다

이발소의 나선형 등과 함께 내 눈에 각인된 것은 바로 '이발소 그림'이었다. 썰렁할까봐 그랬는지 기다리며 무료한 시간을 즐기라고 그랬는지 모르겠지만 어느 이발소를 가나 벽에는 반드시 그림이 하나 걸려 있었다. 굳이 그 그림이 선택된 연유는 모르겠지만 대개 풍경이나 꽃과 같은 정물화를 프린트해 걸어 놓은, 싸구려 티가 팍팍 나는 그림이었다. 때로는 그림보다 액자가 훨씬 비싸 보이기도 했다. 하지만 이런 천박한 이미지에 '필'이 꽂히던 나에게 이발소 그림은 무엇보다 재미있는 대상이었다. 교과서에 나온 로켓이나 탑을 베끼며 모사나 하던 시절의 내가 봐도 화가의 작품이라 부르기에는 부족한 그림이었지만 그런 류의 그림들이 내 눈엔 귀여워 보였고 은근히 즐기며 감상하기도 했다. 명화보다 친근했다고나 할까?

그림의 소재는 다양했지만 풍경화가 압도적이었고, 유토피아적인 이상향을 그린 그림이 많았다. 당시 분위기는 군부독재다 경제 성장이다 하며 긴박하고 복잡하게 돌아가고 있었다. 사람의 목숨이 파리 목숨처럼 언제 어떻게 사라질

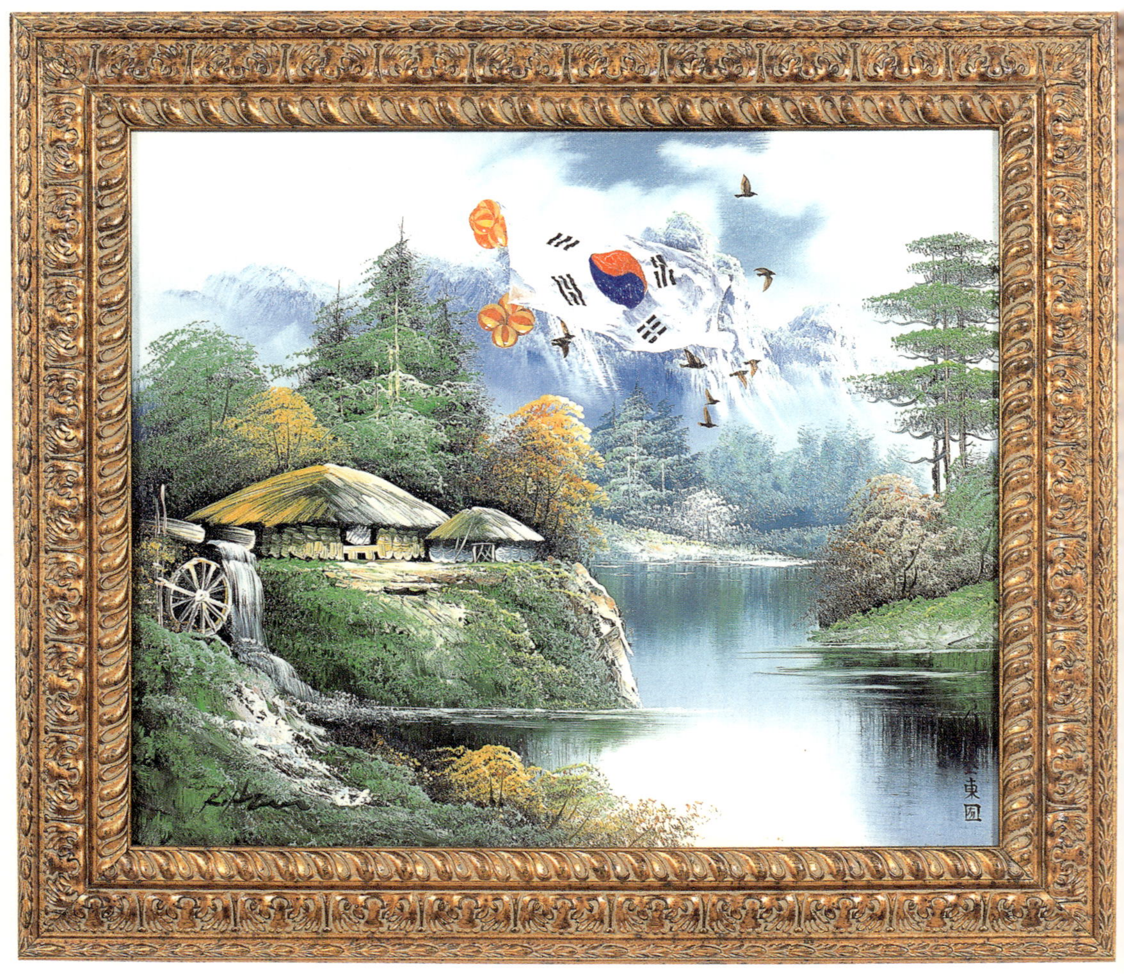

The National Flag of Korea in the Wind 1999 Oil on Canvas 45.5×53cm

지 몰랐고, 뜻을 가진 사람들이 하나둘 사라져갔다. 국가는 나라의 발전을 위한다며 국민의 희생을 당연하듯 여겼고, 사람들은 그런 체제에 불복하기도 하고 어쩔 수 없이 순응하기도 하며 살아갔다. 그런데도 이발소 그림만은 언제나 천하태평이었다. 때로는 그림 속으로 숨어들고 싶을 만큼 세상과 반대되게 그려진 휴식과 여유, 충만함을 선사하는 풍경들. 그것은 마치 포탄이 쏟아지는 전쟁터에 눈치 없이 핀 개나리 같았다.

이발소 그림에
때깔을 입히다

　우연히 성인이 된 후에 동네 구석에 버려진 이발소 그림을 만나게 되었다. 어느 이발소가 운영이 안 된다는 이유로 문을 닫으며 버려둔 모양이었다. 나는 그 그림을 주워왔다. 그리고 그 그림에 부족한 무엇을 덧칠하면 어떨까 하는 생각이 들었다. 사라진 이발소와 버려지는 그림에 생명을 불어넣으면 어떨까. 수십 년을 같은 레퍼토리로 그려진 그림을 낯설게 만들고 싶다는 것이었다. 이상향을 그린 것이라면 더욱 완벽한 '유토피아 페인팅'이 될 수 있지 않을까. 그래서 이발소 그림의 원본 위에 내가 상상한 이미지를 덧붙이고, 이미지를 채워 내 방식대로 변화를 주었다.

　나는 그림에 꽃이 화사하게 피어난 화병 주변으로 가볍게 날아오르는 나비를 그렸다. 그림 속 꽃향기에 취해 나비가 어쩔 수 없이 날아오듯 말이다. 혹은 안식처를 표현한 전원의 풍경 속에 백설공주와 일곱 난장이를 그렸다. 풍경이 그들의 완전한 보금자리가 되도록 말이다. 이런 행위가 이발소 그림의 부족함을 채우는 일일 수도 있고, 혹은 이발소 그림을 보다 제 역할에 맞게 만들고자

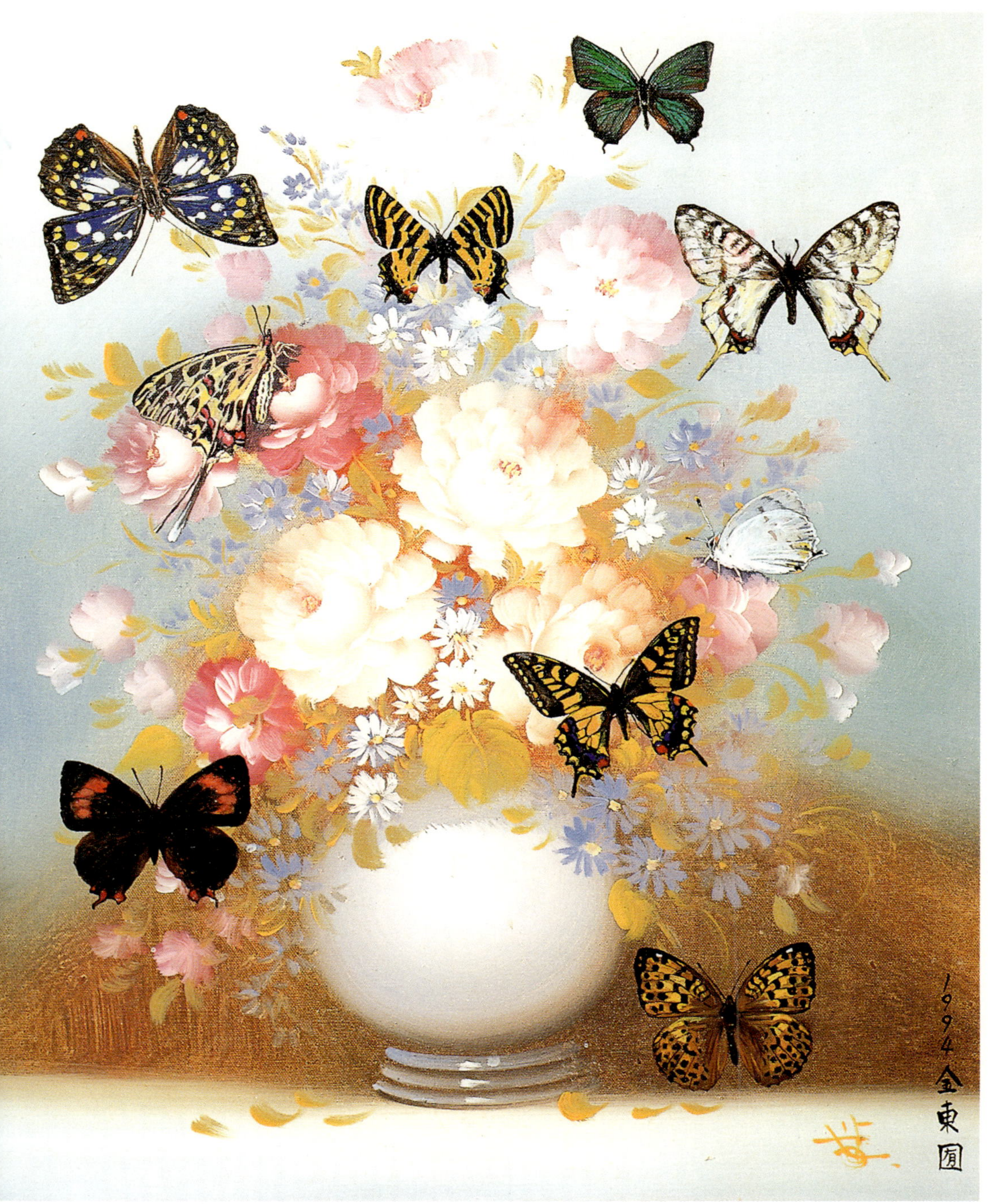

The Method of Collections 1994 Oil on Canvas 59.2×48.2cm

하는 작업일 수도 있다. 그래서 처음에는 버려진 이발소 그림을 얻어와서 그리다가 나중에는 이발소 그림을 직접 구매해 그리기도 했다.

돈벌이가 안 되어 사양사업의 길을 걷는 것들은 셀 수 없이 많다. 찜질방 덕분에 사라져가는 동네목욕탕이 그렇고, 공장에서 찍어내는 대량 물량의 폭격에 사라지는 양장점이 그렇다. 그 흔하던 동네 엿장수도 달고 기름진 과자에 밀려 인사동에나 가야 구경할 수 있다. 이발소 또한 찾아보기 힘들다. 하지만 잘 갈린 가윗날처럼 번뜩이며 내 기억에 남아 있는 포마드 냄새와 아버지 턱에 얹어진 생크림 같던 거품은 잊히지 않는다. 오래된 것들, 촌스럽고 사장된 것의 생명력은 갈수록 짧아진다. 그러나 기억의 갈피 어디쯤에 있는 잊혀진 물건들에 생명을 다시 불어넣을 수 있다면 그 작업도 쓸모없지만은 않을 것이다. 태양 아래 새로운 것은 없다고 하지만, 기존의 프레임을 비틀고, 변화를 주는 것도 단순한 변형이 아닌 또 다른 새로움이 아닐까.

고통은 사람을 죽이거나 질기게 만든다

KIM DONG YOO

이중그림,
그것은 사라지고 희미해진 이들의 과거에
숨을 불어넣는 작업이었다.
겹쳐진 얼굴은 사라진 이미지를 다시 불러들이고
그 속에서 그들은 영원히 살게 된다.

죽음을
겪는다는 것

어린 시절 우리 집에서는 친칠라 토끼를 사육했다. 아버지는 생계에 도움을 얻고자 마당 한구석에 철망으로 사육장을 만들고 토끼들을 사다 넣었다. 토끼들은 새 환경에 불안해하고 낯설어하다가 얼마 지나지 않아 잘 적응했는데, 새 집을 둥지 삼아 옹기종기 모여 풀을 뜯었다. 인형처럼 몸통의 털이 길고, 귀 모양도 유독 쫑긋하고, 꼬리는 솔처럼 길어서 지켜보는 즐거움이 쏠쏠했다. 저희끼리 등을 맞대고 앉아 풀을 뜯는 모양새나 발자국 소리에도 포르르 도망가는 모습이 귀여웠다. 놈들이 튀어봐야 토끼 사육장 안이었지만 나름대로 분주히 움직이는 모습이 볼수록 신기하고 예쁘기만 했다. 나는 토끼를 돌보는 재미에 푹 빠져 사육장 앞에서 한나절의 시간을 보냈다. 아이들과 밖에서 뛰어놀기보다는 녀석들을 보고 그리는 것이 더 적성에 맞았던 탓이다.

길러본 사람들은 알겠지만 토끼는 보이는 것과 다르게 예민하고, 성질이 못되기가 이를 데 없는 그야말로 지랄 맞은 동물이다. 조금이라도 스트레스를 받으면 다음 날 어김없이 불안에 떨다가 죽어나갔다. 어미가 새끼를 물어 죽이기

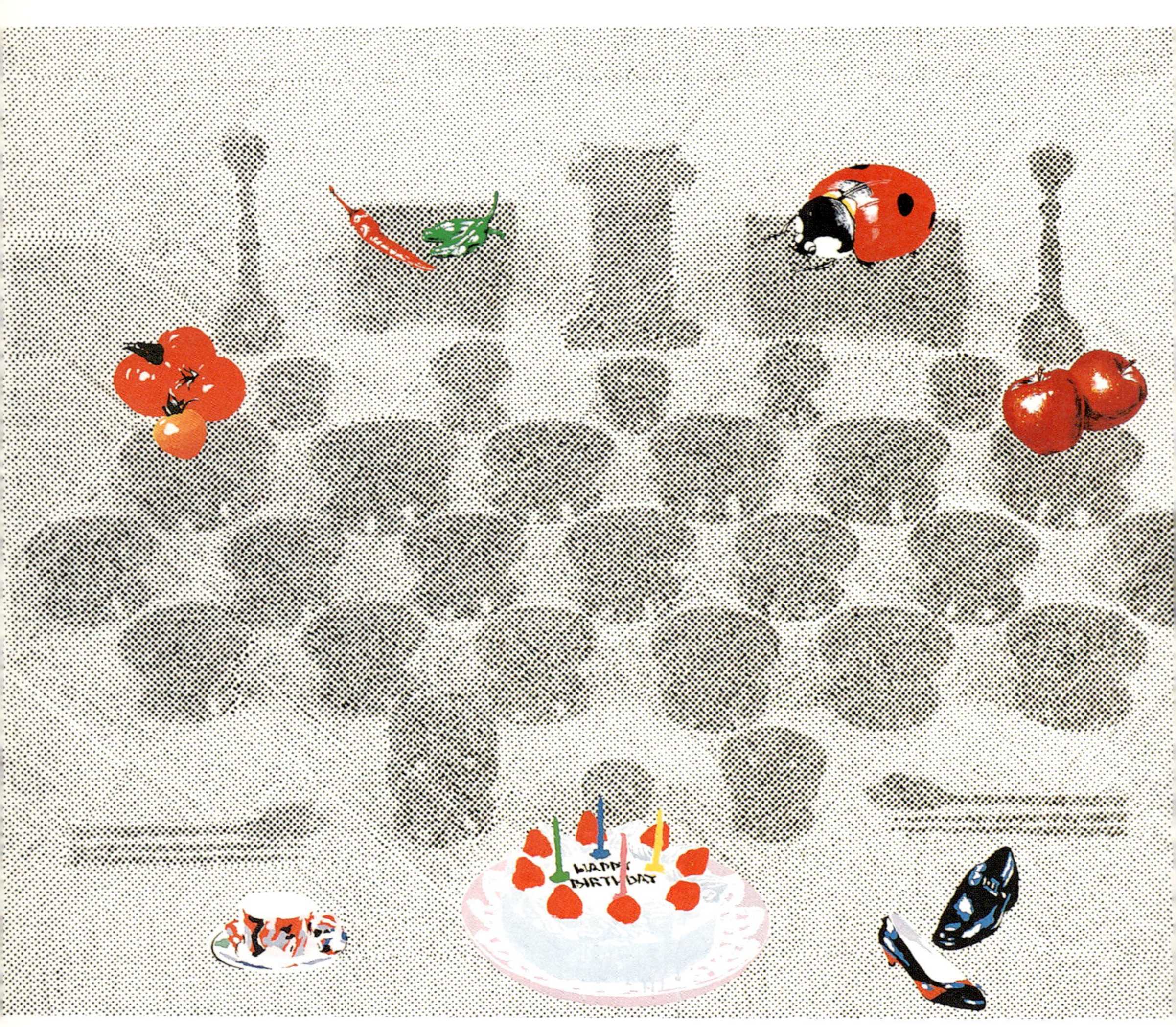

Birthday 1996 Acrylic on Canvas 181.8×227.3cm

도 하고, 제 성질에 못 이겨 죽기도 했다. 어제의 깨끗하고 귀엽던 모습은 온데 간데없고, 싸늘하게 늘어져 한구석에 죽어 있는 것이다. 사랑스럽게 움직이던 하얀 토끼의 사후 모습은 역겹기가 이루 말할 수 없었다. 코를 벌름거리며 호흡하던 생명체가 어느 순간 정지한 듯 널브러져 처박힌 모습은 무척이나 충격적이었다. 그렇게 죽어나간 토끼들을 대신해 새로운 토끼들이 사육장을 채웠지만, 비용을 감당하지 못한 아버지는 어느 순간 토끼 사기를 그만두셨다. 결국 사육장은 비워졌고 어딘가에 묻힐 호사를 누리지 못한 죽은 토끼들은 집 밖의 담벼락에 아무렇게나 버려졌다. 눈이 오면 눈을 맞고, 눈이 녹으면 물기 가득해져서 썩어갔다. 토끼의 사체가 풍겨대는 지독한 냄새는 유난히 비위가 약한 내게 악몽 이상이었다. 그때부터였을까? 내게 죽음은 처참하고 강한 공포로 각인되었다. 생명체가 어떤 모양으로 사라지고 없어지게 되는가. 뇌리에 깊이 박힌 죽음의 이미지는 내게 고통 그 자체였고, 썩어가는 토끼의 처참한 죽음은 오랫동안 나를 괴롭혔다.

누구에게나 죽음이
온다는 것

세상의 어떤 생명체나 살아있을 때는 펄떡이며 생명력을 자랑한다. 그러다가 어느 순간 죽음이 닥쳐오면 흐물흐물해지며 정신을 잃고 육체는 볼썽사나운 모습으로 분해된다.

사는 것과 죽는 것 모두 거짓말처럼 찰나의 순간이다. 기라성처럼 세상을 쥐고 흔들던 스타와 정치인도 죽음이란 문턱을 피해갈 수 없다. 삶의 권세와 영광도 육체가 싸늘하게 식어가면 어쩔 수 없이 명을 다하고 만다. 누군가는 이런 것이 바로 인생이라고, 가장 확실한 명제라고 말한다. 그러나 나에게는 여전히 미스터리이다. 죽음은 참 일상적이고 누구나 겪는 일이지만 죽음을 보는 나는 끊임없이 삶과 죽음의 경계를 헷갈려하는 것 같다.

이런 이유에서인지 나는 오래전부터 작업실 벽에 부고란을 스크랩해 붙여놓거나, 신문의 부고란을 오래도록 보는 습관이 생겨버렸다. 부고를 맞이할 때마다 삶의 극심한 양면을 느끼게 되는 것이다.

텔레비전에서 친근하게 보아온 연예인이든, 오랜 벗처럼 지내던 지인의 죽

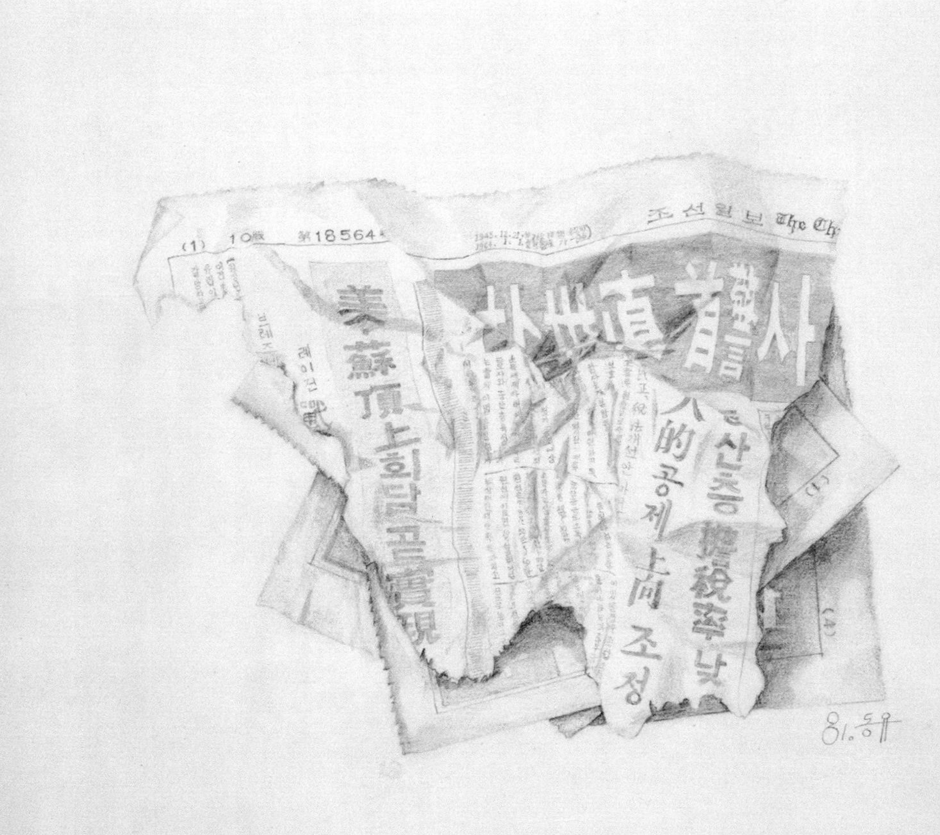

Crumpled Newspaper 1981 Pencil on Paper 25.5×36cm

음이든 곁에 있을 땐 영원불멸할 것만 같던 그가 임종을 맞이했다는 사실에 누구보다 마음이 요동치는 건 어쩔 수 없는 일인가보다. 그들에 관한 부고를 마주하는 순간은 떠난 이를 아쉬워하거나 감정이 북받치는 것과는 또 다른 기분이다. 부고를 관찰하며 그 의미를 곱씹는 일이란 타인의 죽음을 마치 나의 죽음처럼 여기는 일에 가까운 것이기에. 또한 누구에게나 죽음이 온다는 것을 몸으로 기억하는 일이기에.

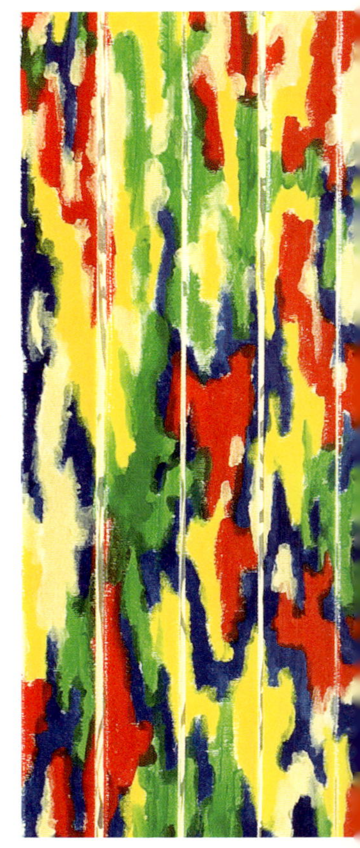

나의 자살을
기억하다

　요즘 여기저기에서 '자살'을 접하게 된다. 인터넷만 들어가도 자살에 관한 사연들이 넘쳐난다. 이런 기사를 볼 때면 나의 십대 시절이 떠오른다. 고등학교 2학년, 나는 죽음보다 깊은 우울과 상실감 속에 빠져 있었다. 부모님은 지긋지긋한 불협화음 끝에 결국 이혼을 하셨다. 그 후로 불투명한 정체성과 어둡기만 한 미래, 앞으로도 나 자신을 절대 사랑할 수 없을 것 같은 절망, 애정 결핍을 달고 살아온 자아 속에서 헤맸다. 마음을 어디에 둬야 할지 몰라 이리저리 방황했다. 내가 누구인지 왜 태어났는지도 모를 존재의 이유 상실과 가난, 불행들…… 이 모든 것들로부터 벗어나고 싶었다. 그런 상태가 얼마나 지속되었을까?

　우리 집에는 연탄을 담아 아궁이에 넣던 휴대용 화로 비슷한 것이 있었다. 바퀴 달린 통에 연탄을 피워 아궁이 깊숙이 넣어두고 자면 온 가족이 따뜻하게 잠들 수 있는 유용한 것이었다. 나는 연탄을 갈면서 붉게 타오르는 화로를 보았다. 이 연탄이 나에게는 어떻게 유용하게 쓰일지를 생각하며. 가족들의 편안

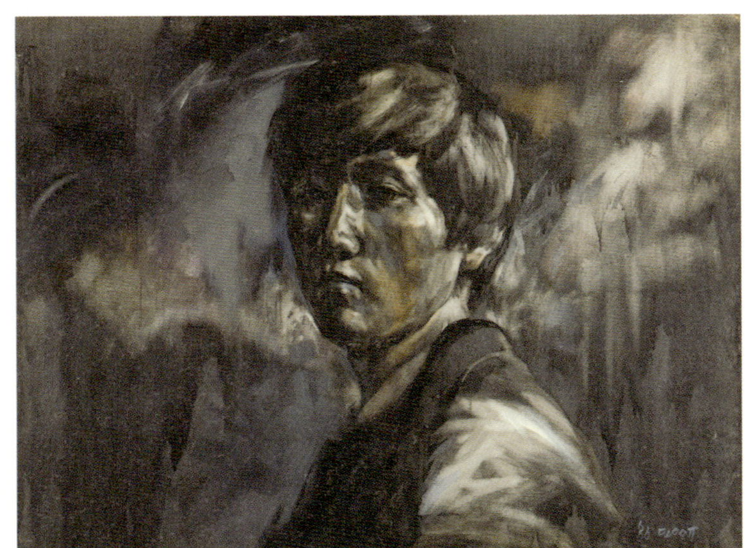

Self-Portrait
1986
Oil on Canvas
91 x 116.7cm

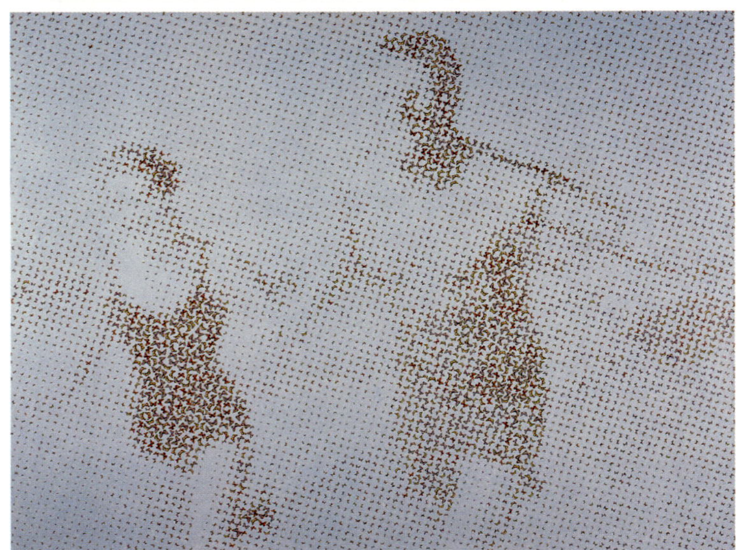

Man and Woman
1999
Acrylic on Canvas
181.8 x 227.3cm

한 잠자리를 약속하는 화로를 다른 방법으로 이용하기로 했다. 나는 그 화로를 방으로 가져와 차분하게 타오르는 연탄을 곁에 두고, 말 그대로 편히 잠들기를 꿈꿨다. 이 지긋지긋한 삶에 종지부를 찍기를. 쨍하고 해 뜰 날이 오지 않을 바에야 죽음으로 간단하게 삶을 마감하리라, 아무도 모르게 세상에서 사라지리라 마음먹었다.

얼마나 잠이 들었을까, 몽롱해진 눈앞에 사물들이 흐릿해 보일 때였다. 나의 불온한 잠 위로 내 이름을 부르는 소리가 벼락처럼 들렸다. 나의 의지와 상관없이 누군가가 방문을 열고 일산화탄소 가득한 방에서 나를 끌어냈다. 정신을 차려보니 같은 고등학교에 다니는 친구였다. 친구는 나를 끌고 나와 한참 동안 가쁜 숨을 몰아쉬었다. 그 후 아무 일 없다는 듯 차분하게 내 등을 두드려주었는지, 아니면 물 한 대접을 갖다줬는지는 기억이 잘 나지 않는다. 자살을 하려던 나와 자살하는 모습을 목격한 내 친구는 그렇게 열병 같은 오후를 보내고 있었다.

죽음으로 모든 것이
끝나지는 않는다

자살을 시도했던 십대 시절의 아픈 기억은 지금은 잊고 싶은 과거가 되었다. 그때는 산다는 것이 왜 그리도 버겁던지. 산다는 게 뭐가 그렇게 구질구질하던지. 자살을 시도한 벌을 받은 것인지 나는 전보다 더한 절망과 더한 가난에 몸부림쳐야 했다. 미꾸라지 위로 소금을 뿌려대듯 사는 게 고통이었다. 하지만 그 이후 나는 단 한 번도 자살을 생각해본 적이 없다. 고통이 겹겹이 나의 목을 조여와도 살고자 했다. 삶이란 고통의 연속임을 스스로 깨달았기 때문이다. 살고자 한다면 삶의 무게쯤은 견뎌내야 했다. 그렇기에 누구에게나 사는 게 별게 없거니 여겼다. 사는 일은 동병상련의 아픔이고, 생명을 다할 때까지 살아내는 일이라고 깨우친 것 같다. 고통은 사람을 죽게도 하지만 의외로 질기게 만들기도 한다. 나는 고통에 죽기보다는 질기게 사는 쪽을 택했다.

내가 그리고 있는 많은 인물의 주제 역시 죽음이다. 전 세계 남성들의 섹스 심벌로 미국을 대표하는 배우 마릴린 먼로, 우아한 표정으로 죽기 전까지 유니세프 봉사활동을 해온 오드리 헵번, 태양은 다시 떠오른다고 말한 비비안 리,

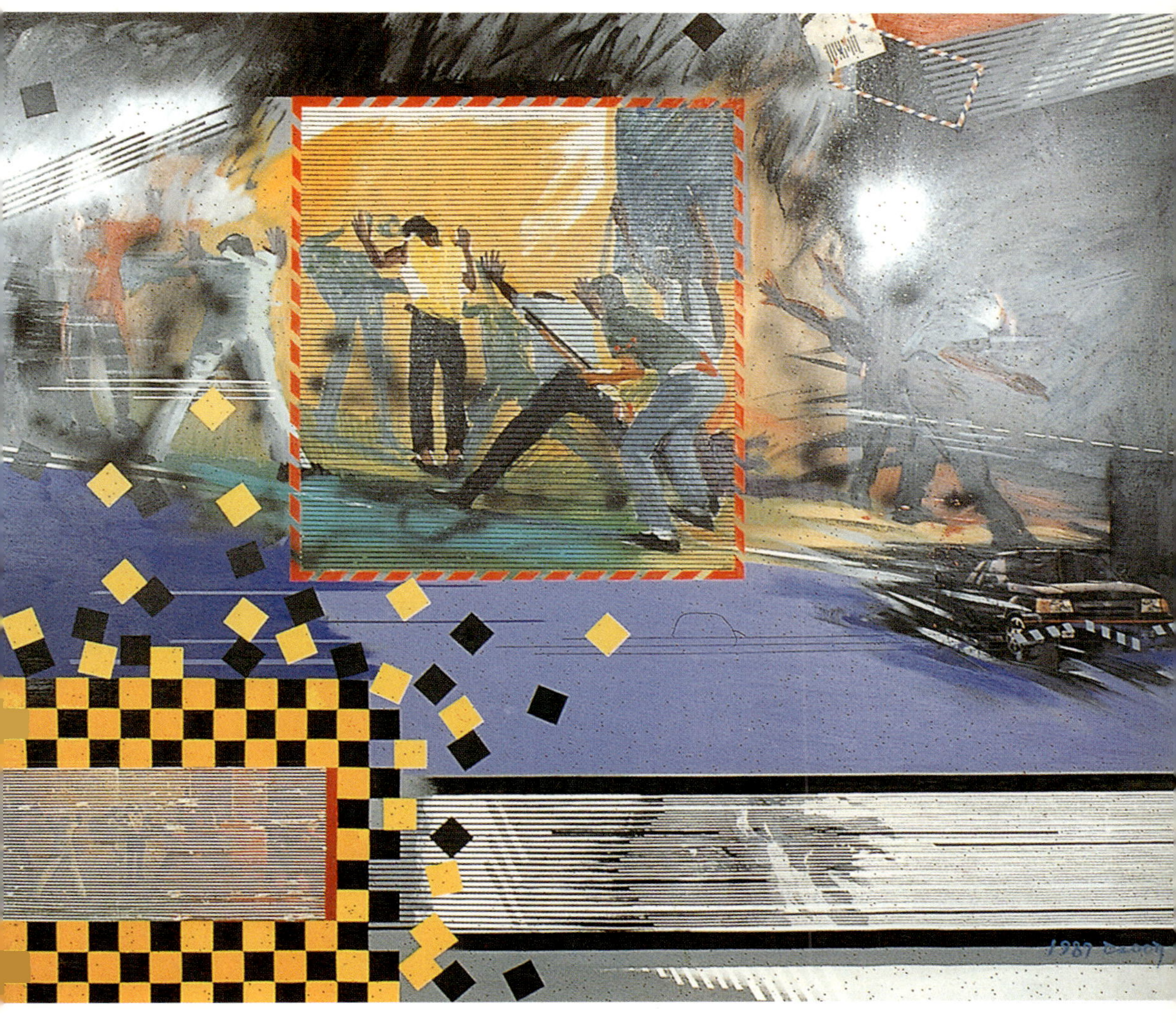

Untitled 1987 Oil on Canvas 130.3×162.2cm

귀족적인 얼굴로 모나코의 레니에 3세와 결혼을 해서 세기의 로맨스를 이룬 그레이스 켈리……. 그들은 한때 우리의 기억 속에 사랑받는 연인으로 부러움의 대상이었으며 죽을 때까지 많은 관심을 받았다. 그러나 찬란하던 명성과 인기, 숱한 루머들을 뒤로 하고 결국 돌아올 수 없는 강을 건넜다. 하지만 우리는 여전히 그녀들을 살아있는 이들처럼 여기고 기억하고 사랑하며 그 이미지를 떠올리곤 한다. 마릴린 먼로의 스타일이 다시 유행하고, 오드리 헵번의 대표작 〈티파니에서 아침을〉은 광고에서 패러디된다. 그들의 역할과 이미지는 결코 단절되지 않는다. 죽어도 끝나지 않는다. 우리는 죽은 이들을 언제든 다시 불러올 수 있다. 그들의 무덤 앞에 서서 꽃다발을 놓아두면서도 가장 빛나고 아름다울 때를 떠올리며 언제든 가까이 호흡한다고 느끼는 것이다. 육체는 죽었지만 이미지는 살아 움직이고 있는 것이다.

내가 그려온 이중그림 속의 인물들은 내가 사랑하는 스타나 정치인과는 일치하지는 않는다. 나는 그들이 많은 사람들에게 사랑받고 알려진 까닭에 내 작품의 페이스로 발탁했다. 그들의 얼굴은 그림을 보는 이들에게 이미 사라진 이미지를 다시 불러오게 하고, 각기 다른 추억을 던질 것이다. 나는 사라지고 희미해진 이들의 과거를 살아있게 하고, 환생시키는 그림을 그리게 된 것이다. 이처럼 우리는 죽는다

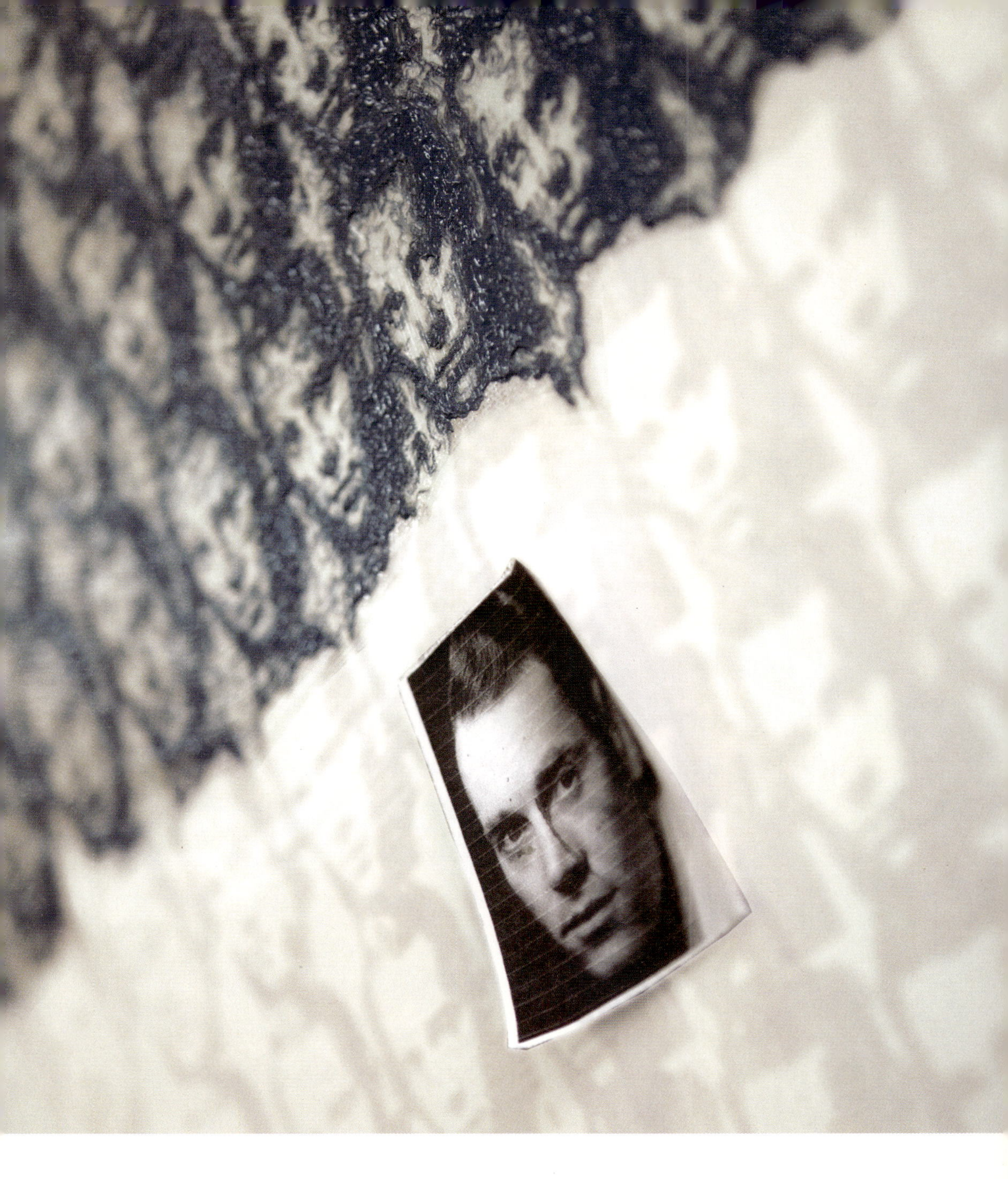

이중그림, 그것은 사라지고 희미해진 이들의 과거에 숨을 불어넣는 작업이었다.

하더라도 모든 것을 지울 수는 없다. 죽음만이 끝이 아니기 때문이다. 그렇기에 나는 오늘도 죽은 이들의 과거를 재생하고 있는지 모르겠다. 친칠라 토끼들의 생과 사를 본 후에도 그들이 살아있을 때를 기억하듯, 혹은 언젠가 보았던 영화 '사랑과 영혼'에서 영매 오다(우피 골드버그 분)가 샘(패트릭 스웨이지 분)을 불러내듯 말이다.

그것은 허깨비일 수도 있고, 잠이 깨고 나면 사라지는 하나의 꿈일 수도 있다. 그러나 한때나마 다시 볼 수 있는 사랑에 우리는 감동을 느낀다. 굿판에서 무당은 억울한 사연을 담고 죽은 이의 한을 풀어주기 위해 죽은 자의 말을 토해놓고, 못 다한 한을 말로 풀어낸다. 어찌 보면 내 작업 또한 영원히 지워지지 않을 인물들의 이미지를 가지고 와서 다시 한번 풀어놓는 과정이다. 이중그림을 그릴수록 내 머릿속에 남는 것은 의외로 죽음이 아니라 영원에 대한 소망일지도 모르겠다는 생각을 해본다. 내가 현실에서 바라보고 있는 것은 신문의 부고이지만 내가 부고에서 다시 찾는 것은 죽음을 넘어 새롭게 재해석된 그들의 이미지인지도 모른다. 그렇기에 이것은 어쩌면 죽음의 뒤로 끊임없이 도돌이표를 그리는 작업일지도 모르겠다. 기억이라는 묘한 기능은 언제든지 과거를 다시 불러들일 수 있기 때문이다.

KIM DONG YOO

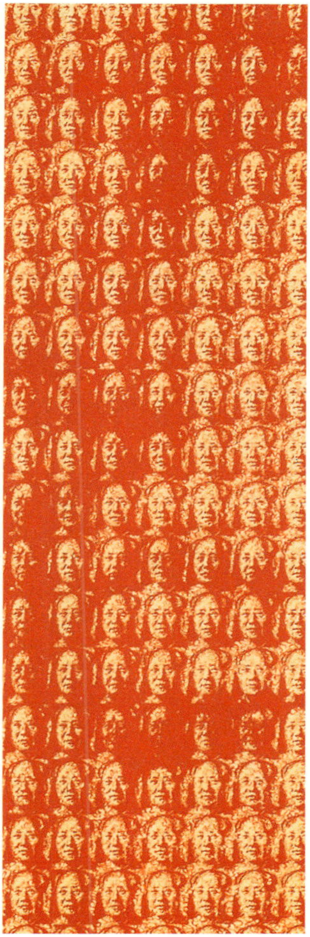

살다 보면 해 뜰 날도, 거짓말 같은 날도 오더라

아름다운 잔치도 언젠가는 막을 내린다.
누군가는 잔치의 여흥을 못 잊고
어디로 돌아가야 할지 몰라 헤맨다.
나에게 잔치는 하나의 해프닝일 뿐이다.
돌아갈 집이, 작업할 내 공간이
나의 최고의 잔치이고 여흥이기에.

지방의 이름 없는
그림작가

나는 충청남도 공주에서 태어나 공주에서 초·중·고등학교를 다니고, 대학까지 졸업했다. 그리고 너도나도 고향을 떠나 도시생활을 꿈꾸던 젊은 시절에도 공주에서 살기를 고집했다. 그러면서 충청도 태생의 여자와 연애를 했고 결혼해서 충청도 태생의 두 아이를 낳고 지금껏 이곳에 살고 있다. 세상은 넓고 정주면 고향이라는 요즘, 나처럼 한곳에 뿌리를 깊이 박고 사는 이도 거의 없을 듯싶다.

내가 이렇게 고향을 떠나지 않고 살 수 있었던 가장 큰 이유는 직업이 화가였기 때문이다. 다른 사람들처럼 취업이나 학업을 위해 도시로 나갈 일도 없었고, 도시의 번잡함과 내 작업은 서로 어울리지도 않았기에 굳이 도시로 나가 살 이유가 없었다. 그러다 보니 누군가는 "그래서 발전이 없다", "회화의 새로운 트렌드를 배우고 습득하려면 더 넓은 곳으로 가야 한다"고 조언했고, 누군가는 "사는 모습이나 그림이나 변화가 없어 고여 있는 물 같다"라고도 했다. 그러나 나는 사는 곳에 따라 회화가 발전을 하고 안 한다는 말에 동의할 수 없

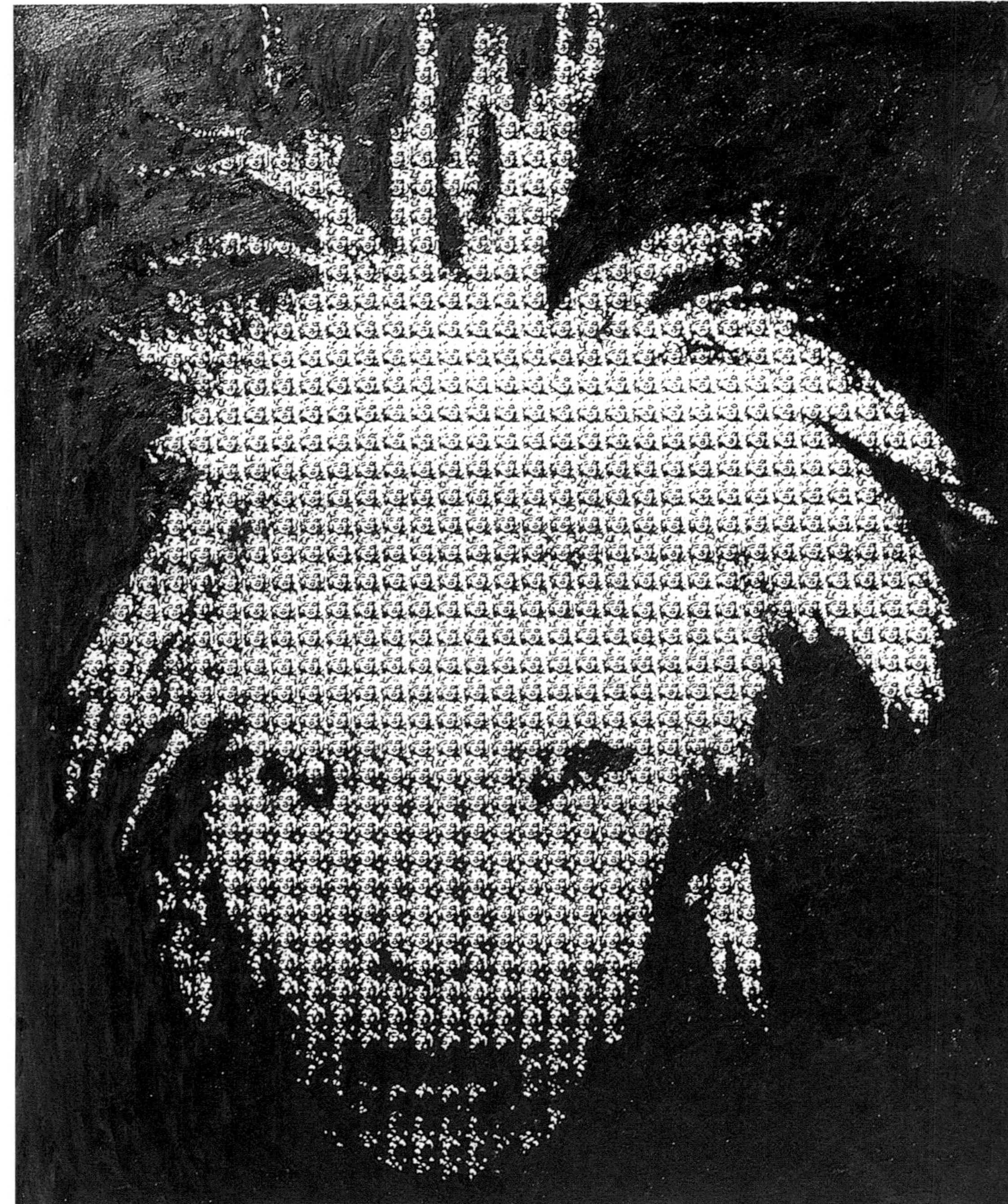

Warhol & Marilyn Monroe 2000 Oil on Canvas 162.2×130.3cm

었고, 소위 '뜨는' 회화스타일을 내 것으로 만들고 싶은 마음도 없었다. 어차피 작업은 혼자서 해야 하는 일이고, 내 그림의 트렌드도 내가 만드는 것이기에 홀로이기를 선택했다.

사람들은 대개 어떤 일을 할 때 그 일을 함께하는 동료들과 무슨 파, 무슨 스타일을 이루고 어떤 부류에 속하기를 원한다. 유행하는 패션을 너도나도 입어야 안심이 되는 집단 심리처럼 안정감과 소속감을 준다고 믿는 것 같다. 하지만 나는 그런 부류에 속하는 걸 원치 않았고, 적응해갈 자신도 없었다. 더욱이 유행을 재미없어 하는 스타일이라 나만의 길을 추구하는 작업을 선택했다. 그러니 내가 작업한 그림들은 요즘 잘나가는 미술시장이나 미술 화풍이 주목할 만한 것이 절대 아니었다. 그저 어쩌다 내게 주어진 전시회가 있으면 작품을 준비하고, 그 순간을 위해 나만이 고집하는 영감의 그림을 그리는 화가였다. 그러니 나의 그림이 언젠가는 이슈가 될 거다, 분명 이 그림을 알아봐주는 이가 있을 것이다, 하는 상상도 하지 못했다. 지방의 이름 없는 그림작가. 그게 바로 나였다.

홍콩 크리스티 경매에
출품하다

그러던 어느 날 이화익 갤러리에서 전화가 한 통 걸려왔다.

"김동유, 선생님이시죠? 전 이화익 갤러리 대표 이화익입니다."

"네? 어디 갤러리라고요?"

가끔 내가 사는 충청도의 갤러리에서는 전시 관련으로 전화가 오긴 했지만 서울에 있는 생소한 갤러리에서 전화가 오는 일은 드물었다. 그래서 나는 어떤 용무로 날 찾는지 물었다. 그러자 그 이화익 대표는 이렇게 말했다.

"1999년 금호미술관에서 전시했던 선생님 그림을 인상 깊게 봤습니다. 그때 선생님 그림을 보고 저는 분명 미래가 촉망되는 작가라고 생각했습니다. 이번 크리스티 경매에 선생님 작품을 추천해보고자 하는데 선생님 생각은 어떤신지 여쭙고 싶어 전화드렸습니다."

홍콩 크리스티는 국제 경매회사로 전 세계 미술경매의 43퍼센트를 차지할 정도로 자타가 공인하는 세계적인 그림시장이다. 아시아 최대의 경매시장에서 그림이 팔린다는 것은 화가에게도 한국을 넘어 세계로 나아갈 수 있는 좋은 기

Van Gogh & Marilyn Monroe 2005 Oil on Canvas 162.2×130.3cm

회였다. 그런 대단한 경매에서 나의 그림이 눈에 띌까? 과
연? 이런 의문이 들었다. 의아해하던 내게 이화익 대표는 자
신의 소신을 말했다.

한국 화단의 폐쇄성이 짙어지고, 그림이 비슷해지면서 진
정으로 실력 있는 작가들이 주류에서 밀려나 붓을 꺾어야 하
는 현실이 안타까웠다고. 그래서 진짜 내공을 가진 실력 있는
화가를 찾았고, 그중 한 사람으로 나를 지목한 것이다.

이화익 대표는 이전에도 홍콩 크리스티 경매에 재능과 실
력은 있지만 이름이 알려지지 않은 한국 작가들을 선보여 좋
은 반응을 얻었다. 그 도전과 경험에 용기를 얻어 학연과 인
맥을 배제하고 그림만으로 진검승부할 수 있는 한국 작가들
을 발굴하기로 맘을 먹었을 때 내 그림을 접했다고 했다.

어쨌든 규모가 큰 해외시장에 출품할 작가 중 하나로 나
를 지목했다는 이야기가 그동안의 고된 작업에 대한 보상처
럼 느껴졌지만 솔직히 별 기대는 없었다. 그저 이름 없는 지
방 작가가 홍콩 크리스티 경매에 나갈 수 있다는 것만으로

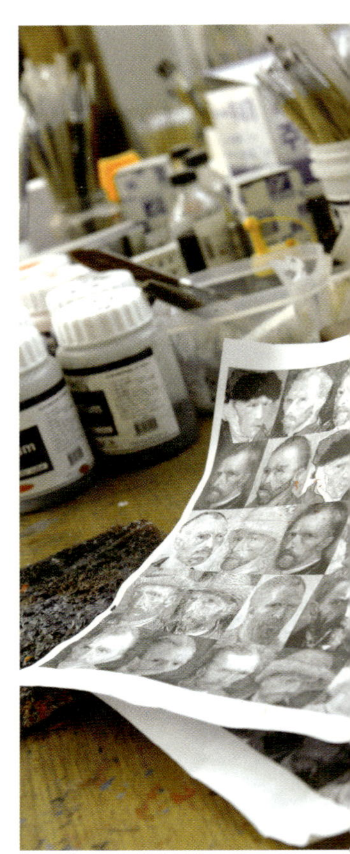

도 족했다.

크리스티 경매의 담당자들이 출품할 작품을 보기 위해 한국에 왔고, 이화익 갤러리에서 내 그림을 보게 되었다. 그들은 내 그림을 보자마자 현장에서 출품을 결정했다고 했다. 까다로운 선별을 하기로 유명한 담당자들이 바로 결정을 내리자 혹시나 했던 이화익 대표도 놀라기는 나와 마찬가지였다.

서로 얼굴조차 모르는 서울의 어느 갤러리와의 만남은 이렇게 이루어졌다. 그리고 2005년, 고흐의 이중그림이 기적처럼 홍콩 크리스티 경매에 나갔고 추정가의 3배가 넘는 가격으로 판매되었다. 이 거짓말 같은, 한여름밤의 꿈같은 일에 어리둥절했다. 믿기지 않았다. 그리고 그 이듬해의 크리스티 경매에서 다시 〈마릴린 먼로 vs 마오 주석〉을 출품하여 추정가의 25배가 넘는 가격으로 낙찰되었다.

세월이 지나고 이화익 대표는 이런 말을 했다. 그는 원로이신 김창렬 선생님께 나의 그림들을 보여드렸다고 한다. 그러자 그분께서 "이 작가 그림을 보니 좋은 작가가 갖추어야 하는 열정, 성실, 광기를 모두 가지고 있는 것 같소. 그러니 성공할 수 있도록 잘 도와주시오"라고 말씀하셨다는 것이다.

그런 믿음에서 출발해 이화익 대표와의 인연은 지금도 계속되어 많은 작업

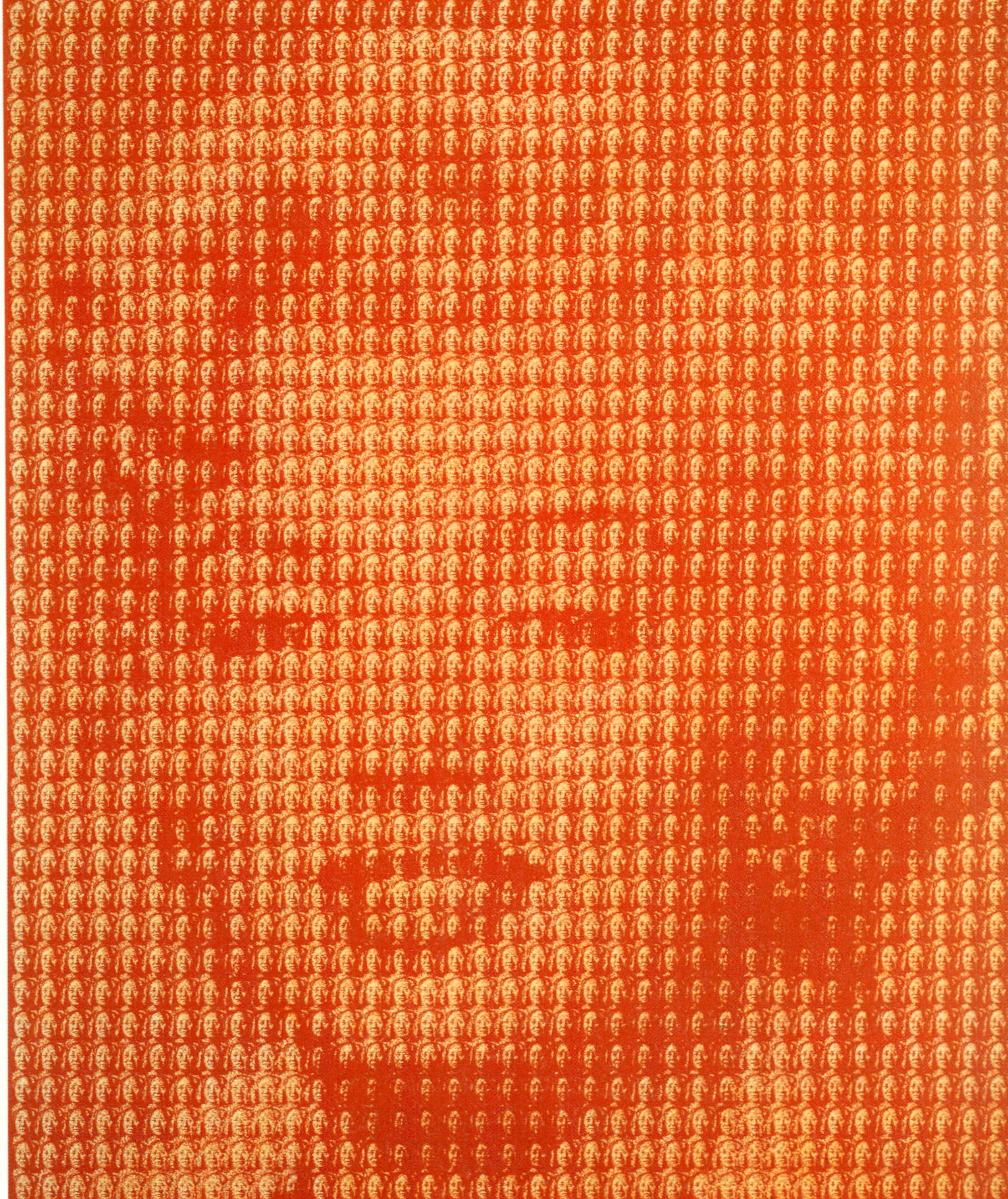

Marilyn Monroe & Mao Zedong 2007 Oil on Canvas 227.3×181.8cm

들을 함께했다. 경매 건으로 내가 이화익 대표를 처음 만나러 상경했을 때 그는 나를 보고 대뜸 이렇게 말했다.

"선생님, 나이가 저보다 훨씬 더 들어보이시네요."

솔직하고, 거침없고, 거짓 없는 그의 나에 대한 첫인상은 이러했다. 시골에서 농사를 짓다가 막 상경한 촌로처럼 피부는 검게 그을러 있었고 모공은 열리고, 그동안의 가난함과 지독했던 작업으로 몸은 앙상하기 그지없었다고. 내 모습은 그야말로 가관이 아니었나 보다. 그때 난 단지 출품에 의미를 두었을 뿐, 그 이상을 기대하거나 인생의 역전을 생각하지 않았다. 아마 그런 무심함이 외모에 그대로 투영되었을지도 모르겠다.

잔치가 끝나면
집으로 돌아가야 한다

　나중에 알게 된 사실이지만 중국에는 농담 반 진담 반으로 '마오'라는 장르가 있을 정도로 마오쩌둥의 그림이 인기가 많다고 했다. 정보 습득이 미흡했던 내게 그런 얘기는 금시초문이었고, 내게 마오쩌둥은 한때를 풍미했던 유명인사일 뿐이었다. 시대의 파란을 일으키고 사라진 부고의 주인공이었을 뿐이다. 그런데 이런 우연적인 통합이 있었다니. 이것도 운이라면, 하늘이 내게 내려준 천운이라고 해야 할까?

　어쨌든 홍콩 크리스티 경매로 한바탕 잔치를 벌이고 돌아온 나는 멍해졌다. 워낙 어떤 일에 금방 기뻐하거나 슬퍼하는 성격이 아니었기에 누군가의 찬사도 마음에 와 닿지 않았다. 뭔가 큰 사건은 있었지만 평온한 일상으로 얼른 돌아가고 싶은 복잡한 심경뿐이었다. 그래서 돌아오자마자 내가 살던 집과 작업실로 쓰던 폐교를 둘러보았다. 평온하게 잠들어 있는 가족들의 얼굴도 오랫동안 지켜봤다. 아무것도 변한 게 없었다. 내 그림이 고가에 팔리든 아니든 나는 작업실에 서서 머릿속에 구상해둔 작품을 그려낼 것이고, 어제처럼 캔버스 앞

Mao Zedong & Marilyn Monroe 2005 Oil on Canvas 162.2×130.3cm

에 설 것이다.

내 생애 처음으로 큰돈을 벌게 됐지만 그동안 무보수로 살아온 내게 주는 밀린 월급 같은 것이려니 하며 다시 일상으로 돌아가기로 했다. 이루지 못한 꿈을 안고 사는 것이 아프고 쓰라렸던 나의 땅 공주, 그럼에도 내게 살 이유를 줬던 그림 그릴 터를 가진 공주, 내 가족이 잠들어 있는 나의 집 공주로.

KIM DONG YOO

역전이란 원한다고 해서 오는 것이 아니다.
계산하고 점 쳐서 오는 역전은 역전이 아니다.
그러므로 역전을 꿈꾼다면
내가 하는 일을 꾸준히 하는 것이 가장 빠른 방법이다.

여보,
우리 이사 가자

홍콩 크리스티 경매를 마친 후 나는 원래의 생활로 빠르게 복귀했다. 늘 그래왔듯 정해진 시간에 폐교 작업실에 나가 그림을 그리고 대학 강의를 나갔다. 그동안 해왔던 생활을 버리는 순간, 비오는 날 부서진 비닐우산처럼 어느 순간 폼 나게 퍼졌다가 한순간 찢기고 비참해질 것 같았다. 이런 내 불안한 견딤을 깨운 건 바로 아내였다.

"여보, 우리 이사 가면 안 돼?"

아내가 조르기 시작했다. 경매 후 입금될 거금을 생각하니 그간의 고생을 견딜 수 없었나 보다. 그림을 판매한 값의 전액이 작가의 것은 아니다. 또한 그림이 판매된 후에도 몇 개월 동안 여러 과정을 거치고 나야 그 돈을 받을 수 있다. 그래서 어차피 들어올 돈이라면 조금만 기다려 보자며 아내를 설득했다.

"난 여기가 좋은데. 그냥 여기서 살지?"

나는 폐교에서 그림을 그리는 것이 좋았다. 낡은 집이지만 축사를 개조한 집에서 사는 것도 이제는 익숙했다. 그래서 그냥 예전처럼 살기를 원했다. 하지만 아내는 이 지긋지긋하고 편할 것 없는 축사 생활을 더는 할 수 없다는 듯 이사를 종용했다. 평생 지나친 욕심도 조르는 법도 없는 아내가 이러는 이유를 이해 못한 바는 아니었지만 나는 아예 모른 척해버렸다. 그런 생활을 이어갈 즈음 사건이 터졌다. 댓돌 위에 벗어둔 아내의 신발 속에 뱀이 똬리를 틀고 있었던 것이다. 그걸 알 턱이 없던 아내는 무심결에 신발을 신었다가 기절하기 일보직전이 되었다. 한번은 부엌에 있던 밥그릇에도 뱀이 똬리를 틀고 앉아 있었으니 어느 누군들 이사를 가고 싶지 않겠는가? 아무렇지 않던 재래식 화장실도, 온 가족이 피부병에 걸린 것처럼 모기에게 뜯기는 것도 아내는 지긋지긋했던 모양이다. 나는 그런 아내를 두고 볼 수 없어서 "이사 가자. 그런데 기다렸다가 돈이 들어오면 가자" 하고 타일렀다.

너무 잘 안다. 아내는 지병인 류머티즘으로 등을 구부려 발톱을 깎을 수 없었다. 그래서 내가 깎아주지 않으면 긴 발톱을 하고 다닐 정도로 아내의 일상생활은 말이 아니었다. 그런 몸인데도 이런 척박한 환경에 살게 한 건 못난 내 탓이다. 하지만 아무리 받을 돈이라도 먼저 가불을 해달라고 요구하는 것은 불가능한 일이었다. 누군가에게 돈 얘기를 한다는 것은 내가 세상에서 가장 어려워하는 일이었으니. 그런 사실을 알면서도 아내는 결혼 후 처음으로 고집을 피

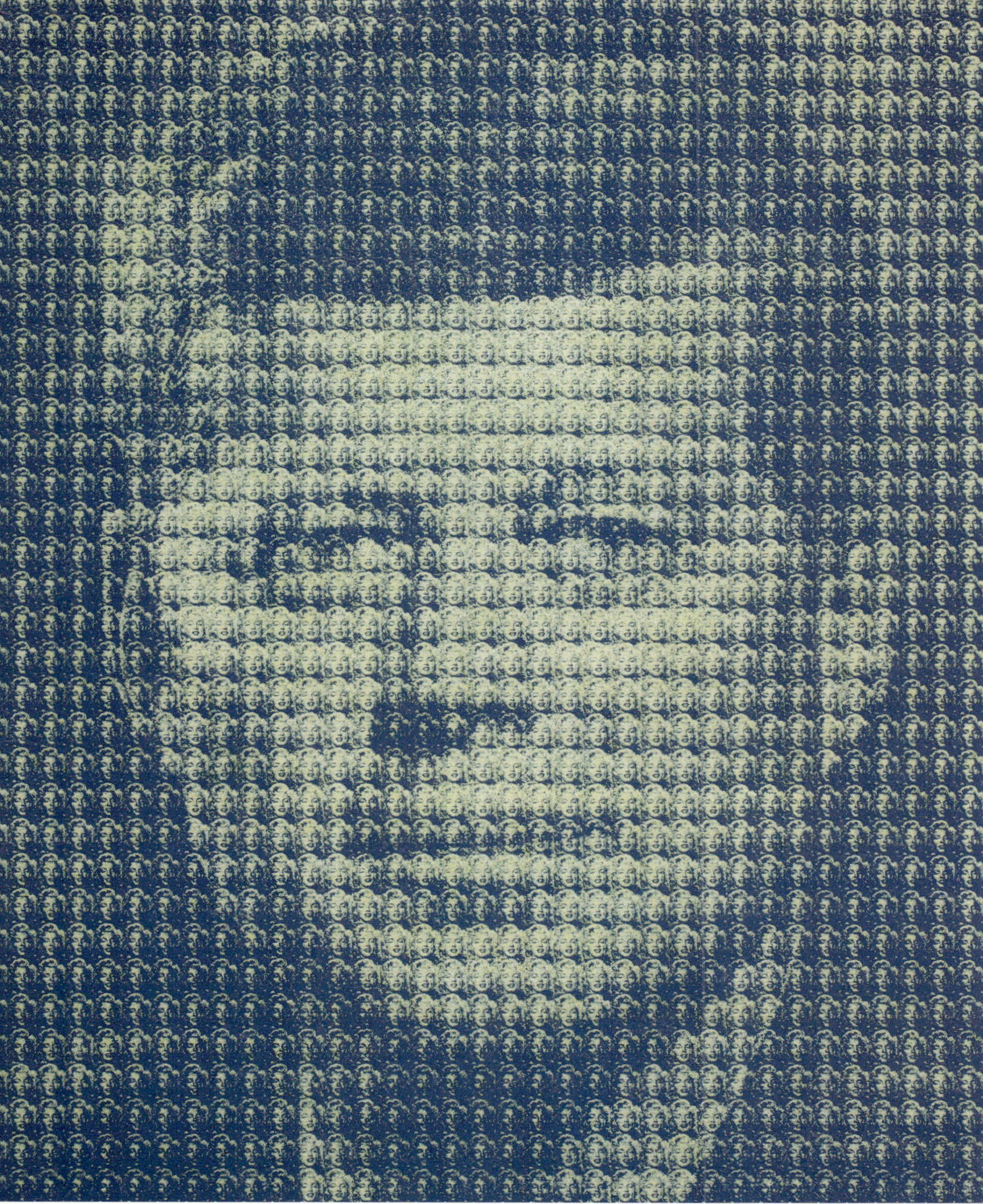

John F. Kennedy & Marilyn Monroe 2010 Oil on Canvas 194×155cm

웠다.

"그게 뭐가 문제야?", "어차피 받을 돈 조금 먼저 받는 거 잖아?", "당신이 한마디만 하면 가족이 편하게 사는데 그 말 이 그렇게 안 떨어져?", "여보, 우리 이사 가자!" 협박으로 혹은 갖은 애교로 아내는 나와 눈만 마주치면 말했다. 순박 하고, 욕심 없고, 참을성도 많은 사람이 이렇게 닦달하는 모 습은 처음이었기에 아내가 그만큼 원한다는 것으로 생각하 고 결단을 내렸다. 요즘같이 남편이 실직만 해도 부부가 갈 라서는 마당에 이렇게 고생한 아내에게 그것도 못 해줄까 싶었다. 나 같은 남편과 살아준 것도 고마운데 내 자존심과 민망함이 대수겠는가? 나는 갤러리에 전화를 걸었다. 첫 신 호음부터 등줄기에 땀이 흘러 옷이 젖을 지경이었다.

"피치 못할 사정이 생겨서요. 무리한 부탁인 줄 알지만, 그림값 좀…… 땡겨주십시오."

그러자 이화익 대표는 어려운 부탁도 아닌데 뭘 그렇게 힘들어하느냐며 선뜻 내가 필요로 하는 돈을 지원겠다고 말 했다. 그리고 갤러리에서 실장으로 일하는 한 큐레이터가 논산으로 찾아왔다. 지난 세월 동안 늘 잡힐 듯 잡히지 않 던, 나하고는 인연이 없을 것 같았던 돈을 보자 가슴이 두근 거렸다. 언제나 생활고를 면치 못해 마음 아픈 일도 많았건 만, 이렇게도 간단히 내 손에 들어오다니. 나는 아찔해졌다.

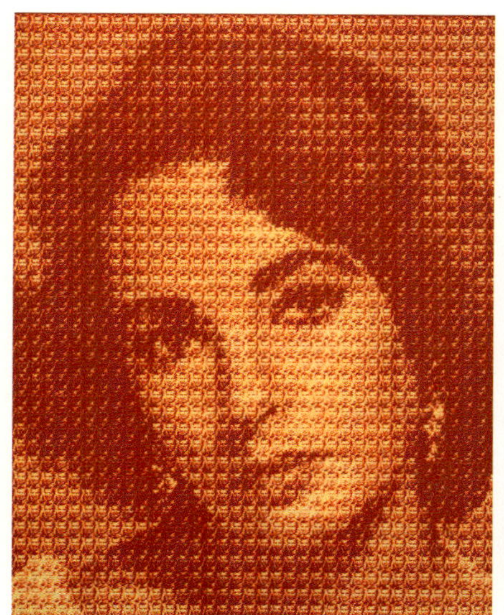

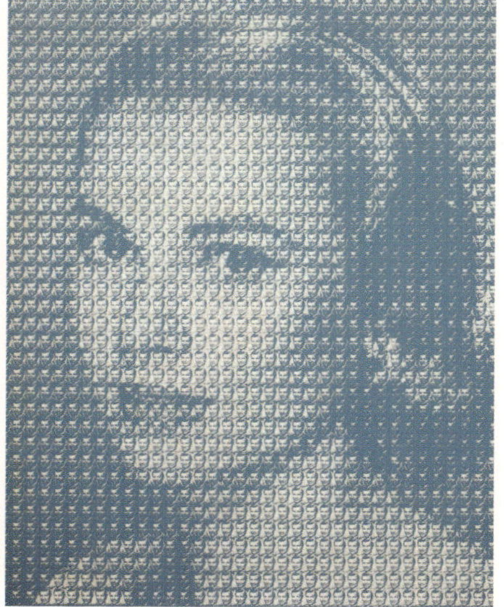

Liz Taylor & Clark Gable
2008
Oil on Canvas
227.3 x 181.8cm

Grace Kelly & Clark Gable
2010
Oil on Canvas
194 x 155cm

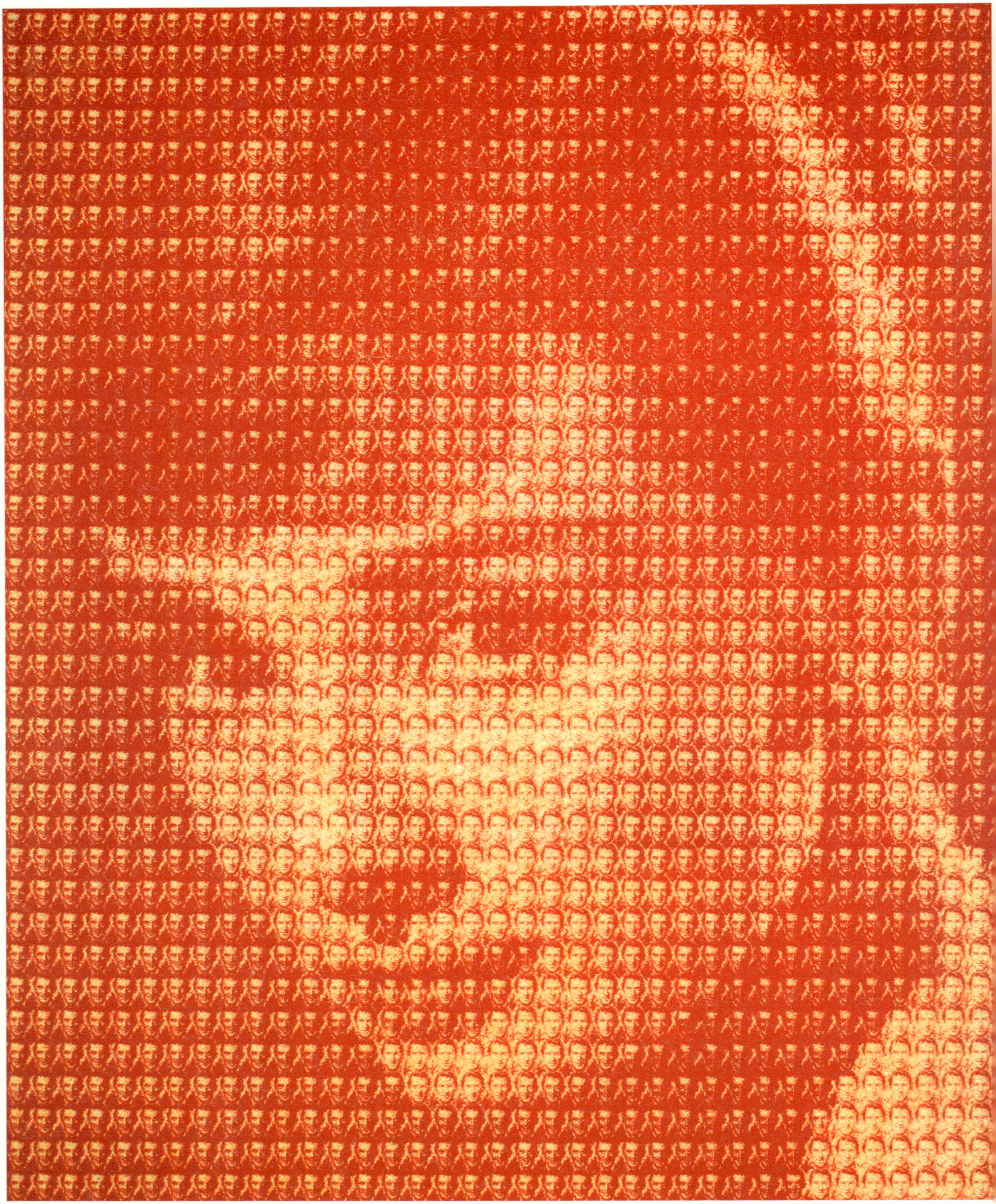

Audrey Hepburn & Gregory Peck 2008 Oil on Canvas 227.3×181.8cm

　이화익 대표의 도움으로 드디어 우리는 아내가 그렇게 원하던 아파트로 이사를 갔다. 지방이다 보니 서울의 원룸값 정도면 30평대의 아파트를 전세로 얻을 수 있었다. 아내는 너무나 기뻐했고, 아이들이 추위에 떨지 않아도 된다는 생각에 맘은 편했다. 하지만 나는 이미 야생으로 길들여져서 그런지 매일 폐교로 가서 작업을 했다. 아무리 살기 좋은 곳이 있어도 그동안 눈물과 땀이 오롯이 밴 화실이 나에게는 더 정겹게 느껴졌다. 어쨌든 내 생애 처음으로 고가로 팔린 그림 덕에 전세를 얻었고, 그동안 줄지 않고 쌓기만 했던 빚을 청산하느라 손가락 사이 물 흐르듯 돈은 사라져버렸다.

변화에는
아픔도 뒤따른다

기쁨의 순간은 잠시 스칠 뿐이었다. 이름 없는 산골 화가에게 쏟아진 스포트라이트는 하나의 이벤트에 불과했다. 변화는 계속 거듭되어야 하고 나는 발전해야 한다.

이런 생각을 하고 있는 내게 사람들은 물어온다. 그림값이 저렇게 비싸면 돈도 많이 벌었겠다, 돈이 있으면 사는 모습도 무척이나 럭셔리하겠다고. 고생했던 지난 일들은 늙어서 심심할까봐 만든 추억거리쯤 될 거라고. 이제는 스타작가 반열에 올랐으니 맘껏 풍족하게 삶의 여유를 즐기며 살지 않겠느냐고 말이다. 물론 그런 면도 아주 약간은 있다. 그러나 그것이 전부일까. 나는 그런 질문을 받을 때면 "그래요, 좀 나아졌습니다"라고 대답하지만, 과연 그랬을까.

가난을 벗 삼아 산 세월은 얼마며, 논산시 벌곡면 만목리 축사에서 산 세월이 얼마였던가. 가까스로 신용불량자만은 되지 않기 위해 카드 돌려막기의 달인처럼 살았던 세월이 또 얼마인가. 그런데 그런 생활을 일순간 잊고 새로운 생활을 만끽하고 살 만큼 나는 적응력이 뛰어난 사람이 아니었다. 그러니 그림이 팔렸다는 것도 기적이고, 큰돈도 구름 위를 걷듯 불안하기만 했다. 언젠가 기사를 통해 보았던 복권 당첨자들의 당첨 후 인생처럼 불운한 삶과 한때의 영광은 동전의 양면처럼 가깝다. 유명해진다는 것은 그런 것일지도 모른다.

그렇게 원하던 아파트로 이사를 들어가고 나서 아내는 한동안 공황장애를 겪었다. 고생을 밥 먹듯 한 몸과 마음이 바뀐 생활에 적응해내지 못했고, 어느 순간 멍해지면서 현실을 인식하기 힘들어했다. 손에 꼭 쥐고 있던 화려하고 예쁜 풍선이 언젠가는 날아갈지도 모른다는 불안감에 밤잠을 못 이루는 날이 더 많았다. 나는 작업을 하며 그런 시간을 견뎌낼 수 있었지만 집에 있던 아내는 변화를 이겨낼 수 없었나 보다.

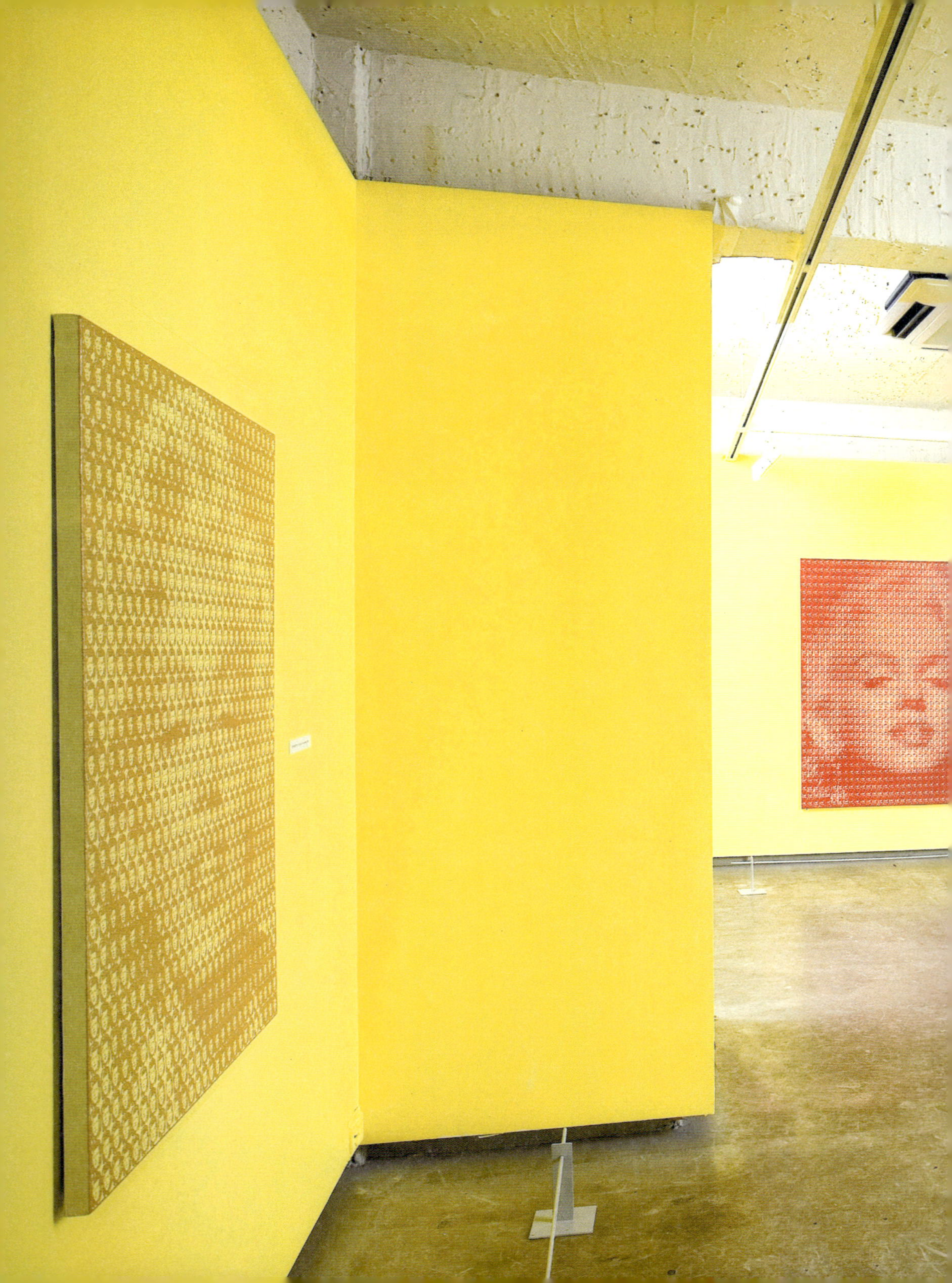

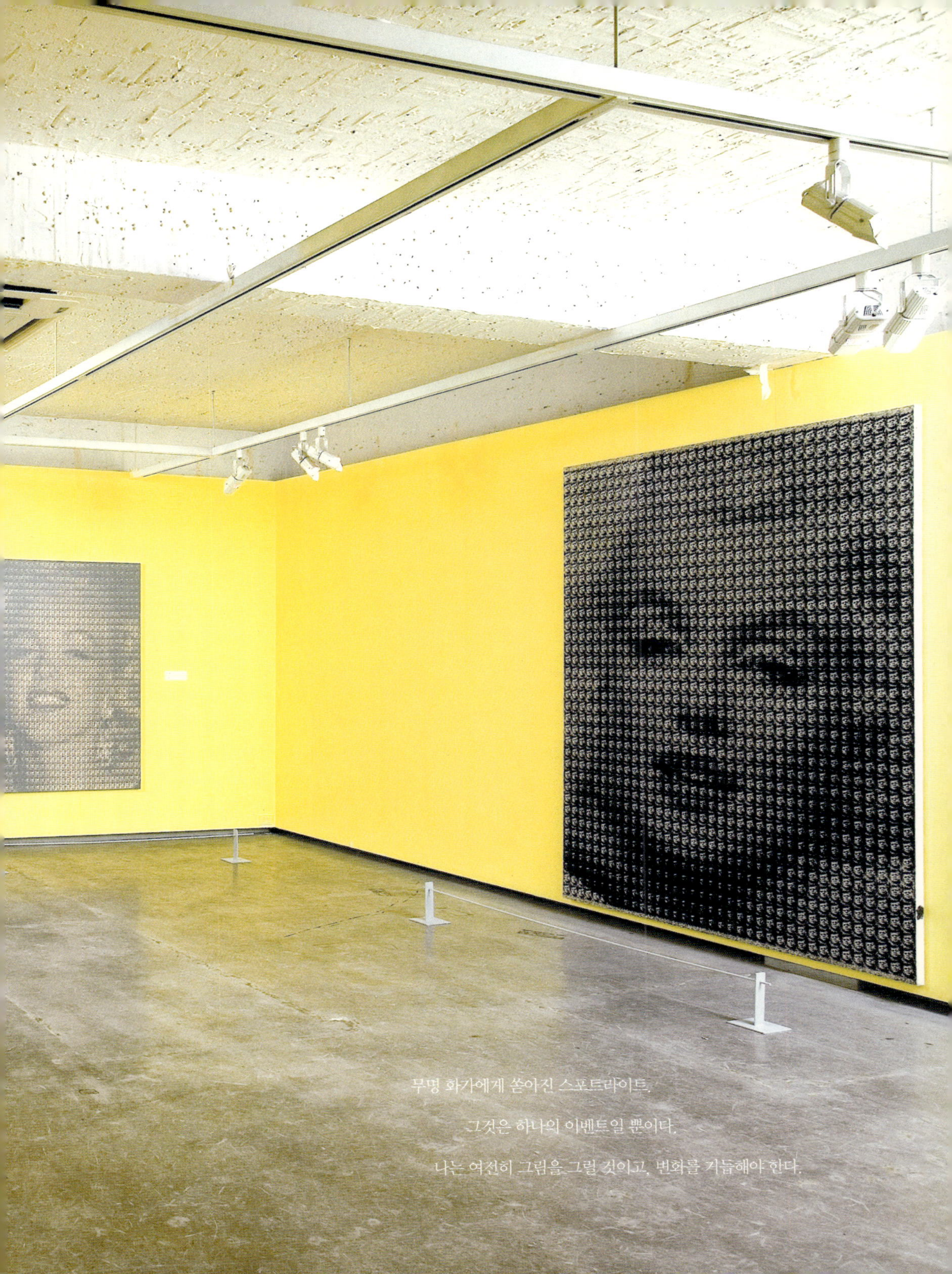

무명 화가에게 쏟아진 스포트라이트,

그것은 하나의 이벤트일 뿐이다.

나는 여전히 그림을 그릴 것이고, 변화를 거듭해야 한다.

인생 역전에
산다?

　인생이란 한방에 바뀔 수도 있다고 사람들은 말한다. 복권 광고에서도 인생 역전을 꿈꾸라고 한다. 역전이 과연 있는 것일까? 그래, 누군가는 살다 보면 생각지도 않게 역전의 기회를 만나기도 할 것이다. 평생 한판 뒤집기의 역전이 없는 인생도 있을 것이다. 그러나 진정한 역전은 간절히 원하고 목숨 걸고 매달릴 때 찾아온다. 반드시 온다. 한때는 나도 비관론자였다. "원하면 된다고? 원했는데 나는 왜 안 돼?" 하고 세상을 원망했고, "이렇게까지 하는데도 정말 아닌 길인가?" 하고 내 작업을 증오한 적도 있었다. 그러나 나는 이렇게 오만 가지 마음이 오락가락하며 만족과 실패감을 맛보면서도 그리는 것을 멈추지 않았다.

　역전은 간절해야 오는 법이지만 거기엔 행함이 필요하다. 인생 역전이란 마냥 열망해서 오는 것은 아닌 것이다. 계산하고 점쳐서 오는 역전은 역전이 아닐 것이다. 우연히 스쳐가는 기회일 뿐. 완전한 역전을 꿈꾼다면 내가 하고 있는 일을 꾸준히 하는 것이 가장 빠른 방법이 아닐까. 어찌 될지 모르는 불안한

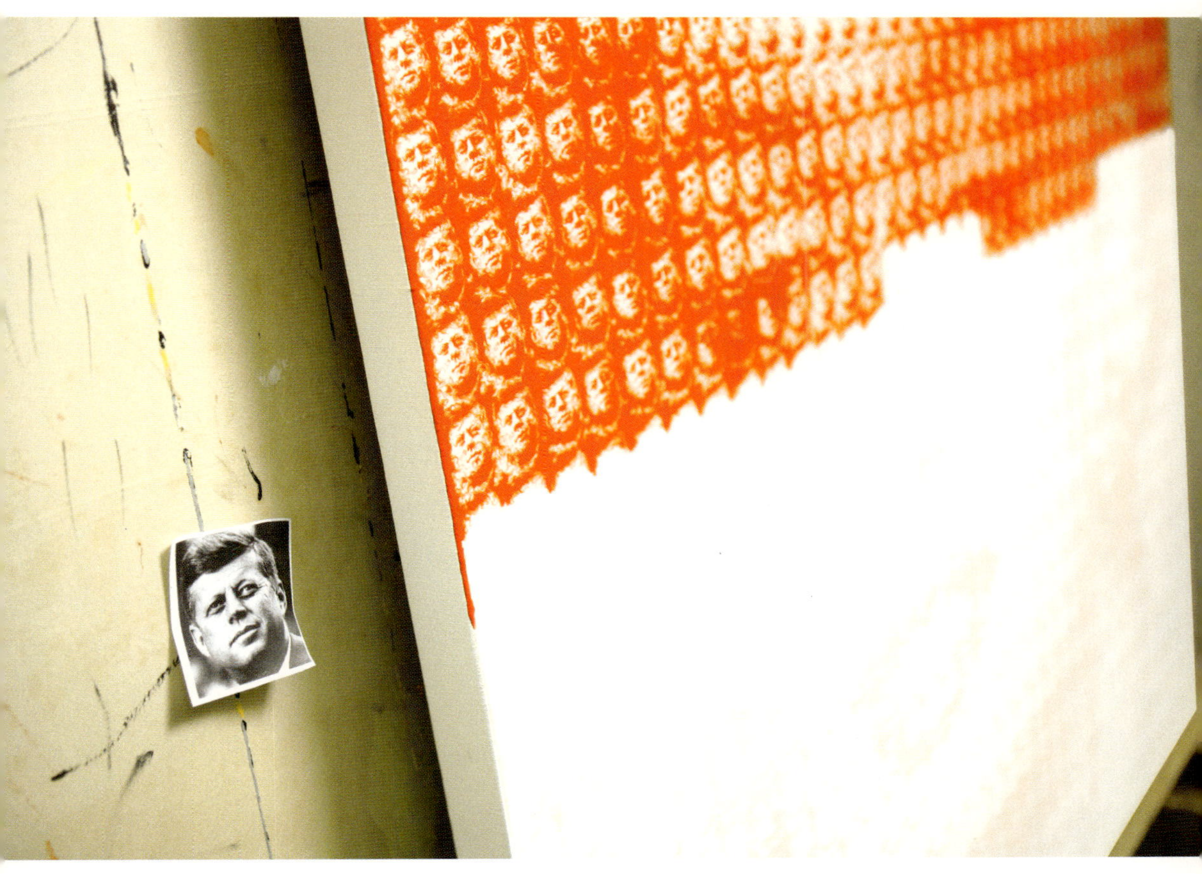

불운한 삶과 한때의 영광은

동전의 양면처럼 가깝다.

유명해진다는 것은 그런 것일지도 모른다.

마음을 덮어두고 그저 행하는 것, 이것만이 역전의 길이 아닐까. 그러므로 역전이란 결국 밖에서 오는 것이 아니라 꾸준히 무언가를 했던 내 안에서 오는 것이지 싶다. 누군가는 다 이뤘으니까 하는 소리라고 비난할 것이다. 그러나 나는, 진심으로 노동자처럼 무식하게 한 우물을 파는 화가였다. 만약 우물파기를 그만두었더라면 막 물을 쏟아내려는 좋은 땅을 버리게 되는 것이고, 평생을 후회하며 살았으리라. 야구도 그렇다. 9회말 2아웃을 다 거치고 엎치락뒤치락하는 경기를 해야만 역전의 기회도 희망도 있는 것이다. 그러니 과정 없는 역전은 없다. 적어도 나에게는 그랬다.

KIM DONG YOO

초등학교 시절,
국어 선생님은 누군가를 지목하곤 했다.
그럴 때마다 나는
호명될까 두려워 몸이 떨렸다.
순간 내 이름이 불리고,
나는 바들바들 떠는 말더듬이가 되어
죽고 싶은 심정으로 책을 읽어 내려갔다.

침묵으로
나를 보낼 때

나는 성격상 말수가 적은 편이다. 가족이나 지인과 나누는 대화도 수다스럽기보다는 단답형일 때가 많다. 가령, "밥은 먹었어?"라고 누군가 묻는다면 나는 '응' 혹은 '아니' 정도로 대답하고 대화가 더 이어지지 않을 때가 많다. 내가 먹은 음식이 어떤 것이고 그 맛은 어떠했으며 분위기가 어땠는지를 굳이 설명할 이유도, 의무감도 느끼지 못한다. 누군가와 조금 더 심도 있는 대화를 나눌 때도 나의 현재 상태에 대한 구체적이고 섬세한 감정이나 내면적인 이야기를 하기보다는 표면적인 대화의 수준을 벗어나지 않는다. 나의 입장에 대한 재미있고 멋진 설명은 없다. 아니, 솔직해지자면 그런 말을 어떻게 하는 것인지도 모르고, 말로 감정을 전달할 줄 모른다는 것이 옳을 것이다. 이런 일에 매우 서툴 뿐만 아니라 대화하는 것을 좋아하지 않기에 나는 말이 없는 사람으로 통한다. 여럿이 모인 모임에도 있는 듯 없는 듯 눈에 띄지 않게 그냥 조용히 앉아 남의 얘기를 듣는 것이 나의 몫이다.

가끔 전시회나 모임에서 내 작품 세계를 설명할 일이 있으면 아주 괴로울 때

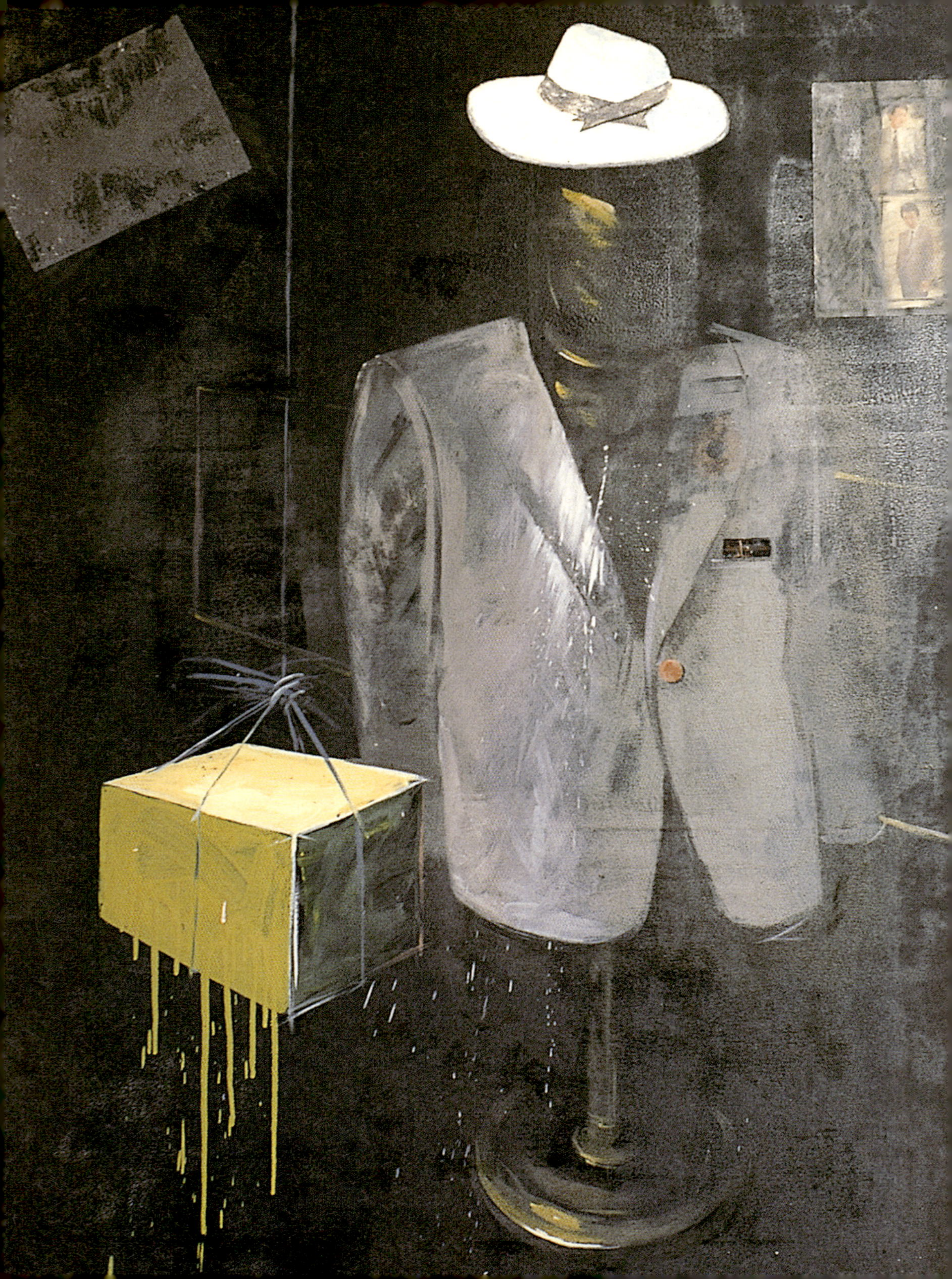

가 많다. 화가는 그림으로써 생각과 이미지를 전달해야 하는 것인데, 사람들은 "왜 저렇게 그린 것이냐?"라고 묻는다. "어떤 의미를 지니느냐?", "기법이 뭐냐?", "저런 화풍은 언제부터냐, 어떤 계기가 있냐?"라고도 물어온다. 그러면 어찌 대답해야 할지 머릿속이 하얗게 될 때가 많다. 물론, 요즘에는 이런 질문을 골백번도 더 들어서인지 물어오는 질문에 늘 같은 답으로 복습하듯 말하지만 여전히 내겐 어려운 '말하기'이다.

그 이유는 아마도 내가 어떤 감정이나 상태를 말이나 언어로 인식하고 표현하는 종류의 인간이 아니기 때문이리라. 어려서부터 언어가 아닌 사진처럼 이미지를 캡처해 기억했고 그것들은 캔버스에 투사해 보여주기를 반복해온 탓에 더 그럴 것이다.

Untitled 1988 Oil on Canvas 162×132cm

말더듬이,
벙어리가 되다

　　초등학교를 입학해서 알게 되었다. 내가 말을 더듬는다는 것을. 낯선 사람들 앞에서 자연스럽게 수다도 못 떨고, 내가 먼저 나서서 맘에 드는 친구를 사귀지도 못했다. 또래보다 키도 큰 사내녀석이 수줍음과 말더듬으로 늘 풀이 죽어 살았다. 그런 성격인 내게 가장 고통스러운 시간은 국어시간이었다. 반 친구들 앞에서 일어나 큰 소리로 또박또박 읽어야 하는 국어 수업시간. 나는 내 차례가 오기 전부터 안 마렵던 소변도 마려운 것 같았고, 몸도 안 움직여졌다. 떨리고, 초조해지며 마른 침을 꼴깍 삼켜야 했다. 내가 읽어야 할 차례에는 더듬더듬 글을 못 읽는 아이처럼 책을 읽었다. 아이들은 그런 나를 이상하게 봤고, 그런 눈빛들이 나를 더 초라하게 만들었다. 지금도 그 순간이 문득 떠오를 때면

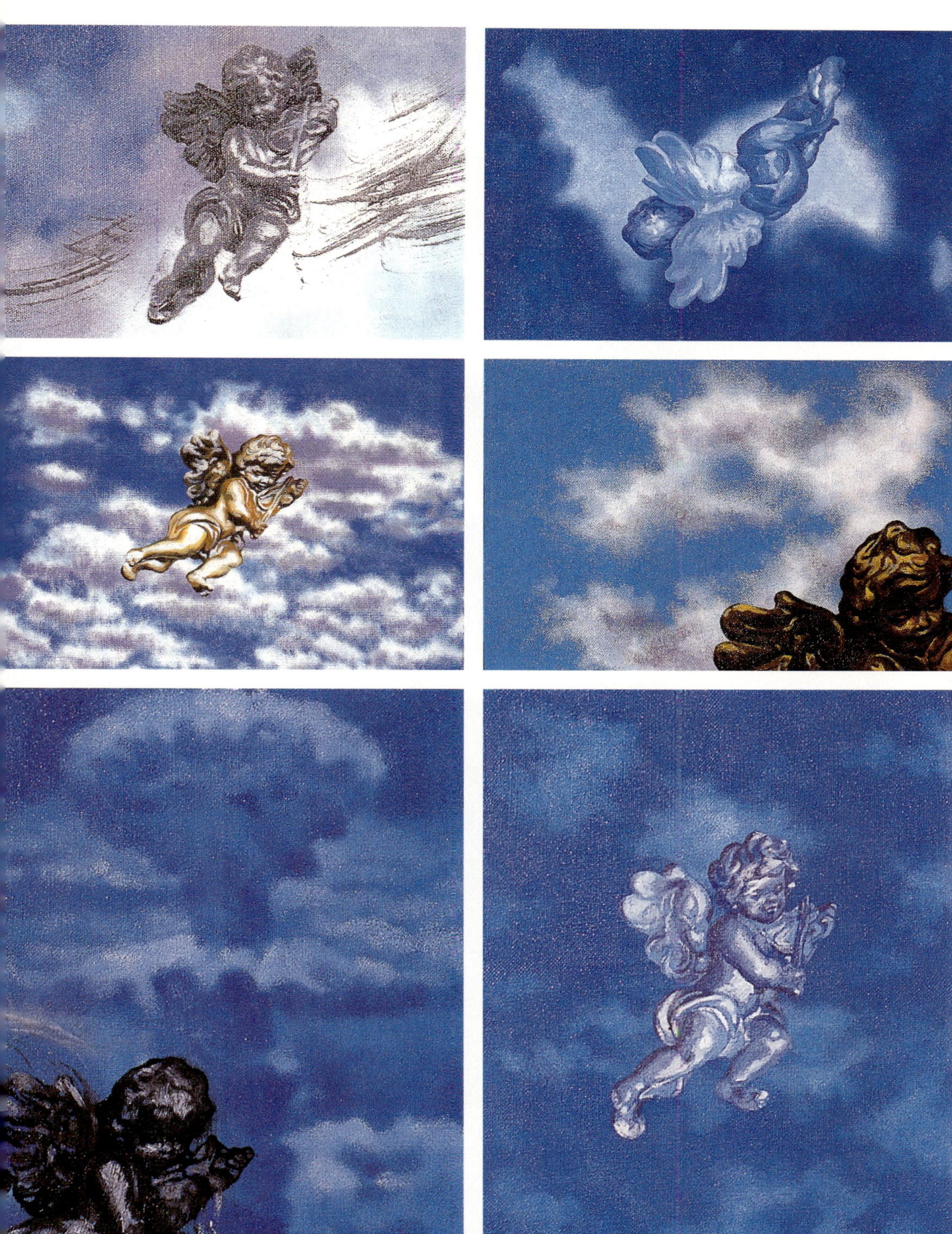

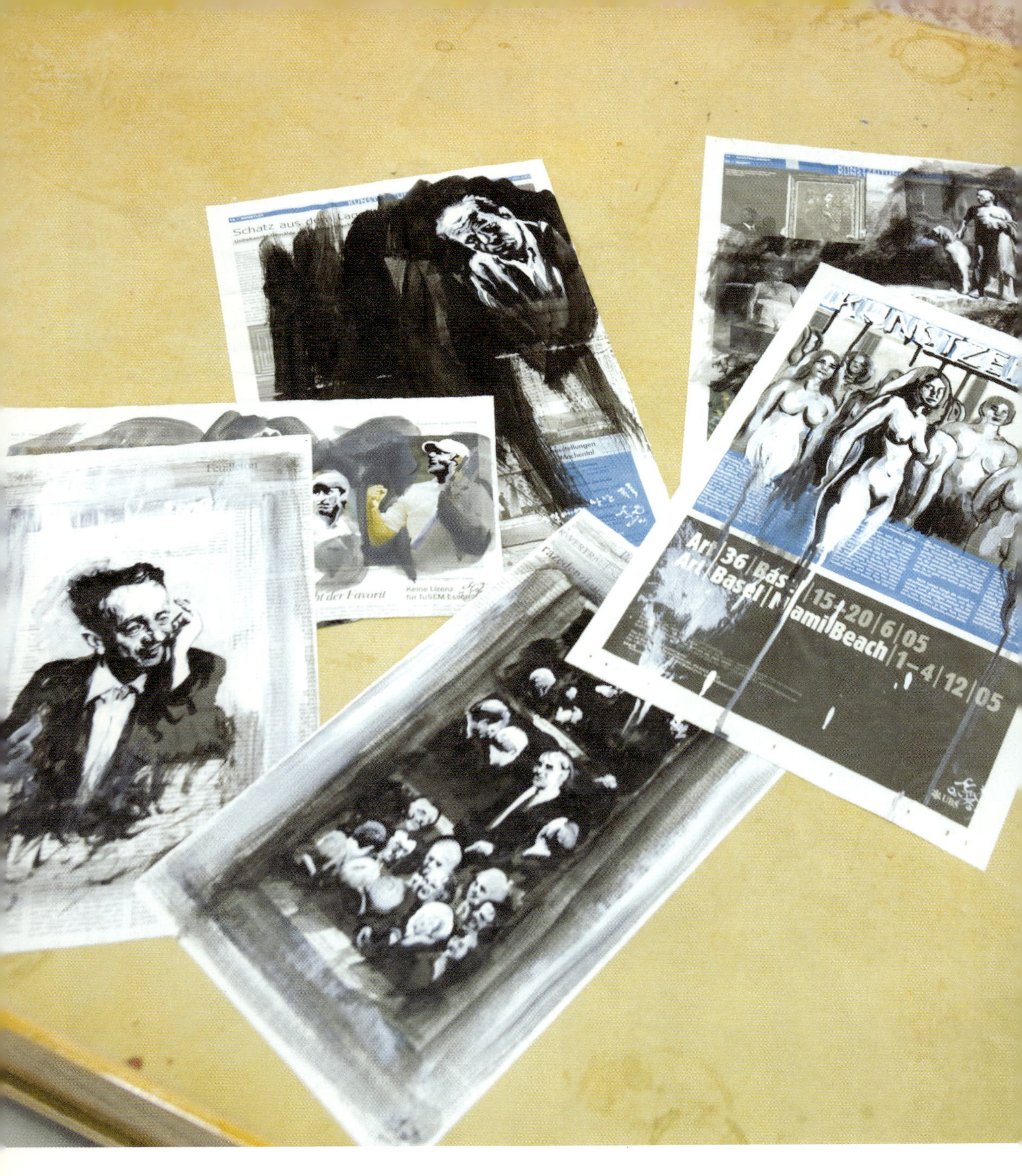

누군가와 말을 해야 한다는 의무감이 사라지자 평온함이 찾아왔다.

간섭하는 이 없이 그림에만 집중할 수 있다는 건, 내게 가장 큰 행복이었다.

경기를 앓듯 경직된다.

몇 년 전 독일의 한 갤러리의 초대로 독일에서 머물며 한 달 반 동안 작업을 할 기회가 주어졌다. 느지막이 처음 경험하는 비행과 해외여행에 긴장했지만 이런 기회가 쉽게 오는 것이 아니기에 가기로 마음먹었다. 작업을 위한 도구들을 챙겨 네덜란드를 경유해 거의 20시간이 넘게 비행기를 타고 독일로 향했다. 숙소로 가는 도중에는 비행기가 연착되어 무려 대여섯 시간을 버스로 갈아타고 가야했다. 이렇게 여러 번 교통편을 갈아타고 먼 거리를 가면서 한국말도 잘 안 하는 내가 외국어로 말해야 한다는 건 고역이 아닐 수 없었지만 어찌어찌해서 브레멘에 도착했다.

나는 일행도 없이 혼자였기에 무조건 목적지를 찾아야 한다는 일념으로 숙소에 도착했다. 그리고 곧 독일 갤러리의 도움으로 한 달 동안 작업할 작업실을 배정받았다. 그들이 방을 내주면 '여기서 자라는 거구나', 작업실을 내주면 '여기가 작업실이구나' 하며 그렇게 생활했다. 집과 작업실 두 군데만을 왕복했다. 낯선 외국생활에 말도 안 통하고 생활도 다르다 보니 불편하면 어쩌나 했지만 생각 외로 안락함을 느끼게 되었다. 말이 필요 없었기 때문이다. 누군가와 말을 해야 한다는 의무감이 사라지자 평온함이 찾아왔다. 독일어는 아예 문외한이니 그들과 대화가 통하지 않는 것이 당연했고,

그들도 말 못하는 내게 예의상 말을 걸지 않았다. 나는 그 기간 동안 입을 꽉 다물고 지냈는데, 그 침묵의 시간이 무척 편했다. 아니, 간섭하는 이 없이 그림에만 집중할 수 있으니 신선놀음이 따로 없었다. 당시의 경험을 들었던 사람들은 어떻게 한 달 동안이나 입을 다물고 지낼 수 있냐며 그렇게도 살아지더냐고 묻는다. 묵언수행도 아니고 그게 되느냐고. 내 성격 탓인지 그리 어려운 일은 아니었다. 지금도 그럴 공간과 시간이 주어진다면 그러고 싶을 따름이다.

　사람들은 궁금할 것이다. 그런 내가 대학에서 학생들을 가르치는 일을 하고 있으니 말이다. 정답은 간단하다. 나의 수업은 철저하게 실기 위주로 이루어진다. 학생들의 작품을 평해주거나 아이디어에 대한 대화를 나눌 뿐이기에 내가 떠들고 이론을 강의할 필요가 없다. 만약 내게 이론을 강의하라고 했다면 나는 또다시 초등학교 읽기 수업을 떠올리며 손발이 오그라들어 그 시간을 고통으로 느꼈을 것이다. 어쩌면 내 수업이 재미없다는 이유로 폐강되었을지도 모르겠다.

의절을 불사한 아들,
환쟁이가 못마땅한 아버지

얼마 전 나는 아버지의 권유로 공주에서 유명하기로 소문난 침술사를 찾아간 적이 있다. 내 그림은 워낙 꼼꼼한 작업이 많고, 거의 매일 쉬지 않고 그림을 그리다 보니 온몸이 쑤시고 결리지 않은 곳이 없었다. 한때는 그림 한 점을 끝내면 손목을 못 쓸 정도였다. 이런 나의 노동을 옆에서 지켜보던 아버지께서 고통스러워하는 나를 보더니 여기저기 수소문해서 솜씨가 아주 좋다는 침술사를 추천하셨다. 그리고 아버지와 함께 침술사를 찾아가 침을 맞게 되었다. 그런데 나에게 침을 놓던 그는 대뜸 이렇게 말하는 것이었다. "살아오면서 말하는데 어려움이 많았겠네요?" 나는 그 말에 '이 사람이 무당으로 갈 것을 길을 잘못 택하셨나?' 싶어 그의 얼굴을 봤다. 침술사는 맹인이기에 내 눈빛은 못 봤겠지만, 내가 자신을 의아하게 보고 있다는 걸 느꼈는지 친절하게 설명해주었다. "언어를 관장하는 중추신경이 문제가 좀 있군요. 이런 분들은 말하는 걸 아주 힘들어 하는데 사는 데 힘들지 않았습니까?" 하고 묻는 것이다. 그 말에 순간 놀랐다. 그간 얼마나 말하기를 고문처럼 여겼던가. "맞죠? 오래 침을 놓다 보니 자연스레 알게 된 거랍니다”라고 말하며 침술사는 아픈 몸 구석구석에 시원스럽게 침을 놔주었다. 마치 이제라도 말문이 확 트일 거라는 듯이. 침을 맞고 개운한 기분으로 아버지와 함께 돌아오며 많은 생각이 뇌리를 스쳤다. 그래, 나는 워낙 말하는 것을 즐기지 않는다. 중추신경의 문제였든 환경적·성격적인 특징 때문이든 나란 놈은 언어로 표현할 줄 모르는, 문제 많은 놈이 아니었나 싶다.

유년시절을 지나 청년시절, 결혼한 후에도 아버지는 내가 화가로 사는 걸 무척이나 반대하셨다. 장남인 내가 집 안에 틀어박혀 그림을 그리는 모습이 아버지의 눈에는 발전 없는 행위이고, 생산적인 일도 아니었기에 저렇게 살면 세상을 살아내지 못할 것이라고 하셨다. 그러니 그림 그리는 나를 볼 때마다 아버지는 “환쟁이 하다가 굶어 죽을라고?”, “너 하는 짓이 맘에 안 든다!”라고 말씀하셨다. 하지만 으레 그렇듯, 하지 말라고 하면 더 오기가 생기고 고집을 피우는 게 사람이니 나도 그런 범주를 벗어나지 않았던 것 같다. 그래서 더 의지를 꺾지 않았고 아버지와의 갈등은 깊어져만 갔다. 고등학교 시절 늦은 시간까지 미술실에서 그림을 그리고 돌아오면 아버지는 그런 내가 들어오지 못하도록 문을 꽁꽁 걸어두셨다. 약주라도 드시고 오는 날이면 전망이 없어 보이는 아들

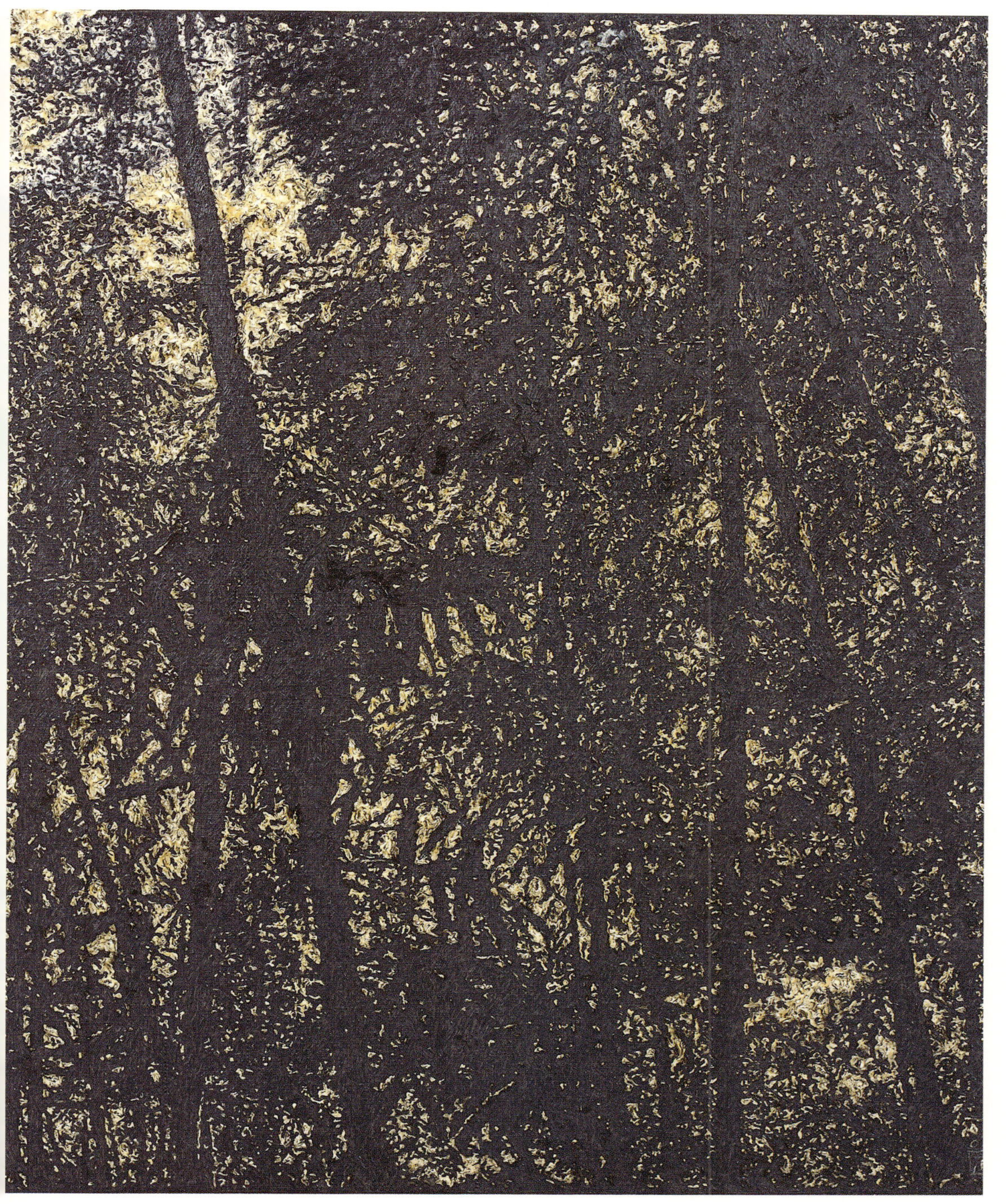

Bamboo 2004 Oil on Canvas 72.2×60.6cm

을 믿고 어찌 살까 하는 답답함에 나무라는 강도가 더 세졌다. 원래부터 소통이 원활하지 못했던 부자지간은 점점 멀어져만 갔다.

지금도 내 오른손 엄지손가락에는 상처가 뚜렷이 남아 있다. 내가 고등학교 때 이혼을 결정하고 홀로 2남 1녀를 키우신 아버지. 사는 것이 지치고 힘겨운 그렇고 그런 어느 날 아침이었다. 아침을 먹는 도중에 아버지는 이렇게 말씀하셨다.

"어디 사내가 할 것이 없어 환쟁이여? 그래서 밥 먹고 살 것어?"

"이것조차 안 하면 뭐합니까?"

"차라리 미술 선생이라도 하게 사범댈 가면 되잖여?"

"저는 선생님이 되고 싶은 게 아니라 화가가 되고 싶습니다."

"천하에 배곯고 가족 굶기는 직업이 환쟁인데, 당장 그만둬."

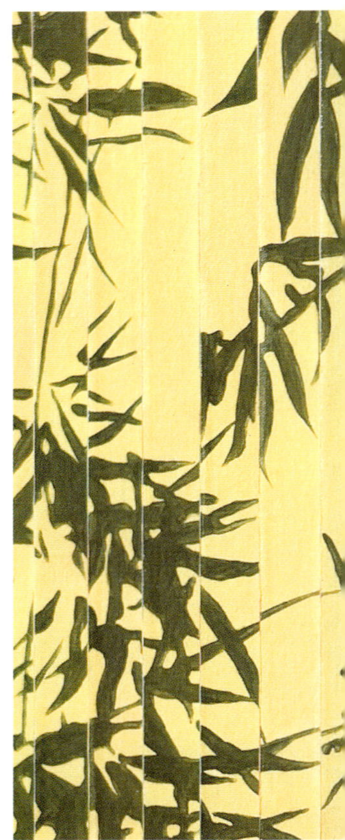

"뭐 해주신 거 있다고 하라 마라 하십니까?"

나는 더 물러설 수 없어서 마지막으로 이제 좀, 제발 그만 하시라고 화를 버럭 내고 말았다. 그리고 아버지와 내가 한바탕 전쟁을 치렀다.

"아버지 제가 제일 잘할 수 있는 게 그림이에요. 이거라도 안 하면 어디 맘 둘 데가 없습니다."

집안의 어려운 상황을 그나마 견뎌내고 맘을 달래어 살 수 있는 건 그림 때문이었건만 아버지가 내 심정을 알고는 있냐며 분해서 소리를 질렀다. 그러고는 집을 나오며 홧김에 유리문을 손으로 내려쳤다. 유리가 산산조각나 깨지면서 파편이 손가락 깊숙이 파고들었다. 당시에는 그 아픔보다 아버지를 이해할 수 없다는 생각에 더 화가 났다. 그리고 결국 사단이 나고 말았다. 아버지가 절대 안 된다고 끝까지 말렸던 미술대학에 입학한 것이다. 아버지와 나의 관계는 그 사건으로 끝이 났다. 핏줄은 서로 끌고 당기는 힘이 있다고 하지만, 그 말이 무색하게 우리는 남남처럼 등을 돌리고 말았다.

말하지 못한
비밀

　그렇게 우리 부자는 20년 가까이 서로 어떻게 살고 있는지도 모른 채 의절하고 지냈다. 공주의 협소한 공간 안에서 우리 부자는 이역만리 떨어져 사는 사람들처럼 서로를 외면하게 된 것이다. 나는 아버지에게 반드시 뭔가를 보여주고 싶었고, 아버지는 되지도 않는 허튼짓을 한다고 아들을 원망했다. 이런 관계가 오래되고 골이 깊어지다 보니 장손인 나는 친할머니의 장례식에도 참석하지 못했다. 그림을 그리는 일을 선택한 나는 흔한 맏이의 임무도 모두 저버렸다. 아니, 솔직히 말하면 저버리고 싶었고 그렇게 했지만, 한편으로는 그런 일들을 해내지 못한 죄책감에 괴로워했다는 것이 옳다.

　장남 콤플렉스라는 말이 나올 정도로 장남이 가지는 삶의 무게는 나를 옥죄기에 충분했다. 남들과 친분이 두터워도 돌아서서 안 보면 그만이다. 하지만 부모, 형제는 그렇게 되기가 쉽지 않다. 못해줘도 미안하고, 안 해줘도 죄스러운 게 가족 간이다. 그러니 명절이 다가오고 어버이날이 찾아오면 갈 수 없다는 당위성을 내세우며 자신을 옹호하지만 한편으로는 괴로워했다. 핏줄이라는 것의 오묘한 감정이 널뛰기를 하며 갈 곳 잃은 사람처럼 방황하기도 했다. 아내는 그럴 때마다 내게 넌지시 말했다.

"명절 때가 되면 나 당신 눈치 본다."

"뭐?"

"당신 안 그런 척해도 아버님 생신이나 명절, 제사 때면 술 진탕 먹고 오잖아. 그거 다 죄송해서 그런 거지?"

"내가? 아냐. 다 잊고 사는데 뭘?"

"잊기는. 잊어지면 가족이야? 그러지 말고 언제 한번 찾아봬요."

"싫어."

"여보!"

"쓸데없는 소리 마."

이렇게 아내를 나무라곤 했지만 사실은 내 안에서 소용돌이치는 감정을 주체하지 못할 때가 많았다. 장남인 내가 아버지를 외면하고 산다는 것은 홀가분함이 아닌 더 큰 고통이었다. 아버지 말처럼 환쟁이가 돼서 고생하는 나를 보여

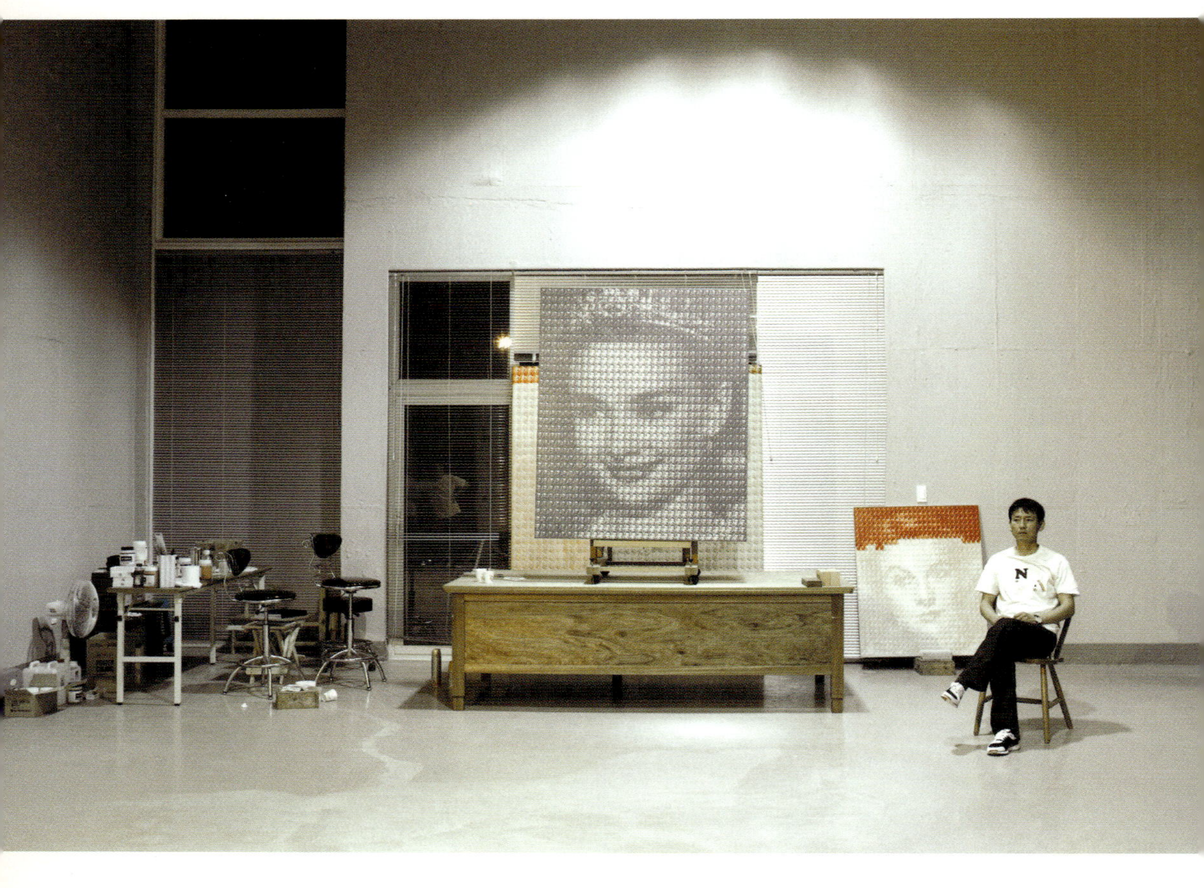

"어디 사내가 할 것이 없어 환쟁이여? 그려서 밥 먹고 살것어!"

장남인 내가 아버지를 외면한 채 산다는 것은 심장을 도려내는 고통과도 같았다.

주고 싶지도 않았고, 어렵게 사는 아버지를 어떻게 해드리지도 못하는 무능한 장남의 모습에 나 또한 명분 없음을 실감하며 흔들리고 있었다. 우리 부자는 이렇게 살아갔다. 그리고 늦은 나이에 아들을 낳게 되면서 아버지를 찾아가기로 마음을 먹었다. 찾아가면 뭐라고 하실까? 첫마디를 어떻게 시작해야 하나 걱정도 되었지만, 아무 일 없이 불쑥 아버지를 찾아가기로 마음먹었다. 아니나 다를까 아버지도 놀라지 않으셨다. 그 아버지에 그 아들이라고, 워낙 무뚝뚝한 충청도의 두 사내는 그렇게 멀쩡게 천장을 보다 방바닥을 보다 별말 없이 해후했다. 그렇게 뜨문뜨문 가던 것이 이제는 자연스럽게 함께하게 된 것이다.

지금 내가 작업실로 쓰고 있는 공간은 아버지께서 자리를 알아봐주신 터에 지은 것이다. 작업실을 지을 때에도 아버지는 나보다 현장을 더 많이 오가곤 하셨다. 간혹 작업실 마당에서 잡초를 뽑거나 작업실을 오가며 눈에 거슬리는 것은 치우며 말없이 이런저런 일들을 해오신 아버지. 평생 불효를 저질렀던 아들 곁을 떠나 하늘나라로 가신 아버지의 모습이 그리울 때면 그토록 말하기 싫어하던 내가 이런 고백을 하게 된다.

"죄송합니다, 아버지."

한때는 가족이 지긋지긋해서 멀어지려고 안간힘을 썼지만, 결국 제자리로 돌아오게 하는 건 '그 아비에 그 아들'이란 피의 끌림이었다. 그리운 아버지의 사진을 앞에 놓고도 나는 차마 솔직하지 못하고 핑계를 대고 만다.

"아버지도 들어서 아시잖아요? 제가 언어를 관장하는 신경에 문제가 있다잖아요."

이렇게 핑계를 대면서.

KIM DONG YOO

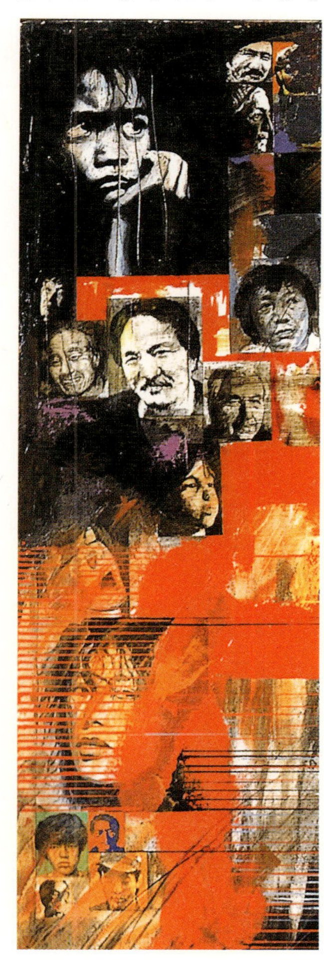

예술가의 생명력은 콤플렉스다.
예술가는 충만해 있으면 안 된다.
가슴속 한구석이 숭숭 뚫려 있을 때
그의 창작력은 비로소 살아나는 것이다.

피 보는 일이
싫다

"아빠, 나 코피!"

소파에 앉아 있다 보니 늦둥이 아들 녀석이 느닷없이 코피를 흘렸다. 이놈의 코피는 한 번 나오면 멈추지 않고, 핏덩어리가 뭉클 나올 정도로 쏟아져 나왔다. 나는 티슈를 가져와 아들의 코에서 흐르는 피를 닦아주다가 그만 패닉에 빠져 정신을 잃고 말았다.

"엄마, 아빠가 피 닦아주다 이상해!"

아내가 달려왔지만 정작 코피를 흘리는 아들놈보다 내가 먼저 기절했다. 나에게 피는 이처럼 본다는 것만으로도 알 수 없는 공포를 준다. 이런 공포는 어디서 근원하는 걸까?

중학교 때 내 왼손에는 작은 사마귀가 돋아 있었다. 이놈의 것이 뭘 하던지 눈에 거슬리고, 언젠가는 떼어버려야지 하다가 큰맘을 먹고 가위를 들었다. 그리고 눈을 질끈 감고 가위로 베어버렸다. 통증이 심하지는 않았지만 피가 조금 나오다 아물겠거니 했다. 무식하면 용감하다고 나는 사마귀를 절단하는 것으

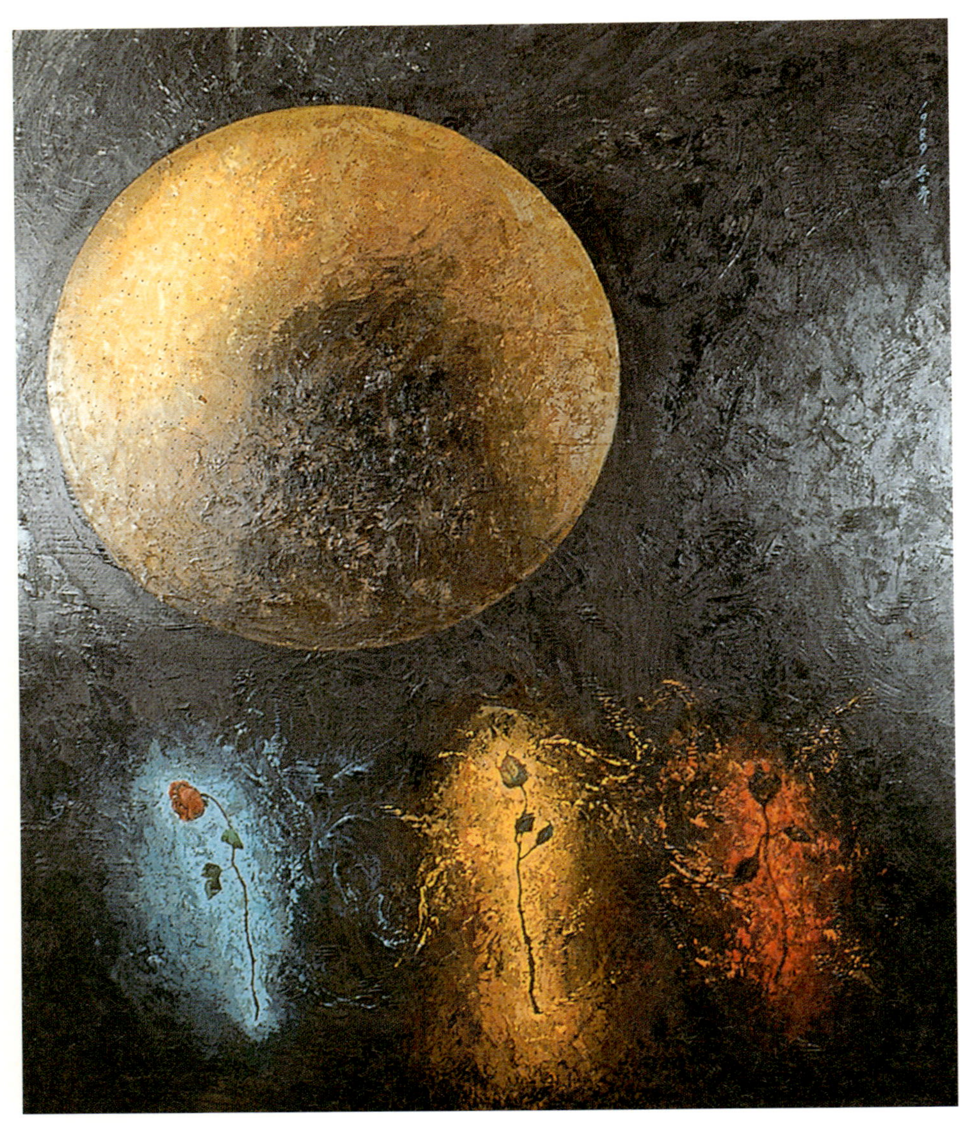

로 치유가 되리라 믿었다. 그런데 웬걸 이놈의 사마귀는 며칠이 지나자 부풀어
올라 체리 반쪽만해졌고, 나는 두 번째 수술을 감행하기로 하였다. 이번에도
가위를 꺼내들고 단번에 그것을 잘라냈다. 순간 솟구치는 피는 멈추지를 않았
고 왼손은 선혈로 젖어들었다. 나는 마당의 수돗가로 가서 물을 틀고 손을 닦
았다. 물길을 따라 하염없이 흘러내려 가는 내 피를 보면서, 피비린내를 맡으
며 거짓말처럼 기절했다. 그때의 냄새와 또렷한 영상이 머릿속에 새겨졌고 그
때문인지 나는 정말 피를 싫어했다. 피만은 안 보고 살고 싶었다.

이처럼 나는 피에 대한 공포가 있다. 내가 절대 보지 않는 영화가 있다면 공
포영화다. 또한 절대 시청하지 않는 프로그램이 바로 병원의 24시를 다루는 리
얼 다큐멘터리다. 공포영화 속에 등장하는 가짜 피의 향연도 끔찍하게 싫다.
그래도 그것은 가상이니까 어쩌다 보게 되면 눈감고 볼 정도는 된다. 그러나
텔레비전에서 무차별적으로 흘러나오는 수술 장면은 진정으로 나의 혈압을 상
승시키고 심전도를 불안케 한다. 결국엔 나를 패닉에 빠져들게 한다.

Untitled 1988 Oil on Canvas 162.2×130.3cm

피도
눈물도 없이

　피를 두려워하다 생긴 못된 버릇 중 하나는 아픈 사람에 대한 냉정한 시선이었다. 시간이 지날수록 내 마음은 아내가 앓던 병처럼 만성적으로 변해갔다. 괴로워하는 아내를 보면서도 안쓰럽게 생각하며 위로할 줄 몰랐고, 아파서 어떡하느냐는 마음보다 '아프지 좀 말지' 하고 원망하는 냉정한 남편이었다. 아내는 그런 나의 태도에 무심하고 인정머리 없는 사람이라고 미워했을 것이다. 흔히들 다른 때는 무신경해도 아플 때는 더 신경 쓰고 불편한 데는 없는지 옆에서 보살펴주는 것이 남편의 도리 아니던가? 그런데 나는 아픈 아내를 보며 아프다는 상황 자체가 싫어 현실은 잊은 채 모른 척하고 그림만 그려댔다. 그래서 아내를 더 서럽게 만들어버렸다.

　"차라리 캔버스랑 결혼을 할 것이지 왜 나랑 결혼했어?"

An étude the face　1986　Oil on Canvas　145.5×112.1cm

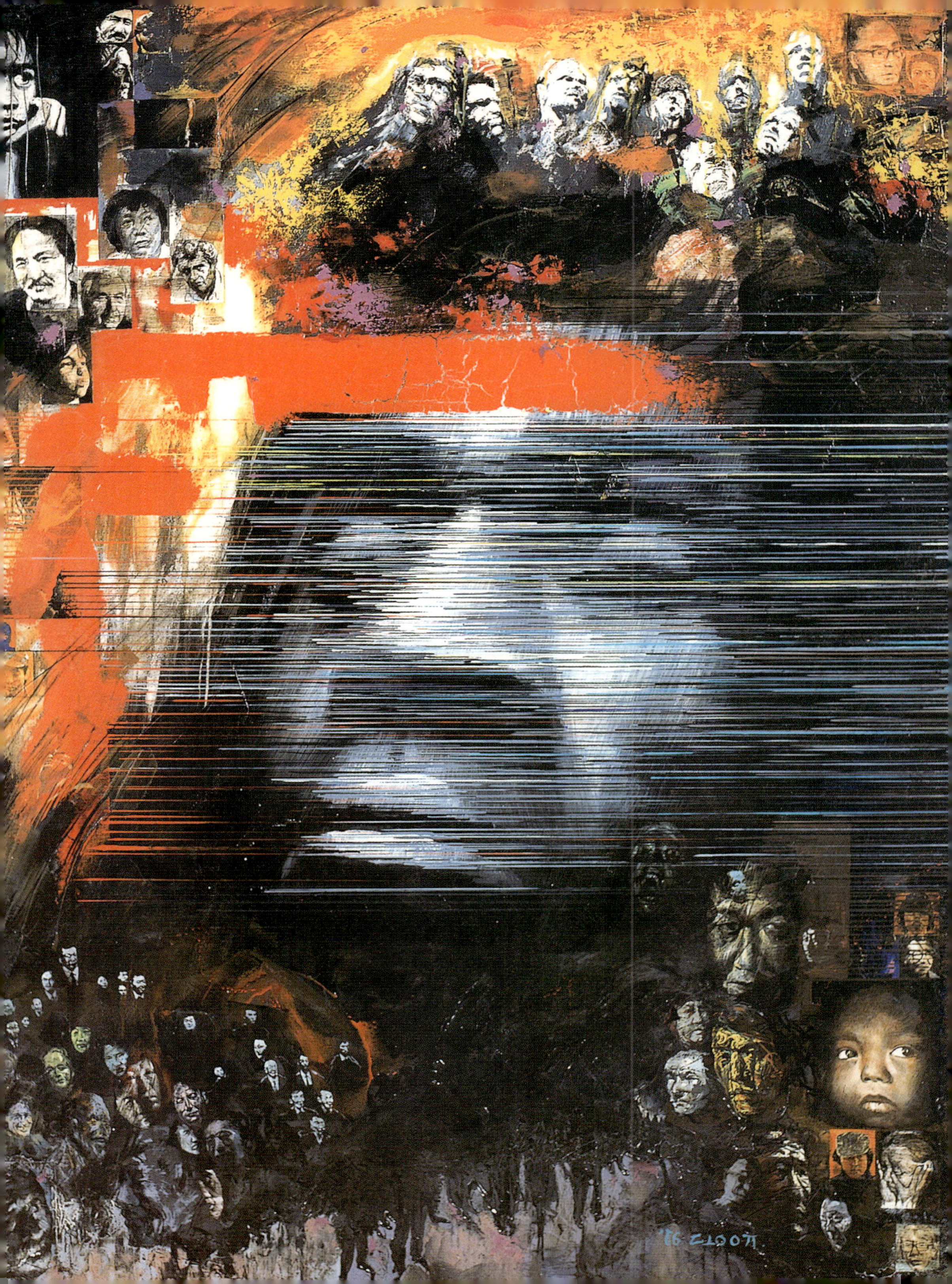

　아내의 잔소리가 들려와도 나는 미동도 하지 않았다. 아이들이 아플 때도 마찬가지였다. 짜증이 먼저 치밀었다. 왜 하필 아프고 그러는지, 왜 몸 관리를 엉망으로 해서 저 지경에 이른 것인지 도저히 이해되지 않았고, 아픈 사람이 곁에 있는 것조차 귀찮고 싫었다. 이건 정말 아주 솔직하고 진심이 담긴 내 마음이었다. 누가 들으면 정말 인정머리 없다고 손가락질을 할지 몰라도 나는 나약한 것을 봐주지 않는 독하고 나쁜 남자였다.

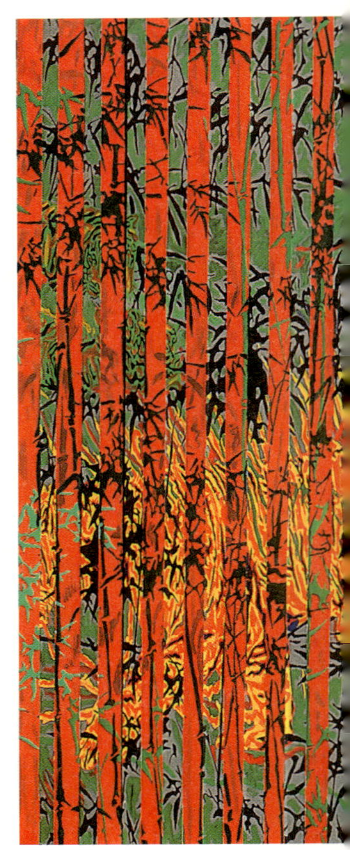

너를 잃을까봐
두렵다

그런데 말하지 못한 솔직한 내 마음은 이랬다.

"아내가 저렇게 아프다가 혹시 어떻게 되는 것은 아닐까?"

"아이들이 고열로 힘들어하다가 손써볼 겨를도 없이 잘못되는 건 아닐까?"

상상하고 싶지도 않은 현실이 눈앞에 그려지다 어느 순간 내 삶에 내리꽂힐까봐 두려워하고 있었던 것이다. 그래서 나는 독해져야 했고, 아무렇지도 않은 척 굴었다.

"뭐가 그렇게 아프냐?"

"그 정도 가지고는 절대 죽지 않는다."

냉혹한 사람처럼, 피도 눈물도 없는 사람처럼 뒤통수에 꽂히는 서늘한 시선을 무시하며 아무렇지 않은 척했지만, 내가 정작 두려운 것은 사랑하는 사람들이 죽을까 하는 공포였다. 이런 이유로 나는 피가 싫다. 피를 보고 패닉에 빠지면서 마음속으로 '너는 그런 일로 절대 안 죽으니까 별일 아냐. 그러니까 나는 내 할 일 한다'고 외쳤다.

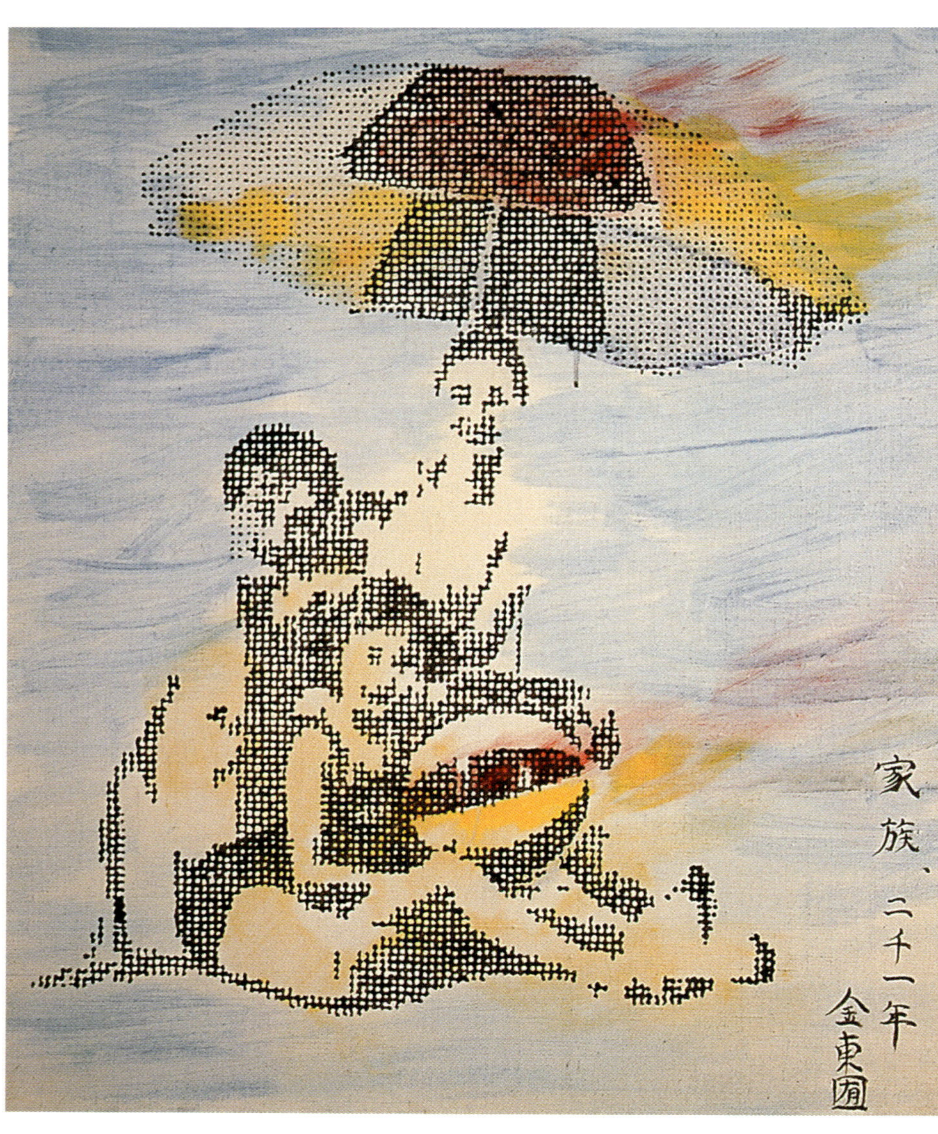

家族、二千一年
金東園

이런 마음을 내 부족한 말로 설명하기는 너무 어려웠다.

'나도 너를 잃을까봐 두려워 떨고 있는 것이다', '차라리 가족들을 대신해서 내가 아프면 병을 이기고 말 텐데.' 내 한 몸 불사르며 살신성인의 정신을 가지라 하면 낫겠다. 하여튼 나는 내가 사랑하는 이들이 아픈 게 싫었다. 그들이 끙끙 앓고 고열로 떠는 게 싫었다. 이불을 둘러쓰고 몸져누운 모습 또한 보고 싶지 않았다. 그러니까 제발 모두 건강하게 지내기를. 아파서 나의 극진한 간호가 필요해지지 않기를 바란다.

Family 2001 Acrylic on Canvas 72.2×60.6cm

아픈 기억을
껌처럼 씹는다

    예술가는 상실을 즐기는 사람이자 콤플렉스 덩어리이다. 그래서인지 자기 상처를 껴안고 버리지 못한다. 내가 유독 그런 편이다. 나는 작업 도중 컬트적인 상상을 한다. 상상해서도 안 되는 끔찍한 그림들. 기억을 돌이켜봐도 민망하고 불쾌한 순간들. 이런 상상과 기억들이 발전하고 과장되어 도를 넘어선다. 그리고 구체적인 영상이 현실처럼 확 느껴지면 갑자기 두려움이 밀려와 순간 캔버스 뒤로 물러날 때도 있다.

    "김동유, 육성회비를 아직도 안 냈네? 부모님이 언제쯤이나 내준다니? 어?"

    선생님에게 불려가 언제까지 낼 것인지 다그침을 받은 기억.

    "너 한글 몰라? 왜 책을 그렇게 읽어?"

    이렇게 호되게 야단을 맞았던 기억도 떠올린다. 주로 수치와 모멸감, 상처에

Untitled 1995 Acrylic on Canvas 194.4×128.5cm

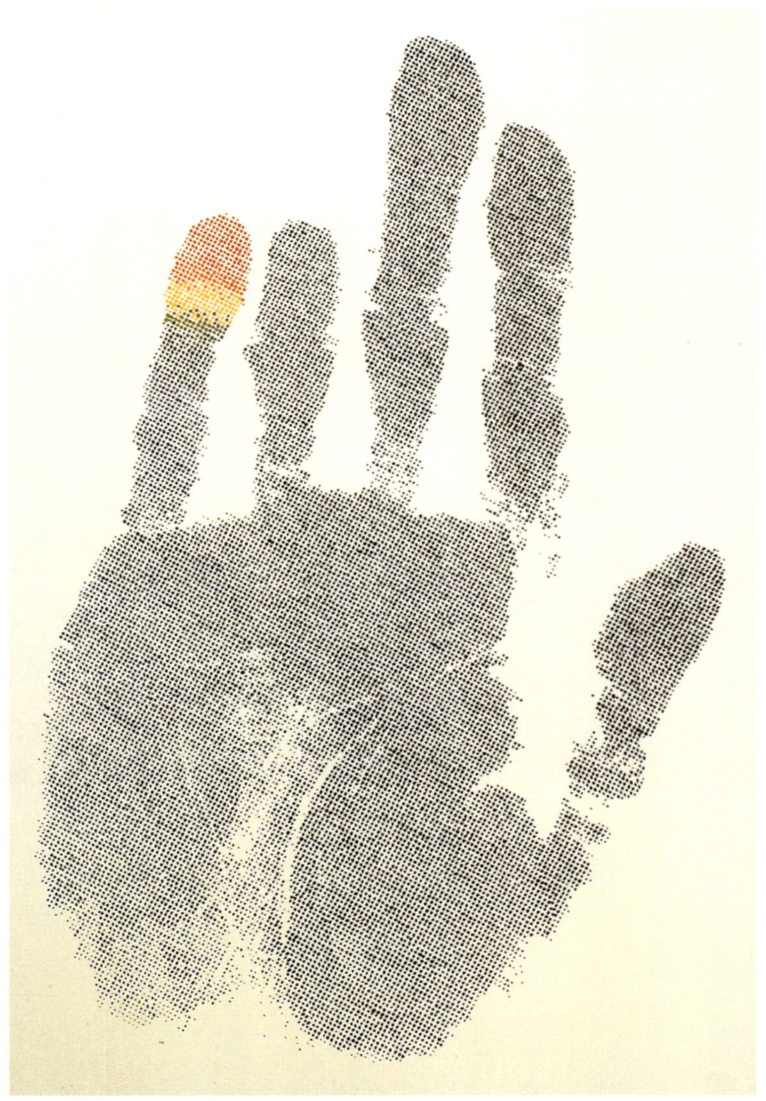

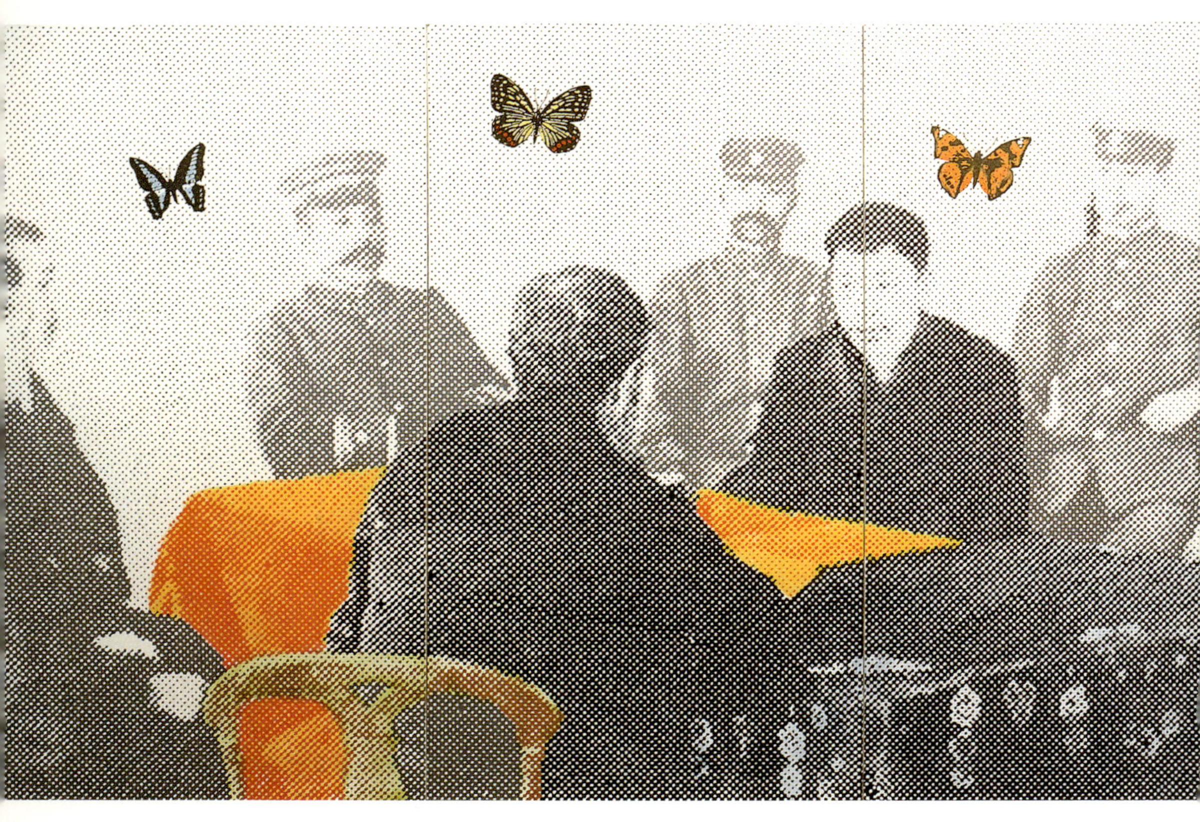

Untitled 1995 Acrylic on Canvas 390×240cm

대한 것들일 때가 많았고, 자존심이 제대로 뭉개진 상황, 기억하고 싶지 않은 상황들이 필름처럼 반복되어 머릿속에 떠올랐다. 굳이 꺼내 기억하지 않아도 되는, 잊고 싶은 과거 말이다. 나는 일종의 자기 파괴를 안고 작업하는 걸까? 스스로 자해하고 있는 것은 아닐까? 내가 꺼내는 유년의 자아는 기억 속에서 찢기고 상처로 얼룩져 있는데 말이다.

어찌 보면 예술이란 참으로 개인적이고 이기적인 작업이다. 그래서 자신의 욕망에 충실하기 위해 '나만의 것'을 만들어낸다. 하지만 그 일을 업으로 하는 사람들은 십중팔구 여리디여린 겁쟁이들이다. 물론 나와는 다른 이들도 많이 있겠지만.

나는 그중에서도 최고의 겁쟁이다. 피도 무서워하고, 아픔도 두려워하며, 죽음도 피하고 싶어 한다. 그 공포에서 이기는 방법이 바로 회화였다. 내가 그린 안중근의 잘린 손가락만 해도 현실에서 봤다면 나는 분명 기겁했을 것이다. 그런데 회화로 만들면 바라볼 수 있고 손가락이 잘린 이유가 용납이 되는 것이다. 유관순 열사 또한 지독한 고문으로 산고보다 더한 고통을 느꼈을 것이다. 그것을 영상으로 보여줬다면 나는 고개를 돌린 채 그 자리에서 기절했을 것이다. 그런데 내 회화 속 그녀는 원형 그대로, 영원한 누나로 남아 있다. 수없이 죽어간 이들을 그리면서, 나는 죽음 앞에서 조금은 강인하게 되었다. 그러니 결국 내 회화 작업은 약해빠진 나의 의지에 대한 극복을 의미한다. 현실 세계에서 부딪히는 극복은 두렵지만 회화 속에서의 극복은 견딜 만한 것이다.

이렇듯 예술가에겐 콤플렉스가 약이 될 수 있다. 자신의 모자람을 알기에 도전하는 것. 그렇기에 예술가는 충만해 있으면 안 된다. 어딘가 가슴속이 숭숭 뚫려서 무엇으로도 채울 수 없을 때 비로소 창작력은 살아나게 된다. 그러니 예술가라면 자신의 부족함과 모자람을 더 사랑할 줄도, 그것을 돌볼 줄도 알아야 하지 않을까?

KIM DONG YOO

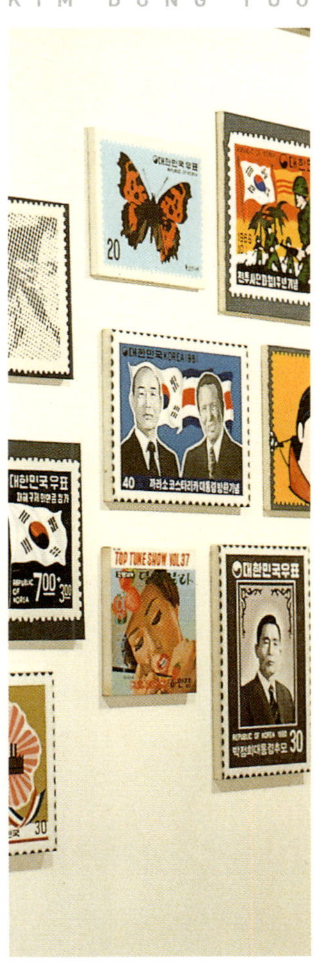

—

나에게 수집의 의미는 위로와 편안함이다.
허접스러운 것, 남에게는 버려야 할 것이
나에게는 보물이 되는 것.
상황의 역전이고, 관계의 역전이다.
내 수집에는 최소한 보석상 진열장에 즐비한
보석들의 지겨움은 없다.

허접스러운 수집광

예술가에게는 본질적으로 수집광적인 면들이 많다. 어딘가에 '필'이 꽂히면 애써 찾아다니고, 모으고, 보관해두며 나 혼자 즐거워하는 것 말이다. 나 또한 지독한 수집광의 모습을 가지고 있었고, 콜렉터로서의 본능은 유년기부터 발휘되었다.

내가 처음 수집의 대상으로 삼은 것은 옛 기왓장이었다. 지은 지 오래되어 자연스레 떨어져나온 기왓장들도 있고, 집을 허물거나 지붕을 새로 얹으며 버려진 기왓장도 있었다. 대개 눈에 띄는 것이 아니어서 땅속에 박혀 있다가 빗물이나 바람에 제 모습을 드러내곤 했다. 나는 그것이 있던 장소를 기억했다가 어김없이 찾아가 파내서 모으기 시작했다. 다른 남자아이들이 기왓장을 가지고 사방치기를 할 때, 나는 그것들을 모아 상자에 담기 시작한 것이다. 허섭스레기를 주우러 다니는 나를 보고 아버지는 늘 한숨을 쉬셨고, 잔소리를 끊지 않으셨다. 사내자식이 남들처럼 뛰어놀며 활동적으로 지내거나 공부를 할 것이지 누가 봐도 쓸데없는 짓만 한다고 구박하셨다. 그래도 나는 아버지의 눈을 피해 그것들을 모아서 박스에 담았다. 아무도 모르게 그 상자를 땅속 깊이 나

만이 아는 비밀 장소에 묻어두었다. 이상하게 나는 이런 것
들이 너무 소중하게 느껴졌다. 그 기왓장을 손에 넣었다는
것만으로도 행복했다.

철이 좀 들고난 후의 수집 대상은 우표였다. 나와 비슷한
또래의 사람들이라면 이런 기억 하나쯤은 가지고 있을 것이
다. 새 우표가 나오는 날이면 새벽부터 우체국 앞에 줄을 서
서 기다리며 우표를 샀던 기억. 앨범에 그 우표들을 꽂아두
고 친구들과 나눠보며 뿌듯해했던 시절 말이다. 나는 그렇
게 수집하고 모으는 일에 상당한 재미를 느끼며 살았다. 그
래서 한동안 내 그림의 소재가 되었던 것도 우표였고, 그 이
미지를 그림으로 형상화하기도 하였다.

세 살 버릇 여든 간다고 했던가? 수집에 대한 습성은 성인
이 된 다음에도 계속되었다. 결혼한 후, 아내가 가장 싫어하
는 나의 버릇 중 하나가 버려진 것들을 수집하는 것이었다.
그나마 기왓장이나 우표는 애교라지만 이제는 아예 쓰레기
통을 뒤져 개인 수집품을 고르기 시작했다. 내가 쓰레기통
을 뒤져 가져오는 물건들은 오래되고 낡아서 쓸모가 없다는
이유로 버려진 물건들이었다. 하지만 나는 그런 것들의 손

Republic of Korea 1993 Acrylic on Canvas 36.6×50.8cm×8ea

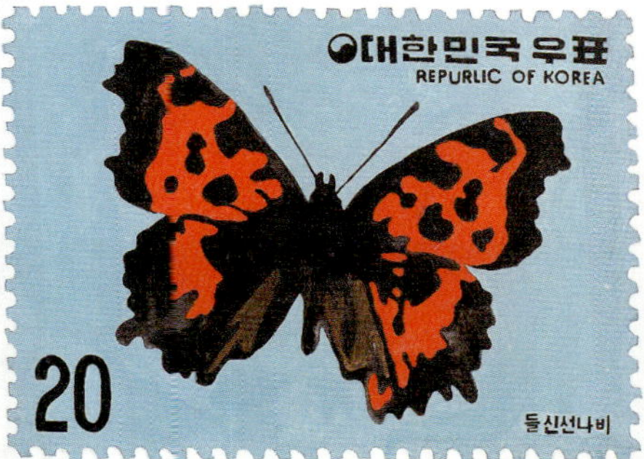
대한민국 우표
REPUBLIC OF KOREA
20
들신선나비

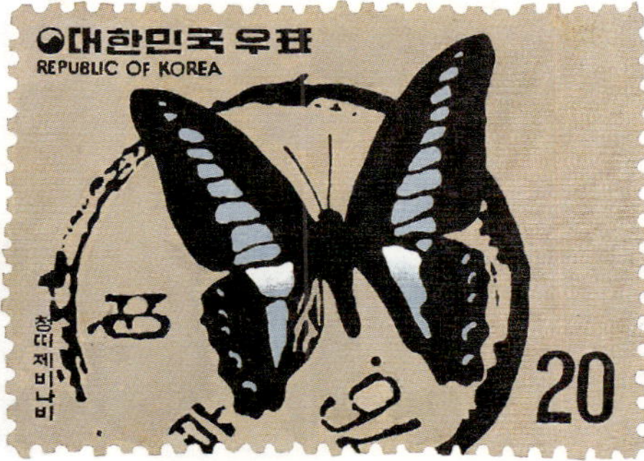
대한민국 우표
REPUBLIC OF KOREA
20
청띠제비나비

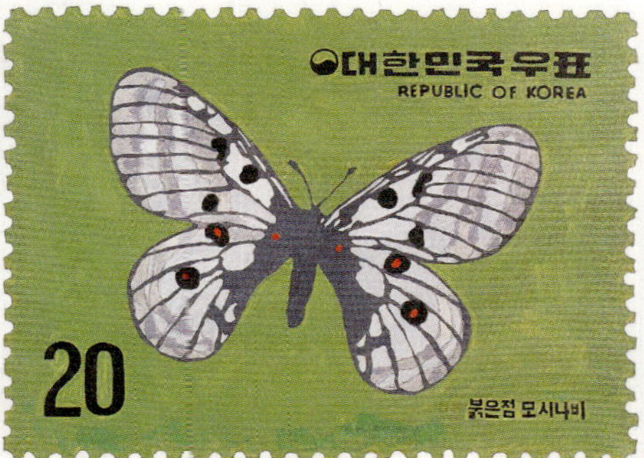
대한민국 우표
REPUBLIC OF KOREA
20
붉은점 모시나비

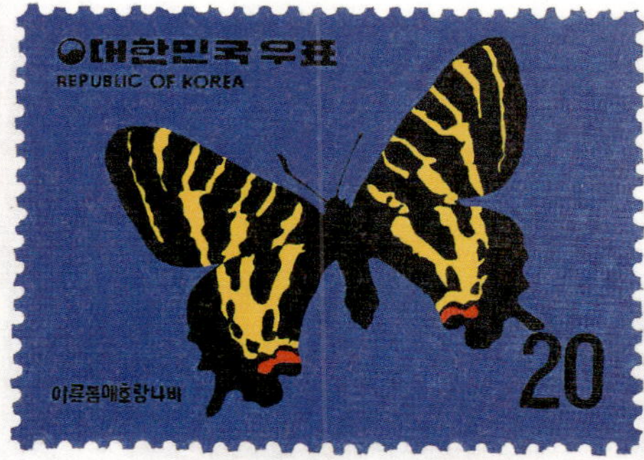
대한민국 우표
REPUBLIC OF KOREA
20
아름홍애호랑나비

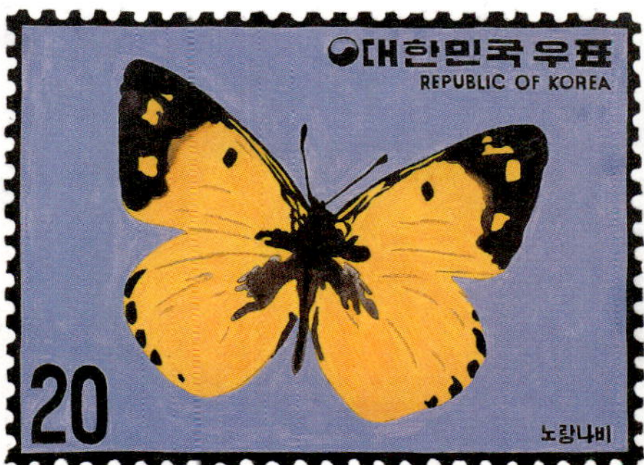
대한민국 우표
REPUBLIC OF KOREA
20
노랑나비

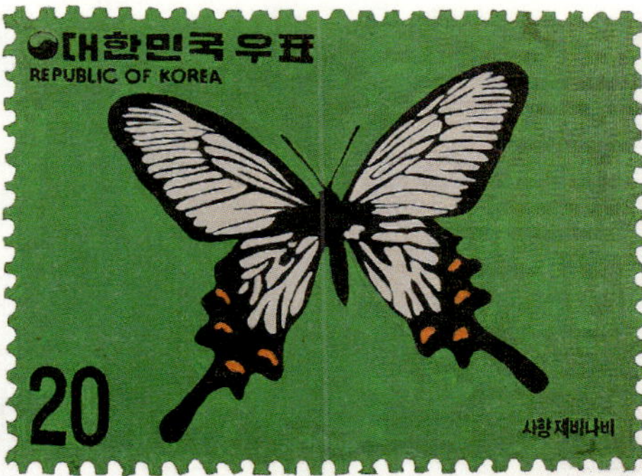
대한민국 우표
REPUBLIC OF KOREA
20
사향제비나비

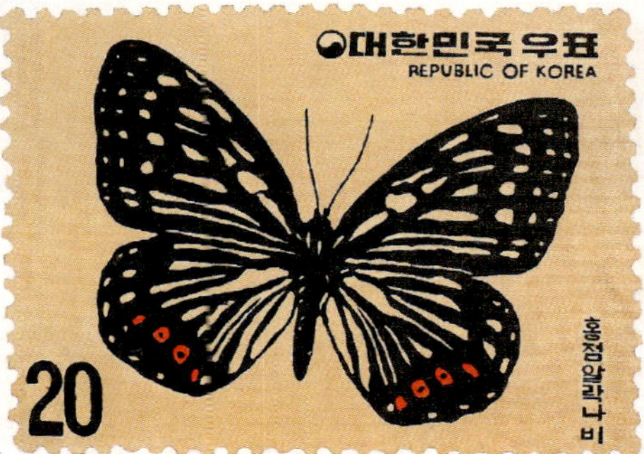
대한민국 우표
REPUBLIC OF KOREA
20
홍점알락나비

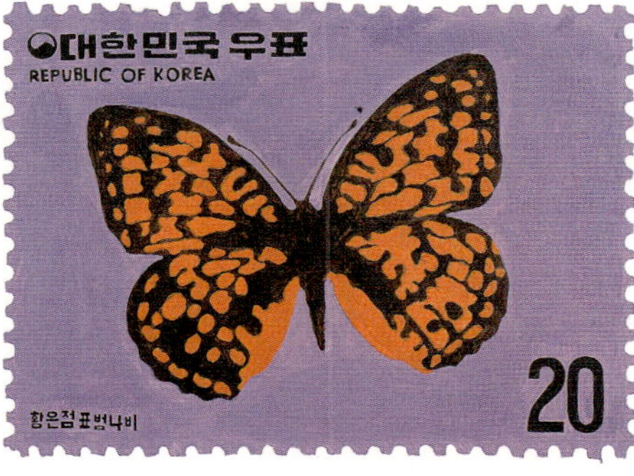
대한민국 우표
REPUBLIC OF KOREA
20
황은점표범나비

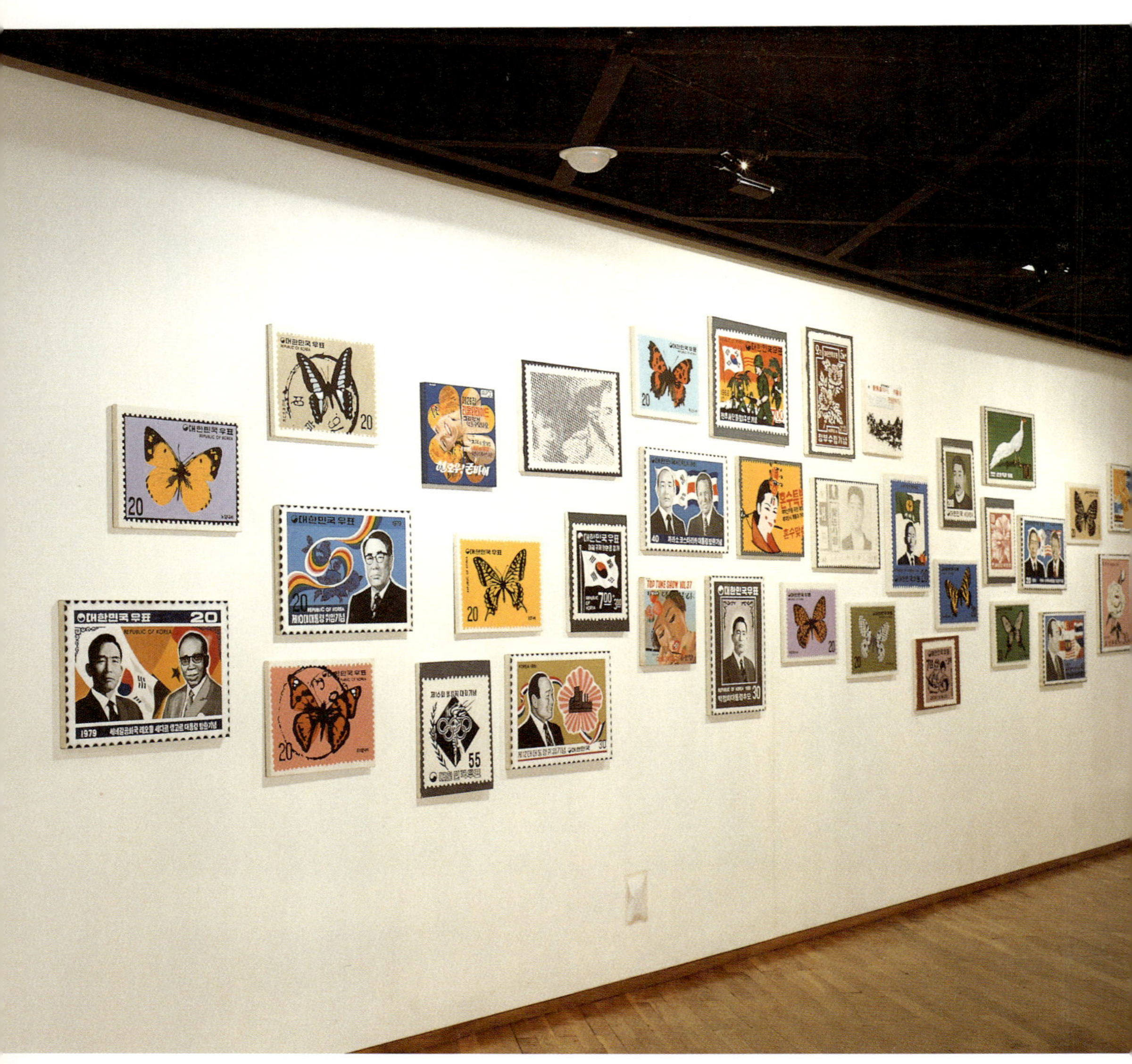

때가 참 곱게도 느껴졌다. 한때 위풍당당하게 누군가의 집에 걸려 있었을 자명종 시계부터 할머니의 악어 핸드백, LP판, 전축……. 이런 것들이 나를 매료시켰다.

"여보, 이런 것 좀 안 주워오면 안 돼? 집이 고물상이야?"

아내는 께름칙해했다. 어떤 사연으로, 혹은 어떤 이유로 버려진 것인지 모르는 물건을 반기는 이가 몇이나 되겠는가. 한때 괴담처럼, 주운 물건에는 혼령이 깃들어 있다는 이야기도 나돌았는데 말이다. 하지만 나는 아내의 편잔을 한쪽 귀로 듣고, 한쪽 귀로 흘리며 수집을 멈추지 않았다. 마치 내 집이 고물상인 것처럼. 아니, 우리 집이 고물상이면 좋겠다 싶을 정도로 말이다. 하지만 요즘은 그런 수집을 할 수가 없다. 아무리 쓰레기통을 뒤진들 고풍스러운 물건이 나올 확률이 거의 없기 때문이다. 옛날 쓰레기통이 추억이 오롯이 담겨 있던 보물 무덤이었다면 요즘의 것들은 말 그대로 생활 쓰레기일 뿐이다.

누군가의 집에 걸려 있었을 자명종 시계부터 할머니의 악어 핸드백, LP판, 전축…….

세월에 사장되고 마는 이미지들에 내 마음은 움직이곤 했다.

수집도 병이라고?

　그 후 수집광의 성향을 버렸던가? 절대 아니다. 요즈음 나는 오래된 구형 차를 모으는 것으로 수집광의 삶을 영위하고 있다. 내 집 주차장에는 내가 오래 전에 중고로 샀던 코란도도 위풍당당하게 서 있고, 70년대를 주름잡던 구형 벤츠도, 얼마 전에 어렵사리 구하게 된, 내 코란도보다 훨씬 더 구형인 코란도도 나를 기쁘게 하고 있다.

　코란도를 구하게 된 사연은 이렇다. 나는 이상하게도 코란도라는 차를 좋아했다. 젊은 시절 코란도라는 차가 출시되었을 때 나는 그 차를 사고 싶었다. 하지만 형편상 차를 살 능력이 없었다. "저놈 한번 내 것으로 만들어야지" 했던 차를 비로소 갖게 된 것은 이미 새로운 차종들이 선을 보이고 코란도가 아주 구형이 되어갈 무렵이었다. 중고로도 잘 팔리지 않을 차를 싼 가격에 살 수 있었다. 그리고 그 어르신 같은 차는 아주 오랫동안 내 발이 되어줬다. 결국, 코란도는 구형이 되고 마침내 단종되고 말았다. 아쉬운 일이었다.

　그러던 어느 날, 내가 원하던 초창기 구형 코란도가 공주를 굴러다닌다는 정보를 입수하게 되었다. 나는 그 소식을 듣자마자 구형 코란도의 주인을 찾아

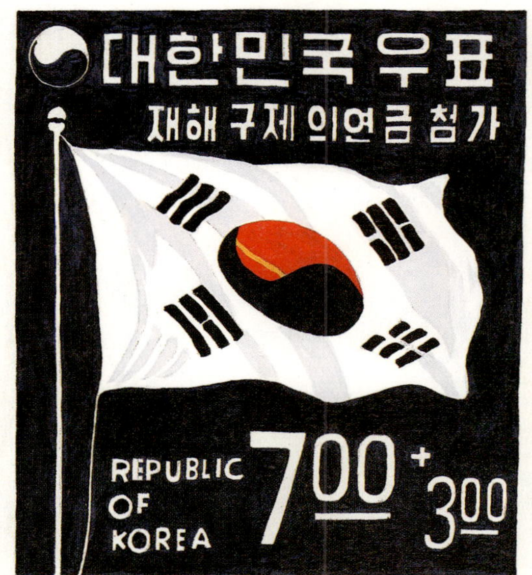

Republic of Korea
1993
Acrylic on Canvas
180×120cm

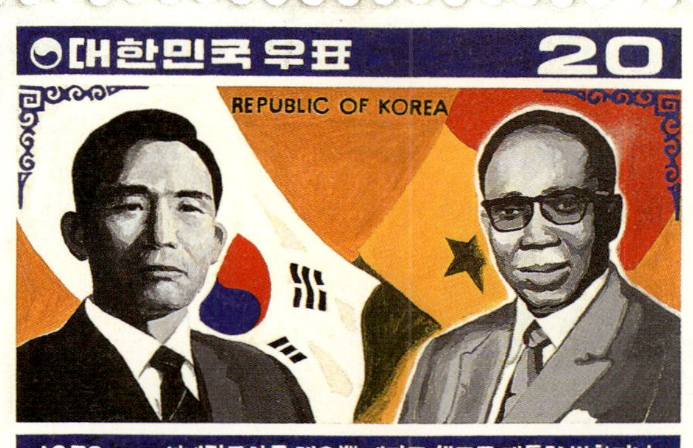

Republic of Korea 1979
1993
Acrylic on Carvas
36.6×50.8cm

갔다. 차의 주인은 70세를 훌쩍 넘은 노인이었는데, 그에게 코란도는 마치 영화 〈워낭소리〉의 소와 같은 존재였다. 오랜 세월 노인과 동고동락해온 흔적이 역력했고 주인과 차가 동일하게 느껴질 만큼 닮아 있었다. 그 차가 그 노인의 첫 차였는지는 모르지만 노인은 이 차를 아주 유용하게 사용해왔던 것으로 보였다. 나는 그 차를 보고 구매할 의사가 있다고 했다. 그러자 노인은 물었다.

"폐차 직전의 차를 뭐하러 산댜?"

"제가 초창기 코란도 차를 무지 좋아해서 꼭 저한테 파셨으면 합니다."

"난 팔 맴이 없슈. 내가 이 나이에 새 차를 뽑을 것도 아니고, 이놈 죽을 때까지 탈 건데."

"제가 값은 서운하지 않게 쳐드릴 테니 파세요. 네?"

노인은 고개만 저었다.

"난 돈이 문제가 아니여. 아무리 좋은 차도 다 필요 없고, 요놈이 편햐."

노인은 끝내 거절했다. 나는 그 차를 마음에 담아두고 아쉬운 마음으로 발길을 돌렸다. 노인의 말처럼 노인에게는 아직도 쓸 만한 차라는 것에 동의했기 때문이었다.

그렇게 몇 년이 지났을까? 어느 날 뜬금없는 전화가 왔다.

"저, 혹시 김동유 선생님이세요?"

"네."

"몇 해 전에 저희 아버님이 타시던 코란도를 구매하고 싶다고 하셨다는데, 기억나십니까?"

"아, 그럼요."

"그 차, 오셔서 가져가시렵니까?"

코란도를 가지고 있던 노인분의 아들이었다. 아버님이 얼마 전 돌아가셨다며, 코란도를 나에게 주라고 유언을 남기셨다는 것이다. 나는 전화를 끊고 그 길로 달려가 이미 세상을 떠난 어르신의 명복을 빌었고, 감사한 마음으로 그 차를 몰고 올 수 있었다.

허접스런 콜렉터의
취향

지금도 나는 그 차를 집 주차장에 세워두고 가끔씩 올라보고는 한다. 상한 데는 없는지 둘러보고 점검한다. 이 오래되고 낡음이 내게는 얼마나 멋스럽고 만족스러운지 모른다. 이렇게 내 콜렉터의 본성은 어린 시절부터 지금까지 이어져오고 있다. 그런데 어느 날 보니 초등학교를 다니는 아들놈이 음료수나 맥주 뚜껑을 모으는 것이 아닌가. 나는 웃음이 나왔다. 넌지시 아이에게 물었다. "그런 건 뭐하는 데 쓰려고?" 아들은 또랑또랑한 눈으로 대답했다. "병뚜껑 두 개를 모아서 자동차 바퀴를 만들려고요." 나와 외모가 거의 흡사하게 닮은 아들이 하는 행동을 보자 '붕어빵'이라는 말이 절로 나왔다. 이것도 유전인가 하고 말이다.

콜렉터, 수집은 어떤 마음에서 하는 것일까? 《콜렉터》라는 영국 소설의 주인

Republic of Korea 1981 1993 Acrylic on Canvas 180×120cm

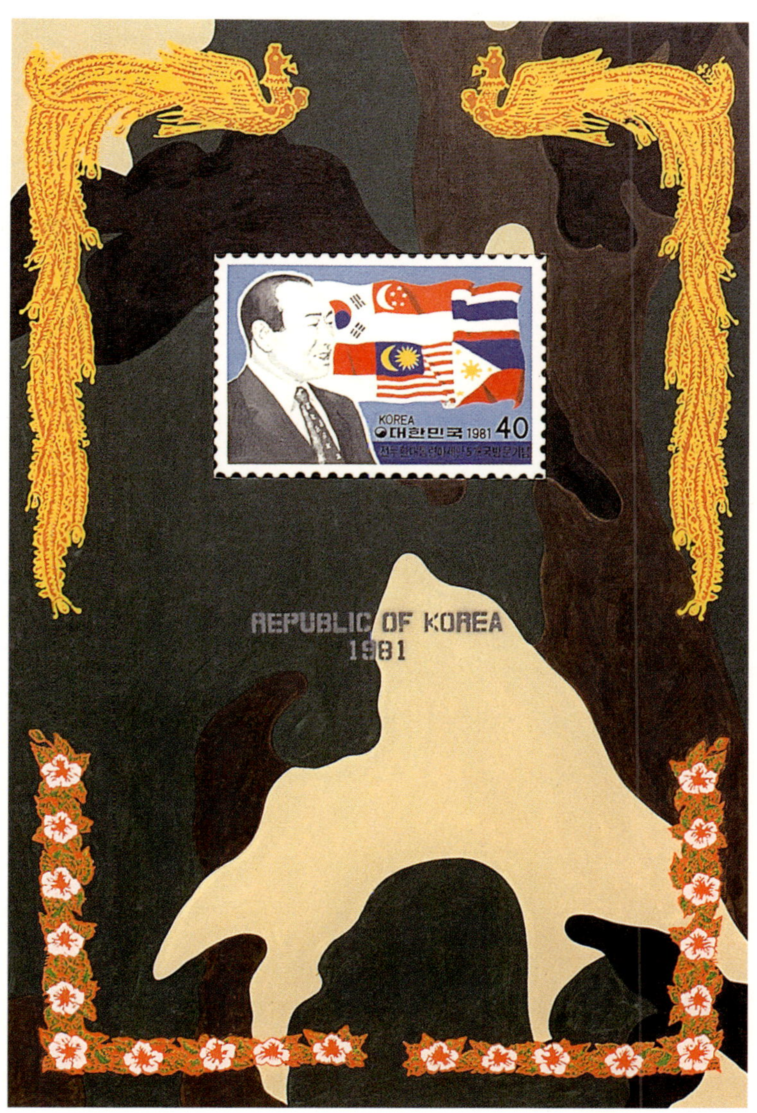
KOREA
대한민국 1981 40
REPUBLIC OF KOREA
1981

공처럼 병적인 집착인 것일까 아니면 취미인 것일까. 나에게 수집의 의미는 '위로'와 '편안함'이라고 생각한다. 남들에게는 허접스러운 것이지만 나에게는 의미가 있는 것, 남에게는 버려야 하지만 나에게는 보물이 되는 것. 이것은 상황의 역전이고 관계의 역전이 되는 것이다. 그래서 재미가 있고 즐거운 행위가 된다.

인생도 그렇지 않던가? 한때는 아무도 바라봐주지 않던 그림이 어느 순간 고가의 가치를 가지듯, 한때는 누군가에게 철저히 외면당하며 결별을 통보받지만 다른 누군가에겐 없어서는 안 될 소중한 배필이듯이. 인생도 일방통행만 강요되지 않듯, 사는 일도 그런 것이라 생각한다. 세상에는 값비싼 가치만 찾는 콜렉터도 있지만 나처럼 버려진 가치를 추구하는 콜렉터도 있다. 나는 이상하게 외면당한 것들이 좋았다.

KIM DONG YOO

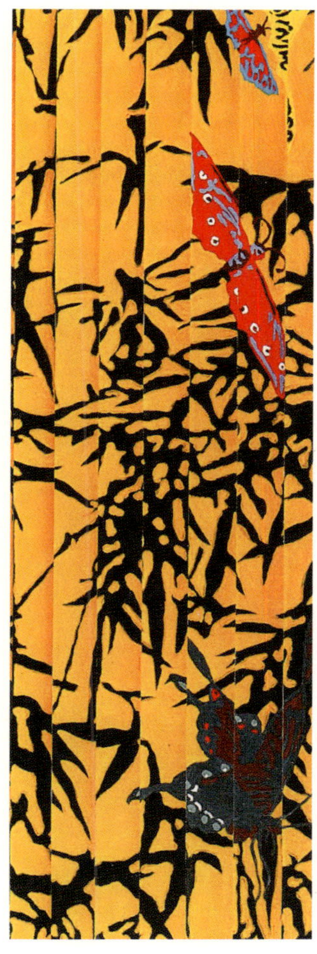

예술가는 가고자 하는
제 발걸음에 집중해야 한다.
바람결에 흔들리는
나뭇잎처럼 흔들리다가
어느 생각지도 않은 지점에 낙하하는
어리석음을 면하기 위해서라도.

아름다움과 공포 사이

사람이 살면서 제구실을 한다는 건 무엇일까? 자신의 역할과 본분을 다한다는 것은 어떤 것일까? 그리고 그런 기준들은 누가, 어떻게, 왜 만든 것일까? 가끔 사람들의 일상적인 기준이 부담스럽거나 의미 없고, 특히 나에게는 부질없다는 생각이 들 때가 있다. 생각해보면 세상은 보기에 따라 굉장히 다르지 않던가 말이다. 마치 소인국과 거인국을 오가는 걸리버처럼. 그가 속해 있는 곳이 어디든 걸리버는 걸리버일 뿐이나 세상은 그에게 '변화'를 요구한다.

보는 위치에 따라 대상이 달라 브이는 작품에 열중했던 것도 이런 나의 사회성 결여와 불협화음 탓이었는지도 모르겠다. 나는 나무 화판을 잘라 캔버스 대신 세우고 마치 버티컬 블라인드처럼 각을 세워 캔버스를 짠 다음, 한쪽에서 보면 호랑이가 보이고 반대쪽에선 나비가 날개를 편 모양으로 작업했다. 포효하는 호랑이를 보고 움찔했다가 각도를 옮겨 나비를 보고는 아름다움을 느꼈으면 했다. 결국 그 작품이 호랑이인지 나비인지는 작가인 나조차도 명확히 알 수 없다. 단지 자신이 보고 싶은 면을 보면 된다. 시각의 차이에 따라 달라지는 그림. 무척 즐겁게 작업했던 기억이 난다.

내 안에서
행복할 수 있다면

　몇 해 전 여름, 차를 몰고 아내와 함께 어딘가로 가던 길이었다. 우리는 국도를 지나며 아무 말없이 묵묵히 앞만 바라봤다. 뇌리를 짓누르는 경제적 현실과 고민을 말로 꺼내놓는 것이 무서웠다. 차라리 힘들 땐 잊고 있는 게 나으리라. 그렇게 침묵이 상책이라는 생각으로 말없이 가고 있을 때였다.

　얼마 동안 운전했을까? 고개를 돌리는 순간 축사에 있던 꽃사슴과 눈이 마주쳤다. 나는 아내에게 "저것 좀 봐!" 하고 말을 건넸다. 그리고 차를 세웠다. 나와 눈이 마주친 꽃사슴의 눈망울은 현세의 모든 시름을 잊게 할 만큼 무아지경의 아름다움이었다. 여느 농장의 사슴들과는 다르게 그림 속에서 막 튀어나온 듯 어여쁜 꽃사슴. 꽃사슴이 이렇게 말하는 것 같았다.

　"사는 게 힘들지? 우울해 말고 나를 봐. 세상에는 이렇게 아름다운 눈망울도 있잖아? 너무 한곳만 바라보지 마!"

　나는 차에서 내려 사슴 우리 가까이로 가 한참을 꽃사슴을 바라보며 서 있었다. 꽃사슴 역시 티 없이 맑은 눈빛으로 내일의 걱정거리쯤 잠시 잊고 살면 어

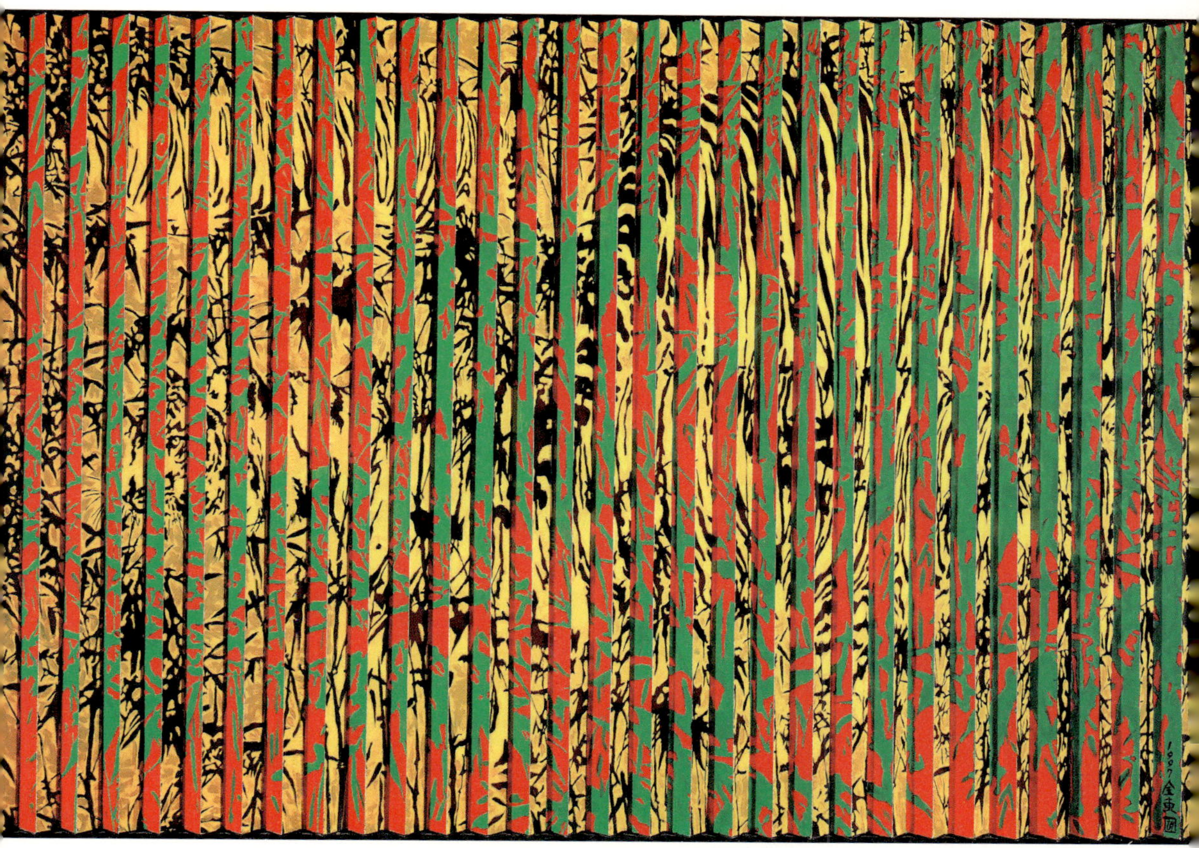

Double Image 1997 Acrylic on Canvas 122.2×184cm

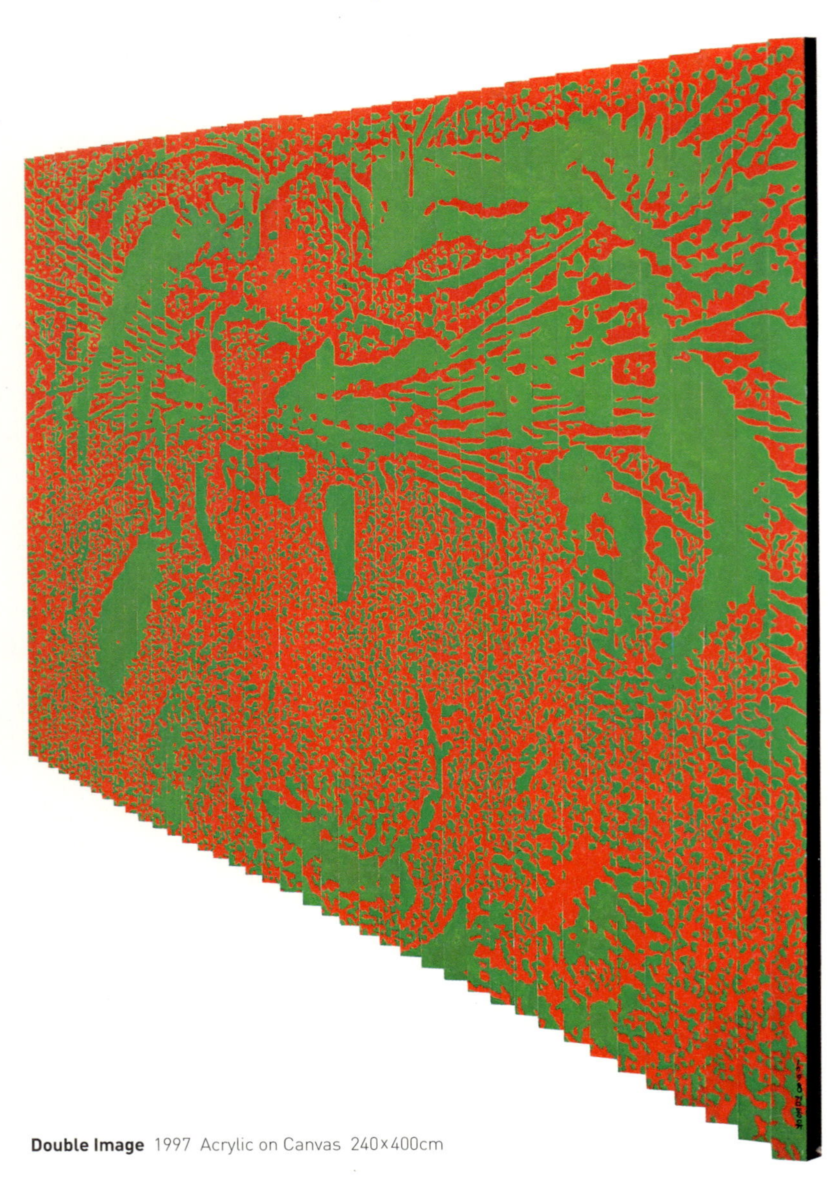

Double Image 1997 Acrylic on Canvas 240×400cm

떻겠냐며 나를 바라보았다. 후에 들었지만, 아내는 그런 나를 보며 이런 생각을 했다고 한다. '비록 사육장의 사슴일지라도 저리 고운 눈빛을 가지고 꽃사슴이란 이름답게 사는 것이나, 탈출구도 없는 현실 속에서 내세울 것 없는 남편이 화가로 살아도 그림 그리는 행위만으로 행복해하는 것이 무엇이 다를까. 어떤 장애물이 버티고 서도 남편은 그림 안에서는 행복한 걸. 그러니 나라도 남편을 인정해주자'라고.

꼭 내 그림이 아니더라도 나는 모든 부분에서 그 성질이 어떠하냐보다는 어떤 관점으로 어떻게 바라보느냐가 중요하다고 믿는다. 한동안 그렸던 나비 그림에는 이러한 생각이 담겨 있다. 이중섭의 형상을 닮은 나비, 반가사유상을 그려내는 나비. 그러나 정작 나비에게 자신들이 만들어내는 형상이 이중섭의 모습이든 반가사유상이든 무슨 상관이랴. 나비들이 곧 날아갈 것인지, 모여들 것인지는 또 무슨 상관이랴. 보는 이의 시각에 따라 마음대로 상상하고 느끼면 되는 것이 아니겠는가. 날아가든 날아오든 나비의 문제는 나비의 문제일 뿐.

그러나 우리는 살면서 얼마나 사소한 데 목숨을 걸었던가. 사소한 일에도 얼마나 흔들리곤 했던가. 남의 눈에 의해 자신을 평가하고, 자신을 그 안에서 해석하려 하지 않았던가 말이다.

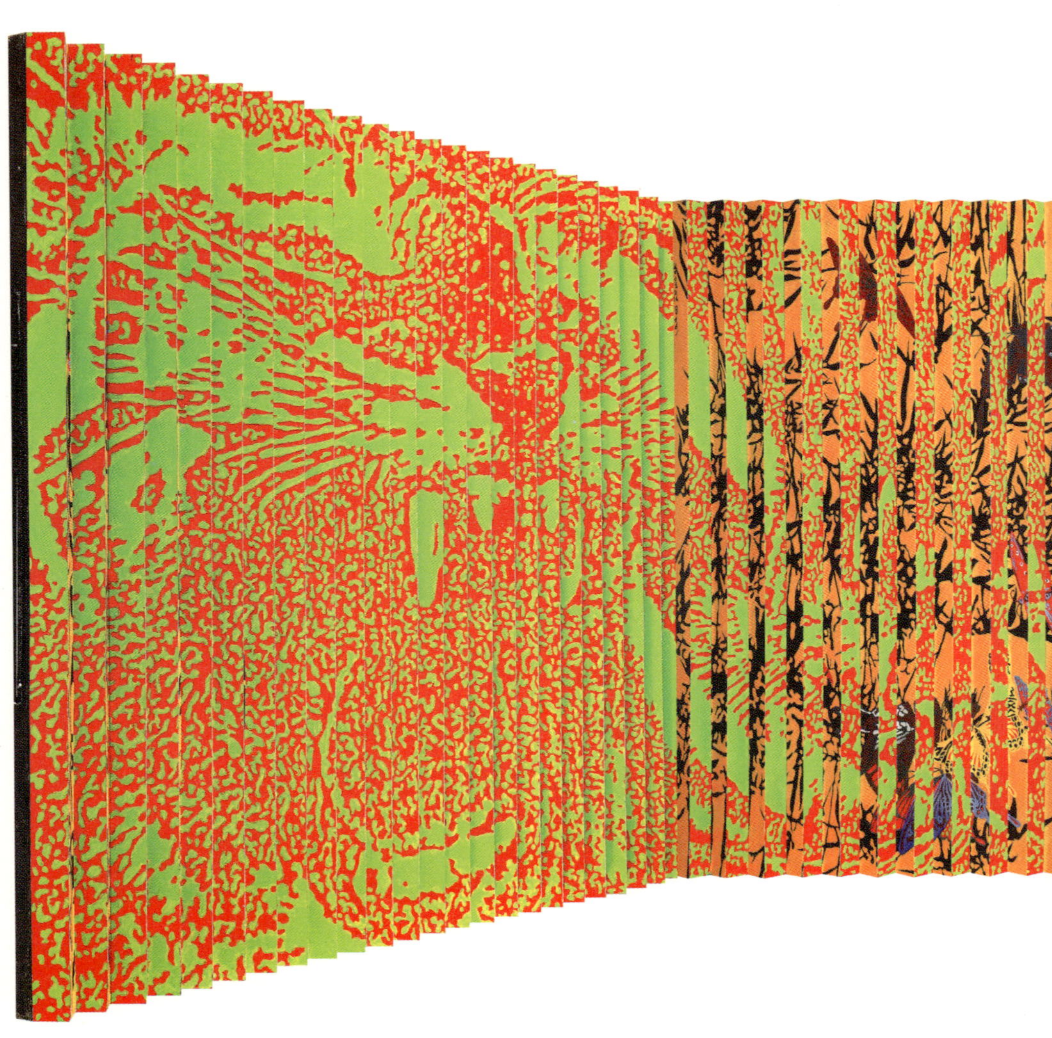

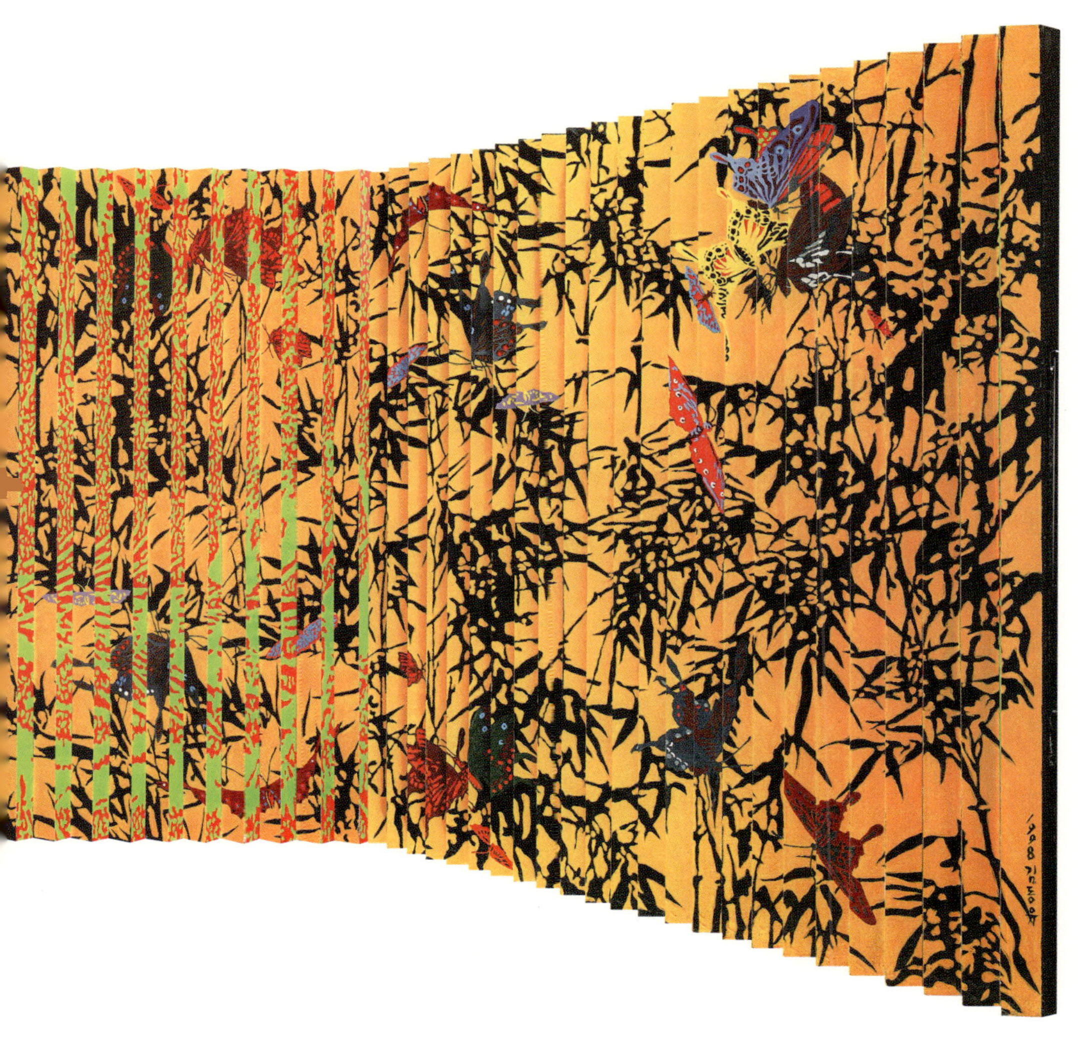

Double Image-Butterfly 1998 Acrylic on Canvas 112.5×145.5cm

비평 속에 자유롭기

이십대 중반 무렵, 전시회를 할 때면 사람들은 내 그림을 보고 '너는 왜 한 가지만 하지 못하고, 이것저것 하느냐'는 일종의 충고나 질책 같은 말을 건네곤 했다. 하지만 그때 내가 가진 생각은 하나였다. '이것도 내 작품이고 저것도 내 작품인데 왜 하나의 스타일만 고집해야 할까. 언젠가 이것들이 하나의 테마를 이룰 때가 있지 않을까?' 하는 생각이었다. 만약 그 말을 심각하게 받아들여 내 작품을 바꾸었다면 내 그림은 변화를 거듭해 하나의 패턴을 만들지 못했을 것이다. 또한 그랬더라면 지금의 이중그림도 없었을 것이다.

물론, 예술가는 남에게 평가를 받기 때문에 외부의 시선에 대한 부담감은 늘 있다. 하지만 그렇기에 예술가는 더더욱 자기가 가려는 발걸음에 집중해야 한다. 나 자신을 바라보고, 나 스스로 알고 세우지 않으면 바람결에 흔들리는 나뭇잎처럼 흔들리다가 어느 생각지도 않은 지점에 낙하하게 된다. 삶은 참 다양하고 변동도 많다. 그래서 우리는 사는 방법을 택할 때 여러 방향에서 삶을 바라봐야 한다. 물론 다양한 시각에는 굳은 심지가 필요하다.

한때 내 그림은 남들에게 문전박대당하기 일쑤인, 대우받지 못하는 그림이

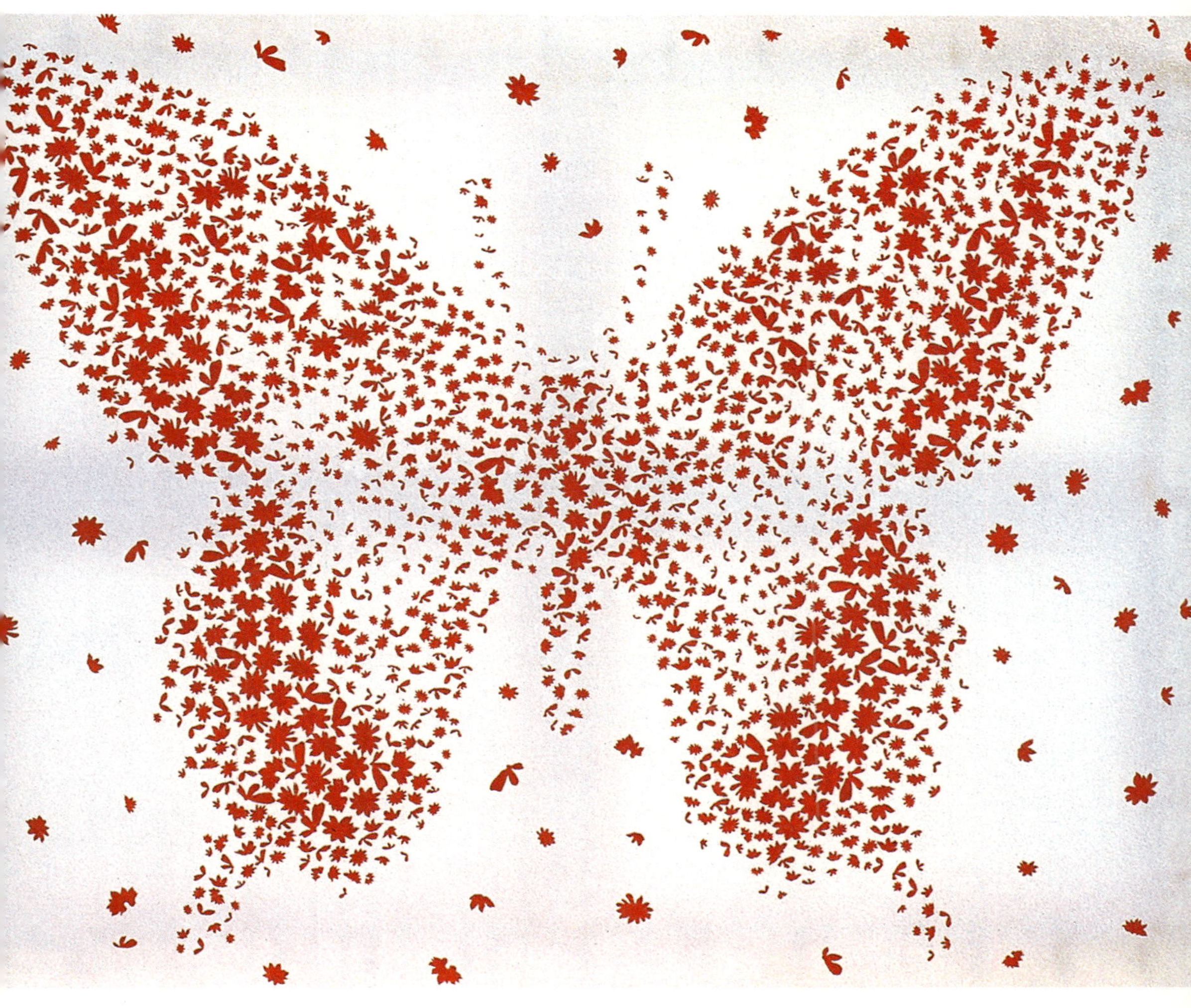

Butterfly 2001 Acrylic on Canvas 91×116.8cm

자 아웃사이더였다. 그런데 요즈음 누군가는 나에게 '상업 화가'라는 별명도 달아주었다. 하지만 그들의 말이 무슨 상관일까? 사람들의 말은 말이고 나는 그저 나의 작업을 꾸준히 할 뿐. 내 작업이 대중적인 호응을 받으면서 인지도도 생기고 대학교수라는 명함도 만들어주었지만, 결국 내가 가장 하고자 하는 것은 그리는 일이다. 동화 속에 나오든 사육되어 축사에 있든 꽃사슴은 꽃사슴일 뿐이듯이. 창작해놓은 작품이 인정을 받든 받지 못하든 나는 내 작품을 믿고 나아갈 뿐이다. 다른 이의 시선에 좌우되지 않는, 스스로의 눈에 만족할 수 있는 작품을 그려내는 일이 바로 진짜 예술이다. 그렇기에 예술가란 보여지는 것이 아니라 보여주는 사람인 것이다.

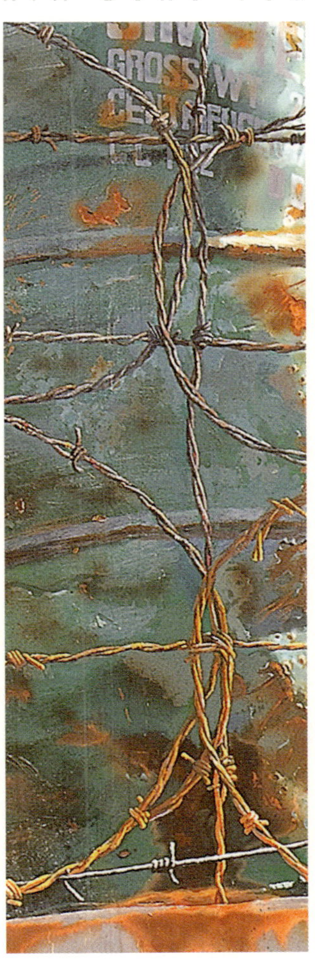

저놈 새끼 차라리 죽었으면 좋겠다

어렸을 적 고열과 어지러움에
시달릴 때마다
벽지 무늬가 눈앞에서 꿈틀거렸다.
분명, 무늬들이 춤을 추고 있었다.

버려졌다는
상처

어린 시절, 사납게 돌이 삐져나온 황톳길을 따라 친가에 맡겨졌었다. 내 아래로 두 아이를 더 낳은 어머니는 어린아이 셋을 도저히 감당하지 못했는지, 나를 친가에 보냈다. 그때 다섯 살도 채 안 된 나는 어머니와 떨어지는 것이 죽기보다 두려웠다. 그래도 어머니는 나를 데리고 온 길을 따라 집으로 돌아가셨다. 하지만 아무리 울며 발버둥을 쳐도 어머니는 돌아오지 않았다.

나는 지금처럼 장신이 되리라고는 누구도 상상하지 못했을 정도로 어릴 적부터 심약했고 병을 달고 살았다. 어디가 어떻게 아픈지도 모르고, 잠시 낫는다 해도 고열로 인해 언제 또 경기를 일으킬지 모를 정도였다. 이렇게 아프면서 살아있는 게 용하다 할 정도였다. 병치레가 잦다 보니 집안에 누워있는 것이 하루 일과의 대부분이었다. 그런 탓인지 내 머릿속엔 방 안에 누워 고열과 어지러움을 견디며 천정과 벽을 보던 기억이 생생하게 남아 있다.

어머니를 걱정하던 외할머니는 제 딸을 힘들게 하고, 가슴에 한이 들게 하는 외손자를 보며 "저렇게 아플 거믄, 니 속 안 썩이고 죽었으면 좋겠다"라고 모

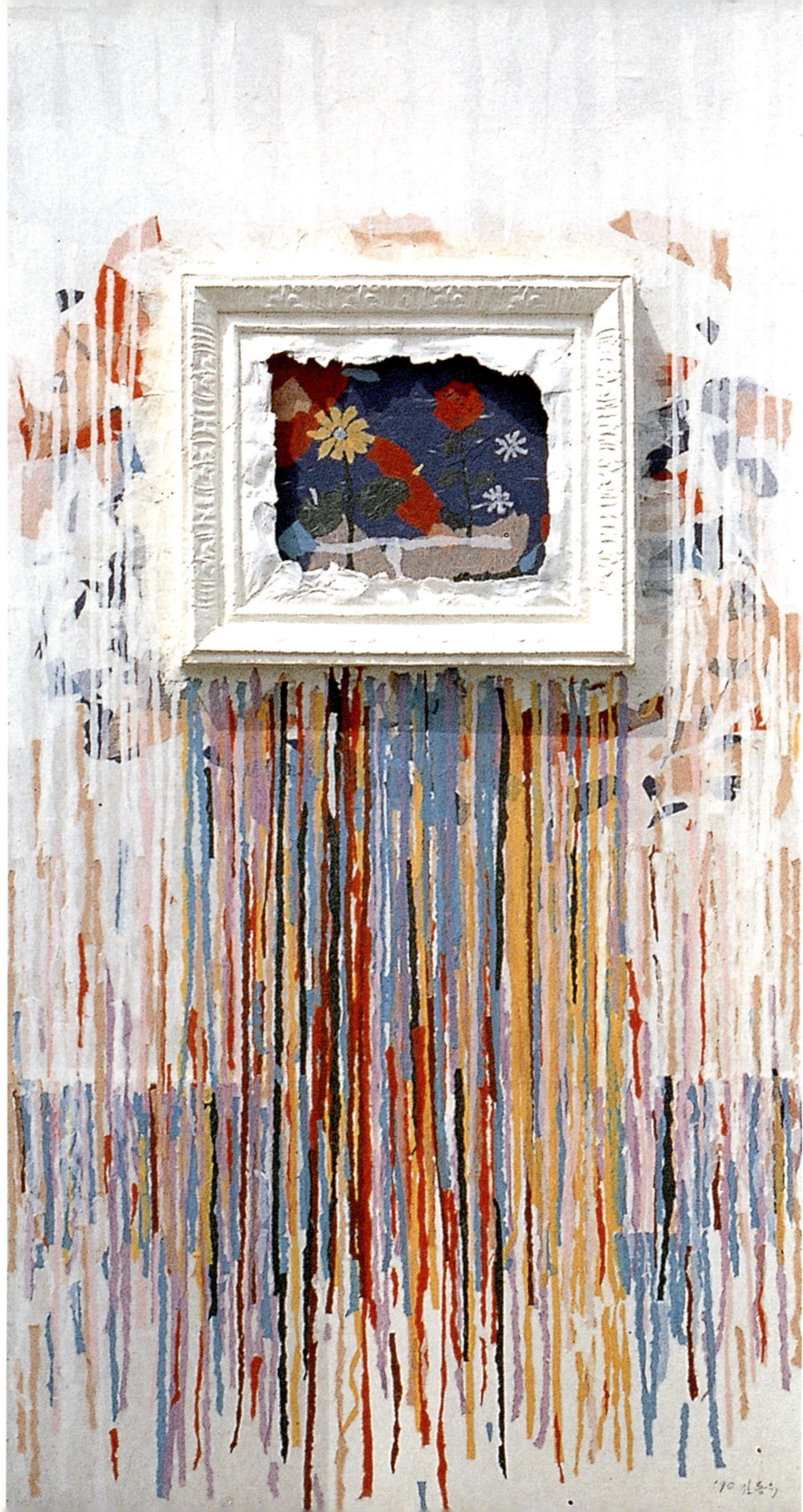

진 소리도 하셨다. 어머니는 외할머니의 모지락스러운 말에 서운한 생각이 들면서도, 그런 아들을 친가에 맡겨야 하니 그 심정은 또 얼마나 답답했을까. 그래도 어머니는 악착같이 달라붙는 어린 나를 떼놓고 집으로 돌아갔다. 언덕을 넘는 어머니를 보며 툇마루에 앉아 울고 나서부터는 우울한 유년시절을 보내게 되었던 것 같다. 그렇게 어머니가 떠난 후 노을이 질 때면 어머니의 품이 그리웠다. 밤이 되면 송아지의 울음에도 어미 품이 그리워 눈물을 글썽거렸다. 여기저기 뛰어다니는 아이들을 보면서도 두근대는 약한 심장 탓에 달리지 못했다. 지천이 장난감이던 시골 풍경 앞에서도 나는 나아가지도 들어서지도 못하고 어중간하게 마냥 서 있었다. 어둑해지는 골목에 서서 엄마의 부름을 받고 집으로 간 아이들의 흔적을 보며 황량한 공터에 쭈그리고 앉아 있을 때도 많았다. 그러다 내 시선이 머문 곳은 어머니가 나를 두고 떠나며 건너던 다리였다.

Untitled 1989 Casting Korean Paper 240×120cm

아득하게 밀려오는
고소공포증

　날이 밝으면 어머니가 갔던 길을 따라가기도 했다. 높지도 좁지도 않은 그 튼튼한 돌다리를 건너가겠다고 마음먹고 다리 위에 선 순간, 나는 주저앉고 말았다. 다리 초입부터 다리가 후들거리고, 현기증이 나고, 심장이 두근거려 서다 주저앉고 기어가다가 끝내 건너지 못했다. 이 다리만 건너면 어머니에게 갈 수 있으련만. 마음은 수없이 다리를 건넜는데 몸은 따라주지 않았다.

　그 다리는 내 생애 최초의 두려움이자 장애물이었다. 지금도 그때의 두려움 때문인지 고소공포증이 심한 편이다. 어딘가에 붕 떠 있는 모든 것들을 겁내하게 되었다는 표현이 맞겠다. 놀이기구는 절대 타본 적도 없고, 고층의 엘리베이터도 혐오한다. 비행기를 타고 가야 하는 해외 전시회도 되도록 피하고 싶다. 얼마 전 다녀온 싱가포르 도심에서도 나는 현기증으로 괴로워했다. 고층의 말끔한 거리, 정비가 잘된 도로, 고가의 차도, 햇빛이 반사되는 유리벽들에 어지러움을 느낀 것이다. 나에게 최첨단의 건축물, 도심 속의 사람들은 세련되고 모던한 도시의 매력이 아니라 답답함 같은 것으로 여겨진다.

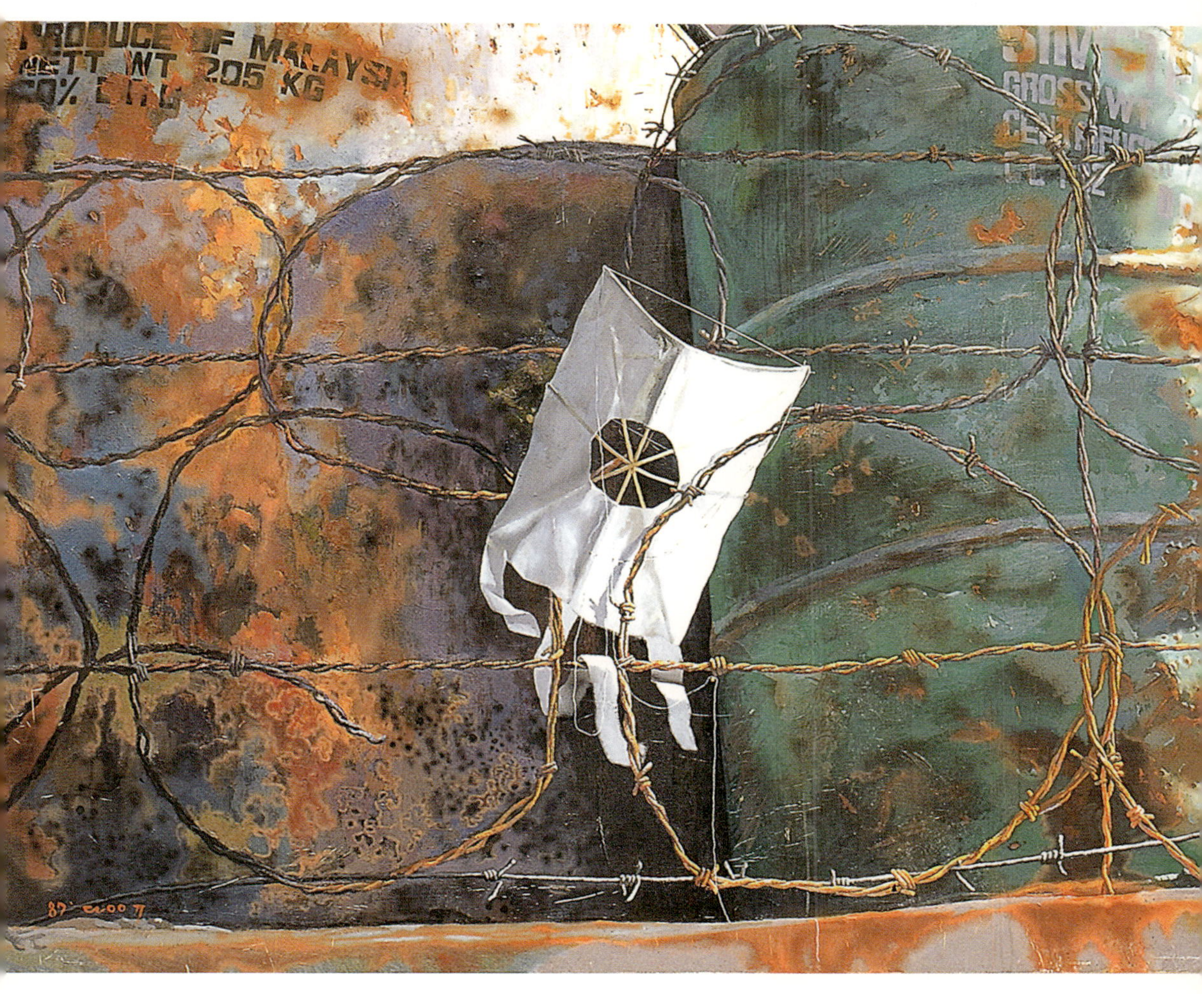

Refuge 1987 Oil on Canvas 112.1×145.5cm

눈물겨운 착시

　이렇게 어머니와 분리되고 아픈 몸을 추스리면서 내가 보았던 것은 환상, 혹은 허깨비 같은 벽지의 그림들이었다. 어지러움과 어머니에 대한 그리움. 내가 가진 심약함이 어우러져 벽지는 여러 가지 형상으로 그려지고, 사라졌다 다시 합체되곤 했다. 그것은 내게 어머니와 떨어져 있던 충격만큼이나 강한 이미지로 구축됐다.

　그때부터인가, 나는 철저하게 시각적인 데 의존할 때가 많았다. 이중적인 것, 겹쳐지는 것, 두 가지의 상이한 것들이 접목되는 것. 평면적이던 이미지들이 한데 어우러져 이리저리 움직이며 춤추듯 나부낀다. 그것은 부유하며 떠돌다가 하나의 형상을 만들고, 또 그 형상이 곧 사라질 듯 움직이며 제각기 돌아다닌다.

　여기에는 그림이 가지는 정서나 이야기의 연관성, 클라이맥스가 없다. 모든 상상을 배제하고, 철저하게 눈에 보이는 것이 전부다. 벽지의 그림이 나왔다 다시 사라지는 것처럼 숨바꼭질이고 착시이다.

　비가 오는 날이면 요즘도 어린 시절 처마 밑으로 떨어지는 빗물을 맞으며 열

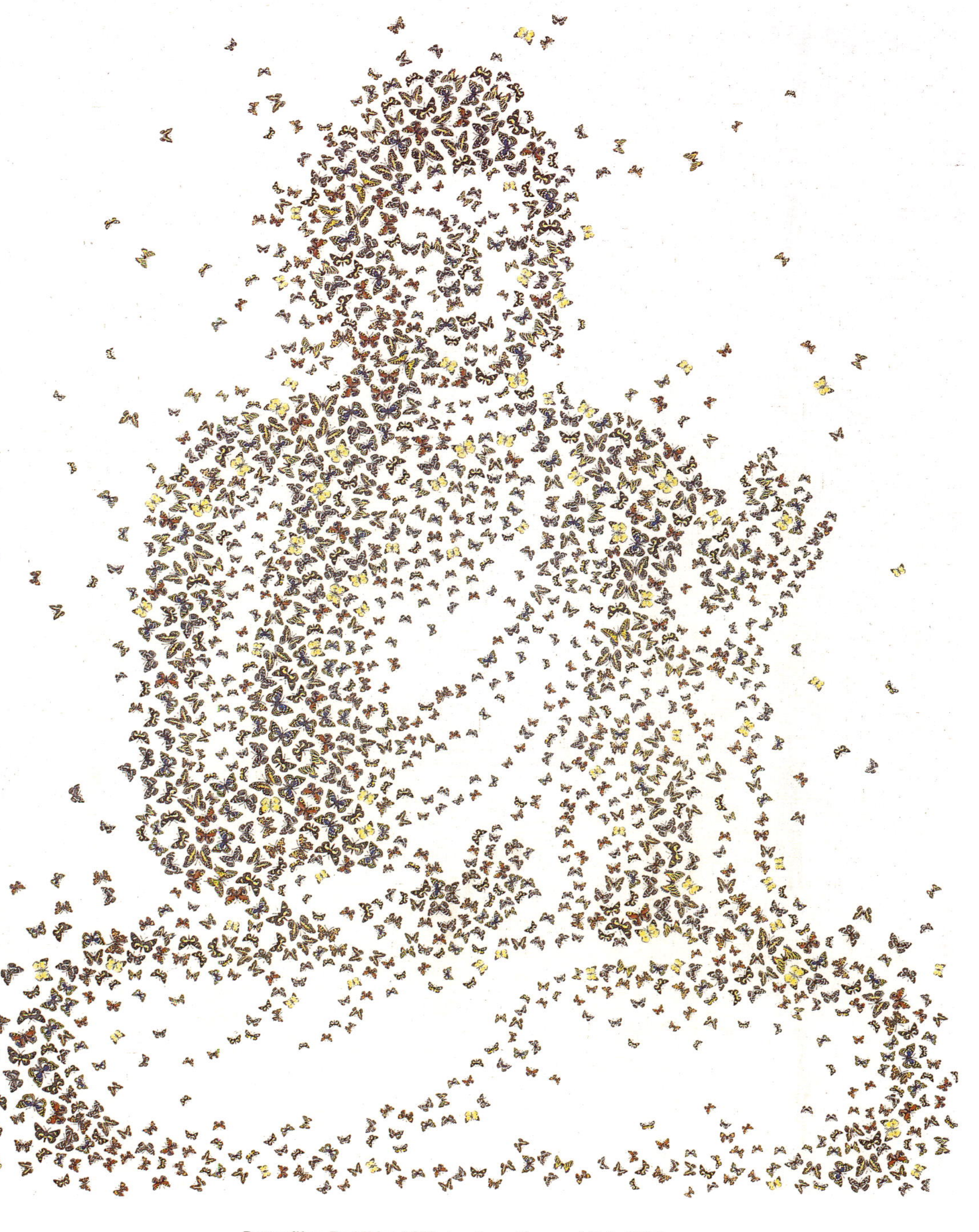

Butterflies-Buddhist 2003 Acrylic on Canvas 162.2×130.3cm

을 식히던 때가 떠오른다. 온몸이 불같이 끓어오를 때 내 작은 이마 위로 떨어지던 한 방울의 낙숫물은 온몸을 저릿하게 식혀주었다.

그때가 아련하게 느껴질 때가 있다. 그리움처럼. 그리움이라는 것이 어찌 보면 울적함이 아니던가. 오늘도 나는 작업실을 나서며 지는 노을을 바라보며 그때의 착시와 나를 두고 가신 어머니의 뒷모습을 떠올려본다.

KIM DONG YOO

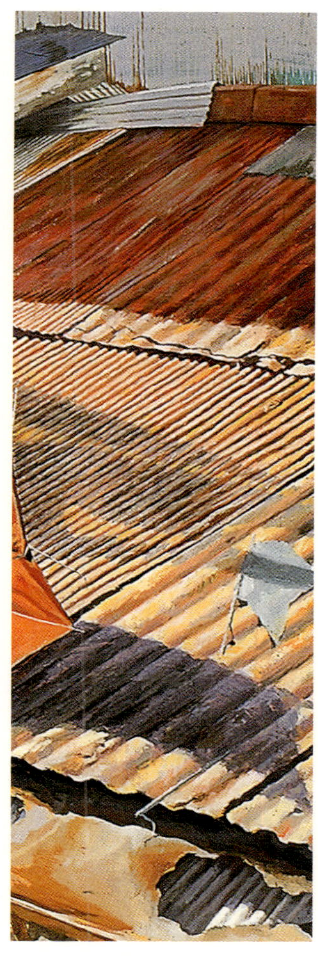

누구보다 자유롭고,
제멋에 살아도 용서가 되는 직업이
예술가이지만
예술을 제대로 하고 싶다면,
누구보다 계획적이고
타이트한 삶을 살아야 한다.

내 그림을
복제했다고?

얼마 전 재미있는 사건이 하나 있었다. 그림이 조금씩 유명세를 타다 보니 일어난 일이겠지만, 내 그림을 카피해서 파는 모작이 나왔다는 것이다. 네덜란드의 어느 갤러리에 나의 고흐 그림이 들어왔다는데, 아무래도 그림이 흘러든 경로가 의심스러운지 갤러리 대표가 내게 직접 전화를 해왔다.

"당신 그림이 지금 우리 갤러리에 들어왔는데, 당신 것이 맞는지 확인 좀 해주시겠습니까?"라고. 나는 그 사람에게 사진을 찍어서 메일로 보내라고 했고, 한참 동안이나 그 그림을 들여다보았다. 이윽고 갤러리 대표에게 내 그림이 아니라고 통보했다. 그는 '아니나 다를까 역시 그렇군요' 하며 무척이나 서운해했다.

유명 화가의 그림을 모사해 파는 행위는 흔히 있는 일이다. 그럴 때마다 원저작자는 불쾌해하며 진범을 찾으려고 애쓴다. 창작을 훔치는 것도 범죄이니 '사기꾼 화가'를 반드시 잡아야 한다고 흥분하는 것이 당연할 것이다. 그러나 나는 왠지 웃음이 나왔다. 아니, 누가? 어떻게? 이 지긋지긋한 그림 그리기를 모방했단 말인가? 나조차도 그림 한 점을 그리기 위해 몇 개월을 보내고, 작품을 완성하고 나면 탈진할 정도로 고된 작업일진데 진품과 오해될 정도로 흡사한 그림을 그리다니. 그놈도 보통은 아니다 싶었다. 그의 인내심에 박수를 쳐주고 싶을 따름이었다. 그는 대체 어떤 방식으로, 얼마나 오랜 시간을 들여 그림을 완성했을까.

모작의 출처를 찾던 갤러리는 그것이 중국 어딘가에서 흘러왔다고 연락해왔는데, 나는 그 정성이면 자기 작품을 그리지 싶었다. 그 정도의 끈기와 집착이 있다면 분명 대성할 터인데. 그러면서 한편으로는 이런 생각도 들었다. 내 그림을 모사한 그 화가도 나처럼 결벽증 환자이거나 정리정돈의 달인일까?

나의 작업실에 와본 사람들은 다들 놀라곤 한다. 작업실이 아닌 갤러리 같다고. 대개 화가들의 작업실은 산만하기 마련이다. 여기저기 물감이 튀고, 버려진 캔버스와 작품이 뒹군다. 그러나 나의 작업실은 물감 한 방울 바닥에 떨어져 있지 않다. 그 이유는 나의 결벽증에 가까운 습관 때문이다. 지금도 찾는 물건이 제자리에 없으면 화가 나고, 작업실이 정리가 안 되어 있으면 붓 들기를 꺼린다. 내가 작업하는 동안에는 모든 것들이 정리정돈되어 있어야 한다. 그 카피 화가가 수많은 작품 중 굳이 내 그림을 골라 모사했으니 나와

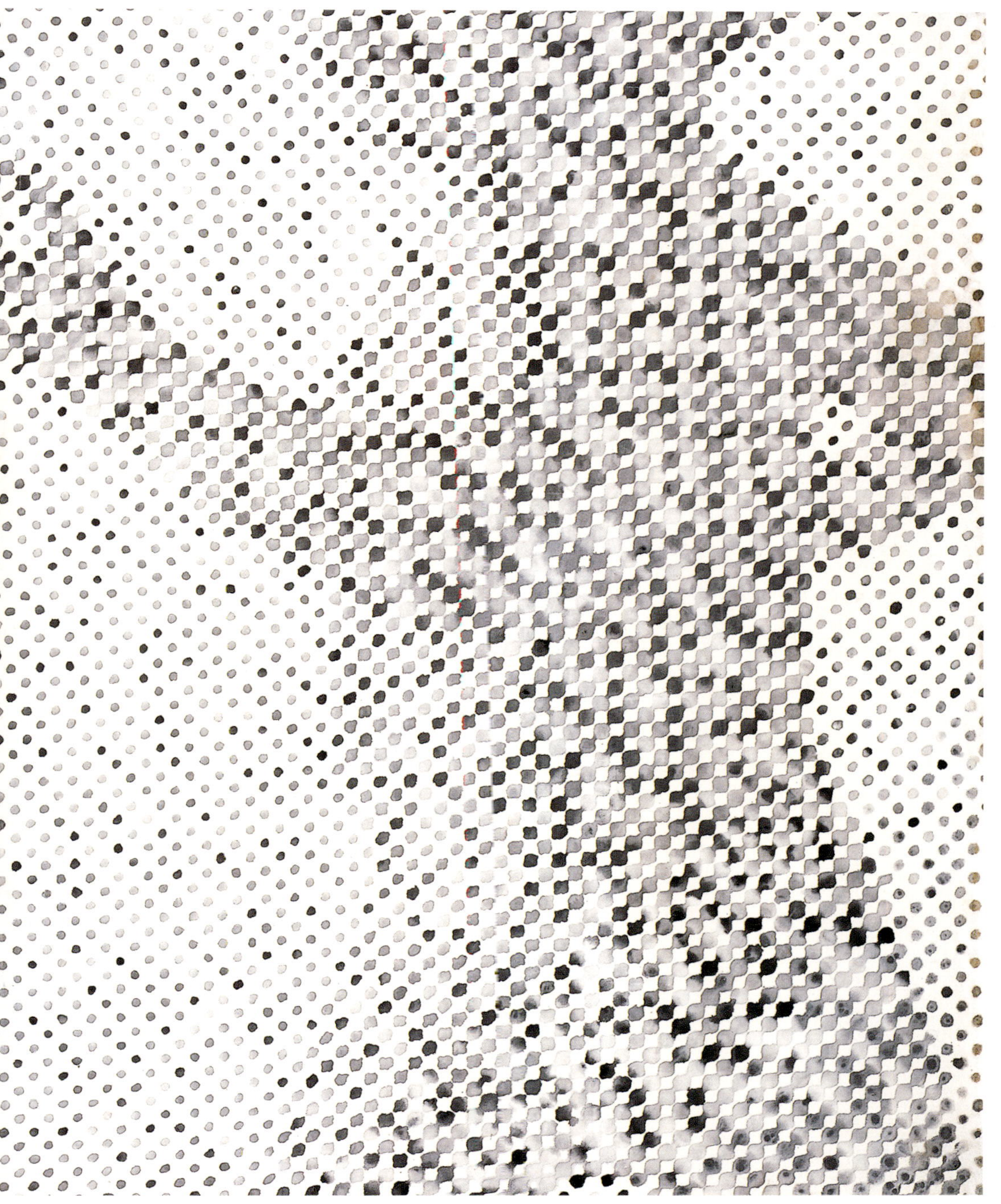

Body 1995 Acrylic on Canvas 227.3×181.8cm

성질이 비슷한 사람은 아니었을까. 한마디로 나는 괜찮지만 남들은 조금 머리 아픈, 나는 깔끔해 좋지만 남들은 피곤하게 생각하는 그런 성격이 아니었을까. 나는 지금도 그가 어떤 사람인지 무척 궁금하다. 그를 만나 누가 더 결벽증이 심하고 누가 청소를 더 잘하는지 내기라도 걸고 싶다.

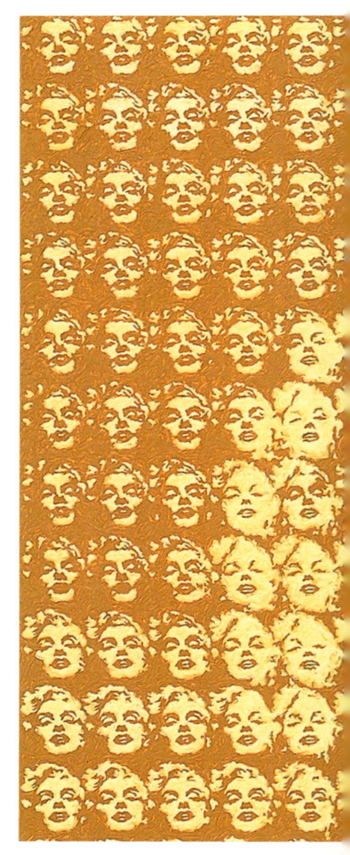

'공무원 화가'가 되다

대부분의 사람들은 흔히 예술가 하면 제 감정에 취해 세상을 거스르며 제멋대로 산다고 생각한다. 그래서 규칙 속에서 탈규칙을 외치고, 시간 개념이 없으며, 사람이나 행동이나 어디로 튈지 모르는 불안정함을 갖고 산다고 믿는다. 그런 생활 태도에서 예술적 감각이 나온다고 생각하는 것이다. 그러나 바람에 나부끼듯 흔들리는 감성과 주먹구구식의 생활습관으로는 절대로 완성도 높은 작품을 만들어낼 수 없다는 것이 나의 지론이다.

물론, 나 또한 누구나 겪는 시행착오을 겪으며 오늘의 내가 되었다. 주체할 수 없는 방황의 본능에 밤새 술을 마시고, 거리를 승냥이처럼 떠돌았으며, 날이 밝아서야 집으로 들어와 남들은 일할 시간에 백수처럼 잠드는 생활을 수없이 반복했다. 동료들과 어울려 환쟁이의 서러운 삶을 술로 달래며, 담배 연기로 한숨짓기도 했다. 이런 시절을 살던 내게 아내는 해 떠야 집에 온다며 '해 뜰 날'이라는 별명을 붙여주기도 했다. 나는 꽤 오랫동안 이 별명을 유지하고 있었던 것 같다.

죄없이 잠든 누군가의 소중한 차에 분풀이하며 사이드미러를 부순 적도 있었다. 남아도는 시간을 어찌해야 할지 몰라 대낮에 동시상영 영화관에 구겨져 시간을 보내는 일이 많았다. 허름하고 케케묵은 영화관에 앉아 정말 할 일 없는 놈마냥 한물간 영화를 다 씹은 껌처럼 맛없게 보고 있었다. 한참 동안이나 영화를 보고서도 다시 마주한 태양은 징글징글했다. "아직도 낮인가?", "나는 환한 낮이 싫다!" 하며 돈도 일도 의지도 없는 허송세월을 보냈다. 이런 숱한 시간을 거쳐 결국 심연까지 추락했다. 땅속으로 더 깊이 침몰하며 지푸라기라도 잡는 심정으로 선택한 것은 삶을 '지금까지와는 다르게, 정반대로 무조건 바꿔보자'는 것이었다. 그러기 위해 지금껏 습관처럼 살아온 내 삶의 리듬을 과감하게 부수기 시작했다.

가장 처음 바꾼 것이 아침 일찍 일어나 정해놓은 시간만큼은 반드시 작업에 몰두하는 것이었다. 매일같이 공무원처럼 9시에 출근하고, 밤에 퇴근하는 것을 기본 규칙으로 삼았다. 그 시간 동안은 그림에만 충실하기로 스스로 약속한 것이다. 처음부터 생각대로 되지는 않았다. 들쑥날쑥 밤낮이 또다시 바뀌기도 하고 어떤 날은 아예 쉬기도 했지만, 시간이 지나자 삶의 패턴은 조금씩 달라졌다. 그 후 많은 변화가 일어났다. 우선 밤샘 작업을 안 하니 이삼 일 맥을 못 추고 버리는 일이 없어졌고, 작업에 열중하는 시간이 길어졌으며, 뭐랄까 오붓

해졌다. 밤마다 참석하던 술자리도 '출근'이라는 약속 덕에 자제하게 되었다. '공무원 화가'라는 별명이 붙은 것도 그때였다.

목표한 바가 없으면 하루를 그냥 흘려보내게 된다. 직장인은 어떨지 몰라도 프리랜서나 예술가들이라면 대부분 통감할 것이다. 그렇게 몇 달이 지나면 1년이 가고, 또 몇 년이 지나면 강산도 변한다. 그러나 자신만은 발전 없이 살게 된다. 출퇴근 없이 홀로 일하는 사람들에게 자신을 옭아맬 스케줄은 그래서 더욱 절실하다. 그리고 정해진 작업량을 계획적으로 실행해야 씨앗도 맺는다.

'하울의 움직이는 성'과 '원령공주' 등의 명음반을 남긴 일본의 작곡가 히사이시 조는 정해진 시간에 말쑥하게 옷까지 갖추어 입고 작업실로 간다는 이야기를 들었다. 그는 끼니는 배가 고프든 고프지 않든 반드시 챙기고 정해진 작업량은 칼같이 지키는 것으로 알려져 있다. 유명한 만화가 허영만 화백 또한 규칙적인 생활을 통해 창조성을 유지한다는

누구보다 자유롭고, 제멋에 살아도 용서가 되는 예술가이지만

생활면에서는 누구보다 계획적으로 살아야만 하는 것.

그것이 예술가의 운명, 혹은 숙명이 아닐까.

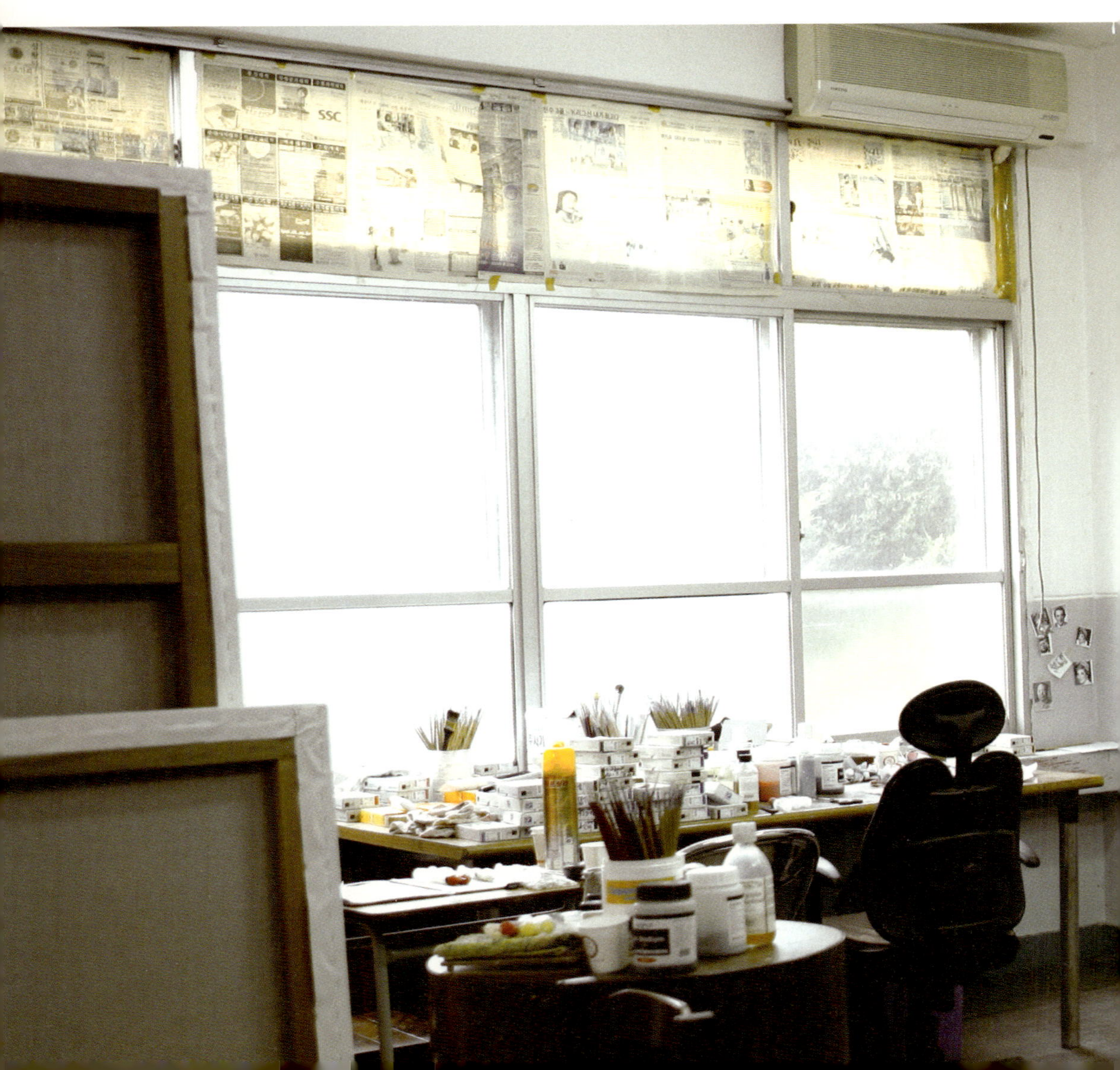

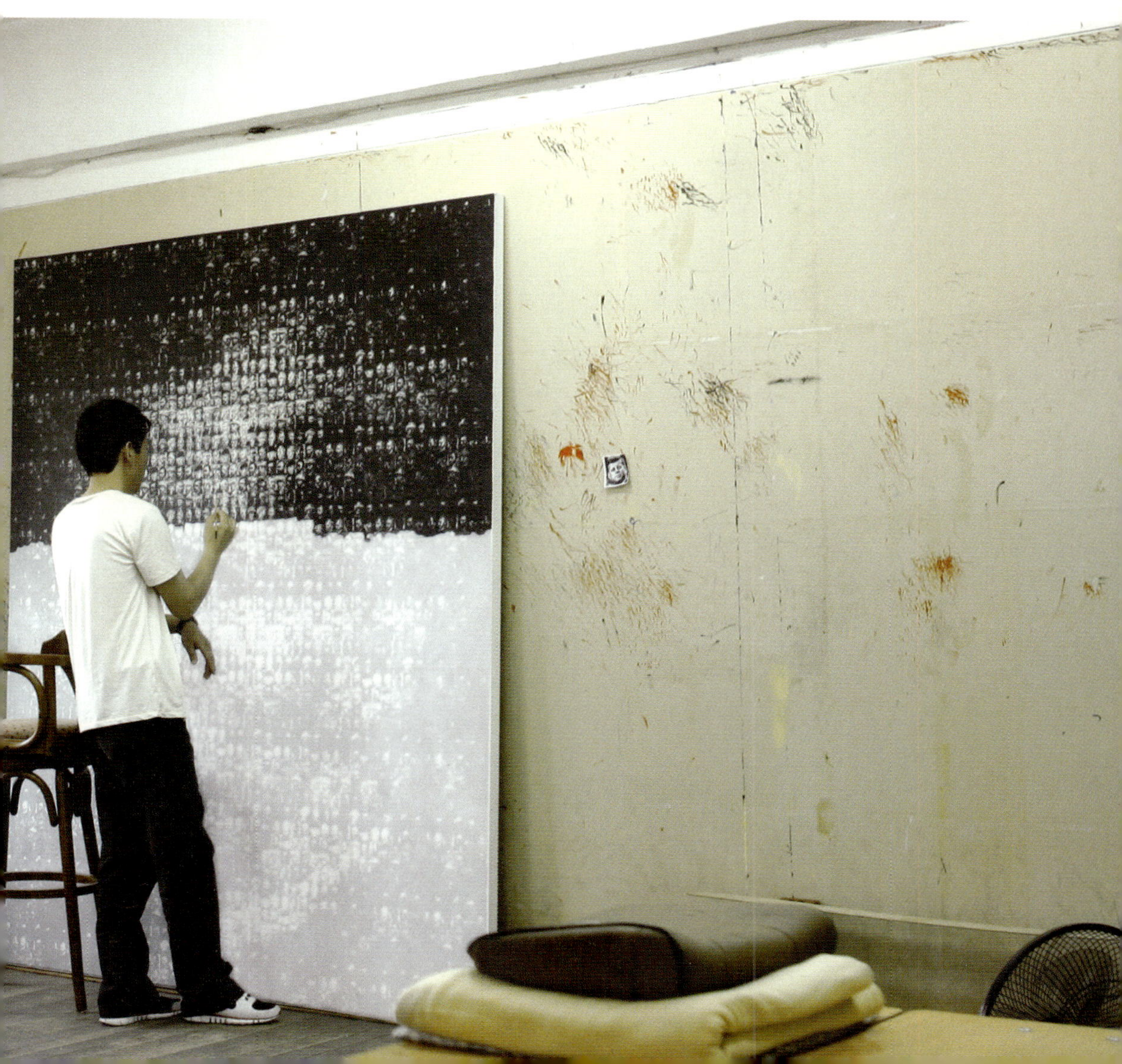

기사를 읽은 적이 있다. 누구보다 자유롭고 제멋에 살아도 용서가 되는 예술가이지만, 생활면에서는 누구보다 계획적이고 타이트한 삶을 살아야 하는 게 예술가 아닐까. 소속도 없고, 정해진 기일도 없는데 스스로 작업량을 정하고 꾸준히 지킨다는 것은 당연히 어려운 일이다. 그러나 창작자가 자기관리를 소홀히 한다면 천부적인 아이디어가 찾아와도 신통치 않은 작품만을 내놓게 될 것이다. 그러니 스스로 예술가라고 느끼고 그렇게 살고 싶다면, 나는 이렇게 권하고 싶다.

"언제나 스케줄을 짜서 실천해보십시오. 저 또한 그렇게 하는 순간, 인생의 방향이 완전히 달라졌습니다"라고.

KIM DONG YOO

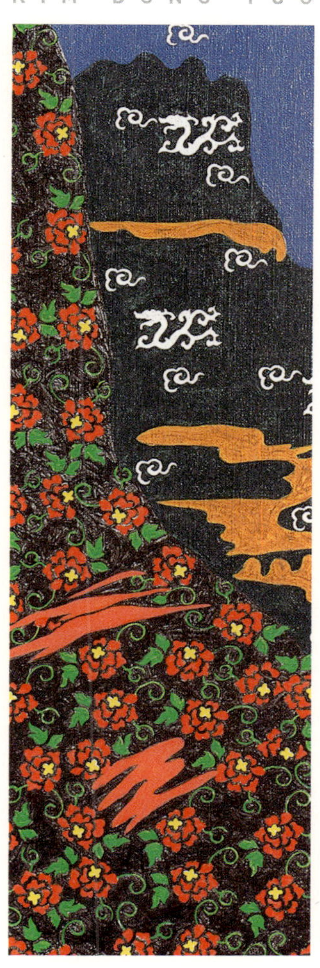

그림을 그리는 일은
큰 바람, 작은 바람이 무수히 지나는 길과 같다.
언제 어떤 바람이
나를 뽑아 내동댕이칠지 모르지만
뽑히지 않기 위해 나는 견뎌볼 참이다.
나의 돌연변이가 성장해서
새 생명을 낳을 때까지.

아웃사이더

큰 전시나 갤러리는 서울에 있는 경우가 많다. 그러다 보니 대전에서 서울까지 오가는 나의 번거로움을 사람들은 안쓰러워했다. 그래서 '활동을 하시려면 서울로 이사오시죠?'라는 제안을 많이 받기도 했다. 그러면 나는 바로 "아뇨, 절대 그러고 싶지 않습니다"라고 대답한다. 내가 지금껏 살아온 이곳을 떠날 마음이 겨자씨만큼도 없기 때문이다. 가장 큰 이유는 내가 뿌리를 내린 이곳을 떠나 있는 동안 늘 조금은 피곤하고 불편했기 때문이었다. 그래서일까. 가끔 서울에서 전시회를 갖거나 약속이 생기더라도 나는 꼭 막차라도 타고 집으로 돌아온다. 막차가 끊기는 시간까지 일이 지체되어 늦어진다면 비싼 운임을 감수하고 단골 택시를 불러 집으로 간다. 집 밖에서의 수면은 여러모로 피곤하기 때문이다.

대학에 입학해 지방대학교 출신들이 주류에서 어떤 대접을 받는지 알게 되면서, 한때 나는 다니던 대학을 과감하게 관두고 이른바 주류로 불리는 서울 소재 대학에 진학해야 하는 건 아닐까를 진지하게 고민했었다. 우연히 지나친 서울의 유명 미술대학 앞에서 왠지 모를 눈물이 솟기도 했다. 작업을 무대다운

곳에서 제대로 시작하고 싶은 욕심이 내게도 있었던 모양이
다. 거리상으로나 심리적으로나 지방이라는 핸디캡을 가진
나는 늘 스스로 '아웃사이더'라는 생각을 떨칠 수 없었다. 혼
자 방안퉁소처럼 지방에 처박혀 제 작업만 하고 있으니 이
과정을 누가 알아줄 것이며, 주변을 둘러볼 기회조차 없으
니 시대에 뒤떨어지는 것 같아 불안했다. 새로운 환경에서
오는 자극도 없이 나 혼자 북치고 장구치다가 고인 물처럼
썩는 것은 아닐까. 아니나 다를까 졸업할 때가 되자 대학 동
기들은 모두 서울로 올라갔다. 고향에 머물러 있는 나를 지
켜보던 지도교수님조차도 "자네는 서울 안 가나?" 하고 물
으셨으니 말이다. 서울로 간 동기들은 생활도 바빠지고 변
화도 빨랐다. 이렇게 나만 고립인건가.

　얼마나 시간이 지났을까. 서울로 올라간 동기들이 지역적
차이와 학연이라는 더 높은 벽에 부딪히는 것을 보게 되었
다. 낯선 곳에서 제 색깔을 내기가 만만치 않았기 때문일까
유행을 따랐기 때문일까. 자기 스타일을 놓치는 친구들이

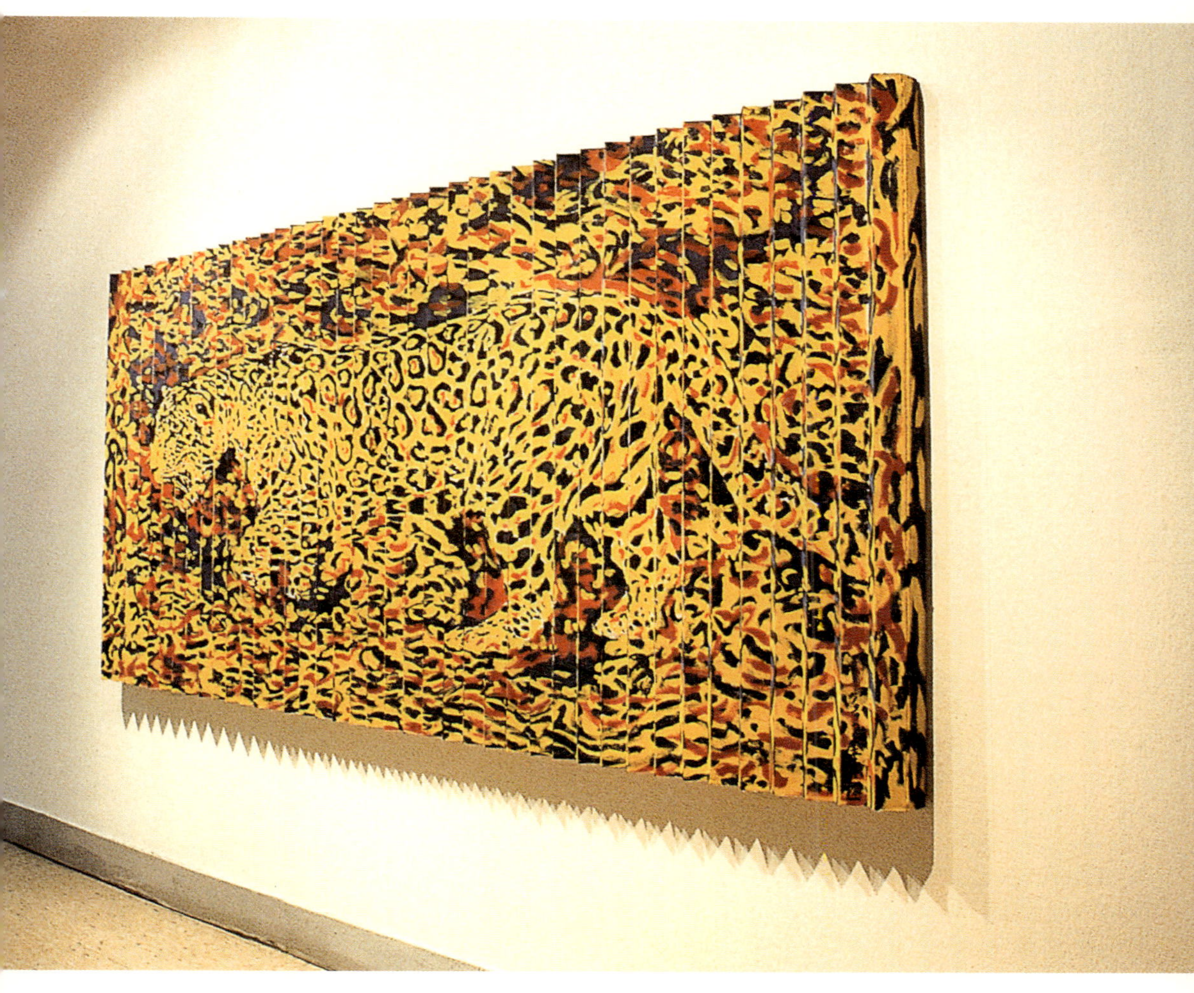

거리상으로나 심리적으로나 지방이라는 핸디캡을 가진 나는

늘 스스로 '아웃사이더'라는 생각을 떨칠 수 없었다.

보여 안타까웠고 나는 여기에 남기를 잘했다고 생각했다.

　물론, 지방이라는 거리적 외로움은 지금도 여기저기서 돌출된다. 서울에서 열리는 다양한 전시도 직접 내 눈으로 보고 느끼기보다는 언론이나 인터넷을 통해 접하는 것이 전부이고, 미술계가 어찌 돌아가는지 또한 멀리서 들려오는 소문의 끝자락으로나 알 수 있다.

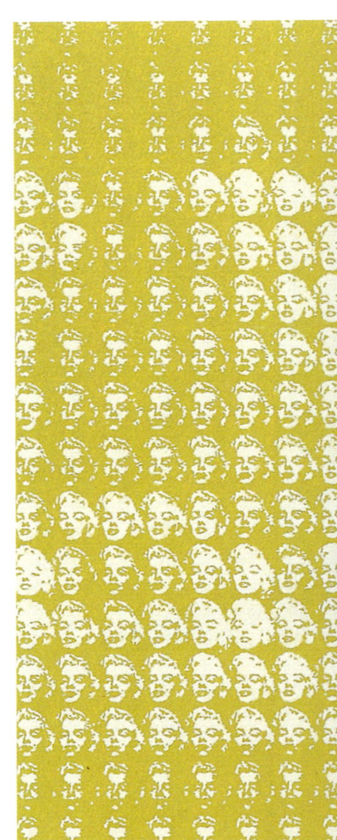

차단과 단절이 주는
고행의 시간

이렇듯 차단되고 단절되며 소통 불가능한 생활을 생각하면 가끔은 입맛이 쓰지만, 시간이 흐를수록 나에게 약이 된다는 것도 알 수 있었다. 나도 다른 친구들처럼 유행을 따르고, 평론가들의 말에 의지해 자기 확신을 놓쳤다면 나의 실체 또한 사라졌을 것이고, 유행하는 화풍들을 답습하기조차 힘든 상태가 되지 않았을까.

서울에 대한 미련은 어느 순간 까맣게 잊히고, 나는 나고 자란 고향 화가들과의 교류를 통한 작품활동을 시작했다. 서울과의 교류가 소원한 비슷한 처지의 작가들끼리 전시회를 열며 작품을 알렸다. 그러나 어느 순간 이것조차 무의미해지자 나는 모든 교류를 끊고 철저하게 혼자 즐기는 작업으로 돌입했다. 세상이 어찌 돌아가든 말든 나는 내 스타일대로 내 것을 만들고, 내 안에서 증식하고 복제하며 복습에 답습을 거듭했다. 그러면서 이런 생각이 들었다. 학창시절 서양의 화풍들을 수없이 답습했지만 나는 그것에 별 흥미를 느끼지 못했다는 것. 나만의 무엇이 필요할 뿐 누군가의 무엇을 따라가는 것은 내게 의미가

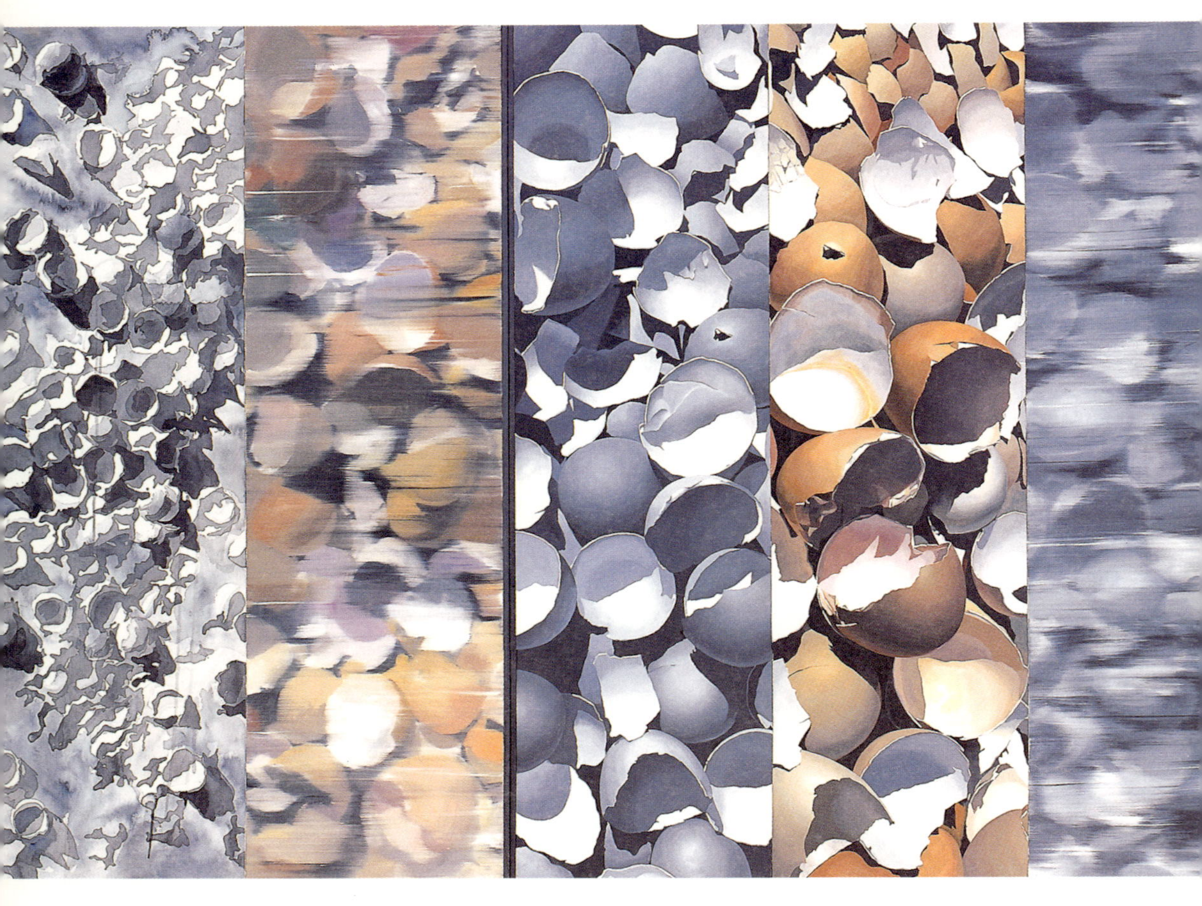

The Method of Collections 1994 Mixed Media 151.5×221cm

없다는 것을. 그런 생각을 할 즈음 우연한 기회에 알게 된 게르하르트 리히터는 큰 충격으로 다가왔다.

　추상과 구상을 넘나드는 화풍과 사진을 있는 그대로 화폭에 담아낸 그의 사실적인 그림에서 나는 묘한 동질감을 느꼈다. 그의 극단적이고 선이 분명한 그림이 좋았고, 거리적으로 또 심리적으로 멀리 떨어져 있지만 그와 함께 작업하고 있다는 느낌을 갖게 되었다. 아마도 게르하르트 리히터에게 이런 특별한 유대감과 존경심을 갖게 된 것은 그때만 해도 어디서 본 듯한 익숙한 느낌을 묘사하는 작가들이 드물었던 까닭인 듯싶다. 특히, 감성에 호소하여 심적인 감동을 불러오기보다는 지극한 현실만 바라보는 다큐멘터리 같은 시선이 마음에 들었고 한 번도 본 적 없는 그의 작업과정까지 한눈에 읽혔다. 이런 마음이 이심전심이라는 것일까.

말은 적당하게
흘려보내야 한다

　나는 지역작가 출신이기에 소통과 유행에서는 항상 열외였다. 유행을 창조하는, 이른바 주류가 보기에 내 작품은 어딘가 시대에 뒤떨어지는 이질감을 주었을 것이다. 감수성이 대세인 화풍 시절에 차갑고 철 지난 이미지를 내세운 나의 그림은 마땅히 열외되었다. 하지만 이런 열외에서 오는 막막함과 닿을 수 없는 단절감은 의외로 많은 것을 습득하게 만들었다. 스스로 자기 작품을 연구하고 비평하면서 나는 나의 문제들을 극복하는 방법을 알게 되었다.

　교류가 많은 화가일수록 평가와 예측에 흔들리고 좌절한다는 이야기를 들었다. 자신의 장점이 비난받는 순간 그 장점을 버리기도 한다. 나 또한 비슷했다. 수많은 비평을 들었고, '김동유, 너는 이런 것 때문에 안 돼!', '차라리 이 방법이 더 낫지 않아?', '바뀌지 않으면 어렵겠어'라는, 살과 뼈를 깎으라는 충고를 들었다. 그러나 차이가 있다면 내 비평가는 바로 나 자신이었다는 점이다. 나의 작품을 제일 잘 아는 건 역시 나였다. 스스로를 믿고 자신의 길을 간다는 건 무모한 자아도취인지도 모르겠다. 그러나 철저한 자기 고립을 통해 내 것을 고집한 아웃사이더는 '소신'이라는 마지막 자존심을 갖게 되었다.

어쨌든 홀로서기를 선택했기에 나는 뜸을 들여야 제맛을 내는 밥처럼 더디 익었다. 인정받기까지 오랜 세월이 걸렸지만 나름대로 성장할 수 있었다. 비평이란 요사스러워서 코에 걸면 코걸이, 귀에 걸면 귀걸이가 되기도 한다. 그러니 믿을 건 공허한 말이 아니라 자기 확신이다. 확신에 따른 행위만이 결과로 만들어진다. 어디에 살고 어느 학교를 나왔으며 어느 누구와 인맥이 닿는지가 작품에 무슨 소용이 있겠는가. 길을 선택하고 걷는 순간만큼은 누구나 혼자인 것을.

돌연변이가
창작으로 거듭나는 법

　간혹, 돌연변이들이 미술계에 나타난다. 그런 돌연변이에 대해 이상하다, 독특하다, 재밌지만 생명력이 짧다 등등 다양한 평이 이어진다. 돌연변이들이 제 역사를 진정으로 가질 수 있는 유일한 방법은 질기고 가늘게 오랫동안 버텨내며 생명을 연장하는 것이다. 그러려면 무엇보다도 유행에 의연해져야 한다. 한때를 풍미했던 화풍도 시대가 바뀌고 요구가 달라지면 잊히고 만다. 그런데 심지어 내가 낳은 것이 돌연변이라면! 그 돌연변이를 스스로 보호하고, 먹이고, 재우고 사랑해주며 죽지 않게 돌봐야 하지 않겠는가. 이런 의미에서 작가는 자신의 돌연변이를 만들고 소중히 지켜내야 한다. 홀로 있는 시간을 즐길 줄 알아야 한다. 이 길이 옳은가, 그렇지 않은가 하는 것을 타인의 눈이 아닌 자신의 눈으로 판단해야 한다.

　화가의 세계는 시대의 이미지를 만들어야 하는 세계이다. 새로운 무엇이 생겨나고 그 반응이 청신호일 때 그것은 똘똘 뭉쳐 주류를 형성하고, 또 누군가는 그들을 아류하며 또 다른 하나의 화풍을 만들어낸다. 하지만 창작이라는 것

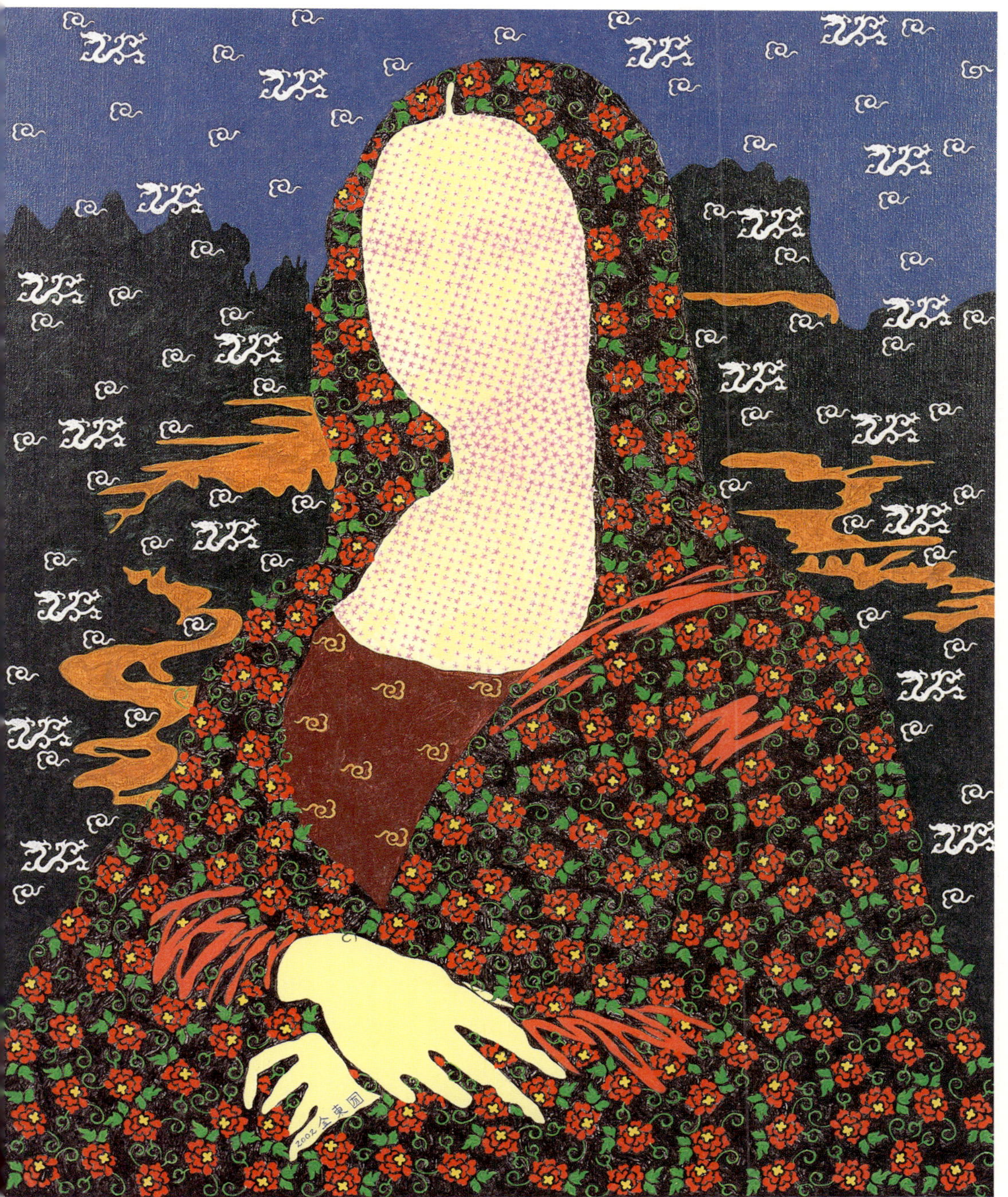

Mona Lisa 2002 Acrylic or Canvas 90.7×72.7cm

은 원래 어디서 툭 튀어나온 새로운 것이 아니다. 이미 있어온 것들의 변형이다. 완전한 원천은 없다. 원천이 있다고 한들 이것을 어떻게 비틀 것이냐, 엎을 것이냐, 뒤집을 것이냐가 우리의 숙제로 남는다고 생각한다. 그러니 유행하는 아이디어와 화풍은 설사 따라잡는다고 해도 내 것이 아니다.

돌연변이는 유행하는 화풍 속에서 생겨나지 않는다. 그에 관한 답은 내가 부단히 그려온 그림 안에 있다. 나 또한 작업을 하다 보면 누군가의 조언이 필요하고, 충고와 위로도 필요하다. 하지만 최종 결정을 내리는 것은 언제나 나였다. 내 삶의 가장 중요한 해답은 내가 쥐고 있는 것이다. 타인의 이야기에 흔들리더라도 그 말에 휘둘려 뿌리를 뽑히지는 말아야 한다.

머리를 깎고 절에 들어가 도를 닦는 스님들이 부러울 때가 있었다. 얼마나 숱한 유혹과 번뇌 앞에서 자신을 깎으며 곧추세웠을까? 쓰러질 수밖에 없는 현실 앞에서 넘어지지 않으려고 비스듬히라도 서 있었을까? 나는 그들을 보며 그림을 그린다는 것도 일종의 수행임을 깨닫곤 한다. 그것은 큰바람, 작은 바람 무수히 지나가는 길과도 같다. 그 바람이 언제 나를 뽑아 내동댕이칠지 모르지만, 뽑히지 않기 위해 끝내 견뎌볼 참이다. 발가락 하나라도 땅속에 묻어두고 살아볼 참이다. 나의 돌연변이가 성장해서 새 생명을 낳을 때까지.

KIM DONG YOO

나의 그림은 서정성을 제하고 봐야 한다.
이중그림 속 인물의 사적 비밀은
내게 아무 의미가 없으나
이미지들의 충돌은
다른 이들에게 특별한 정서로 다가갈 것이다.

약속에 대한 강박증

주변 사람들이 '당신이 뭐가 그러냐?' 하고 비웃을지도 모르겠지만, 나는 의외로 원하지 않은 일을 부탁받을 때 단호하게 거절하지 못한다. 나처럼 피도 눈물도 없는 사람이 말이다. 다른 이들은 '그건 안 되겠는데', '어렵겠어'라고 정확한 의사를 표하지만, 나는 당최 결정을 못 내릴 때가 많다. 그래서 자의 반 타의 반으로 마지못해 약속하고 약속한 것이니 지켜야 할 때가 많다. 그러면서도 거절하지 못한 자신을 후회한다. 다음에는 적당히 핑계라도 대고 피해야지 하지만 또다시 승낙하고 말 때가 종종 있다. 물론, 나와 오랜 시간 함께한 탓에 예민하고 꼼꼼한 성격을 잘 아는 아내나 지인들은 이런 모습이 어이없기도 한 모양이다. 왜 나는 약속에 이렇게 연연해하는 하는 것일까?

어린 시절 아버지는 "100점 맞으면 자전거 사줄게"라고 약속하셨다. 그리고 "내일은 육성회비 꼭 줄게" 하고 약속하셨다. 그러나 다음 날이면 어김없이 약속을 어기는 일이 태반이었다. 이런 무책임한 약속에 대한 강박이 나를 '반드시 약속을 지키는 사람'으로 만든 건 아닐까? 이런 나름의 트라우마 탓에 나는 약속에 얽매여 피곤할 때가 많았고, 때로는 귀찮기도 했다.

수상한 사람들

내 그림과 나에 대한 정보들이 여러 매체를 통해 흘러나갈수록 확실히 늘어나는 한 가지가 있다. 바로 전화이다. 바람결에 들었는지, 엿들었는지 알음알음 용케 알아내서 틈만 나면 전화를 하는 사람들이 있다. 처음에는 '한번 뵙고 말씀드리죠. 긴히 드릴 말씀이 있습니다' 하며 아주 정중하고 비밀스럽게 어마어마한 얘기라도 할 듯 나를 불러낸다. 처음에는 뭣도 모르고 '긴히 할 말'이라는 호기심에 그들을 만났다. 처음 대면하는 이들과 악수를 나누고, 마주앉아 얘기를 몇 마디 나눈다. 그렇게 대화가 길어질수록 나는 씁쓸해진다. '아, 또, 낚였구나.' 그들은 누구인가? 알고도 속고, 모르고도 속는다는 '사기왕'들이다. 그들의 목적은 절대 그림 혹은 화가가 아니다. 모든 관심은 바로 '돈'으로 귀결된다. 계속되는 만남 속에 이제는 멀리서 그들의 비주얼만 봐도 금세 알아차릴 수 있게 되었다. '저 사람은 안 만나는 게 좋겠다' 하고. 이것도 내공이라면 내공인가.

Che Guevara & Fidel Castro 2009 Oil on Canvas 227.3×181.8cm

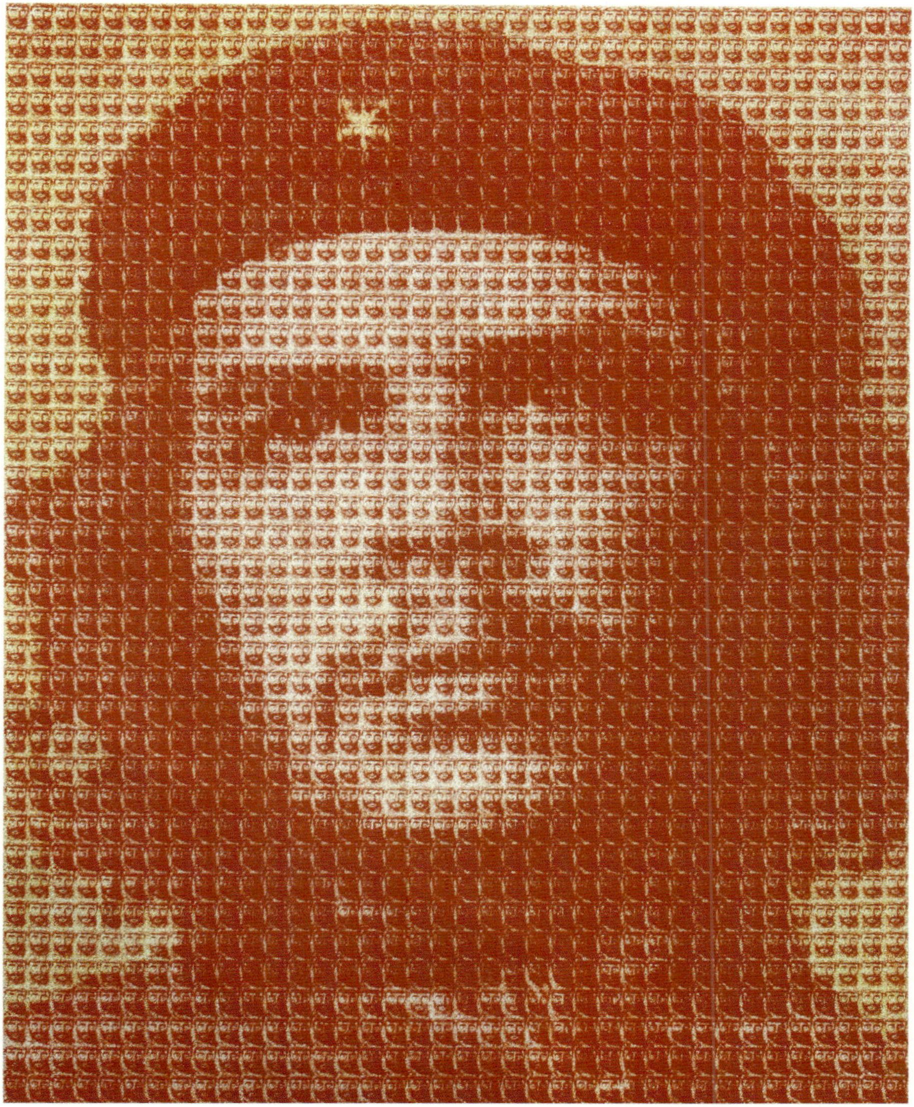

　김동유, 이 촌놈 노동자 환쟁이를 이용해 돈벌이를 해서 얼마나 떵떵거리고 살겠다고 그러는지. 세상에는 별난 사람들이 제법 많다. 이름만 빌려달라는 사람, 전시회 한 번만 해달라는 사람, 어느 모임에 얼굴만 비추면 된다는 사람. 요구도 제각각이다. 그들이 제시하는 어마어마한 조건은 사람을 충분히 혹하게 한다. 마치 내가 이 조건만 수락한다면 손에 닿는 모든 것은 다 황금으로 만들어줄 수 있다는 듯. 하지만 그들이 모르는 것이 있다. 나에 대해 좀 더 알고 왔으면 좋았을 아주 중요한 정보 말이다. 만약 그 정보를 알았다면 멀리 대전까지 오는 수고도 안 했을 텐데, 참으로 아쉬운 일이다.

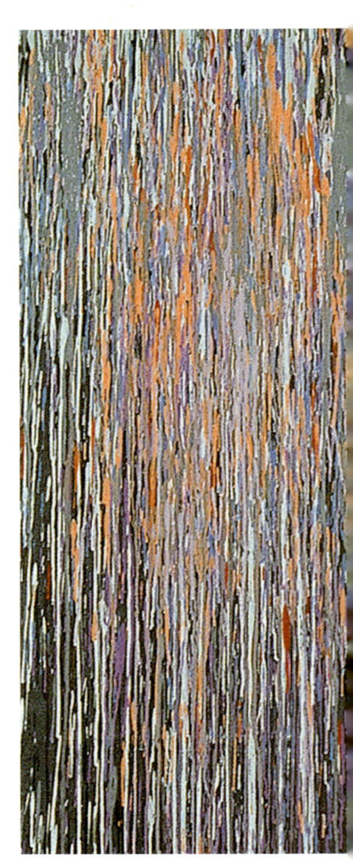

의심과 확인의
지존

그 정보는 촌놈 노동자 환쟁이 김동유가 보기와는 다르게 '의심과 확인의 지
존'이라는 사실이다. 나는 집을 나올 때도 그냥 나오는 법이 없다. 창문은 잘
닫혀 있는지, 가스 밸브는 잠그고 나왔는지 반드시 확인한다. 엘리베이터까지
탔다가도 혹시, 하는 생각이 들면 다시 올라가 확인하는 게 나의 습관이다. 이
런 강박적 점검은 오랜 생활습관과 성격에서 비롯된 것이다. 그래서인지 학창
시절 가장 못했던 과목도 수학이었다. 이유는 간단하다. 공식에 대한 신뢰가
없었던 것이다. 누가 어떻게 이런 공식을 만들었으며 왜 무조건 믿으라고 하는
것인가? 나는 공식에 대한 신뢰가 없었기 때문에 수학 과목에 재미를 느끼지
못했다. 뿐만 아니라, 어떤 현상에 대해 '과연 그럴까?', '조작은 없었을까?',
'그걸 나보고 믿으라고?' 하며 끊임없이 의심하는 버릇은 아주 지독한 습관이
되었다. 사람의 다짐에 대한 신용도 별로 없다. 결국, 말이라는 것이 다 공중에
떠돌다 사라지는 것 아니겠는가. 누가 자신이 하는 말에 100퍼센트 책임을 다
하겠는가. 그러니 말은 허무한 것일 때가 많다. 즉, 꼬드겨 뭔가를 도모하기에

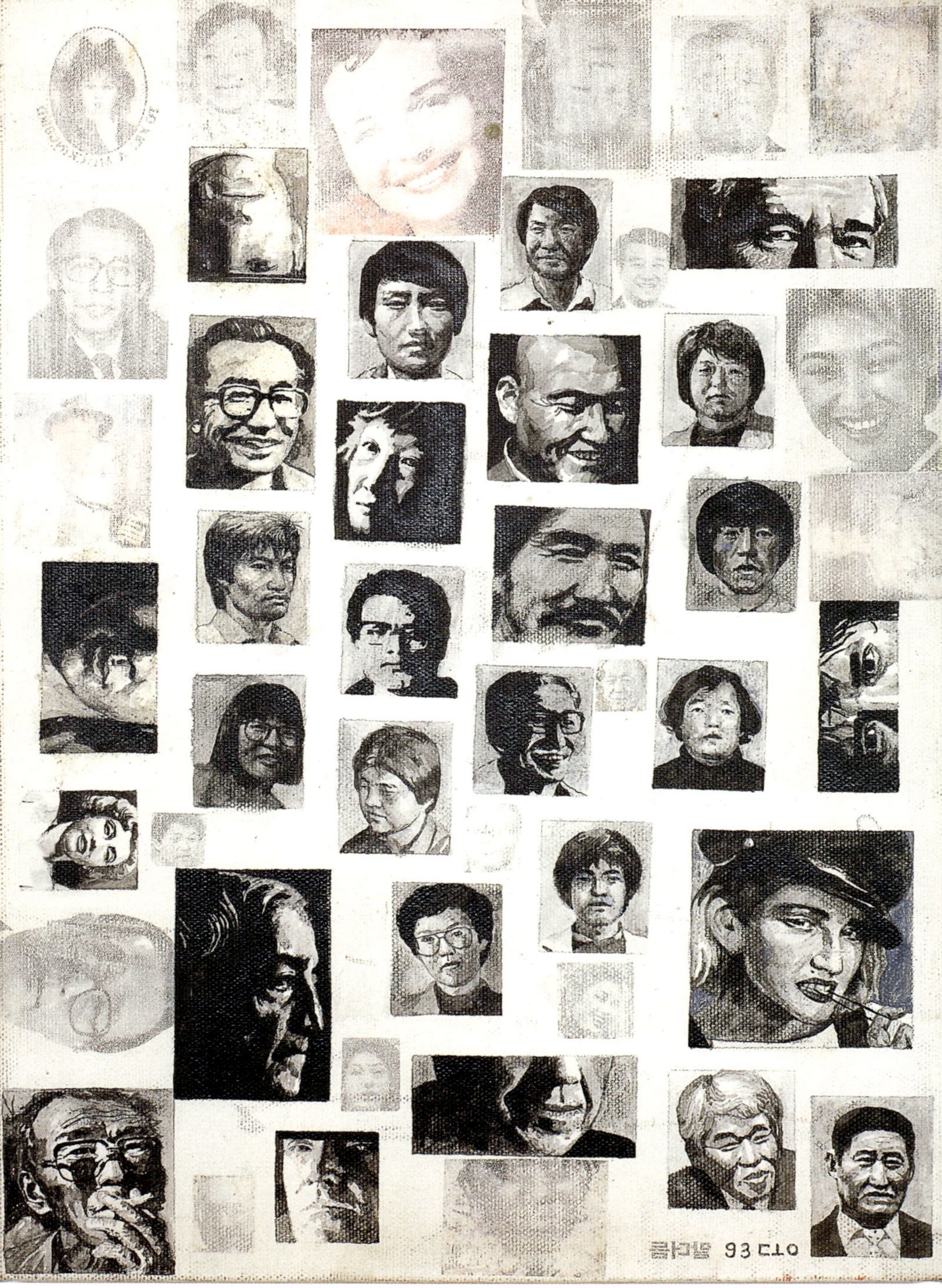

나는 참으로 부적합한 사람이라는 것이다. 뿐만 아니라 낯선 제안에 귀를 솔깃할 만큼의 욕심도 없다. 만지면 기껏해야 그림이 되는 일이나 했던 사람이 왜 미다스 왕처럼 모든 것이 황금이 되기를 원하겠는가. 그런 내가 구름 위에 뜬 거짓말을 홀랑 집어먹겠는가. 말 그대로 '구름 먹고 바람 똥 싸는 사람들'의 당의정 같은 말이 나의 가슴에 와 닿겠는가 말이다. 사람은 밥을 먹으려면 일해야 한다고 나는 지금도 굳게 믿고 그렇게 산다. 공중을 날아다니며, 뭐 좀 얻을 것이 없나 탐색만 하다 세월 보내는 이들을 나는 한눈에 알아볼 수 있다.

어쨌든 이런 일들을 겪으며 나는 전화 통화만으로도 만날 사람인지 아닌지 구별하는 능력이 생겼고, 만약 그 상대를 만나더라도 자리를 박차고 나갈 수 있는 사람이 되었다. 한때 약속에 대한 책임감 때문에 손해 보는 일도 많았고 책임을 다하기 위해 고군분투했지만, 이제는 좀 풀린 사람이 된 모양이다.

Untitled 1993 Oil on Canvas 35×25cm

사람도 그림도
이중적이다?

　내가 이중그림을 그리기 시작하면서 가장 많이 받는 질문은 "마릴린 먼로와 케네디의 염문설을 상상해서 그리셨나요?", "그럼, 마오쩌둥과 마릴린 먼로는 어떤 관계죠?" 하는 것들이다. 사실 나는 이들의 뒤에 숨겨진 열애설과 인연에 별 관심이 없다. 체 게바라와 카스트로가 동료이자 적이 되었던 관계에도 의미를 두지 않는다. 내 그림 속 인물들의 히스토리는 나에게 아무런 의미가 없다. 내가 마릴린 먼로를 그리고 오드리 헵번을 그리는 것은 그들이 하나의 이미지이기 때문이다. 내 그림에 정서나 역사는 없다. 내가 관심을 두는 것은 인물과 인물의 이미지가 겹쳐져서 발하는 일종의 시너지이다. 무미건조한 형상들이 오버랩되는 이미지의 창출이다. 나는 그들이 출연한 영화에 열광하는 팬도 아니고 그들이 나온 영화를 전부 본 것도 아니며 영화 속 그들의 이미지와 줄거

Marilyn Monroe & John F. Kennedy 2010 Oil on Canvas 227.3×181.8cm

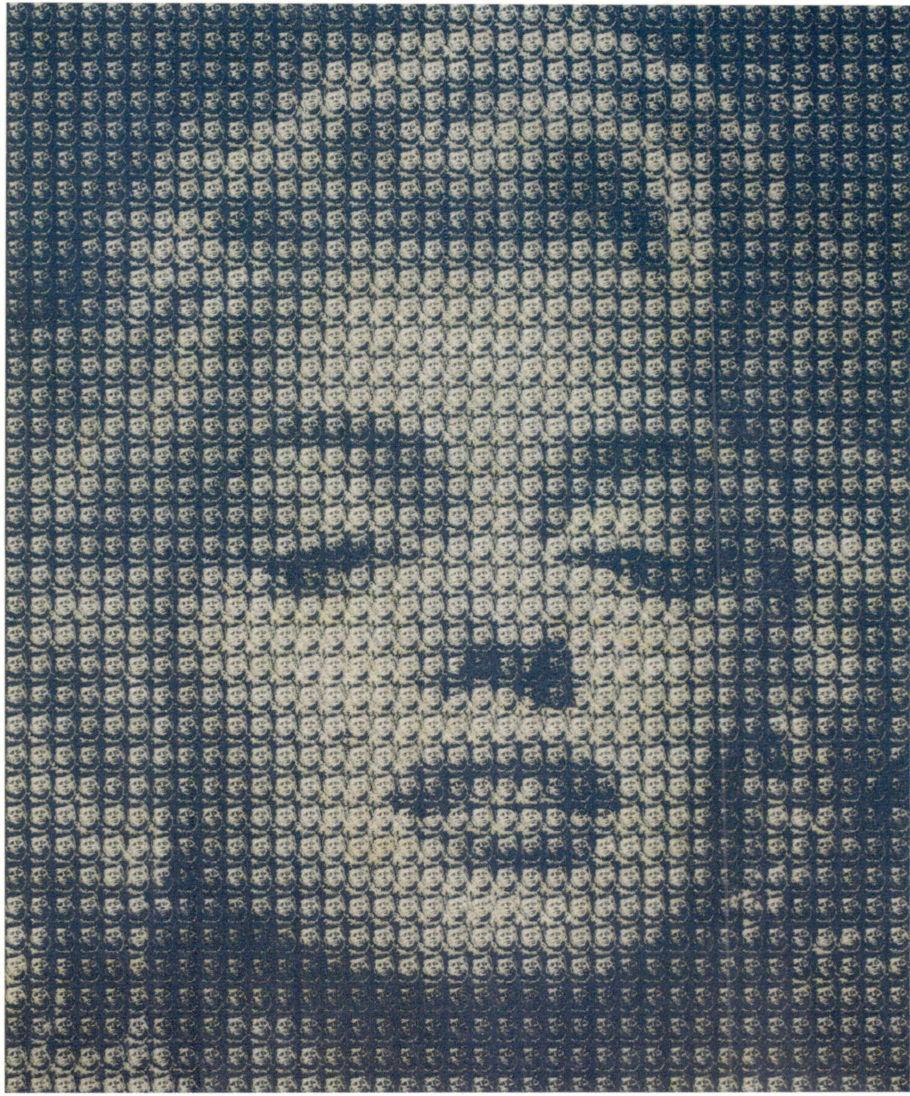

리, 감동 모두가 허구일 뿐이라고 여긴다. 그렇기에 나의 그림은 서정성을 제하고 봐야 한다. 내 이중그림 속 인물들의 사적 비밀은 내게 아무런 의미가 없으나, 그 이미지들의 충돌은 그것을 접하는 이들에게 특별한 정서로 다가갈 것이다.

예를 들어, 마릴린 먼로의 그림은 이미 오래전에 앤디 워홀이라는 작가가 작품화시킨 바 있다. 그 이미지는 이미 '사용되어진' 것이다. 한번 상품화된 이미지를 내 것으로 작품화한다는 건, 전혀 다른 기법의 또 다른 작품이라 하더라도 자칫 위험할 수 있다. 독창성과 창의력을 의심받을 수 있음을 알면서도 나는 시도하기로 했다. 나만의 스타일을 만들면 되는 일이기에. 위험한 선택일 수 있었지만, 내 나름의 다른 방식을 입히자 의외로 작업 속에서 쾌감을 느낄 수 있었다. 이처럼 나는 무모하지만 의심이 많고 의심이 많지만 계산도 정확하다. 내 그림들 중에서 이중그림을 직접 보면 나의 성질머리를 어느 정도 이해하지 않을까 싶다. 그러니 아직도 나를 상대로 헛된 꿈을 꾸고 있는 '구름 먹고 바람 똥 싸는' 이들이 있다면 제발 나의 '지독하게 끈질긴' 그림을 만나보길 바란다.

KIM DONG YOO

한때 잘 먹어보자고 뿌린 비료에
농작물은 병들고, 땅조차 병든다.
자식에게 자생력을 주느냐,
비뇨를 주느냐는 어려운 선택이다.
결혼이 진정으로 힘이 드는 건
부모가 되기 때문이다.

어린 나이에
결혼을 하다

결혼할 즈음 나는 모교에서 조교생활을 하며 대학원에 다니고 있었다. 학비는 늘 턱없이 부족했고, 궁여지책으로 작은 규모의 입시 미술학원을 운영하게 되었다. 그때, 내게 강의를 듣던 여학생이 있었는데 큰 눈이 맑은 아이였다. 그 아이의 떨리는 눈망울에 내가 비춰지는 것이 참 좋았다. 그래서 나도 모르게 자꾸 그 여학생의 눈을 바라보게 됐고, 그 학생이 눈만큼 마음도 맑다는 것을 알게 되었다. 그날 밤 잠자리에 들어서는 수줍게 웃던 그 모습이 떠올라 내일 할 강의를 기다리기까지 했다. 이런 내 마음을 어떻게 표현해야 될까 고민하고 있었을 때 그 여학생도 나를 슬쩍슬쩍 훔쳐보면서 서로가 서로의 마음을 눈치 채게 된 것이다. 이 떨림의 정체가 사랑이라는 걸 느꼈던 것 같다. 그렇게 우리 두 사람은 몇 년의 연애를 하고 가정을 이루게 되었다. 그때 아내의 나이가 스물셋, 내가 스물하고 다섯. 결혼이라는 일생일대의 결정을 너무 어린 나이에 한 것은 아니냐고 주변에서 걱정했지만 내 감정에 솔직하다고 느낀 순간 아무 것도 겁나지 않았다.

철들고 나서 하는 전략적이고 계획적인 결혼이 아니라 순수한 감정 하나만으로 결혼을 선택한 것이다. 당시 나는 아버지와 의절하고 홀로 살았는데, 불 꺼진 내 좁은 방처럼 쓸쓸했고 외로웠다. 그런 내게 내 의지로 꾸린 가족이 생긴다는 것은 오랜만에 느껴보는 포근함이었다.

사실 나와 같이 어린 나이에 결혼해서 지겹게 다투며 불안한 관계를 유지하다 끝내 이혼을 선택한 부모님을 보며 결혼에 대한 불안감이 전혀 없었던 것은 아니었다. 그러나 해보지 않은 일을 먼저 걱정할 이유도 없었고, 어떤 장벽이 됐든 해보자 싶었다. 내 힘으로 트라우마를 깨고 싶은 바람이었다. 그렇게 철부지들의 신혼생활이 시작되고, 나는 다른 가장들처럼 월급봉투를 제 날짜에 꼬박꼬박 가져다주는 남편이 아니었기에 생활은 궁핍했다. 다들 결혼해보면 알겠지만 결혼의 위기는 역시 경제적인 문제에서 찾아온다. 그런데 우리 부부는 시댁도 처가도 서로 경제적으로 어렵다 보니 견딜 만했고, 없는 가운데 애쓰는 모습에 안쓰러워하며 먹고살기 힘드니 차라리 뭉치자는 쪽이었다. 물론, 이런 나의 생각에 아내는 '그래, 저 사람이 그렇지, 뭐. 나 고생하고 산 걸 알겠어?' 하고 반문할지 모르겠지만 말이다. 워낙 그림밖에 모르는 이기적인 사람이 나였으니.

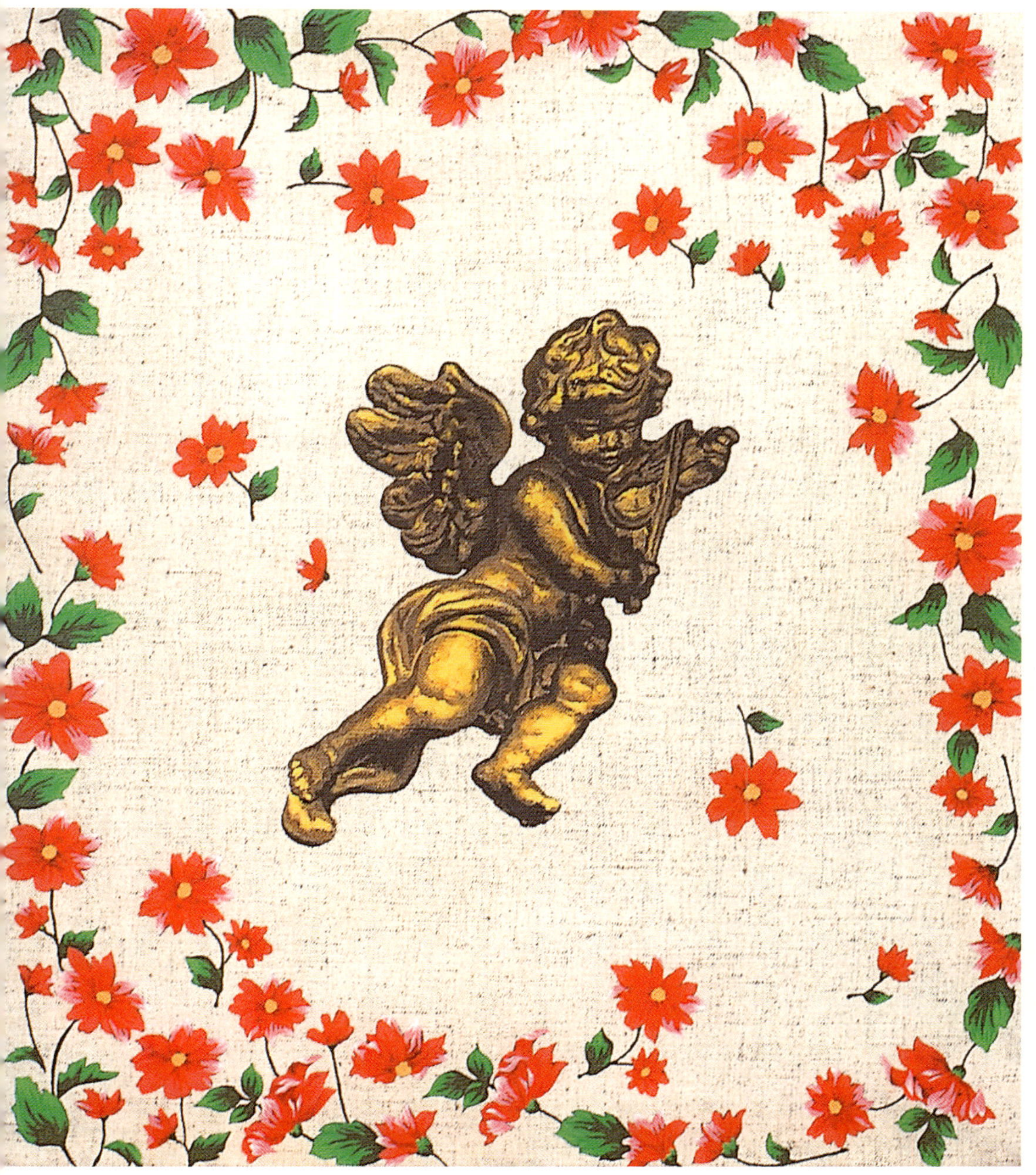

Dream 2000 Acrylic on Canvas 53×45.5cm

아내와 나의
다른 점

그렇게 살던 우리 부부는 크리스티 경매 후 형편이 나아졌다. 하지만 아내는 자신의 친구들이 이미 누리고 있던 당연하고 평범한 삶의 안정조차 버거워했다. 이것이 현실인지 아닌지 자고 나면 사라질 허망한 꿈인지 분간할 수 없어 했다. 그동안 내가 아내에게 해줬던 것들은 여느 남편들이 주는 안정감과 편안함이 아니라 고통이었구나 싶었다. 아내는 지금도 말한다.

"내가 왜 당신이랑 사는 줄 알아?"

"왜인데?"

아내의 대답은 늘 같다.

"당신 나랑 처음 연애할 때 그 당시 유행했던 오리털 파카 기억나?"

"그래, 그땐 오리털이 유행했었지. 따뜻하고 가볍고."

"당신이 그때 나한테 빨간색 오리털 파카 사준 적 있잖아? 어느 카페 벽화를 그려서 번 돈으로."

"내가?"

"그래, 며칠 밤낮을 새고 그려서 사줬잖아."

"며칠 밤새서 일해 당신 옷을 사줬어? 미쳤구만."

아내는 얄밉게 눈을 흘기고.

"미친 게 누군데? 내가 미친 거지. 그 오리털 파카에 감동해서 당신과 살게 된 거니까."

"억울해?"

"내가 당신 그때 그 맘에 고마워서 사는 거야. 감사한 줄 알어."

아내는 그런 사람이다. 나를 처음 만났을 때나 사는 동안이나 내가 해준 것만 기억하는 사람, 억울하고 분해도 화가로서의 나를 존경하고 믿는 사람. 가난하고 부족한 실력이라도 나의 열정이 좋고, 근성이 좋다고 말하는 사람이다. 나의 밉살스러운 고집도 적당히 눈만 흘기고 넘어가주는 사람. 아내 또한 미술을 전공하지 않았다면 이해할 수 없었을 것이다. 끝까지 붓만은 꺾지 말라고 애정 어린 말을 하지 못했을 것이다.

아내와 나 사이에는 결혼하자마자 갖게 된 딸과 마흔을 넘어 본 아들 이렇게 두 아이가 있다. 아이가 생기면 아이를 키우는 과정에서 엄청난 의견 차이가 생기고 갈등도 생긴다고들 하던데, 우리 집도 예외는 아니었다. 아내는 워낙

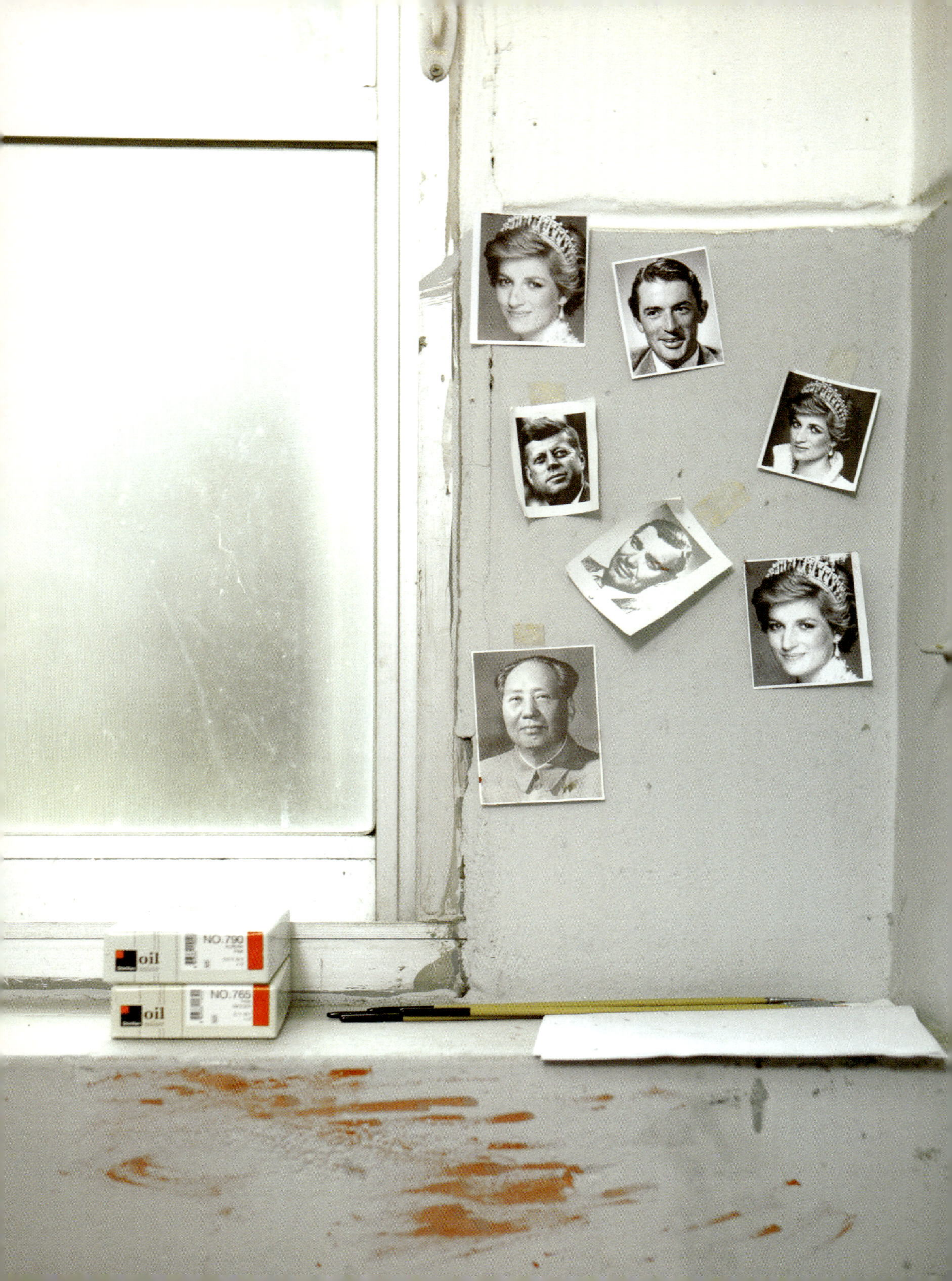

마음이 여리고 착하지만 제 자식 일에는 팔이 안으로 굽는 편이라면, 나는 팔이 꺾이더라도 옳은 쪽으로 굽히는 쪽이었다. 이렇다 보니 아내는 서운함을 느끼며 "어떻게 그럴 수 있어? 당신이 애 아빠면 당연히 자식 편을 들어줘야지?" 하며 항변하지만, 나는 "아무리 자식이라도 내 자식이 옳지 않을 때 충고하는 게 부모된 도리야!"라고 받아친다. 아내는 그런 나를 원망하며 '인정머리 없는 사람'이라고 타박하지만 나는 그것이 옳다고 믿고 있다. 가족이라는 것은 내 삶의 원천이고, 그들이 있기 때문에 더 열심히 일하고 보람도 느낀다. 하지만 가족이라는 울타리를 넘는 순간 우리는 거친 세상과 교류하며 살아야 한다. 옳고 그름을 무시하고 제 자식 편만 들어준다면 아이에게 장차 독이 될 소지가 있지 않을까.

가족이란 울타리는

불 꺼진 좁은 방처럼 언제나 쓸쓸하고 외로웠던 내게

어미새의 포근한 품이 되어주었다.

너에게 주는
마지막 기회

　어느 날 한 통의 전화가 걸려왔다. 대학에 입학한 딸아이가 학교를 나오지 않는다는 전화였다. 천안에서 예술고등학교를 졸업한 딸은 나와 같이 화가의 길을 가겠다며 서울의 어느 여자대학교에 다니고 있었다. 집과 학교가 멀어서 기숙사에 들어가려고 했지만 사정이 여의치 않았다. 서울에 집을 얻어줄까 했으나 딸아이는 집에서 통학하고 싶다고 했다. 그래서 아내와 나는 딸아이의 결정에 수긍했다. 그리고 딸아이는 대전에서 서울의 학교까지 통학하기 위해 매일 집을 나섰다. 그런데 이게 무슨 소린가?

　나는 집으로 돌아온 딸아이를 붙들고 얘기했다. 딸아이는 정말로 학교에 다니고 있지 않았다. 부모를 감쪽같이 속이고 거짓말한 것이다. 아이는 그 결과가 어떠할지 너무나 잘 알고 있었다. 아버지가 허허실실 대충대충 막 사는 걸 죽기보다 싫어한다는 것을. 그래서 나는 딸아이와 많은 얘기를 나누며 다시는 그런 행동을 하지 않겠다는 확실한 대답을 듣고 기회를 주었다. 그러면서 이 마지막 기회를 잘 이용하기 바란다고 못을 박았다. 예전처럼 딸아이는 서울의

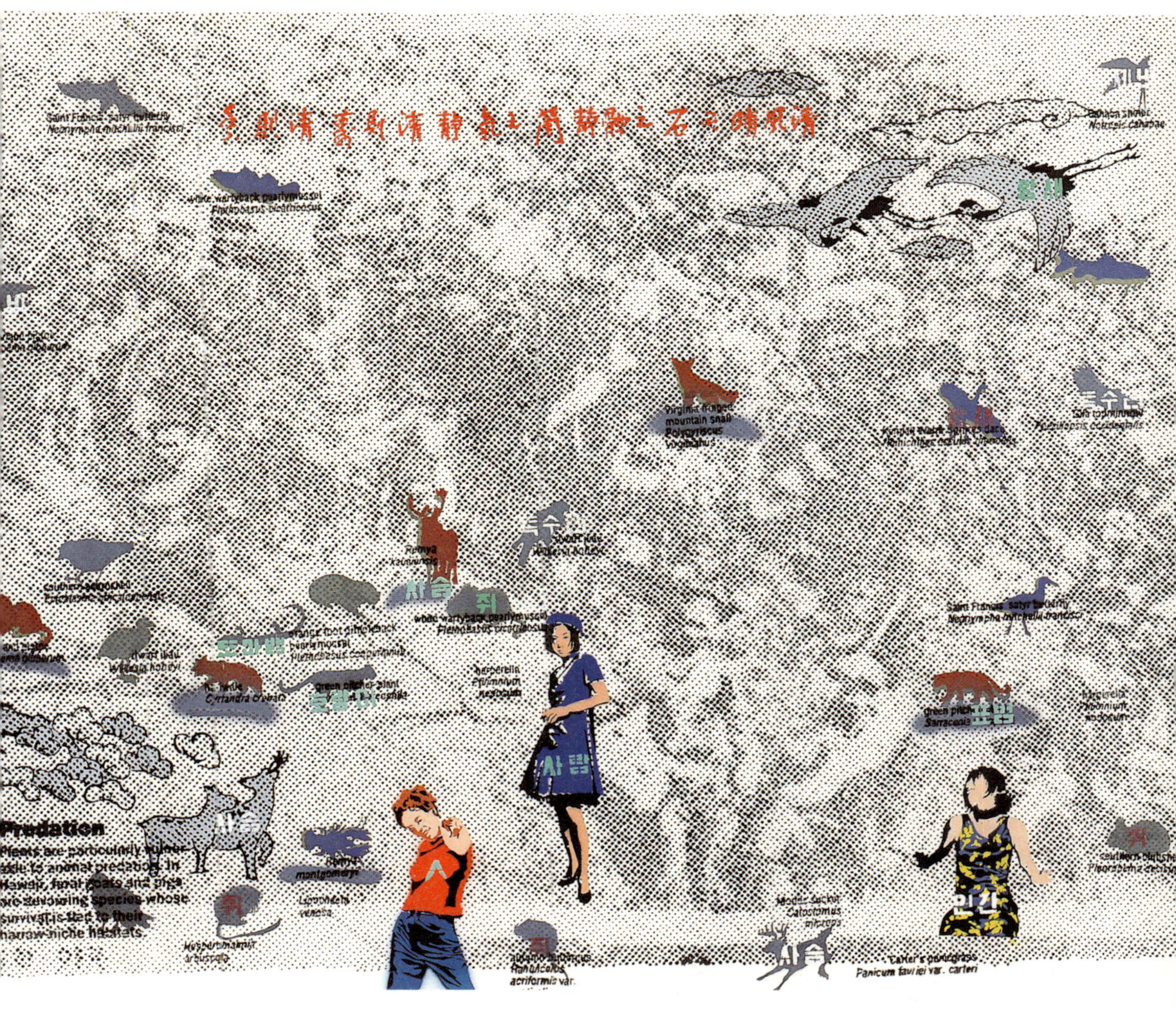

Untitled 1996 Acrylic on Canvas 181.8×227.3cm

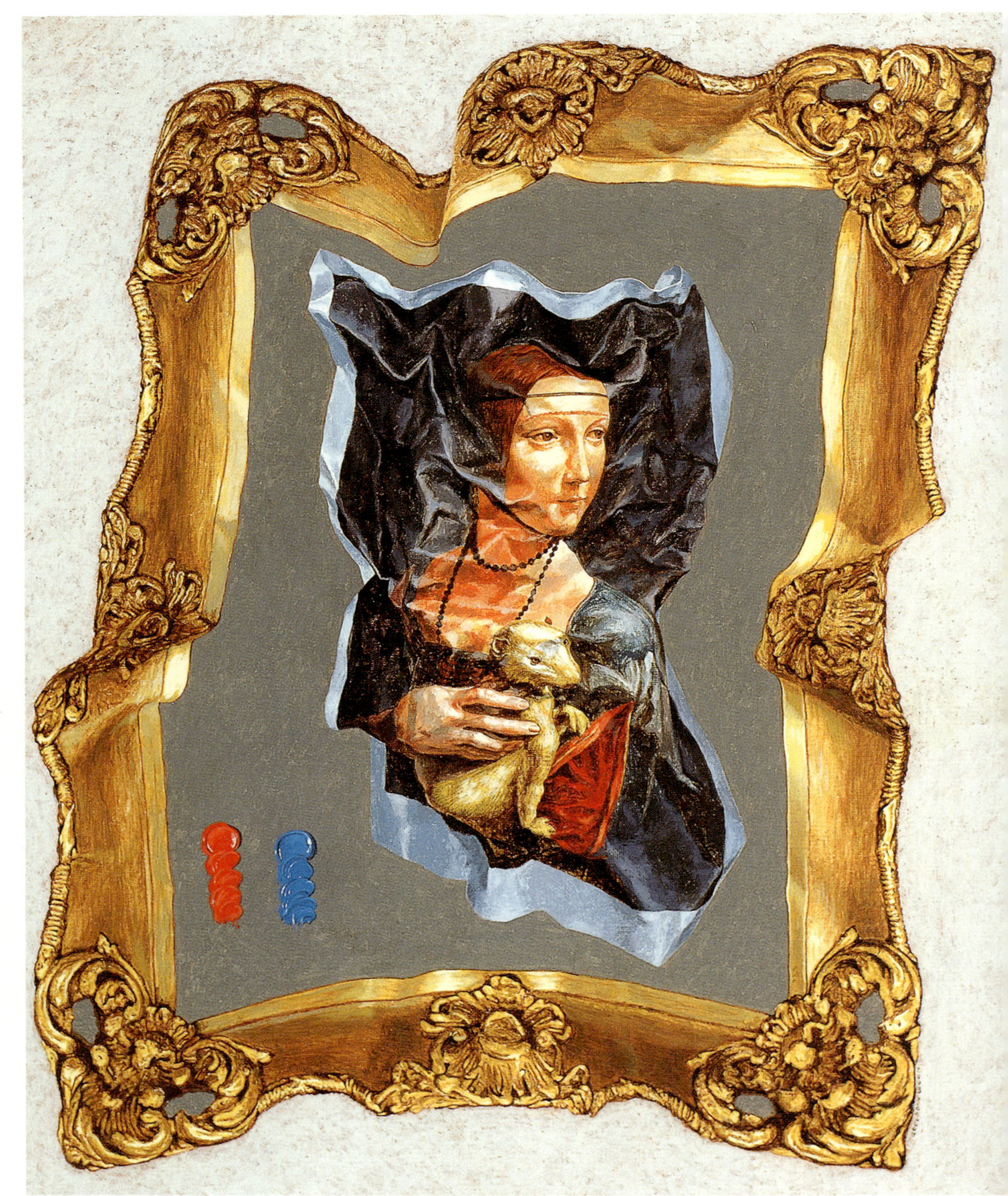

Crumpled Masterpiece 2003 Oil on Canvas 53×45.5cm

학교를 가기 위해 나섰고, 문제는 이렇게 정리가 되나 싶었다. 누구에게나 적응의 시간은 필요한 것이니 말이다.

그런데 문제의 전화가 다시 걸려왔다. "학교를 또 나오고 있지 않는데요. 집에 무슨 문제라도 생긴 건 아닌가요?" 하며 조교가 전화를 해온 것이다. 전화를 끊고 나서 실감했다. 사람들이 말하는 '뚜껑'은 이럴 때 열리는 거구나. 그래서 나는 딸아이에게 두 번째 기회를 주지 않고 집을 나가라고 했다. 학교도 휴학하라고 했다. 기회를 줬는데도 묵살한 아이에게 더는 아무 지원도 하지 않겠다고 선포한 것이다. 그렇게 하고 싶은 대로 살 거면 혼자서 살아보라고 집에서 쫓아낸 것이다. 나도 잘 안다. 결혼하자마자 생긴 딸아이가 얼마나 고생하며 자랐는지. 아버지의 가난을 대물림하듯 축사에서 생활하며 얼마나 맘고생을 했는지를 말이다. 하지만 이런 일에는 고생한 지난 시간들이 면죄부가 될 수 없다. 아내도 불같이 화를 내는 나를 보며 더는 말리지 않았다. 그리고 딸아이는 집을 나갔다.

그 후 딸아이는 고시원에서 살며 편의점, 식당 등에서 돈을 벌어 혼자 생활하고 있었다. 아내는 은근 슬쩍 "얼마나 열심히 사는데" 하며 내 의중을 떠봤지만 "그 나이 먹었으면 제 밥벌이는 당연히 해야지" 하며 모른 척했다. 아내 말처럼 인정머리 없이 말이다.

나 또한 집을 나와 살아보았기에 고생이 뭔지도 너무 잘 안다. 알기에 '너는 이런 고생은 하지 마라'가 아니라 '나도 했는데 너라고 못할 것 없다'는 믿음이 있었다. 누군가는 그럴지 모르겠다. 세상이 얼마나 무서운데 과년한 딸아이를 내보낼 수 있느냐고 말이다. 내 생각은 정반대이다. 세상이 무섭기 때문에 내보내야 한다. 세상을 살아간다는 일이 어렵고 힘들기 때문에 자기가 한 행동은 책임져야 한다. 잘못한 것은 마땅한 대가를 치르는 것이 정답이다. 품 안의 자식이라고 '오냐 오냐', '그래, 그럴 수 있어'라고 해주기 시작하면 그 아이는 자생할 수 없게 된다.

자식 일처럼
어려운 문제는 없다

축사에 살면서 나는 마당에 밭을 일궜다. 거창하게 농사랄 것도 없이 그저 가족이 먹을 푸성귀를 기른 것이다. 그러면서 알게 된 것이 바로 비료에 대한 이중성이었다. 비료를 주면 작물들은 실하게 자란다. 제초제를 뿌리면 벌레는 하루아침에 사라진다. 그리고 비료를 주고 키운 농작물은 어디 내놔도 남부럽지 않게 자라지만 금세 자생력을 잃어버린다. 해를 거듭할수록 작물은 기운이 점점 약해지는 것이다. 한때 잘 먹어보자고 뿌린 비료에 다음해의 농작물은 병들고, 땅조차 병드는 것이다. 자식도 마찬가지가 아닐까? 잘 자라라고 듬뿍 주는, 영양가 높은 비료와 같은 애정이 오히려 아이의 자생력을 떨어뜨리는 건 아닐까.

결국 딸아이는 호되게 고생을 했고 지금은 아내와 아들과 함께 말레이시아에 가 있다. 나는 떠나는 딸에게 한마디 했다. "이것이 아버지가 주는 너의 마지막 기회다"라고. 딸아이는 "네, 잘 알고 있어요"라고 대답하고 그렇게 떠났다. 돌아서는 뒷모습이 안쓰러워 보이기도 했다. 하지만 나는 끝까지 흔들리지 않았다. 마음속에서는 꼭 끌어안고도 싶었지만 그 한 번이 저 아이가 흔들릴 수 있는 한 번의 기회를 제공한다는 걸 안다. 그래서 나는 냉정하게 돌아섰다.

딸아이가 예술고등학교에 입학할 때, 나는 교복을 사줄 돈이 없었다. 그래서 아내는 아는 사람들을 수소문해서 졸업하던 학생의 옷을 얻어다 입혔다. 3년이나 입었던 교복은 닳고 닳아 번질번질했고, 치맛단도 낡아 찢어지기 일보직전이었다. 그런 교복을 입고 입학하는 딸을 보며 얼마나 속이 상했고 아이를 볼 면목이 없었던가? 그래서 당시 어떤 돈이라도 생기면 밥을 굶더라도 교복만은 새로 해주겠다 약속했다. 그림이 한 점 팔리자 나는 가장 먼저 아이의 교복을 샀다. 부모에게 자식은 이런 존재다.

나는 결혼이 진정으로 힘든 건 부모가 되기 때문이라 생각한다. 나보다 더 소중한 존재를 어떻게 키워야 할지 모르는 순간에 봉착하기 때문이다. 그래서 자식의 그릇된 행동에 애정만으로 대하지 않고, '팔이 밖으로도 굽을 수 있다'라는 지론을 펴는 것이다. 이번에는 부디 딸아이가 말레이시아에서 열심히 공부하며 잘 지내기를 기원한다. 딸아이를 진심으로 사랑하기에.

21 갈팡질팡한 삶이라도 애써보지그래

시대가 바뀌고,
그림들도 진화한다.
고흐의 삶을 안타까운 제 삶과 일치시켜
자신을 동정해서는 안 된다.
동정심은 나태를 부르고
그 핑계는 누구에게도
동정심을 갖게 하지 않는다.

나는
미친놈이 좋다

　오랫동안 음지에서 작업을 하다보면 '아, 이거 병이구나!'라는 것을 느낀다. 나의 감정 상태가 조울증처럼 심하게 오르막과 내리막을 탄다는 것을 자주 느끼기 때문이다. 매일 반복된 일상과 그림 그리는 일 외에는 특별할 것이 없는데, 어느 날은 왠지 모를 짜증이 치밀고 사소한 일에 발끈하고, 어느 날은 취한 것처럼 흥이 나고 즐겁다가 어느 순간 '그래, 나는 안 될 거야', '헛된 꿈이지, 뭐' 하며 우울해지는 것이다. 이렇게 오가는 감정을 다잡고 일에 매달린다는 것은 분명 고행이다. 그나마 오락가락은 낫다. 어떨 때는 한 번 까무러지기 시작한 감정이 순간 '에라, 모르겠다' 하고 자폭하고 싶을 때도 있다. 긍정보다는 부정을 생각하고, 되는 일보다는 안 되는 일이 많았던 경험상 막막함이 다가올 때면 몸이 스펀지처럼 젖어 활기를 잃는다.

　몇 년 전 어려운 시절에 동료애를 느끼며 위로 삼아 만나오던 선후배들과의 만남을 끊었다. 끊임없는 신세 한탄의 레퍼토리가 싫어서였다. 물론 누군가는 성공하니까 사람이 변했구나 하겠지만, 만남은 이미 깨져 있었다. 인연이 단절

된 까닭은 단순했다. 나의 몹쓸 감정이 소용돌이치는 가운데 우울한 이들과 만나면 나조차도 정신 차릴 기운을 잃기 때문이다. 안 되는 일을 껴안고 살면서 그 어려움을 술과 함께 일도 없이 보내는 이들을 보면 두려웠다. 나도 저렇게 나이를 먹고 아무도 알아주지 않는 현실 속에서 혼자 핏대를 세우며 세상만 원망하게 되는 것은 아닌가 하고. 또 술을 진탕으로 마시면 순간의 현실은 잊어도 궁극적으로 내 삶이 바뀌지 않다는 걸 알았기 때문이랄까?

예술이라는 것이 그렇다. 말 그대로 코피가 터지게 열심히 해도 인정받을 수 없는 곳이 이 바닥이다. 연극하는 사람도 작가도 무용가도 다 같을 것이다. 몇몇 사람을 제외하고는 다들 무직자 신세를 면하기 어렵고, 아무도 알아주지 않는 일을 제 흥에 겨워 미친 듯이 한다는 것도 쉬운 일이 아니다. 남들 삶의 기준치에는 못 미치겠지만 끊임없이 희생하고 인내를 감수해야 하는 것이 예술가의 인생이다. 그렇다고 해서 안 할 수 있다면 좋겠지만 타고난 팔자가 그렇다면 할 수밖에 없는 일이 아니던가? 그렇다면 조금 더 힘을 내서 열중하면 좋을 텐데 열에 아홉은 시간을 죽이고 산다. 세상을 탓하고, 내 작품을 무시하는 사람을 원망하고, 자신의 끼를 증오하며 산다.

나는 그래서 제 일에 미치지 않는 사람이 싫다. 제대로 미

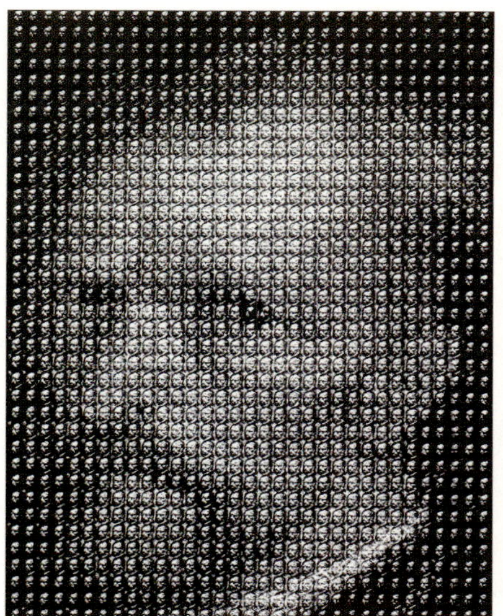

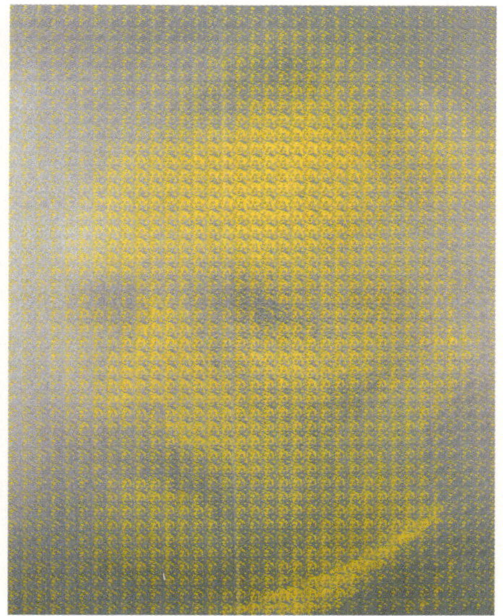

Van Gogh & Van Gogh
2004
Oil on Canvas
162.2×130.3cm

Van Gogh & Marilyn Monroe
2005
Oil on Canvas
162.2×130.3cm

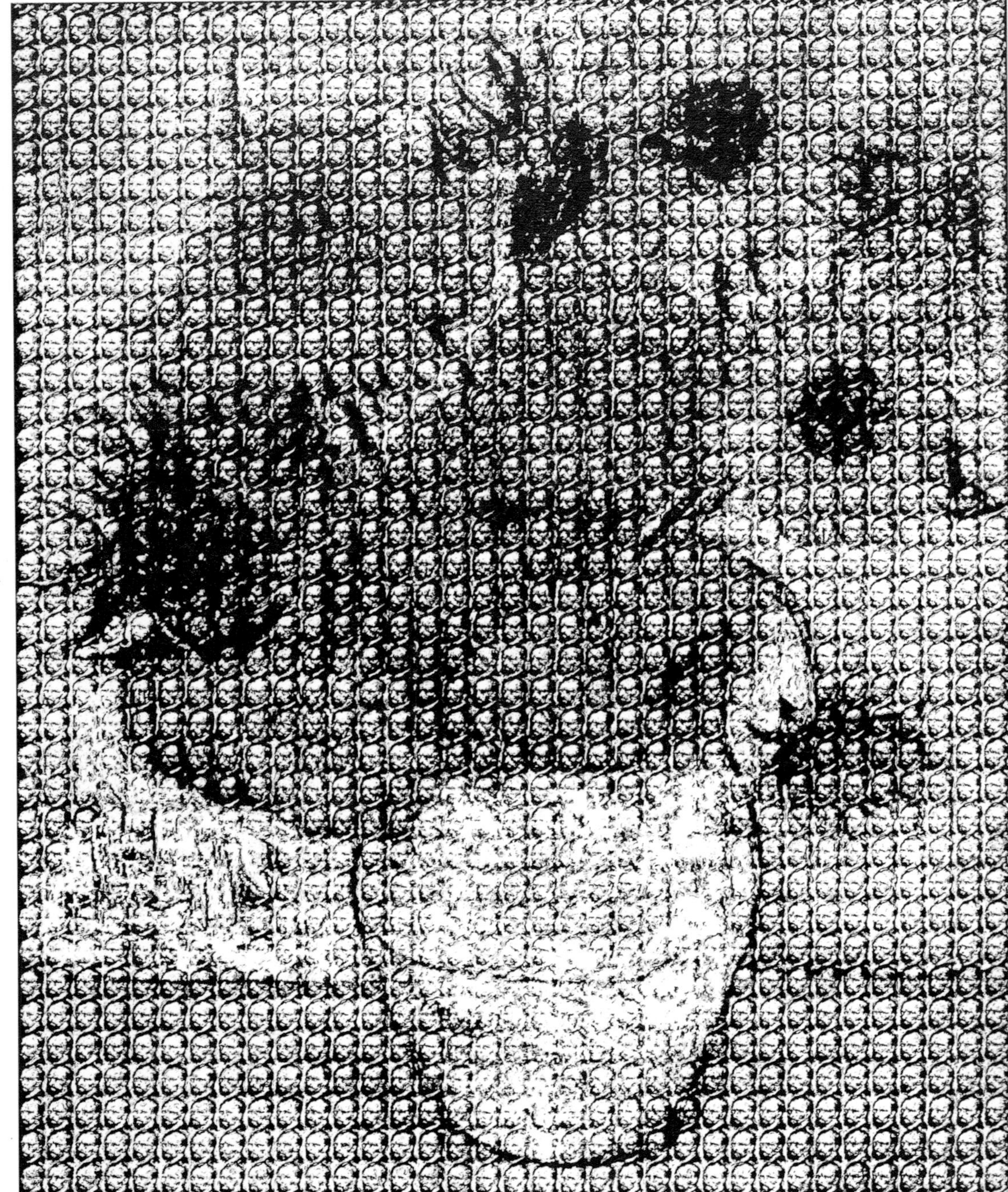

Sunflower & Van Gogh 2004 Oil on Canvas 162.2×130.3cm

쳐 있다면 해내고야 만다. 누가 뭐라고 해도 자기관리를 할 것이고, 어떻게든 끝장을 내고야 만다. 그런 자라면 구석진 어느 술집 안에서 시간을 헛되이 보내지 않을 것이다. 일에 대한 의지와 노력이 부족해서 실패한 자에게는 누구도 동정이나 연민을 하지 않는 법이다.

모든 일에
최선을 다하라

　최선이란 무엇일까? 언젠가 알고 지내는 선배가 나의 누추한 작업실로 놀러 온 적이 있었다. 지하의 작은 방. 당시 내가 그리던 '패턴'은 유독 섬세하고 인내를 요구하는 작업이었다. 한 땀, 한 땀 직물을 짜듯 캔버스를 꼼꼼하게 메우는 나를 선배가 지그시 보더니 조인 숨통을 열듯 한숨을 푹 내쉬었다. "그게 인간이 할 짓이냐?" 선배는 말을 툭 던졌다. 나에게는 이 일이 최선이고, 인생을 걸 만한 작업이지만 남들에게는 무모해 보이는 짓이었겠지. 나는 "근데 하고 있잖아요?" 하며 피식 웃고 말았다. 대답을 하고 나서도 씁쓸한 입맛이 돌았다. 최선이란 무엇인가? 최선을 가르는 기준은 무엇인가? 선배가 돌아간 후에도 한참을 그런 생각을 했다.

　어떻게 보면 나에게는 내일을 생각할 필요가 없었다. 내일이 오늘이고, 모레 또한 오늘과 같았다. 그런데 작업을 하다 보면 늘 내일을 걱정하게 된다. '이게 뭐가 될까?' 하는 조급함과, '언제까지 이렇게 살아야 하나' 싶은 짜증, 그리고 내 그림에 스스로 만족하지 못한 실망, 이런 감정이 뒤엉킨 우울. 그러나 마음을 다스리는 가장 좋은 방법은 지금 이 순간만을 생각하는 것이다. 지금 하고 있는 일에 최선을 다하는 것뿐이다. 그러니 인간이 할 짓이 아니면 어떠랴? 지금 이 순간 나는 이것을 하고 싶고 하고 있어야 행복한 것을. 추운 겨울밤을 버티며 아무도 알아주지 않는 그림을 그리는 내가 다른 이들의 눈에는 어리석고 바보처럼 보였을지도 모른다. 하지만 그런 눈빛을 알면서도 버텨내고 있는 나는 그날의 오늘, 내일의 오늘에 최선을 다할 뿐이었다. 그렇기에 나의 과거도 지난 추억도 나는 바보라고 생각하지 않는다.

그런 과거가 없었다면 이중그림을 완성할 수 있었을까? 아무도 알아주지 않던 그림들이 모태가 되지 않았다면 내 그림들은 진화할 수 있었을까? 처음에는 부족하고 함량미달이었을 습작들이 쌓이고 쌓여서 지금의 나의 그림이 된 것이니, 그때의 무모한 시간이야말로 값진 것이리라. 그러니 나의 우매한 작업도 바보는 아니다. 그때의 추억도 헛된 일이 아니다. 지난 과거를 바보처럼 여기며 누추한 기억을 없애버릴 필요도 없고, 과거 한때의 영광을 바보처럼 붙잡고 살 필요도 없다. 그때 그랬더라면, 하는 후회보다는 그것이 최선이었다고 믿고 어떤 모양의 추억이든 기분 좋게 남겨두는 것도 나쁘지 않으리라. 완성이든 미완이든 추억은 세월이 흐른 후에야 제빛을 발하는 법이니.

청출어람
청어람

　몇 년 전 모교 강의를 나갔을 때다. 제자인 남학생이 있었는데 그 친구는 무엇을 하든 적극적이었다. 수업 중에 하나라도 미진한 점이 있으면 강의가 끝나고 쪼르르 따라와 캐묻기 시작해 끝이 없었다. 그리고 앞날의 진로에 대해서도 아주 구체적이고 세세한 것까지 물었다. 돈벌이가 되는 일인지, 아닌지까지 별 걸 다 알려고 했다. 나는 너무 나대는 그 학생을 보며 입학한 지 얼마나 됐다고 앞날 걱정인가 싶어 좀 유별난 놈이라고 생각했다. 저렇게까지 할 필요 없는데 싶었다. 나의 학생 시절 모습과는 현저히 달랐기 때문이다.

　내가 대학교를 다닐 때 나는 4년 동안 장학금을 받기 위해 B⁺이상의 성적을 유지해야 했다. 그러나 실기 성적이 중요한 미대에서 나는 좋은 성적을 받기 어려웠다. 내 그림은 유독 빈약해 보였기 때문이다. 그래서 나는 성적을 잘 받기 위해 교수님들이 원하고 선호하는 그림을 그렸다. 그리고 집으로 돌아가서 내가 하고 싶은 그림을 따로 그리곤 했다. 그것 외에는 교수님들에게 적극적이지도 않았고, 미래에 대한 구체적인 계획도 없었던 것 같다. 그래서인지 제자

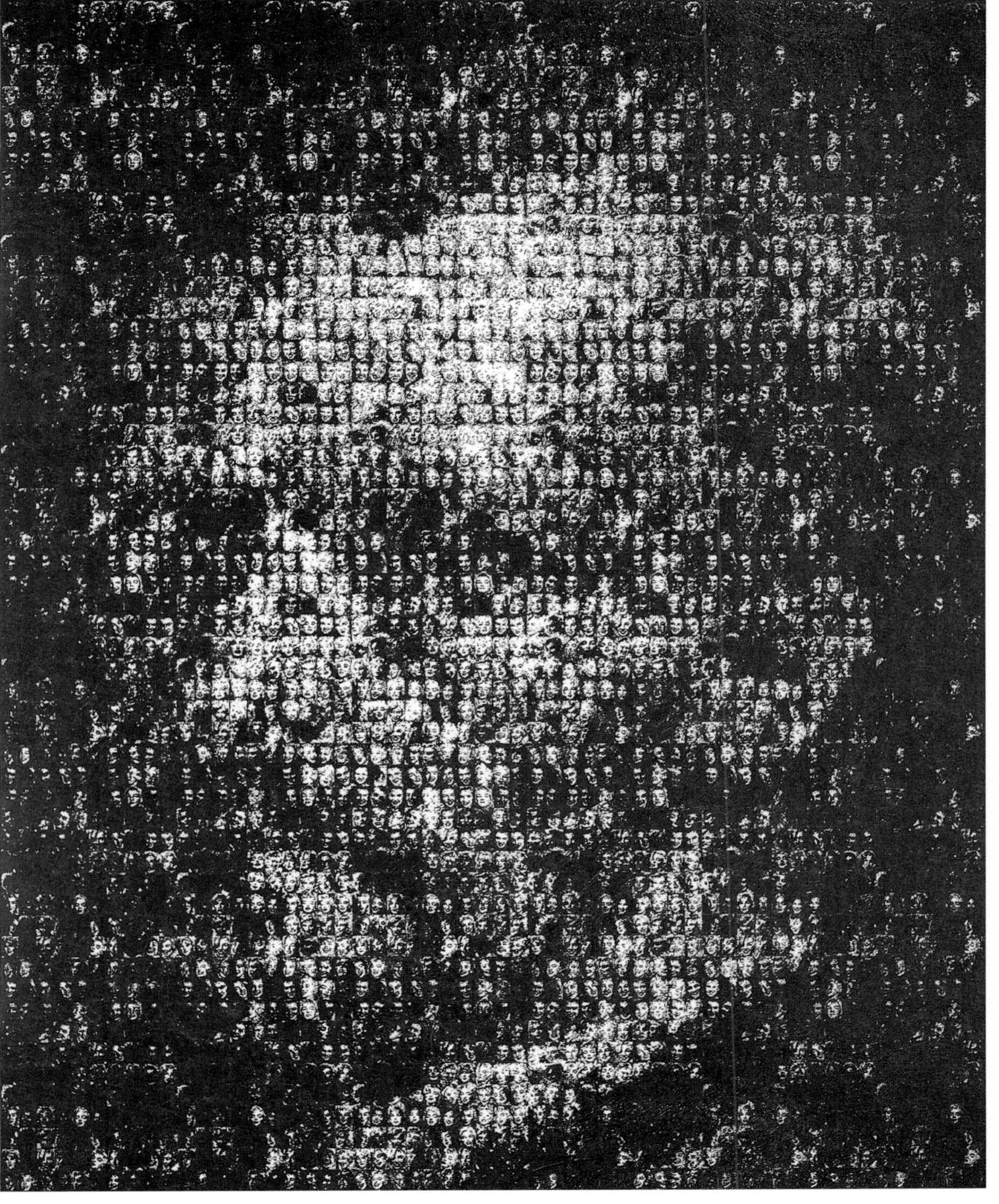

Van Gogh & Marilyn Monroe 2008 Oil on Canvas 227.3×181.8cm

Sunflower & Van Gogh 2006 Oil on Canvas 227.3×181.8cm

의 적극적인 설레발에 조금은 닭살이 돋았다. '뭐 저렇게까지 하나?' 하며 말이다.

어쨌든 그 학생이 졸업하고 나서 우연히 소식을 듣게 되었다. 이 친구는 그림 공부를 더 본격적으로 하기 위해 프랑스 파리로 갔다고 했다. 그리고 그곳 현지의 학생들도 들어가기 어렵다는 미술대학에 입학해서 그림을 그리는데 그곳에서 반응이 대단하다는 것이다. 그 얘기를 듣는 순간 아차 싶었다. 예술가라고 세상 물정 모르고 계획도 없이 사는 것보다 얼마나 훌륭한 일인가? 그 제자는 대학 입학 후부터 확실한 계획을 세웠고, 그것을 이루기 위해 꾸준히 노력했기 때문에 좋은 기회가 왔을 때 낚아챌 수 있었던 것이다.

그렇게 꿈을 이루고 싶어서, 그렇게 하나라도 더 배우고 싶어서 자기 딴에는 열심히 움직였던 제자를 보고 나댄다고 생각하다니……. 그걸 몰라주었던 내가 부끄러웠고, 그 제자가 나보다 몇 백 배 낫다는 생각이 들었다.

진정 원한다면
행하라

걷지 않으면 나아갈 수 없다. 화가는 그려야 하고, 작가는 글을 써야 한다. 그래야만 뭐가 되어도 된다. 가끔 이런 사람들을 만날 때가 있다. 자신이 화가라며 일장연설을 늘어놓는 사람들 말이다. 그런 말이 다 무슨 소용이겠는가? 그려 놓은 그림이 없다면, 수없이 벽에 머리를 박아가며 고민만 하면 어쩌겠는가? 고민할 시간 동안 붓질이라도 한다면 몰라도. 세상이 어디 만만한 곳이던가. 넋 놓고 있으면 혼도 빼앗아 가는 세상이다. 그런 세상 속에서 예술가로 산다는 건 자기와의 한판승이다. 말했듯이 나는 조울증 같은 기복을 가지고 있다. 아마 예술한다는 사람 대부분이 그럴 것이다. 그러나 세상은 예술가라고 해서 봐주지 않는다. 그러니 '예, 저 술 좀 합니다' 하는 예술가가 되기보다는 '예, 저 한 그림 합니다' 하면 어떨까 말이다. 행하지 않으면 어떤 결과도 없으니 말이다.

Bamboo 2004 Oil on Canvas 72.2×60.6cm

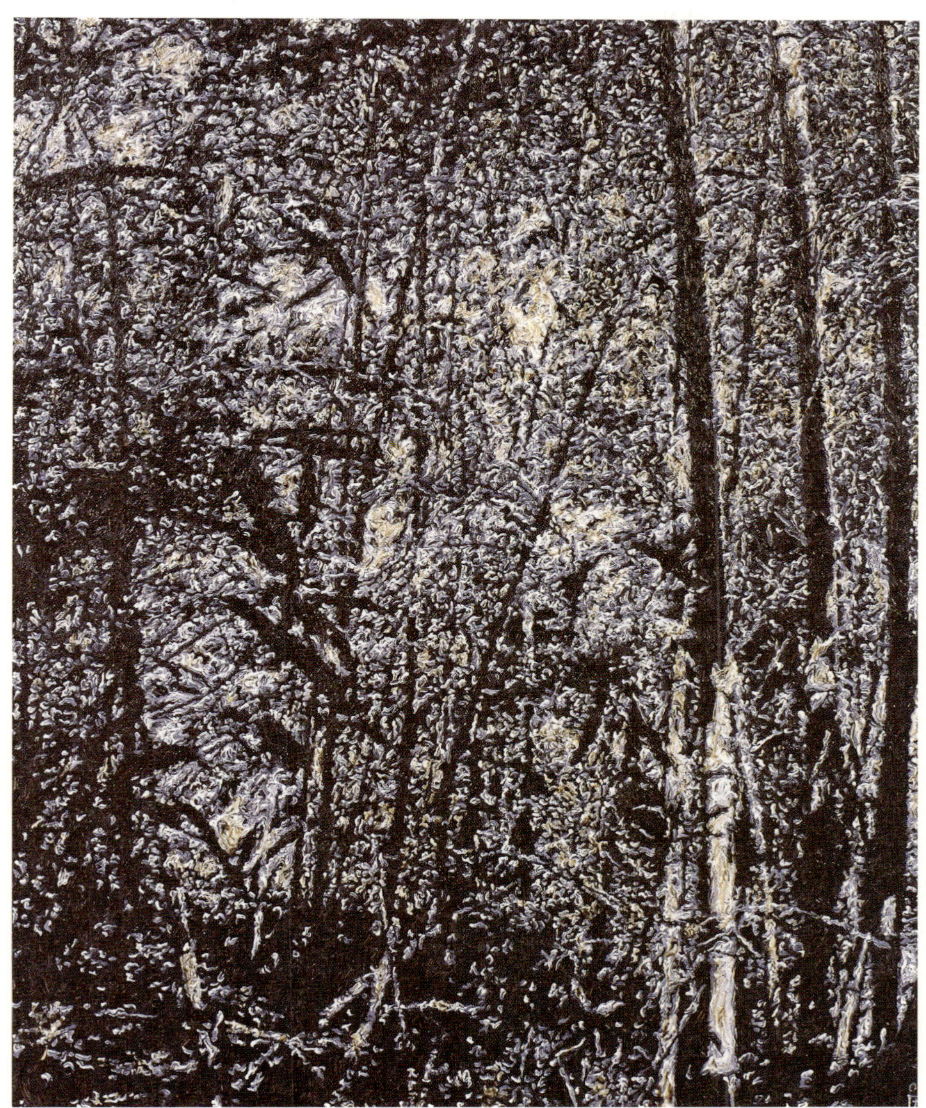

요즘은 목원대학교의 미술교육과 교수로 재직하면서 제자들과 함께 작업하는 시간이 부쩍 늘었다. 그러면서 느끼는 건 제자들이 자극이 되고 위협도 되고 격려도 된다는 사실이다. 그런데 더 중요한 것은 하는 놈들은 무섭게 발전해나간다는 것이다. 별 의미 없이 학교에 오는 친구들도 있지만 앞으로 어떨지가 훤히 들여다보이는 제자들도 있다. 그들은 대부분 성실함을 담보로 하는 친구들이다. 예술가라고 해서 인생을 제멋대로 살 거라는 편견은 위험하다.

나는 고흐의 그림을 좋아한다. 또한 반 고흐의 이중그림으로 홍콩 크리스티 경매에 나가 이슈도 되었다. 하지만 그의 삶에 대해서는 별 관심이 없다. 그의 일생을 담은 소설도 그의 동생 테오와 나눈 편지 내용들도 그렇다. 고흐처럼 살다 가고 싶지는 않았기 때문이다. 현재의 화가는 그처럼 살아서도, 살다 가서도 안 된다. 시대가 바뀌면 그림들도 진화한다. 그러니 고흐의 삶을 제 삶과 일치시켜 화가는 모름지기 그래야 한다고 자신을 동정해선 안 된다. 그런 동정심은 나태함밖에 되지 않는다. 이 세상 누구도 핑계를 듣길 원하지 않는다.

언젠가 또 우연히 그 제자를 다시 보게 된다면 나는 그때 오해해서 미안하다고 말하고 싶다. 그 친구의 열정에 박수를 보내고 싶다. 어딜 가든 최선을 다해서 살고 있을 그 친구의 모습이 눈에 선한 요즘이다.

김동유를 아십니까?

KIM DONG YOO

순간은 영원일 수 없다.
화가는 기질이 아니고 직업일 뿐이다.
우리에게 중요한 것은
주류와 비주류의 구분이 아니라,
나의 마음이
주류인가 비주류인가에 달려 있다.

선생이 맞기는
한 거유?

"뭐하는 사람이래유?"

"글씨유, 나도 모르것슈."

"어서 죄짓고 도망온 거 아닐까유?"

"그래 뵈는 것 같기도 하구만유."

"젊은 사람들이 요기 촌까지 와서 사는 데는 뭔 이유가 있것쥬. 안 그래유?"

"혹시 범죄자 아닐까유? 아님, 빚쟁이 아니것슈?"

"나도 그렇게 생각했슈. 보니께 신랑, 각시 멀쩡하게 생겼는데 왜 이런 촌까지 왔것슈? 분명 사연 있는 사람이라니께유."

이사를 오자 동네에 이웃해 있던 대여섯 집 주민들은 우리를 이상한 눈으로 보았다. 멀쩡한 사람이 가족까지 데리고 집도 아닌 소를 키우던 빈 축사를 개조해 이사온 게 아무래도 수상하다는 눈초리였다. 사는 모양도 보아하니 아무래도 문제가 있는 사람이라고 색안경을 끼고 보았다. 괜히 이상한 사람을 동네에 들였다가 피해는 없을지 미리 걱정하는 것 같았달까. 그러면서 우리 가족에

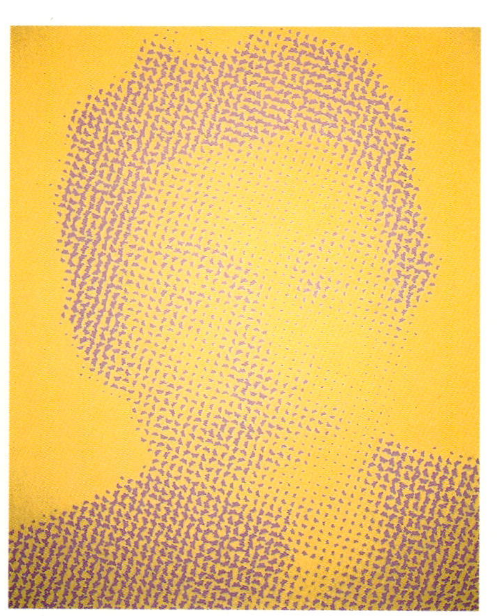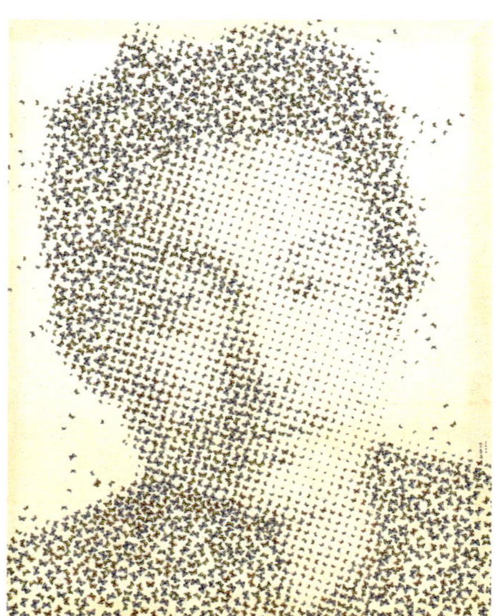

Artist's Dream
1999
Acrylic on Canvas
227.3×181.8cm

Butterflies-Lee Joong Seop
2000
Acrylic on Canvas
162.2×130.3cm

대해 귀찮을 정도의 극진한 관심을 주었고 나의 일거수일투족을 눈동자를 굴려가며 따라다녔다. 대놓고 뭐하는 사람이냐 물어보기는 좀 어색했는지 그저 살피기만 했다. 그런 그들의 눈빛을 눈치채지 못할 리 없었기에 나는 먼저 말을 걸었다. 오가며 인사도 먼저 하고, 내가 하는 일이 화가이며 대학에서 학생들을 가르친다고 밝혔다. 그러니 절대 의심할 만한 사람은 아니라며 안심도 시켰다. 그러자 사람들은 자신들이 상상하고 추측했던 나쁜 사람은 아니다 싶은지 이웃끼리 잘 살아보자고 했다.

그런데 얼마쯤 지나자 "화가라는데 왜 저러고 살아유?", "선생이 맞기는 한 거유?", "집에 처박혀서 한 번도 안 나오고 이상하지 않아유?" 하며 또 다른 화두가 번지기 시작했다. 한번은 바로 등 뒤에서 내 뒷담화를 들은 적도 있었다. 순간 아주 귀찮다는 느낌이 들었다. 한적한 곳이고 아는 사람도 없으니 누구의 신경도 안 쓰고 그림에만 몰두할 수 있겠지 싶었는데 이건 정반대였다. 차라리 사람이 북적이는 도시라면 옆집에 무슨 일이 나도 모른 채 지나는 게 태반일 텐데, 여기는 옆집 숟가락 수까지 알고 싶어 하니 여간 피곤한 일이 아니었다. 어떻게 보면 무신경한 것보다 나을 수도 있겠지만, 새로운 사람에 대한 적개심과 의구심만은 분명히 느낄 수 있었다.

주류와
비주류의 세계

주류와 비주류의 세계도 그런 것 같다. 주류는 끊임없이 자신의 영역을 지키려 하고, 수상하고 낯선 비주류의 침입을 막으려고 한다. 변화보다는 현재 자기들의 안위를 생각할 때가 많다. 또한 매우 배타적이다. 그렇게 지낼 때 주류의 세력은 비대해지고 잔치는 화려해지지만, 그것이 지속되면 새로움은 사라지고 만다.

그러나 진정한 주류라면 새로움도 받아들이고 정착하게 해주어야 하지 않을까. 그래야 발전이 있고 다양성도 보장되는 것 아닐까. 그러나 오늘도 수없이 많은 아웃사이더들이 사장되고 폐쇄된 문 앞에서 뒤돌아서고 좌절을 맛본다. 이것이 배타적인 우리 미술계의 현실이다. 아니, 한국 사회의 전반적인 병폐인지도 모르겠다.

무명작가 김동유. 나는 지방에서 활동하며, 지방대학교를 나왔다. 학연도 지연도 없었다. 그런 내가 주류 세계에 발을 들여놓기란 힘들었을 뿐더러 그런 희망 또한 일찌감치 버렸다. 이제 와서 어찌어찌 인맥을 만든다고 한들 무엇이

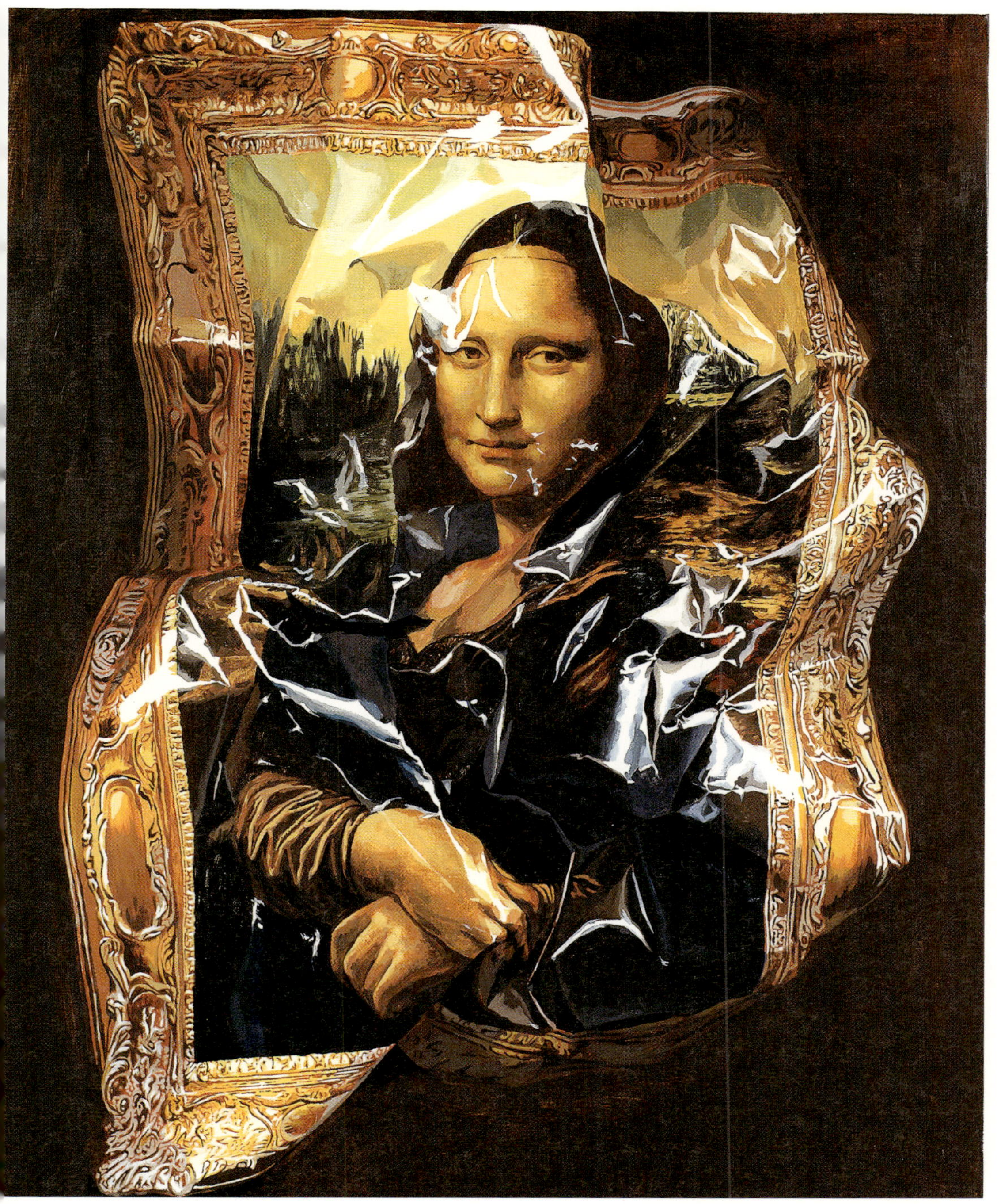

Crumpled Mona Lisa 2003 Oil on Canvas 80.3×65.1cm

달라지겠는가. 그래서 내가 결심한 건 내공을 쌓는 일이었다. 언젠가 기회가 단 한번 주어질 때 멋진 승부수를 던지리라, 진검승부를 하리라 하고 말이다. 그리고 사람들은 내가 주류를 놀라게 했다고 말한다. 그토록 원했던 아웃사이더의 반란을 나도 조금은 이룬 걸까.

휘둘리지 말고
가라

유명세를 탄다는 것은 나를 열어놓는다는 것이다. 나란 사람이 어떤 사람이고, 어떤 생각을 가지고, 어떻게 살고, 어떤 것들을 이루었는지 낱낱이 남에게 내보이는 일이다. 어찌 보면 상당히 위험할 수 있는 일이다. 보여지는 나와 실제 자아의 차이 때문이다. 나는 그렇지 않은데 상대는 전혀 다른 쪽으로 이해하고 분석하고 우기기도 한다. 그러다 보면 자아가 파괴되는 건 순식간의 일일 것이다. 흔히 하는 사이버상의 악플도 그런 것이 아니겠는가? 본인의 의지와는 상관없이 사람들은 대상을 정하고 욕하고 모함하고 폄하한다. 그리고 재미를 느낀다. 이건 소리 없는 살인이나 마찬가지이다. 가장 중요한 실체는 상실되고, 거짓되고 과대 포장된 실체는 허상과 허구 속에서 자존감을 잃고 딜레마에 빠지게 되니까 말이다.

비평이란 것도 그렇다. 내가 작품을 전시하고 내 그림에 대한 가치가 공개되면 될수록 수없이 많은 견해들이 산을 이룬다. 그만한 값어치가 있는지, 아닌지 수없이 많은 잣대들이 나에게 드리워진다. 그러나 이런 다양한 평가 앞에

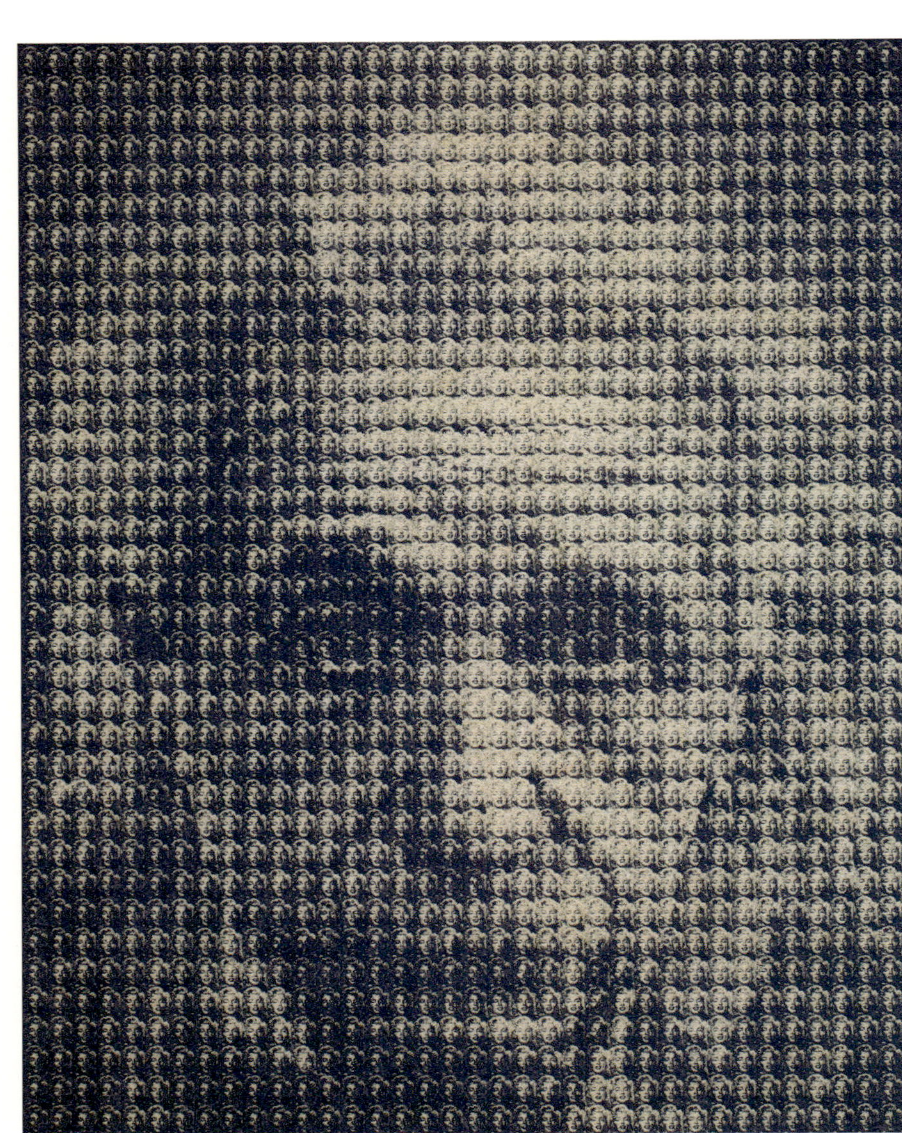

화가는 초연해질 필요가 있다. 온갖 루머와 평가에 매달려 나를 잃어서는 안
된다. 화가는 그림으로 말해야 한다. 그 그림이 내 손을 떠나 다른 이들에게 보
일 떠는 어떤 평을 받던 그들의 언어이고, 그들의 분석이니 거기에 좌지우지되
어서는 안 된다. 소중한 조언이나 충고로 나의 행보를 가늠하고, 단점들을 극
복할 수도 있지만, 언제나 가장 중요한 것은 나의 확신이다. 그러니 의심하지
마라. 다른 사람의 시선에서 내 작품의 의미를 찾으려 하지 마라.

Albert Einstein & Marilyn Monroe 2010 Oil on Canvas 227.3×181.8cm

구겨진 명화

　내가 그린 '구겨진 명화 시리즈'도 그런 마음으로 그린 것 같다. 어려서부터 참고서 표지에 등장하는 〈나폴레옹〉이나 〈모나리자〉, 〈피리 부는 소년〉 같은 명화들을 주의 깊게 바라보았다. 오랜 시간 동안 서양 미술을 배우면서 명화들에 대해 존경심과 경외감도 가졌다. 그러나 고정된 이미지를 나름의 방식으로 비틀어보고 싶었다. 이건 명화에 대한 반발이나 훼손, 침해를 목적으로 하는, '완벽함'에 대한 복수가 아니다. 그림이 가지고 있는 고유성에 변화를 주는 것이고, 일종의 패러디라고도 볼 수 있을 것이다. 오랫동안 함께해온 그림에 대한 나의 애정일 수도 있으리라.

　앞서 말한 '아리랑 성냥'에서처럼 나는 누군가가 만든 이미지를 내 방식대로 다르게 표현하고자 한다. 명화들을 구기고 비틀면서 명화에서 또 다른 작품이 파생되어 나오는 것. 장난 같은, 혹은 해프닝처럼 구겨짐으로써 다르게 생각되고 다르게 보여지는 다양함의 추구는 늘 즐거운 작업이었다. 그리고 그 결과물은 고정된 이미지에 충격을 던졌다. 레오나르도 다 빈치가 그린 〈모나리자〉의 값어치는 실로 대단하다. 그림이 전세계를 순회할 때마다 전시회 관련자들은

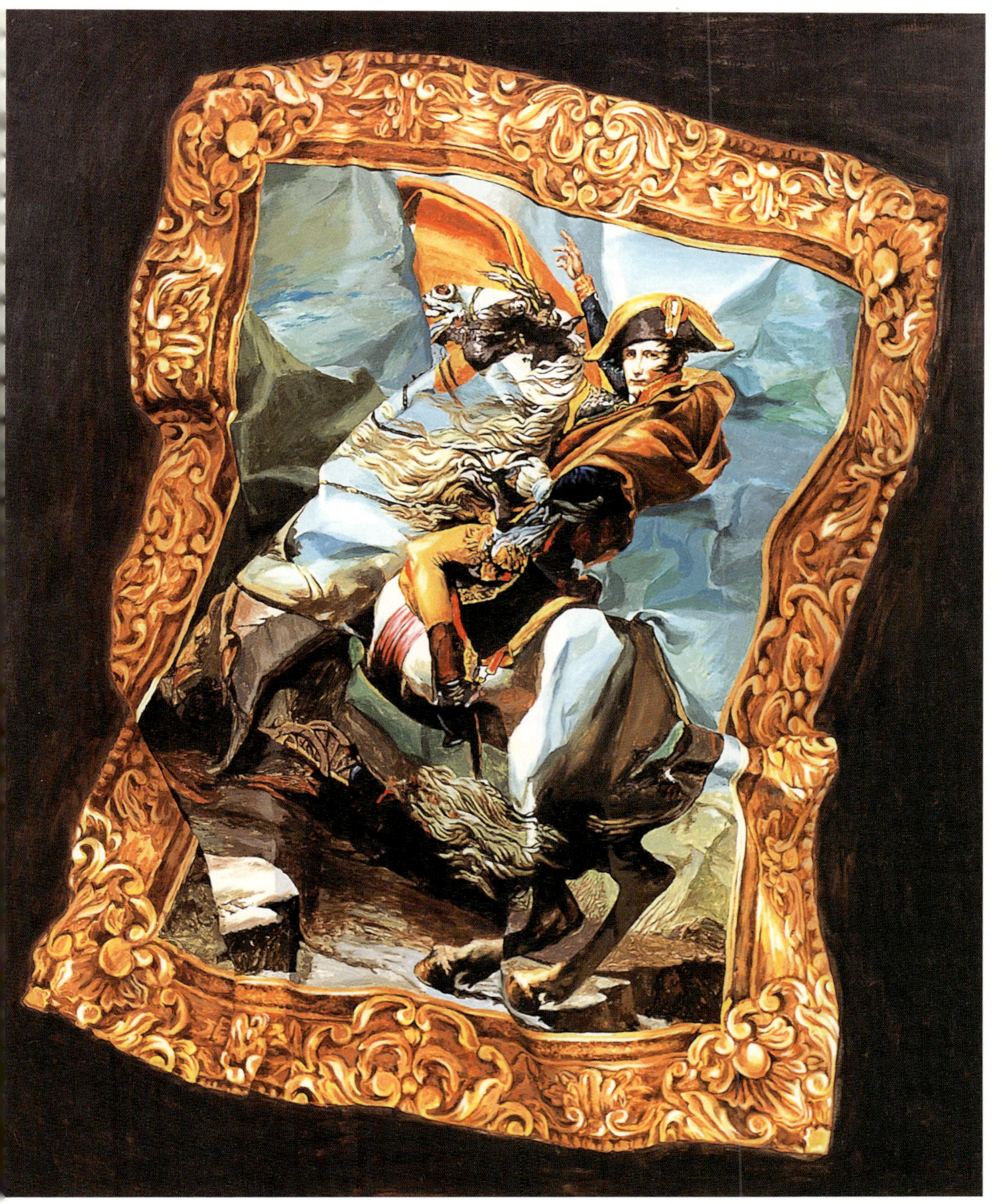

Crumpled Napoleon 2003 Oil on Canvas 139.5×139.5cm

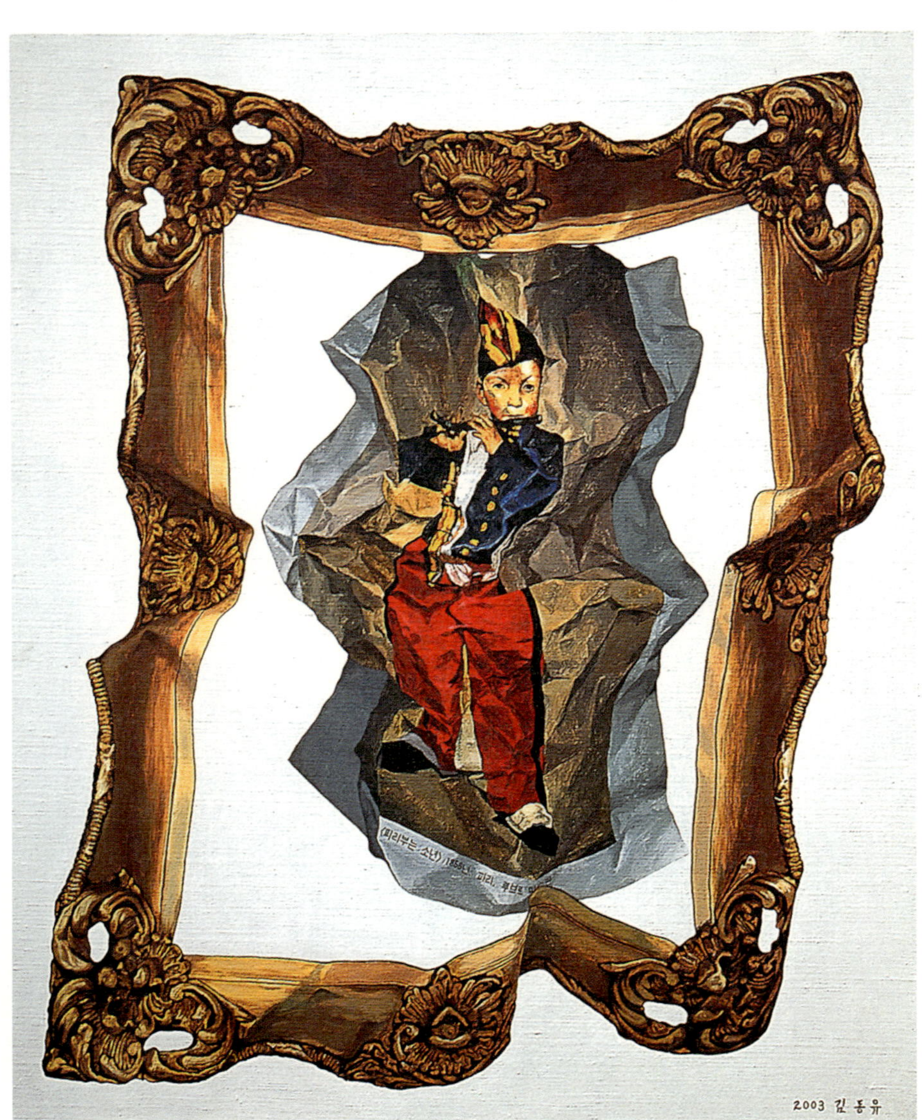

2003 김동유

노심초사한다. 혹시 훼손되고 흠이라도 날까봐. 이런 범접할 수 없는 명화의 위용과 권위를 구겨버리는 행위는 늘라움과 경악의 의미를 지닐 것이다. 소중하고 망가뜨릴 수 없기에 구겨진 명화는 시선을 끈다. 명화가 손상되지 않기를 바라기에 상상하고 싶지 않은 이미지를 두 번 세 번 보게 된다.

The Fifer 2003 Oil on Canvas 72.7×60.6cm

순간이
영원일 수 없다

　제자들을 가르치다 보면 뛰어난 재주를 가진 학생도 있는 한편 '어떻게 미대를 들어왔지?' 싶을 정도로 수준 미달인 학생도 있다. 그러나 그것이 정답이겠는가? 너는 될 사람, 너는 안 될 사람, 하는 기준은 어디에도 없다. 사람은 늘 알게 모르게 발전하고, 변화한다. 나의 견해와 판단이 제자들의 앞날에 정답일 수 없다는 생각을 한다.

　생각해보면 누가 내 그림이 될 것이라 믿었던가. 한때 잘나갔다고 인정받았다고 그것으로 끝이 아닌 것이다. 계속 다듬어지고 만들어질 뿐. 죽기 전까지 완성이란 없다. 미리 좌절할 필요도 없고 재능에 만취할 필요도 없다.

　2010년 봄에 성곡미술관에서 개인전을 가졌다. 보통은 작업 중인 이중그림만을 주로 전시했었는데 이번에는 초기 작품부터 현재까지 시대별로 모든 작

화가는 기질이 아니라 직업이다.

그러니 지금 곧 죽을 것 같아도 힘을 내고 곧추서서 내일을 살기 위해 나아가야 한다.

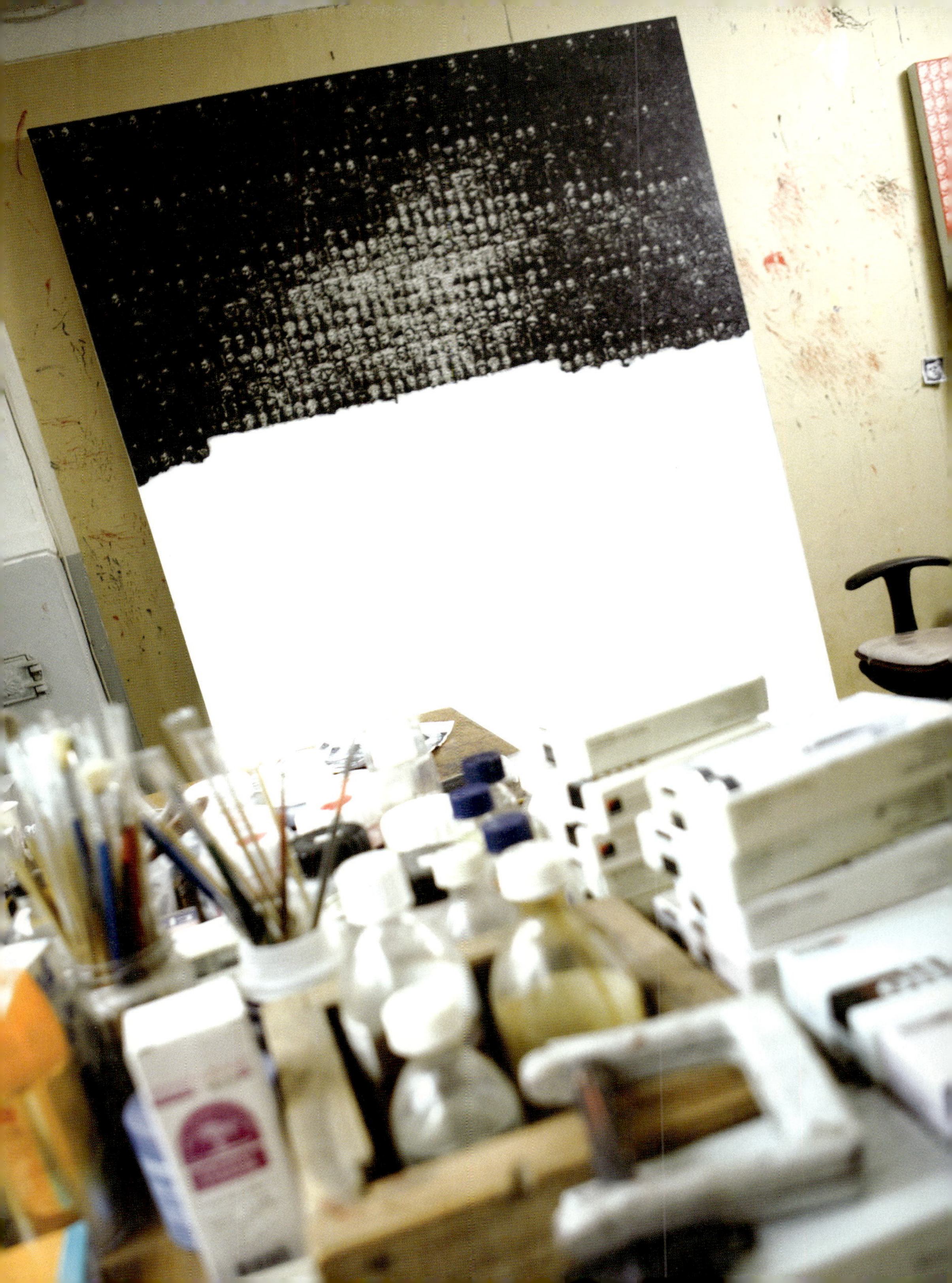

품들을 전시했다. 내 습작의 모든 과정을 선보인 이 전시 덕택에 나는 혜성처럼 나타난 운 좋은 아웃사이더가 아닌, 성실히 작품활동을 해온 작가로 알려질 수 있었다. 나는 다양한 그림들을 시도했으며, 현재의 이중그림 또한 어느 날 갑자기 그리게 된 것이 아니다. 나의 마지막 행보 또한 이중그림은 아닐 터였다. 나는 또 다른 이미지를 만들 것이고, 언제나 머릿속으로 다음을 구상한다. 결코 순간이 영원일 수 없는 것처럼. 화가는 기질이 아니고 직업이다. 그러니 지금 곧 죽을 것 같아도 내일의 태양은 다시 뜨고, 내일을 살기 위해 오늘도 일해야 한다. 혹시 이 글을 읽는 사람이 자신이 속한 곳이 비주류라고 하더라도 포기하지 않기만을 바란다. 나처럼 우직하게, 바보처럼 작업하는 후배들이 앞으로 더 많이 나와주기를 바란다.

23 화가의 작업실은 생명을 품은 자궁이다

KIM DONG YOO

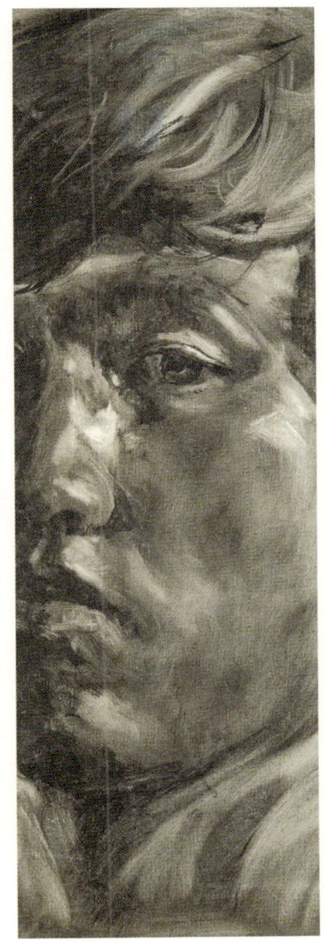

화가의 작업실은 생명을 품은 자궁이다

내 앞에는 또다시
하얀 도화지가 놓인다.
한때 화려했던 불꽃놀이처럼
밤하늘을 멋지게 수놓다
사라지기를 원하지 않는다.
죽는 날까지 캔버스 앞에서 그리다
사라지고 싶을 따름이다.
나는 화가 김동유다.

화가의 자궁,
작업실

이른 아침, 논산 작업실로 향하는 길은 적막했다. 작업실로 사용하던 폐교는 아이들이 모두 떠나 황량했고, 텅 빈 운동장에는 아이들이 버려두고 간 바람 빠진 축구공만 한구석에 우두커니 남아 있었다. 한때 이 학교는 아이들의 재잘거리는 소리와 분란한 움직임, 배움에 대한 열망으로 가득 찬 적이 있었을 것이다. 하지만 부모들은 자녀의 교육을 위해 도시로 이주해 갔고, 점점 학생 수를 줄여가던 학교는 폐교라는 결단을 내릴 수밖에 없었다.

이런 이유로 문을 닫게 된 폐교에 화가들이 하나둘씩 모여들기 시작했다. 나를 포함한 다른 화가들은 그 공간에서 어머니의 몸속에 살던 그때처럼 비로소 또 다른 탄생을 준비할 수 있었다. 화가에게 작업실이란 마치 어머니의 자궁과도 같다. 어머니의 품 안에서 잉태되어 제 생명을 꾸려가는 태아처럼, 화가에게 작업실이란 상상과 그리기를 반복하며 자신만의 이미지를 키워가는 잉태와 성장의 공간인 셈이다. 그 안에서 생명을 얻고 성장해가고, 언젠가 세상 밖으로 나왔을 때 낯선 환경 속에서 견뎌낼 힘을 키우는 법이니.

평생 잊을 수 없는
특별한 작업실

내게도 이런 자궁과 같은 공간인 작업실이 여러 해 동안 여러 곳에 있었다.
폐교로 들어오기 전, 습하고 곰팡이가 피는 지하 작업실에서부터 강의를 하며
미술학원의 일부를 빌려 쓰던 작업실까지 이곳저곳을 전전했었다. 그래도 가
장 기억에서 지울 수 없는 나의 자궁은 대전 산내동의 이사리에 위치한 문제의
작업실이었다.

그 작업실은 이사리의 산기슭으로 차를 몰고 40분이 넘게 올라가야 했다. 한
때 누에를 키웠던 그곳은 창고 형태로 지어진 벽에 구멍이 숭숭 뚫린 낙후된
건물이었다. 내부 환경 또한 누에를 키웠던 흔적이 고스란히 남아 괴기스럽기
까지 했다. 누가 무슨 일을 당한다 해도 전혀 이상할 것 같지 않은, 그로테스크

"솜씨 없는 놈이 장비 탓한다고, 공간이 문제냐 사람의 의지가 문제지!"

미술학원 강의가 끝나는 새벽 1시쯤엔 어김없이 작업실로 향했다.

밤이슬이 내린 이사리의 산기슭은 험하디험하고 깊디깊었다.

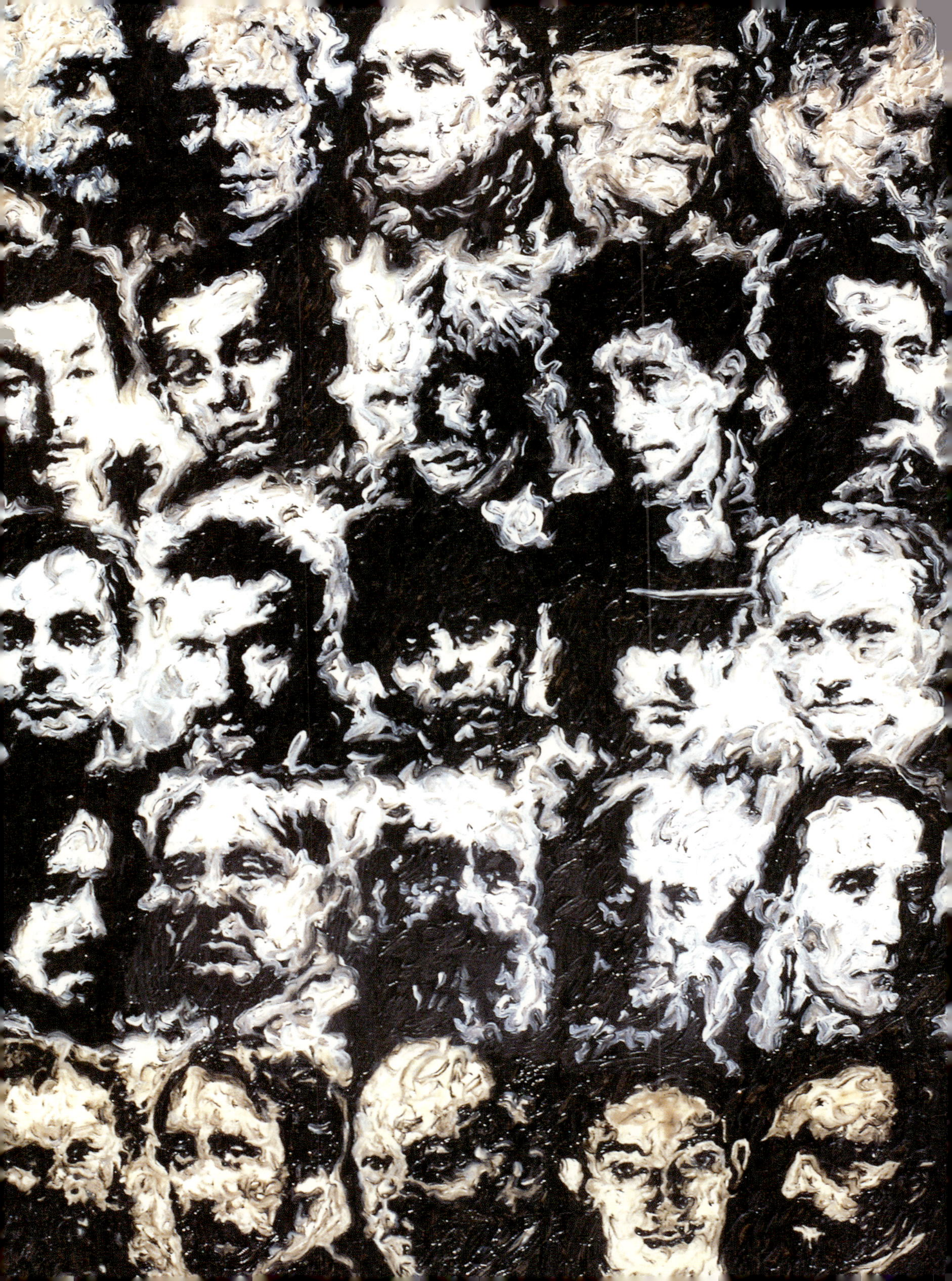

한 분위기였다. 그래서인지 내가 들어오기 전에 작업하던 화가도 몇 개월을 못 버티고 도망가듯이 짐을 챙겨 나가버린 공간이었다.

하지만 나는 싼 임대료와 넓은 공간을 나 홀로 독점할 수 있다는 생각에 무작정 그 작업실로 들어가기로 했다.

'솜씨 없는 놈이 장비 탓한다고, 공간이 문제냐 사람의 의지가 문제지?' 싶었고, 나만은 견뎌낼 수 있다는 자만심으로 가득 찼었다. 그래서 일하던 미술학원의 강의가 끝나는 새벽 1시가 되면 차를 몰고 혼자만의 공간인 잠사 작업실로 향했다. 머릿속에서는 나만의 작업실이 생겼으니 원 없이 그려보자는 생각뿐이었다. 그동안 마땅히 작업할 공간이 없어 애가 탔으니 말이다.

하지만 이사리의 산기슭은 보통 사람의 담으로는 견뎌내기 힘들 정도로 험하디험하고 깊디깊었다. 새벽이면 소원성취를 위해 전국의 무당들이 오가고 많은 사람들이 산의 정기를 받아 기도하는 산이 바로 그 산이었으니까.

　　작업실로 향하는 밤길마다 바위 곳곳에 흉물스럽게 녹아 있는 초가 즐비했다. 제각기 묘한 형태로 늘어진 초들이 자동차 라이트를 받을 때면 그 모양새가 별의별 헛것으로 다 비춰졌다. 어떤 날은 처녀귀신으로 보였다가 어떤 날에는 몽달귀신으로 보였다가, 어떤 날은 귀신보다 무섭다는 산 사람처럼 보였다. 가뜩이나 나무에 즐비하게 매달린 각양각색의 천 조각들은 공포 분위기를 물씬 풍겨주었다. 누군가는 제 뜻을 이루기 위해 빌고 또 빌었을 소원의 흔적이 자정이 넘어 출근하는 내 눈에는 공포 그 자체였다. 배경이 이렇다 보니 오가는 길목마다 구슬프게 우는 여인네 소리가 환청처럼 들리기도 했다.

온전하지 않은
나를 지켜준 것들

이렇게 산을 지나 작업실에 들어오면, 추위를 막기 위해 쳐놓은 비닐들이 바람에 마찰을 일으키며 붓을 든 손을 경직되게 만들었다. 그 휘몰아치는 바람과 비닐 소리에 뒤를 돌아보면 비닐을 훅 걷어내고 누군가 날 잡아챌 듯했다. 그러니 작업을 하는 매 순간이 알프레드 히치콕의 영화를 관람하는 기분이랄까.

그래서인지 잠사에서 작업을 했을 때는 유독 가위에 많이 눌렸다. 잠을 자다 보면 알 수 없는 무게에 짓눌려 허우적거린 적이 많았고, 간신히 고통스러운 잠에서 헤어나올 수 있었다. 그런데 묘하게도 나는 이런 작업실을 거르지 않고 출근했다. 전시를 앞두고 다급하게 그려야 할 그림이 있는 것도 아니었고, 누군가에게 청탁을 받아 빠른 시일 내에 그려줘야 할 그림 빛이 있는 것도 아니었다. 그런데도 나는 늘 그곳에 있었다.

출발 전에는 항상 '오늘은 가지 말자. 오늘만 쉬자' 해놓고는 차를 몰고 향한 곳은 집이 아닌 잠사, 내 작업실이었다. '결국 또 오고야 말았군!' 하고 붓을 들고 선 순간, 언제 그랬냐는 듯이 작업에 열중하게 되었다. 그렇게 한 번 집중을

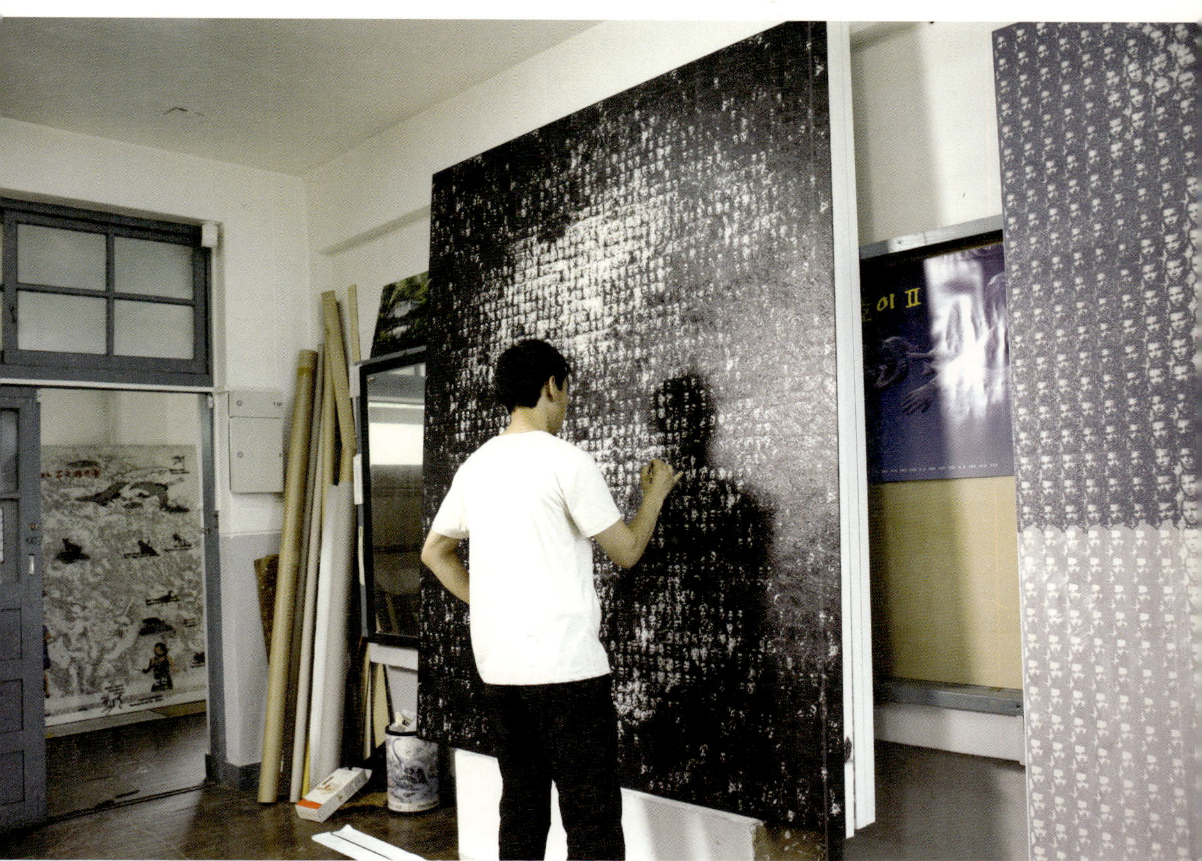

세상에 가시를 세운,

상처투성이의 나를 지켜준 것은 오직 그림이었다.

캔버스를 채우는 순간만큼은 내가 살아있다고 느꼈으니까.

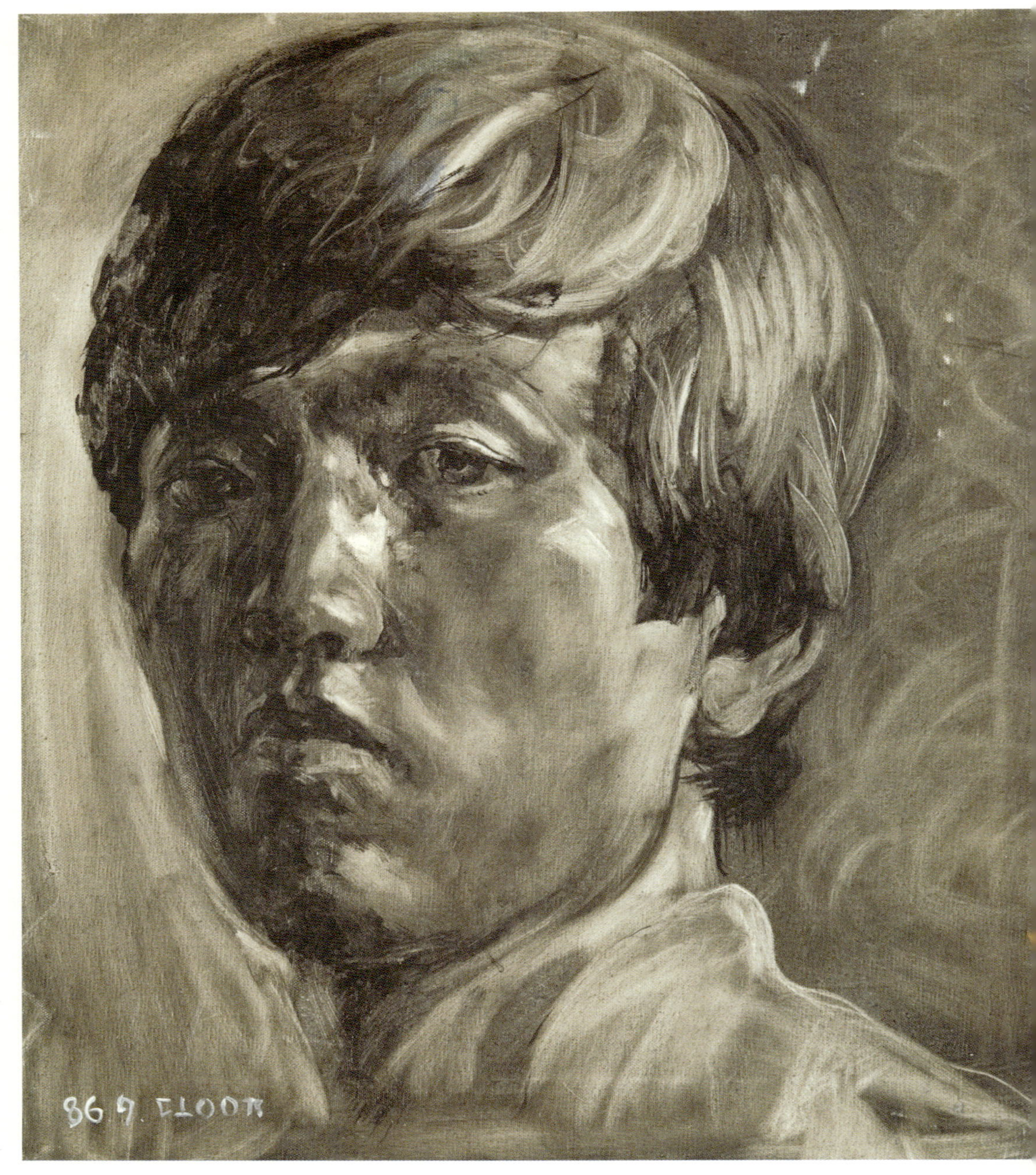

Self-Portrait 1986 Oil on Canvas 53×45.5cm

시작하면 주변 환경 따위는 까맣게 잊고 캔버스를 그날의 할당량만큼 채워갔다. 컨버스가 채워질수록 나는 더더욱 몰입할 수 있었다. 그리고 그 순간만큼은 내가 살아 있다고 느꼈다. 캔버스를 채우는 순간만큼은 삶에 대한 뜨거운 마음이 느껴졌다고 해야 할까?

여기, 이 시간, 나만이 유일하게 숨을 불어넣을 수 있는 캔버스가 있고, 나로 인해 숨을 쉬는 캔버스가 있다. 인간과 무생명체인 사각의 빈 캔버스가 호흡하며 공감대를 구축했던 곳이 잠사 작업실이었다. 그런 시간이 얼마나 흘렀을까, 나는 빈 캔버스가 숨 쉬는 것을 느꼈고, 나는 살아가야 할 이유를 숨 쉬는 캔버스에서 느끼기 시작했다. 그제야 비로소, 그동안 해왔던 내 작업들을 내 스스로가 인정하게 되었고, 내가 이 일을 무척 사랑하고 있음을 느낀 순간이었다.

물론, 나만의 세계 안에서 혼자만의 충족감과 만족감을 느껴갔지만 여전히 현실 속의 자궁, 나의 잠사 작업실은 개선의 가망 없이 열악했다. 그러나 몇 년을 이 작업실에 머물며 작업을 이어갔다. 열악한 자궁 따위로 인해 내 생명을 포기하고 싶지는 않았다. 아마도 살아갈, 견뎌낼 환경이 아니었기에 더 살아내고야 말겠다는 오기가 발동한 것 같다.

비바람을 고스란히 받아낸 풀잎이 더 강한 생명력을 갖듯, 어려운 작업 환경이 악착같이 살고자 하는, 더 완벽하게 그리고자 하는 집착으로 발현되었다고 해야 할까?

　화가뿐만 아니라, 누구에게나 새로이 거듭나야 하는 삶의 자궁은 있다. 내게 주어진 자궁은 열악했지만 그 열악함이 되레 나를 단단하게 만들어주었다. 이처럼 자궁의 불안정함과 불온전함 속에서도 살고자 한다면 살아야겠다면, 생명은 살고자하는 것이 본성이기에 살아야할 이유를 스스로 찾게 된다. 또 살 만한 이유를 찾으려고 노력한다면 생은 유지할 수 있다. 그것이 내게는 그림이었던 것이다. 비록, 잉태도 성장도 할 수 없는 자궁이어도.

외롭게, 치열하게, 독하게 그림을 파고들던 그 시절.

나만의 공간 속에서 홀로 모질게 아파했던

그때가 가끔은 그립다.

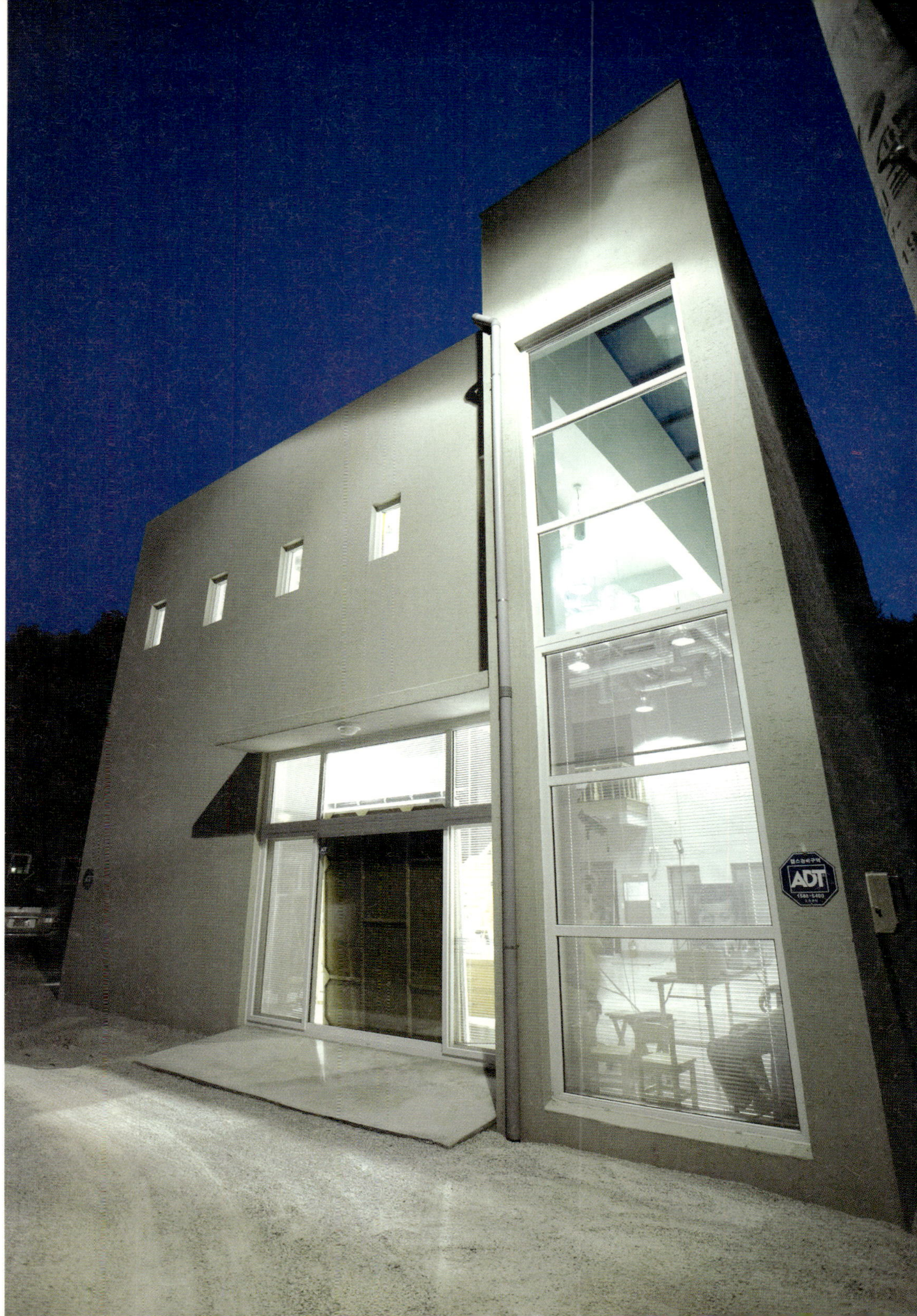

아주 가끔은,
모질게 아파했던 그때가 그립다

요즘은 가끔 작업을 하다가 안온하기 그지없는 내 작업실을 둘러본다.

이제는 떠돌이도, 열악한 잠사도 아닌 안정된 나의 작업공간이 생겼는데도, 순간 그 혹독했던 잠사 작업실이 떠오른다. 그 공간 안에서 세상과 인연을 끊고, 누군가의 시선도 차단하고 오직 캔버스만을 독대하던 그때.

외롭게, 치열하게, 독하게 나만의 공간 속에서 나만의 캔버스와 소통하던 그 순간. 살아내보자고 했던, 치열했던 내가 그리워진다. 그 빈곤했던 자궁 속으로 돌아갈 수 없음에도, 그 모진 아픔을 당당히 품어 안았던 그때의 내가 되고 싶다.

아마 나는 열악한 자궁에서 이렇게 잉태되고, 불안한 환경 속에서 살고자 발버둥치며 산 탓인지 고행도 만만한, 아니 즐기고 싶은 질기고 질긴 유전자를 타고났나 보다. 또다시 그때가 그리워지는 걸 보면 말이다.

 나는 아직 배가 고프다

KIM DONG YOO

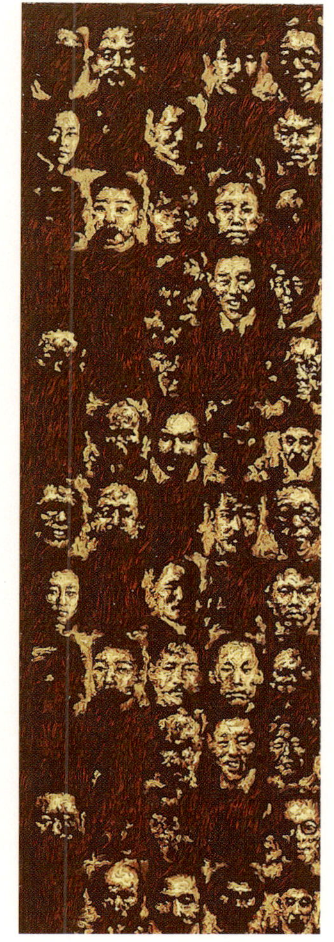

나는 아직 배가 고프다

내 앞에는 또다시
하얀 도화지가 놓인다.
한때 화려했던 불꽃놀이처럼
밤하늘을 멋지게 수놓다
사라지기를 원하지 않는다.
죽는 날까지 캔버스 앞에서 그리다
사라지고 싶을 따름이다.
나는 화가 김동유다.

내 안의 미로에서
벗어나고 싶지 않다

　나는 취미가 없는 사람이다. 다들 좋아하는 골프도 칠 줄 모르고, 도박도 할
줄 모른다. 등산을 다니지도 낚시를 하지도 않는다. 사람을 만나는 것도 즐겨하
지 않고 몇 시간씩 앉아서 신변잡기에 관한 수다를 떠는 것도 좋아하지 않는다.
술도 전처럼 부어라 마셔라 하지 않는다. 여행을 다니며 자기 충전을 하지도 않
는다. 전시회가 잡혀 해외에 나가는 일이 유일하게 내가 하는 여행의 전부이다.
　재미없게 보일지도 모르지만, 내가 하는 일은 오로지 그림 그리는 것이다.
한편으로는 답답한 사람으로 느껴지겠지만, 그림 하나에 몰입하는 이 시간은
내게 종교적 의식처럼 마음의 평화와 위안을 가져다준다. 그림은 가난이 지겨
울 때도 나를 붙잡아줬고, 아버지와 의절하는 불효의 마음도 다잡게 해주었다.
사람들이 내 그림에 호응하지 않고 시간만 죽이고 있다고 한심해할 때도 빈 캔
버스를 마주하며 견뎠다. 그러니 내가 조금 먹고살 만하다고 그림 외의 것들에
눈을 돌린다면 조강지처를 버리는 것과 다를 것이 있겠는가.

욕심은
화를 부른다

나에게 붙여진 수식어는 많다. 전세계에 현존하는 100대 화가, 생존하는 한국 화가 중 가장 비싼 그림을 그리는 화가, 그림 시장에서 거래량이 가장 많은 화가…….

최고, 가장, 고가. 이런 수식어들이 내 숨을 턱턱 막히게 할 때가 있다. 마치 칼날 위에 선 것처럼 말이다. 이 칼날은 내게 붙은 수많은 수식어만큼이나 행동반경을 좁힌다. 조금만 삐끗하면 무서운 칼날이 단번에 나를 자를지 모른다. 언제까지 이 칼날 위에서 버틸 수 있을지도 알지 못한다. 한때를 풍미하던 그들처럼 언제 사그라질지 모른다. 그러나 무의미한 걱정들에서 나를 자유롭게 하는 것은 그리고, 구기고, 또 그리는 이 시간뿐이다. 지우고 다시 그리고, 그리면서 지우듯이 말이다.

전시회를 통해 내 노력의 결과물을 세상에 선보여야 할 때가 오면 나는 그동안 해온 전시들을 돌아본다. 1999년 대전에서 개인전을 시작한 이후 끊임없이, 쉬지 않고 전시회를 했다. 작가들과 함께한 그룹전에서부터 나를 믿어준 사람

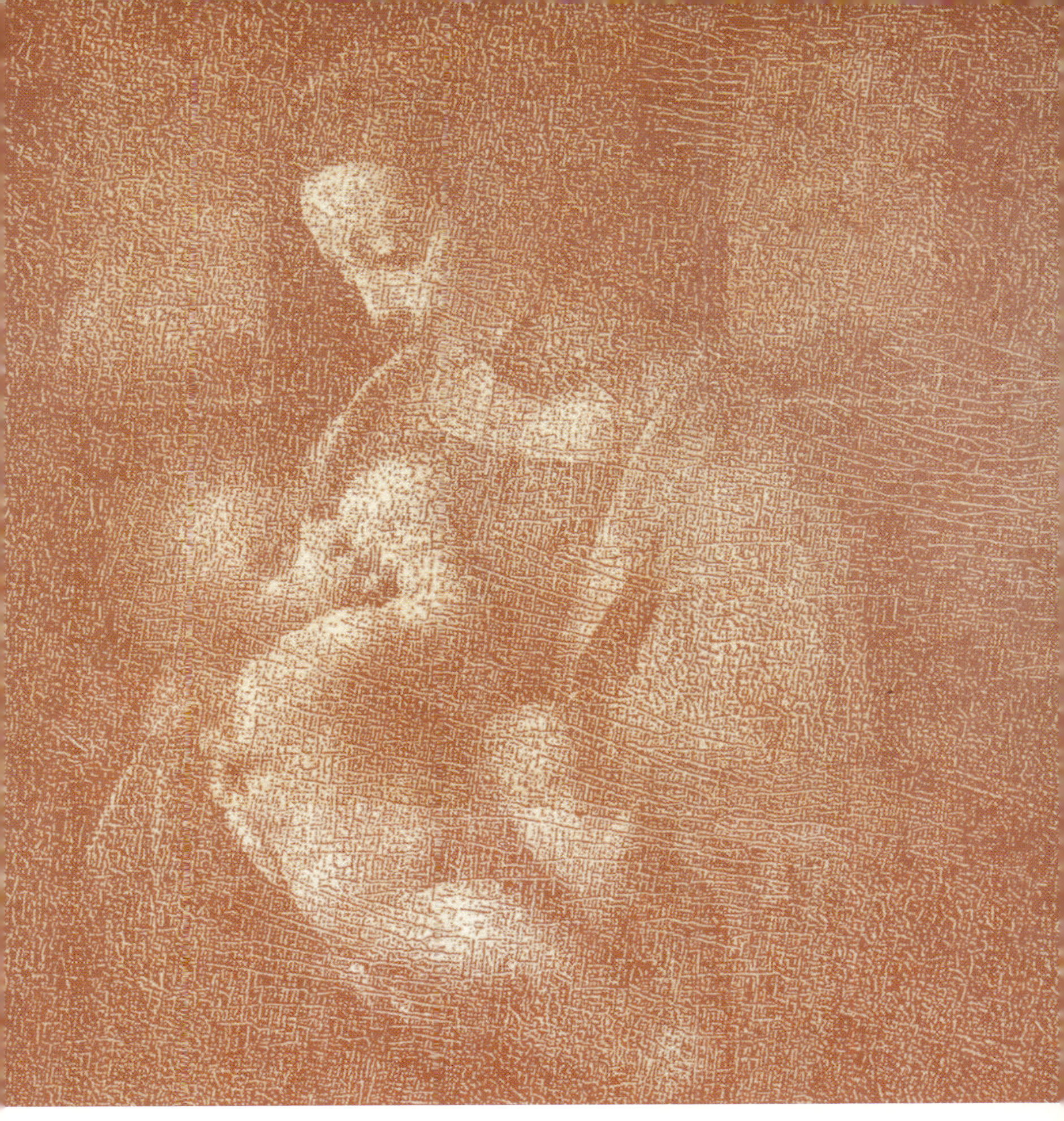

Madonna and Child 2012 Oil on Canvas 180×180cm

들의 도움으로 열었던 개인전까지. 그러나 나의 그림은 오랫동안 인기를 끌지 못했고, 팔리는 것도 극소수였다. 주류에서 인정하지도 않았다. 그러나 나는 나를 알아준 몇몇 고마운 이들이 있었기에 버틸 수 있었다. 그들의 변함없는 애정에 지금도 감사한다.

수레에 실려간
내 그림들

한동안 나는 어디서 나타났는지 모를, 로또 맞은 화가로 인식되었다. 내 그림값만큼이나 상업적인 화가로만 비춰졌다. 그러나 나는 상업적인 화가를 꿈꾸지도 않았을 뿐더러 그림값 또한 내 의지로 이루어진 일이 아니다. 그런데도 나의 등장은 화랑계의 루머들을 만들어냈다.

과연 나는 진정성 없는 상업 화가일까. 내 그림이 인정받지 못하던 시절, 내 작품들은 운반 비용을 아끼기 위해 고물상의 손수레에 실려 아무렇게나 취급받으며 옮겨지곤 했다. 그때의 값어치와 지금의 차이가 무엇일까. 내 작품에 대한 나의 애정과 노력은 조금도 달라지지 않았는데.

처음 개인전을 했을 때나 지금이나 나는 같은 사람이고, 정성 들여 그림을 완성하는 내 태도 또한 변하지 않았다. 수레에 실려 간 그림과 크리스티 경매에 팔린 그림이 내게는 똑같이 소중하듯이.

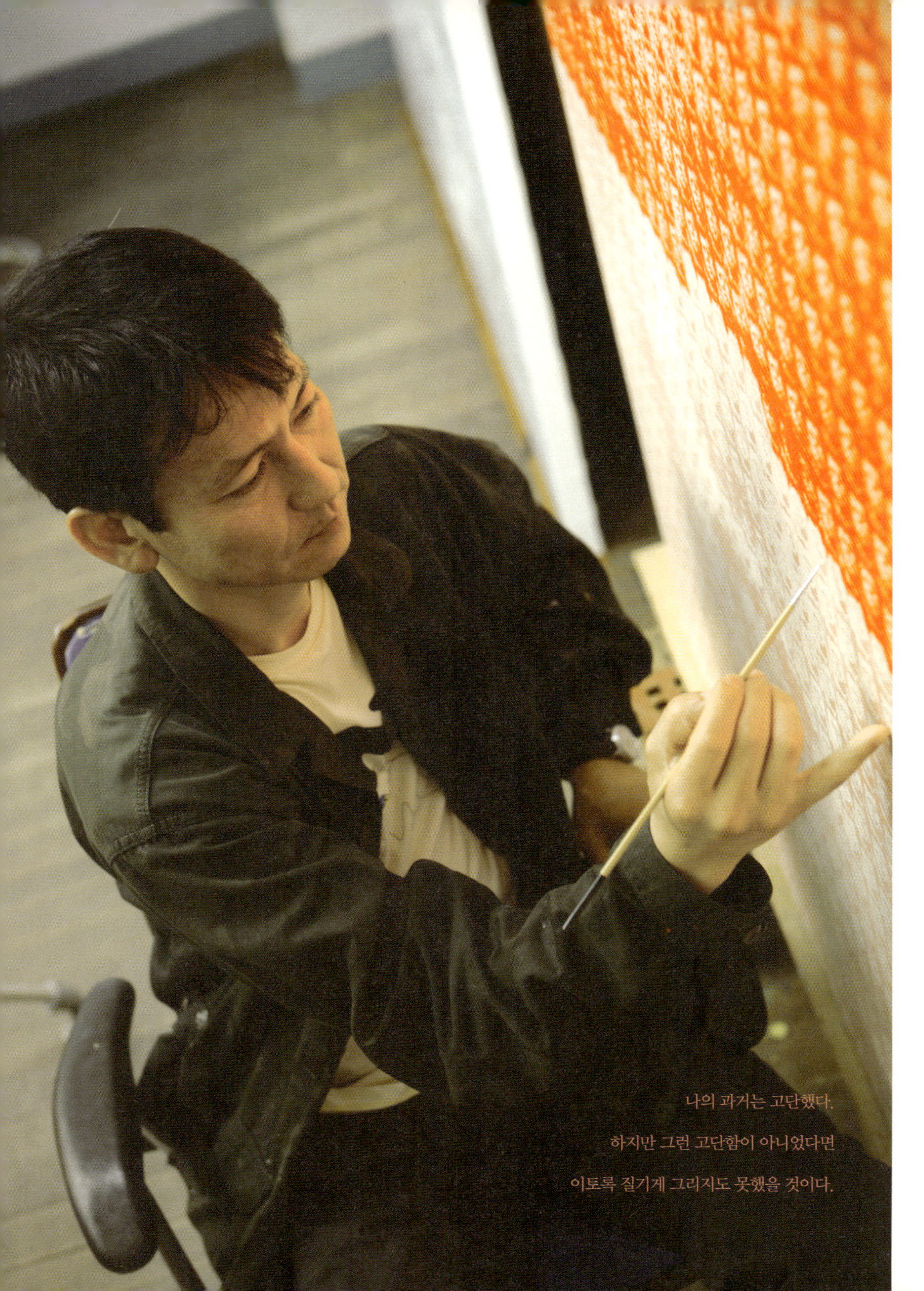
나의 과거는 고단했다.
하지만 그런 고단함이 아니었다면
이토록 질기게 그리지도 못했을 것이다.

나는
화가 김동유다

　내 앞에는 또다시 하얀 도화지가 버티고 있다. 내가 그곳에 채울 그림은 성공한 화가의 자기 복제가 아닌, 새로운 시도이기를 바란다. 나는 아직도 배가 고프고, 나의 그림은 늘 부족하다. 앞으로도 동상 걸린 발가락의 후유증을 잊지 않을 것이고, 아버지에게 쫓겨나 담을 넘던 그때도 잊지 않을 것이다. 축사에서의 생활도, 어느 동시 영화관에서 보던 삼류 영화도 잊지 않을 것이다.

　나의 과거는 고단했다. 하지만 그런 고단함이 아니었다면 이토록 질기게 그림을 그리지도 못했을 것이다. 내가 지금 가지고 있는 명예랄 것도 없는 명예, 내가 가지고 있는 부라면 부, 내가 쌓아올린 소중한 인간관계라면 인간관계들까지, 내 태도에 따라 모든 것이 신기루처럼 사라질 수 있으리라. 그렇기 때문에 나는 나를 지극히 못살게 굴 작정이다. 스스로 선택한 치욕은 오히려 사람을 강인하게 만든다. 견딜 수 있게 만든다. 앞으로도 죽는 날까지, 붓을 들 힘만 있다면 캔버스 앞에서 그리다 사라지고 싶다. 나는 화가 김동유다.

김동유, 스스로 이미지가 되다

_박영택(미술평론가, 경기대 교수)

1990년대 후반 이후, 한국 회화는 무척 다채로워졌다. 최근 들어서는 평면회화 전시가 두드러지게 증가하고 있으며 미술시장과 각종 아트페어에서도 회화가 주류를 차지한 듯하다. 그중에서도 유독 눈에 띄는 작품이 있다. 김동유의 더블이미지로 이루어진 이른바 '이중그림'이다.

회화의 비밀을 오밀조밀 매만지고 사유하는 발랄함과 이내 그것을 어눌하게 짐짓 눙치는 여유, 은근과 끈기를 바탕으로 이윽고 완성되는 그의 그림은 종전의 익숙하고 일방적인 그림 이해방식과 코드를 교란하고 딴죽을 건다. 그의 회화는 기존 회화가 지니고 있는 고정된 이해와 시방식視方式에 딴죽을 걸고 흔들고 헷갈리게 한다.

그렇기에 김동유의 이미지는 그 무엇의 지시나 재현도 아닌, 스스로 이미지가 되는 것이다.

이미지, 속도를 거스르다

그의 주된 회화적 관심은 '모티브의 관심'에서부터 시작한다. 너무나 일상적이고 상투적이라 누구도 거들떠보지 않았던 폐기처분된 시간이미지, 복제이미지 같은 것들. 생각해보면 그것은 이미 생명이 끝난 이미지들의 활용이고 재생이자 환생이다. 그리고 그것은 기존의 이미지, 레디메이드*로부터 출발한다.

서구를 빨리 따라잡으려는 강렬한 욕망 속에서 추동된 근대화의 여파는 한국 미술계에도 큰 반향을 불러일으켰다. 한국 미술계는 서구 미술의 역사를 단시간에 압축적으로 받아들였다. 삶의 양식과 디자인도 예외가 아니다. 자본과 상품의 주기, 그리고 욕망 및 새로움의 열망이라는 다양한 함수관계 속에서 이미지는 일정한 주기에 따라 급속히 대체되거나 현기증 나게 사라지기를 거듭해왔다.

• 사전적 의미로는 '기성품'이라는 뜻이지만, 마르셀 뒤샹(1887~1968) 이후 예술적 측면에서 깊고 다양한 철학적 의미를 갖게 된 용어이다.

하지만 김동유는 속도를 거슬러 과거의 이미지들을 현재의 시점에서 읽어내고 복원해낸다. 그의 작품은 직선적인 시간관과 진보적 시간관에 입각한 미술사의 발전사관에서 벗어나 있다. 그것은 과거를 낙후되고 망각된 것으로 여기는 현재시간의 흐름과 압력에 저항한다는 것을 의미한다. 그의 작품에는 한때 중요한 이미지였지만 세월에 사장되거나 소멸되는 것들이 담겨 있다. 김동유의 작업이 특별한 의미를 갖는 것은 아마도 유행과 자본의 속도에 길들여진 도회적 감수성과 망각 등을 새삼 일깨우기 때문이 아닐까.

진부함의 미학, 그 너머에는

기존 한국의 미술교육에서 배태된, 고착된 습관과 서구미술의 새로운 이즘과 스타일을 추종하는 것에서 벗어나 미술과 이미지의 생성과 죽음, 주기에 대해 물음을 던진 작가. 그가 김동유다. 그는 미술과 비미술의 경계를 문제시하고 있다. 그리고 그의 작업은 그 경계에서 놀이한다.

그것은 아마도 포스트모던의 영향일 수도 있고 혹은 개인적인 차원에서 연유하는 것이라는 생각이다. 그는 전시장이 아닌 전시장 밖에서 미술적인 역할을 광범위하게 수행하고 있었던 이미지들, 그러나 일정한 시간이 지나면 마치 유행에 뒤처진 물건처럼 급속히 퇴락하고 촌스러워진 이미지들에 주목하고 그것의 쓰임새를 보듬는다. 여기에는 한국의 전통미술과 서구미술의 수용에 따른 결락과 틈들이 자리하고 그 둘의 경계가 맞물려 있다.

시대착오적인 '이미지의 부활'은 어긋나 있고 촌스럽고 조야해 보이지만─그렇게 연출되어 있지만─거기에는 분명 문화의 반속도적 탈주와 그로 인한 여유와 감상의 틈새를 확보시키는 전략도 감지된다. 다시 말해, 한쪽으로는 이미지 폐기속도가 가속도로 진행되지만 다른 한쪽에서는 지워졌거나 죽은 이미지들이 키치와 컬트로 환생하는 아이러니한 관계망을 보여주는 것이다.

그림으로 '죽음'을 되살리다

모든 문화는 '죽음'을 어떤 식으로든 해명하기 위해 나온 것이다. 죽음에 대한 공포가 짙을수록 신화와 종교가 번성한다. 이집트미술과 중세미술 역시 다름 아닌 '죽음의 공포'에 근원을 두고 있는 이미지들이다. 인간이 죽음을 인식하고부터 죽음 이후를 생각하게 되었고, 죽은 자의 공간과 산 자의 공간을 분리하면서부터 이미지의 역사가 시작되었다 한다. 그래서인지 모든 이미지에는 죽음의 그늘이 서늘하게 드리워져 있다.

레지스 드브레의 저서 《이미지의 삶과 죽음》에 의하면 이미지의 어원은 귀신, 유령이라는 뜻의 '이마고imago'이다. '형상'의 어원 역시 '귀신'이란 의미의 '피구라figura'라는 단어였다. 재현representation은 '관을 덮는 검은 천'이란 뜻을 지닌 단어이고, '사인sign'이란 표현 역시 묘석墓石을 뜻하는 '세마sema'에서 나온 말이다. 이 같은 어원을 토대로 본다면 '이미지'란 죽음으로부터 소멸되어 사라지는 인간 육체를 어떤 형태로든 환생시키고자 마련된 장치인 것이다. 인간은 이미지를 통해 위안을 얻고 시간과 죽음에 저항하고 견뎌낸다.

김동유는 죽음에 관심이 깊다. 그의 작업실 벽에는 유명 정치인이나 스타들의 부고 기사나 사진이 부착되어 있다. 그가 그리고 있는 인물들은 한결같이 죽은 이들이자 한때 영원히 살 것 같았던 스타들이자 유명인들의 초상이다. 그런가 하면 즐겨 다루는 키치, 클리셰*이미지들 역시 유한한 삶을 살다가 이내 사라지거나 뒤처져버린 이미지들이다. 죽은 이미지들인 셈이다. 그는 그렇게 죽은 이미지들을 환생시키고 그것을 새로운 맥락 위에서 출몰시킨다.

* Cliché, 진부한 표현 혹은 상투구를 칭하는 비평 용어. 진부한 표현을 이용해 장르 자체를 풍자하거나 희화적인 모방 혹은 패러디를 통해 논평하는 기능으로 쓰인다.

죽은 이미지들과의 놀이

그는 새롭고 세련(?)된 이미지에 의해 밀려난, 그러나 여전히 어디선가 목숨을 부지하고는 있는 이미지들에 주목하고 이를 채집해 여기에 기생한다. 그러고는 그것을 '낯설게' 보여준다. 그 목록들은 이발소 그림이나 성냥갑, LP음반 재킷 디자인, 광고탑, 위장무늬, 부적이자 죽은 이의 초상사진들이다. 인쇄된 서양미술사의 명화들 역시 차용해 낯선 방식으로 재배열한다. 이를테면 〈모나리자〉나 다비드의 〈튈르리 서재의 나폴레옹〉처럼.

김동유의 그림 소재는 익히 알려진 존재들, 하나의 도상이나 기호처럼 떠도는 이미지, 죽은 이들, 소멸된 것들 그러나 모두의 기억 속에서 언제나 떠오르는 것들이다.

그의 작업은 매우 팝적이기도 하고 디자인과 순수회화가 혼재되는 영역이고 아날로그적이자 디지털적이기도 하며 일상 속에서 활용되는 이미지의 모방이면서 그 안에 약간의 차이, 트릭을 만들어 나가는 일이다. 이미지를 나누는 맥락,

배열방식, 그리고 패턴에 대한 관심도 무척 깊다. 그러나 무엇보다도 기존 현대회화가 결여한 생생한 시각적 놀이체험을 소박하고 즐겁게 안긴다는 매력이 있다. 그 이미지 놀이는 유년기에 행했던 즐거운 체험을 연상시키기도 하는데 그런 면에서 김동유는 이미지를 작업하는 일이 미술의 일임을 진작에 깨달은 작가다. 바로 이런 까닭에 그의 작업은 그 어떤 것의 지시나 재현이 아닌 그 스스로 이미지가 되는 것이다.

그는 상투적인 이미지를 차용해 속도와 폐기, 죽음 등을 이야기한다. 그는 그러한 이미지들을 갖고 놀이한다. 이미지를 빌려 그것이 본래 지니고 있다고 여겨지는 의미를 전복하고 낯설게 한다. 본래의 이미지에 얹혀서 새로운 의미를 증식한다. 김동유는 지난 시대의 죽은 이미지들을 가지고 놀이한다. 그는 반복된 놀이를 통해 이미 죽은 이미지에 새 삶을 올려놓는다. "놀이는 끝나는 종착 목표가 없다. 따라서 놀이는 끊임없이 반복되는 반복에 의해서 항상 새롭게 창조된다."

_한스 게오르크 가다머(Gadamer, Hans-Georg 1900~2002)

김동유의 특별한 이미지 채집

"내가 관심 있는 것은 예술적 사명감이나 고상하고 멋들어지는 것이 아닌 오히려 천박하게 느껴지는 것들이다. 전에는 눈여겨보지 않았던 것들이 어느 순간부터 소중하게까지 여겨진다. 마치 오랫동안 방치해둔, 문학전집 사이에 끼워져 있던 조악한 인쇄상태의 색바랜 관광안내도를 발견했을 때의 색다름과도 같은 것이다."

1993년 제3갤러리에서 열린 개인전(채집방법展) 도록에 실린 작가노트의 문구다. 그는 이 전시를 통해 진부하거나 상투적인 과거의 이미지들을 서투른 수법으로 재현함으로써 고상하고 세련된, 현대적인 이미지들과 그것들이 범람하는 현대사회에 대해 생각해볼 것을 조심스럽게 제안한다.

이를테면 과거 속에 함몰되어버린, 역대 대통령들의 얼굴이 담긴 우표와 성냥갑 이미지가 그런 것들이었다. 아마도 그 우표는 작가 개인의 삶 속에서 가장 흔하게 접했던, 자신이 살던 시대의 상징적인 것들, 그러나 문득 시간이 지나고 보았을 때 죽어버린 화석 같은 이미지들이었을 것이다. 작가는 그 이미지들에 대한, 죽은 것들에 대한 강렬한 향수를 품고 있다.

그가 채집한 우표와 성냥갑 디자인들은 지나온 시대를 고스란히 담아낸 우리 사회의 축소판이자 이미지의 역사이기도 하다. 특히 성냥갑은—지금도 간혹 지방이나 시골의 어느 한켠에서 사용되고 있는지는 모르지만—이미 생산이 끝나고 더는 찾기 어려운 것이기에 그의 그림에서 특별한 의미로 작용한다. 또한 그것은 지난 시간대의 가난과 삶의 애환, 급속한 근대화의 시간을 감지시키는 그 무엇이자 동시에 수많은 의미와 정서의 결들이 응축된 문화적 기호이기도 하다. 김동유의 그림에서 성냥갑은 그것의 본래 용도와는 무관하게 확대, 복제되어 '미술'에 도입됨으로써 본래의 맥락에서 분리되어 나온다. 그를 통해 모방, 재현과 같은 미술을 둘러싼 고전적인 개념과 교합하게 되고 나아가 실재와 관념, 이미지 사이의 관계에 대해 문제를 제기하고 있다. 이것 역시 기존의 클리셰이미지를 차용하여 낯설게 하는 전략의 일환이다.

낯설게 하기, 진부함을 탈피하다

낯설게 하는 전략은 기존의 이발소 그림에 개입하는 것에서 두드러진다. 이른바 유토피아페인팅—나는 '이발리즘' 그림이라고 부른다—이라 불리는 그림

들을 구해 그 표면에 다시 그리기를 시도한다. 이미 그려진
것들을 용인하고 수용하는 선에서 약간의 균열을 일으킨다.
그것은 원본에 덧대는 것이자 간섭하고 다른 맥락으로 비트
는 일이다. 사실 그 개입, 간섭은 원래 그 이발소 그림이 원
하는, 요구하는 것들을 더욱 실감나게 보여주기 위한 장치
로서 구실한다. 그런데 그 장치가 역설적으로 이발소 그림
이 지닌 허구성, 그러니까 실재를 대신하는 가짜 그림의 정
체를 순간 폭로한다는 점에서 흥미롭다. 이발소 그림의 전
형 중 하나인 정물화는 대부분 활짝 핀 꽃들이 화병에 가득
꽂힌 상태로 그려져 있다. 그것은 향기가 나고 탐스럽고 아
름다움을 극대화한 이미지로 연출되었다. 그러나 눈속임으
로 그려진 이 조악한 이발소 그림에 갑자기 나비를 그려 넣
어 개입한다. 화사한 화병 주위로 나비들이 날아다닌다. 마
치 그림 속 꽃들이 진짜 향기라도 뿜어내듯이.

이는 상투형에 대해 상투형으로, 클리셰에 클리셰로, 키
치에 대해 키치로 대응하는 개입 과정을 활용한 일종의 '의

미론적인 역설 상황'이다. 그는 새로운 것을 세련되게 추구하는 것도 아니고 과거의 것들을 키치적으로 감각적으로 다루는 것도 아니다. 그는 천박하고 상투적인 것들을 가지고 자기식으로 어눌하게 이야기한다.

"진부함을 탈피할 수 없을 바에야 아예 진부하게 살기로 작정한 그의 작품의 일관된 정조는, 상투적인 것에 대한 매혹이라기보다는 오히려 그에 대한 성실한 빈정거림이다."(이윤희)

그런가 하면 역설적으로 잘 어울릴 것 같지 않은 배경과 이미지의 배합을 통해 기이한 낯설음을 야기한다. 그의 그림 중에서도 이발소 그림은 가장 대중적이고 강력한 '키치미술'이라 할 수 있는데, 그만큼 친숙하고 일반적인 그림에 대한 통념, 추억을 흥미롭게 반전시킨다. 그의 그림에서 '나비'는 자주 반복되어 등장한다. 정물화에 얹힌 나비는 상화, 이발소 그림이 결여하고 있는 현실감을 되돌려주기도 하고, 나아가 이발소 그림 자체의 비현실성을 더욱 강조해서 보여준다.

이 블랙유머로서의 나비는 이후 전면적으로 출현한다. 반가사유상이나 이중섭의 얼굴을 만들기도 하고 성일날, 혹은 제사상의 여기저기 산재해 있는 사물들 사이를 드문드문 메우고 있거나 체포된 안중근 의사가 일제에 의해 조사를 받는 사진(망점으로 된 이미지) 위를 떠다닌다. 사실 무덤 주변을 나는 나비는 죽음, 죽은 이와 관련이 깊다. 나풀거리는 나비의 여린 날갯짓과 어디론가 홀연 사라져버리는 자태는 아련함과 덧없음을 동시에 안긴다. 그래서일까, 그가 기존 이미지에 올려놓은 나비, 또는 나비로 채워놓은 이미지들은 이미지가 오로지 이미지에 불과하다는 사실을 전언한다. 그러니까 여기서 "나비들은 형상을 비현실적으로 만들고, 그 견고한 정체성 혹은 정체성에 대한 확신을 흔들어놓는다. 나비는 관념상과 감각상, 실제와 이미지, 실상과 허상, 그리고 현실과 비현실을 구분하는 벽을 허물고 넘나드는, 비현실로부터 현실 속으로 날아든 전령"(고충환) 같다. 이 나비그림들은 우리가 지닌 형상에 대한 견고한 확신을 의심하게 만들고, 재현된 이미지에 대한 신념을 붕괴시킨다. 이미지는 이미지일 뿐이고, 허상이자 허구이고 마치 꿈과도 같은 것이라는 얘기다. 장자의 꿈에 나오는 그런 나비인 셈이다. 생각해보면 나비가 만들어내는 형상뿐만 아니라 나비 역시 결국은 물감 자국에 지나지 않는다. 그림은 한바탕 꿈과도 같은 것이고 이미지 역시 그렇다. 이미지는 이미지일 뿐이다. 화자화야畵者華也!

주체의 해체, 공식을 깨트리다

1997년 조성희화랑에서 열린 3회 개인전에 선보인 것은 '멀티플 이미지-증식된 이미지' 작업이었다. 대나무 숲과 호랑이가 그려진 커튼 같은 구조물이다. 화면에 하나의 시점을 고정시키고 원근법에 기초해 그림을 그려왔던 전통은 그림을 정면에서 바라보도록 강요해왔다. 그러나 인간의 신체가 한쪽 눈에만 한정될 수는 없기에 이것은 명백한 시각의 억압으로 작용한다.

김동유의 작업은 바로 이러한 억압구조에 대한 의문에서 출발한다. 요철 있는 캔버스는 좌우 양방향에서 서로 다른 두 개의 이미지를 제공하며, 신체의 움직임에 따라 그 두 개의 이미지는 점차 변화해간다. 관람자의 위치에 따라 다른 이미지가 등장하는 이 작업은 정면에서 바라보는 평면이어야만 했던 회화의 조건을 재고해 보도록 유도한다. 관람객이 다가서면 벽면처럼 버티고 있는 화면 속의 대나무 숲과 호랑이가 교차해서 보인다. 그림은 보는 방향에 따라서 달라 보이는 것이다. 한쪽에서 보면 순간 대나무 숲이 보이고, 다른 쪽에서 보면 대나무 숲과 함께 호랑이가 보인다. 대나무 숲을 배경으로 호랑이가 드러나 보이기도 하고 사라지기도 하는 것이다. 더불어서 그림은 움직이는 것처럼 보이기도 한다. 보는 각도에 따라서 나타나거나 숨겨지는 이미지, 나아가 움직임을 암시하기까지 한다. 다분히 옵아트적으로 보이지만 옵아트란 것이 '패턴화된 문양의 동어반복적인 나열에 바탕을 둔 추상미술과 형식주의의 소산이라면, 작가의 그림은 분명 저현회화의 양식을 띠고 있다는 점에서 구별된다. 그것은 일종의 위장인 셈이다.

보는 각도에 따라 다르게 보이는 그림이란 그것을 대면하는 개별주체의 입장(관점)에 따라서 다르게 받아들여질 수 있다는 의미로 확대된다. 그것은 창작주체, 작가의 관점보다는 관찰자, 수용자의 입장을 중시하는 태도이자 그림에 대한 기존의 소통방식을 흔들어 놓는다. 이렇듯 김동유의 그림은 보는 이, 한 주체의 눈에 절대적인 지위와 권력을 부여했던 그간의 시방식視方式을 흔든다. 그림을 그린 주체의 지위도 애매해진다. 그는 단일한 이미지를 총체적이고 투명하게 재현하지 않는다. 그림 역시 한눈에 걸려들지 못하고 이미지는 이것이었다가 저것이기를 반복한다. 어느 한 이미지로 고정시킬 수 없다. 이것이기도 하고 저것이기도 하다.

대나무 숲이면서 동시에 호랑이 그림이다. 이후 마오 주석이자 마릴린 먼로인 것도 동일한 맥락이다.

탈시각적 그림, 착오를 허용하다

이 그림을 보기 위해서는 그림 앞에서 이동해야 하며 순간순간 보았던 것을 잊어버려야 한다. 화면 앞에서 흔들리는 이 시각체험은 고정된 시점에서 그림을 보는 이, 한 주체에 절대적인 권력을 부여했던 그간의 그림 보는 방식을 전복시킨다. 그림을 감상하기 위해 좌우로, 앞뒤로 옮겨 다니는 행위와 착시가 불러일으키는 흔들림은 맞물려 있다. 이러한 움직임은 망막의 역할뿐만 아니라 보는 이의 몸 전체의 지각과도 관련된다. 그림을 보는 데 있어 눈만이 아니라 몸 전체가 요구되는 것이다.

그간 미술은 시각에 절대적인 의미와 권위를 부여해왔다. 그것이 또한 서양미술사의 궤적이었다. 그는 서양미술사가 강제한 정면성의 법칙을 가로질러 간다. 주지하다시피 눈높이 그림이란 결국 서구의 이젤페인팅에서 도출된 것이다. 화면이란 스크린은 사람처럼 직립된 수직구조 위에 투사된다는 조건으로 결정되는 것이다. 따라서 여기에는 투사된 정면성과 반사되는 정면성의 일치라는 눈높이 시각조건이 항상 전제되어야 한다.

그러나 김동유는 이에 대해 다른 생각을 품는다. 우리의 시각경험의 범위가 항상 눈높이에 대한 정면성을 전제로 해야만 되는 것은 일종의 억압기제라고 보는 것이다. 작가는 그 구조를 흔들고 교란한다. 옆에서 보고 앞으로 뒤로 나아가면서 달리 보게 한다. 그로 인해 지금까지 회화에서 왜 좌우가 소외되고 억압되었는지를 새삼 생각하게 한다. 사실 이런 인식은 이미 동양의 전통회화 구조에 내재되어 있었던 것들이다. 병풍과 두루마리, 족자 등 동양의 프레임은 화폭의 좌, 우라는 쌍방적 개념을 재구축한 것인데 이는 다분히 동양화의 전통적인 프레임구조에서 차용된 것이다. 원근법과 망막중심주의에 의해 지탱되어 왔던 서구회화의 전통을 해체하고 그것 대신에 이미 우리의 전통미술이 간직하고 있던 회화의 신체적 구조와 지각 태도를 교묘히 끌어들인다.

김동유의 이중그림이 보여주는 이 시선은 사실 전통회화에서 응용된 것임을 알 수 있다. 병풍과 두루마리, 부채 등의 프레임은 정면성이 아니라 다양한 시점, 이동시점 그리고 펼쳐보고 내려다보고 책처럼 읽고 더듬어나가고 쌓아두고 접어서 말아두는 식이다. 이는 분명 서구화된 시각 논리와는 다른 세계관이다. 김동유가 동양의 전통적 프레임을 차용해 만든 '착오와 왜곡'의 시각기제는 정면성에 대한 믿음이라는 함정을 해체하고 가로질러 갈 수 있는 일종의 대안으로 제안된 셈이다. 그의 흔들림과 착시 등은 고의적이며, 그의 회화적 공간은 '착오를 허용하는 공간'이 된다. 즉, 그의 그림 속 공간은 정적이고 고상하고 무거운 의미가 내려앉은 현대미술의 공간이 아니라 흥미롭고 즐거운 시각체험이 일어나는 곳이자 관찰자의 참여를 독려하는 공간이라 할 수 있다.

이중그림, 누군가의 얼굴을 본다는 것은

그의 대표작인 이중그림은 이미 1990년대 중후반부터 선보이기 시작했다. 그가 다루는 이미지의 주인공들은 한결같이 그런 속성을 지닌 스타들이자 영원한 존재성을 부여받은 이들이다.

또한 그는 그들의 얼굴에 주목한다. 얼굴이란 자신이 인간임을 알고 있는 어느 주체의 외양이다. 우리는 누군가의 얼굴을 본다. 그 얼굴에 한 인간의 모든 것이 스며들어 있다. 외형적 생김새를 통해 한 사람의 성격, 체질, 나아가 운명을 추론한 것은 단지 관상학만이 아니라 미술에 있어서도 핵심적인 사항이다.

화면이란 여전히 얼굴을 비추는, 반영하는 거울이나 수면 같은 것이다. 나르시스가 연못에 비친 자기 자신의 모습에 도취해 그 수면의 이미지를 끌어안으려고 한 행위는 돌이켜보면 미술의 기원에 해당하리라.

김동유의 그림은 한눈에 척하고 걸려들고 단번에 알아차리 수 있는 그림이 아니기에 그림을 제대로 보기 위해서는 관람자가 지속적으로 움직이고 이동해야 한다. 관람객의 신체적 움직임에 따른 시각의 변화를 효과적으로 도출해내는 작업을 김동유는 오랫동안 지속해왔다. 망막이 아닌 온몸으로 더듬고 느끼고 체험하게 하는 '감각기관 전체와 결부된 회화'란 시각에 편재된 기존의 회화와는 다른 길을 모색해 나가는 중요한 단초가 될 수 있다.

반복하자면, 그가 만들어내는 화면들은 관객의 시선을 분산시키거나 산만한 상태로 풀어놓는다. 그의 그림을 투명하게 혹은 총체적으로 포착하려는 시도는 필연적으로 좌절할 수밖에 없다.

이를테면 마릴린 먼로의 얼굴을 이루는 칸칸의 작은 이미지들은 다름 아닌 마오 주석이고, 마오 주석의 얼굴은 또다시 마릴린 먼로가 된다. 그렇다면 그것은 단일한 이미지를 보여주는 게 아니라 복수의 이미지를 한 공간에서 동시에 보여주는 기이한 화면이 되는 셈이다. 거리 혹은 시간차에 따라 나타났다 사라지기를 거듭하는 이미지들은 보는 이들에게 무엇을 보여주는 것일까?

이 그림은 확고부동한 것, 정해진 것, 하나인 것, 총체적인 것을 지우고 애매하고 모호하고 이중적인 것들을 불러들인다. 마릴린 먼로에는 마릴린 먼로가 없고 마오 주석의 얼굴에는 마오 주석이 없다. 이외의 존재가 잠복해 있다 불현듯 출현한다. 대상의 부재를 확인하는 순간 또 다른 존재가 예기치 않게 튀어나온다. 그렇다면 김동유의 그림은 그리는 일이면서 대상을 교묘하게 지우고 은폐시키는 일이다. '지우기로 그리는 일, 그리면서 지우는 일'인 것이다.

화가 김동유, 독창적 여정을 떠나다

화가 김동유는 오직 눈과 손을 움직여 긴밀한 작업을 완성해낸다. 누구도 대신할 수 없고 기계적으로 다루어질 수도 없다. 그것은 시간을 죽이는 일이자 시간의 축적과 밀도를 동시에 보여주는 것이다. 시간의 두께 없이는 결코 만들어질 수 없는 것이다.

그려진 대상이 실재하는 대상 자체는 아니듯 그려진 대상이 실재를 연상시킨다 해도 결코 그것이 될 수 없다. 그럼에도 눈으로 볼 수 있는 실재와 재현된 이미지 사이의 유사성을 동일시함으로써 보는 이들은 스스로 마술에 걸려들고 만다. 그는 우리가 이미지를 실재라고 믿는 순간 실재는 개념 저편으로 사라져 버린다는 사실을 새삼 환기시키고 있다.

이렇듯 이미지 자체가 오브제화되는 회화적 장치를 능란하게 다루는 그는 회화적 아이러니를 잘 알고 있는 작가다.

앞서 언급했듯이 그는 그림 그 자체보다는 그림을 둘러싼 시각상의 체험에 흥미를 가지고 실험을 해왔다. 화면 안에 공존하는 요소들 간의 상호작용으로 그림의 통일성이 깨지고 지시나 재현에서 벗어나 독자적인 이미지로 존재하는 그림을 만들어나가는 것, 그것이 그의 작업이고 그만의 독창적인 여정이다. 예술은 마치 삶이 그러한 것처럼 스스로 생기하고 생성하며 스스로 창조되는 것, 즉 스스로 드러나는 삶의 표현이다. 이렇게 예술가는 스스로 드러나는 예술적 표현의 삶 속, 어느 순간에 서 있는 것이다.

참고문헌

1. 홍명섭,《김동유 전시도록》, 조성희화랑, 1997

2. 이윤희,《김동유 전시도록》, 금호미술관, 1999

3. 고충환,《김동유 전시도록》, 사비나미술관, 2007

4. 박영택,《스스로 이미지가 되다》, 퍼블릭아트, 2007

5. 레지스 드 브레, 정진국 역,《이미지의 삶과 죽음》, 시각과 언어, 1994

6. 메리 앤 스타니제프스키, 박이소 역,《이것은 미술이 아니다》, 현실문화연구, 1997 외

“
세상에 가시를 세운,
상처투성이의 나를 지켜준 것은 오직 그림이었다.
캔버스를 채우는 순간만큼은 내가 살아있다고 느꼈으니까.
”

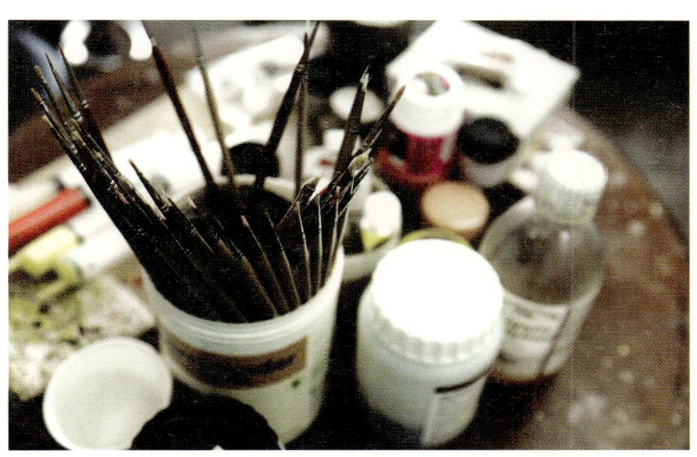

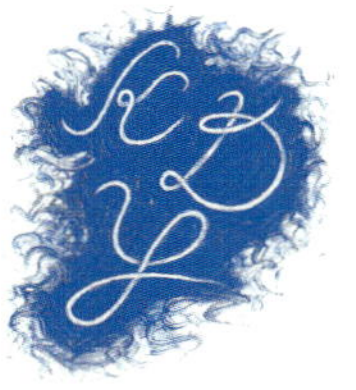

KIM DONG YOO